Brigitte Kronauer
# Errötende Mörder
Roman

Klett-Cotta

*Für meine Eltern*

*»Pappkameraden!« Vor allem* durfte er sich nichts anmerken lassen. Es war nicht schlimm, solange die anderen nichts witterten.

»Bis auf Natalja alles Pappkameraden. Und du, Böhme, du auch, du erst recht.«

Er, Jobst Böhme, sah durch einen Spalt auf die Straße, die von seinem Geschäft aus leicht bergab zum Marktplatz führte. Seine Mutter hatte ihn vor bald einundvierzig Jahren unehelich in größter Verlegenheit zur Welt gebracht, als kleines Mädchen aber einstmals fröhlich in den Trümmern des Zweiten Weltkriegs ›Soldat auf Urlaub‹ mit einem Stock als Gewehr über der Schulter und ›Heimkehr aus dem Krieg‹ mit demselben Stock als Krücke gespielt, alles ohne größere Unglücke. Ihr Vater war, wie dessen Bruder, in der Nähe von Stalingrad vermutlich erfroren, vergilbte Todesangst, Todesfälle, von denen die Eltern der beiden Söhne nichts erfahren hatten, da sie zuvor in den Bombardierungen des Ruhrgebiets umgekommen waren, verbrannt, erstickt oder von Steinen erschlagen. Man besaß darüber keine Information oder erinnerte sich nicht mehr.

Dem Urenkel dieser beiden, Jobst, gehörte im gut- und teilweise großbürgerlichen, etwas oberhalb des Stroms gelegenen Vorort einer norddeutschen Großstadt, in dem es seit einiger Zeit Mode oder gar Zwang geworden war, zu den Hochzeiten Feuerwerke zu veranstalten (»Feuerwerke am Fließband, es zischt und knallt das ganze Wochenende, sobald es dunkel wird. Die merken gar nicht, wie ordinär das ist«, lachte Jobst im privaten Kreis und schickte das Wort »großkotzig« etwas leiser hinterher), ein florierendes, nicht unelegantes Geschäft für Büroartikel und Anverwandtes. Da er durch Erbschaft Besitzer des Hauses war, mußte er keine ruinösen Mieterhöhungen befürchten. Ihn konnten die sich täglich vermehrenden Galgen der Immobilienfirmen, inzwischen fast vor jedem zweiten Haus und Gebäude, nicht schrecken. Nur glaubte er seit einiger Zeit, im Grunde ein Karton zu sein. Junge Familien, von zu Geld gekommenen Eltern unterstützt oder durch den Beruf des Ernährers auf der Seite der schnell reich Gewordenen, führten sich mit hochglänzend gekachelten Terrassenanlagen und schematischen Säulenportalen auf, wie zu allem entschlossene, dem gemeinen Volk rechtmäßig entrückte Kleinfürsten. Man konnte zusehen, wie der Gegend ziemlich unvorteilhaft der Kamm schwoll. Jobst hatte das überraschend Geerbte mit kaufmännischem Geschick, mit wirklich überdurchschnittlichem Geschäftssinn genutzt. Ob ein gefüllter oder ungefüllter Karton, schien ziemlich gleichgültig. Er war zäh, gelenkig, ohne Größenwahn, ohne unmittelbare Konkurrenz und verläßlich zuvorkommend, was seinen Kunden im Zusammenhang mit einer Ladentheke als die schönste Form von Menschlichkeit erschien.

»Pappwände, alles Pappkameraden«, sagte er sich, hörte es sich sogar laut aussprechen.

Sein Gefühl war bräunlich. Dunkelocker? Asphalt? Nach zehnjähriger Ehe stand er unmittelbar vor der Scheidung von seiner Frau Ellen und vor einer ganz frischen Heirat, bei der es vermutlich ebenfalls nicht ohne Feuerwerk abgehen würde. Wenn er an Ellen zurückdachte, um seinen Entschluß ein letztes Mal zu überprüfen, fiel ihm nichts so prompt und abschreckend ein wie das Abspreizen ihrer kleinen Finger von der übrigen Hand, rechts wie links, so, als wäre sie heimlich zu Höherem erwählt, egal, ob sie Geschenkpapier verkaufte, einen Braten pfefferte oder an seinem Körper mal fraulich, mal hausfraulich herumstreichelte.

In Wahrheit sah er gar nicht aus wie ein Karton, überhaupt nicht! Seine Freundin Natalja, eine junge Russin, vernarrt in Porzellan- und Stoffpuppen, ahnte nichts von diesen Flausen, hätte wohl runde Augen dazu gemacht und ihn in die Ohren gekniffen. Sie half bei ihm aus, bezaubernd, energisch, ein Gewinn für das Geschäft. Auch, vielmehr gerade, als seine Frau das nicht mehr mit ansehen wollte und sich zuerst vom Publikumsverkehr, dann von ihm, Böhme, zurückgezogen hatte, ging es blühend weiter mit Natalja und dem Umsatz. Ihr Vater, in Petersburg geboren, wie Natalja im mittlerweile dreihundertjährigen Sankt Petersburg, zwischendurch Leningrad, gebürtig, betrieb in einem anderen Stadtteil eine kleine Polsterwerkstatt, befestigte aber auch Gardinenstangen, tapezierte Wohnzimmer und reparierte Gartenzäune, machte eigentlich alles.

Nataljas erster Freund im Westen war ein Key Account Manager gewesen oder Global Industry Manager. Sie verwechselte das gelegentlich und schlug sich dann schulmädchenhaft auf den Mund, was Böhme fast entzückte, dieses Natürliche an ihr, dieses leicht Östlich-Schlampige auch. Deshalb hatte er sie in der ersten Zeit, als sie ganz unkompliziert seine Geliebte geworden war, dort drüben, in dem Raum mit den PC-Modellen, häufig nach diesen Liebhabern gefragt. Ihm gefiel die läppische Eifersucht, die sich in ihm regte, wenn sie sagte, ihr Allererster überhaupt sei Straßenmusikant gewesen, der beste Freund des Vaters aus der Heimatstadt. Er antwortete dann jedesmal dieser offenbar in allem gehorsamen russischen Tochter, er sei zwar nur gelernter Bilanzbuchhalter, würde sie aber eines Tages heiraten. Das sei ziemlich gewiß.

Die eine 39, die andere 23 Jahre alt, erwog er gelegentlich auch. Und, wenn er zum Spaßen aufgelegt war: Wenn die eine 93 wird, wird die andere erst 32!

Inzwischen schmiß Natalja den Laden. Sie verstand nichts von Technik, von Elektronik schon gar nicht, insofern blieb er völlig unangefochten der Boss. Aber das kontrolliert Schmuddelige, raffgierig Großzügige ihres Auftretens (und wie er längst wußte: auch ihres Körpers) zwischen den teuren Grußkarten, Seidenbändern, Spezialumschlägen zog Kinder, Herren mittleren Alters und greise Witwen gleichermaßen an. Sie betörte alle mit ihrer Stimme, diesem Akzent, diesem glucksend springlebendigen und ein klein bißchen melancholischen Vogelgezwitscher, betörte besonders ihn, Jobst.

Sogar Ellen, der es nun endgültig Lebewohl zu sagen galt, war Nataljas Artikulationen ganz zu Anfang erlegen, und es kam ihm damals so vor, als hätte sie ihr blödsinniges Abspreizen des kleinen Fingers, mit dem sie ihn einmal vor vielen Jahren zu Beginn ihrer Bekanntschaft neugierig gemacht hatte, angesichts dieses gutgelaunten Naturkindes vergessen, bis sie dann, je mehr Böhme den Reiz Nataljas erkannte, rückfällig wurde und es, vielleicht zum demütigenden Zeichen westlicher Zivilisation gegenüber östlichem Barbarentum, ärger trieb als je zuvor. Wären doch bloß diese beiden Dinger an ihren Händen weggewesen!

Gründe, eine Ehe zu beenden und sogar eine neue zu wagen? Kleine Finger hier und eine charmante Aussprache dort?

Er sah aus dem Schaufenster weiter durch den Spalt zwischen den Kalendern und Postern auf die Straße. Vor einigen Wochen hatte er mit Natalja, um sie mit einer anderen Seite der Stadt zu verblüffen, einen Spaziergang durch ein Flußtal im Norden gemacht. Zu beiden Seiten des Wassers gab es noch schmale Streifen eines ursprünglichen Auwalds. Danach hatten sie in einer langgestreckten Einkaufspassage Kaffee getrunken. Konstruiert wie das Flußtal, mußte er die ganze Zeit denken. Oder war die Reihenfolge umgekehrt gewesen? Dann hatte er eben während der Wanderung immer gedacht: Angelegt wie eine Einkaufspassage! Auch war ja seine kleine Russin für ein Weilchen im einen Fall hinter einem Baum, im anderen auf der Toilette verschwunden.

Die Leute strömten auf und ab. Gingen die zu einem Fest mit Körben und Taschen? Nein, zum möglichst malerischen Einkaufen auf dem teuren Wochenmarkt doch bloß. Er starrte auf das Wäschegeschäft gegenüber, dämlich vollgehängt mit faden Nachthemden, auf die Apotheke, die dringend trübselige Gratisuntersuchungen empfahl, auf die Parfümerie mit den bildhübschen Verkäuferinnen, die Düfte von oben bis unten ausströmten und auf den bei Ausgehwetter speziell von alten Damen gehätschelten Mann mit der Obdachlosenzeitung, der sich im Wind durch Einziehen des Kopfes immer in einen Marabu verwandelte. Alles an seinem Platz wie immer also. Nur dachte er jetzt: Taube, jawohl, ungefüllte Kartonage, auch wenn es zum Glück keiner sieht. Keiner soll wissen, daß ich es weiß, von ihnen weiß, von mir weiß, nicht die winzigste Russin, kein Käufer.

Sie alle schmeckten wie gottverdammte Pizza auf durchgefeuchtetem Pappteller: Pappig sie alle ihm, pappig er sich selbst.

Von hinten klopfte ihm jemand auf die Schulter. Natalja? Wunderte die sich denn gar nicht über das hohle Geräusch? Sie wollte wissen, ob ein Preis wegen Beschädigung geändert werden durfte. Jaja, warum nicht. Wenn sie meinte. Er ging ins Stübchen ihrer ersten Liebe, in den PC-Raum, spähte ungestört durch sein Fensterchen nach draußen. Nichts sah von dort betrachtet anders aus als eben durch den Spalt. ›Sterbenselend‹, dachte er. So fühlte er sich nicht, aber ihm fiel ein, daß es das Wort gab.

Ellen kämpfte nicht mehr. Sie wollte nun ihrerseits nicht wieder zurück. Wie hätte das auch gehen sollen? Eigentlich lief alles wie am Schnürchen. Man könnte dann auch ein Kind haben, ein deutsch-russisches. Allerdings wären sie beide, Natalja und er, auch einsam und aufeinander angewiesen, so vollständig ohne Ellen. Er stieß mit seinem Gesicht an ein Regal: Schürfgeräusch! Jobst erschrak, versuchte es noch mal, Gesicht am Regal, kein Zweifel: Pappe strich an Metall entlang. Er fuhr sich mit der Hand über die Stirn: Pappe geriet an Pappe.

Dann sollte er wohl tatsächlich das Angebot eines Menschen

annehmen, dem er als einzigem andeutungsweise von seiner nur Natalja halbwegs aussparenden Fühllosigkeit erzählt hatte, vor einer Stunde erst. Halbwegs? Der versponnene Mann war ja Schriftsteller. Er meinte, Böhme gegenüber zu Dankbarkeit verpflichtet zu sein, weil der ihm, dem Faulpelz in elektronischer Wissenserweiterung, seine steinzeitliche Furcht vor der neuen Technik ausgeredet, einen PC verkauft und bei den aufgrund seiner Ungeschicklichkeit häufigen Bedienungsschwierigkeiten nach Geschäftsschluß freundschaftlich geholfen hatte. Durch solche großzügigen Angebote sicherte Böhme sich die Treue seiner Kunden, die dafür dann lieber etwas mehr bezahlten als in den »seelenlosen«, wie sie sagten, Großparadiesen der Innenstadt.

»Machen Sie sich hier für eine Woche frei und fahren Sie in die Berge. Sie wohnen in meinem Haus, nicht größer als eine Schachtel. Wein, Nudeln, Kaffee sind vorhanden.« Dabei hatte der Mensch doch immer irgendwelche Löcher im Pullover.

»Wein, Nudeln, Kaffee. Und was soll das?«

»Es gibt dort das Tal Binoz mit der Binozhütte und der Alp Binoz ganz am Ende. Das wird Sie kurieren, ob es sich nur um Heiratslampenfieber handelt oder um mehr. Sie sollten dort jeden Tag wandern gehen, so weit Sie kommen und dann wieder zurück. Ich möchte allerdings eine kleine Bitte daran knüpfen«, hatte der Mann ohne langes Überlegen, wenn auch zum Schluß in sich hineinschmunzelnd gesagt. Er verstand augenscheinlich einiges von Böhmes Situation, drängte daher zur Eile.

»Ich kann unmöglich den Laden verlassen.« Jobst Böhme versuchte, sich mit der Abwesenheit seiner Frau herauszureden.

»Solche Entschlüsse müssen ruckzuck gefaßt und ausgeführt sein«, lachte jedoch der dankbare Autor, »Sie besitzen in Ihrer Natalja eine tolle, richtig dolle Vertreterin. Spitzenattraktion. Was verlangen Sie denn! Ein verlängertes Wochenende, Hinfahrt, Rückfahrt und drei Tage dazwischen! Überhaupt kein Risiko.«

Böhme erschien die Idee so verrückt, daß sie ihn zu reizen begann, und das Mädchen war begeistert von der Aussicht, ganz allein für kurze Zeit das Geschäft führen zu dürfen. Zum ersten Mal sah er in ihren Augen Tränen, als hätte sie unvermittelt Schnupfen gekriegt. Schon brachte der Kunde den Schlüssel und einen Plan der Ortschaft vorbei, schon hatte Natalja seine Fahrkarten besorgt, schon saß er im Zug, der schnurstracks nach Süden fuhr. Zugfahren, wie lange er das nicht mehr gemacht hatte! Öffentliche Verkehrsmittel zu benutzen, die erzwungene Nähe der Leute samt den Haaren, die ihnen aus den Ohren wuchsen, ertragen zu müssen, empfand er immer mehr als Zumutung. Er wunderte sich daher jetzt über beinahe alles, ganz anders als in seinem Laden. So viele Nasen, alles Pappnasen! Ein Mann mit einem Eikopf und einem Ring im Ohr biß plötzlich in ein gekochtes Ei. Das kleine Ei verschwand ohne Klage im großen. Zwei laute Herren in Böhmes Alter hatten ihren Tisch in einen Büroschreibtisch mit Laptop und Telefon, Wirtschaftsblättern und Akten verwandelt. Ihre Umgebung kümmerte sie nicht im geringsten. Der Schaffner betrachtete sie mit Wohlwollen, ja geschmeichelt. Sie schienen seinen eigenen Beruf als einen des einundzwanzigsten Jahrhunderts zu adeln.

Böhme stellte sofort sein Mobiltelefon ab. Für die ganze Zeit!, nahm er sich fest vor. Auch ergänzten die Passagiere einander wie Bestecke in einer Schublade, wie Werkzeuge in einem Kasten, konkave und konvexe Bäuche, heitere und gramvolle Mienen, Schlafende und unentwegt Herumhampelnde. Dann gleich zwei Mütter, die, ähnlich wie die beiden Büroherren alle Umsitzenden zum Mithören zwingend, ihren Kindern Grimms Märchen vorlasen. Eine kürbisförmige und außerdem goldblonde Frau erzählte einer anderen, sie habe als Musikchefin bei einem College-Radio in England angefangen, eine Girlsband fürs Fernsehen gecastet und jahrelang für Eins Live und MTV Europe gearbeitet. Jetzt habe sie in einer Woche wegen einer Jurysitzung sechzehn Bücher gelesen, jeden Tag zwei Romane. Eine so dicke Frau in einer literarischen Jury? War es Zufall, daß daraufhin ein Mann in eine andere Richtung prahlte, er sei in acht Tagen 72 Stunden in der Luft gewesen? Sechzehn Romane! Die waren nun in ihr untergebracht. Daß man von Büchern leiblich so anschwellen konnte! Dabei hatten sie sich bestimmt längst wieder aus ihr verflüchtigt.

Jeden Tag zwei Romane. Die Auskunft kam wie gerufen und ermutigte Jobst Böhme sehr. Denn der Schriftsteller hatte ja eine Bitte geäußert, eine Bedingung gestellt, und die lautete, er solle oben in den Bergen, nach soviel williger Assistenz seinerseits bei der Bücherschreiberei am Computer, doch wirklich einmal etwas von ihm, dem Schriftsteller, lesen! Nur drei Kleinromane, jeden Tag einen, am besten irgendwo an einer schönen Stelle in dem gewissen Hochtal. Noch kein anderer habe einen Blick auf die Manuskripte geworfen. Auch dieses Lesen in der Einsamkeit, ein erstes Korrekturlesen, werde ihm garantiert gut bekommen. Die Reihenfolge solle er selbst bestimmen, obschon er, der Autor, eine bestimmte Vorstellung davon habe, ja, doch, so könne man wohl sagen, eine bestimmte Vorstellung habe davon. Diese Romane seien womöglich, wie das Binoztal, genau das Richtige für ihn!

Böhme sah im Zug nur nach der Länge und den Überschriften. Sie lauteten:

*Der Mann mit den Mundwinkeln*
*Errötende Mörder*
*Der böse Wolfsen oder Das Ende der Demokratie*

Das Schlimmste zuerst, sagte er sich und meinte damit den längsten Text. Böhme fuhr von oben nach unten durch Deutschland, passierte die Schweizer Grenze, gerade da mußte er heftig an Nataljas flinke und in mancherlei Hinsicht raffinierte Petersburger Zunge denken, stieg hier und da um. Ab ins Hochgebirge. Am Zielort war kein Mensch mehr auf der Straße, so sehr er sich danach umschaute, obschon an dem späten Sommerabend die Berge noch sacht in einem Widerschein glühten. Sie standen auch gleich neben dem Bahnhof. Wumm! Böhme warf einen Blick darauf, bevor er ins Taxi stieg. Wumm! sagte er sich, schon immer dort, die Berge, klar, aber trotzdem wohl gerade erst ins Schaufenster gestellt! Tatsächlich hatten die Berge »Wumm« gebrüllt, die Berge zuerst, nicht er, er hatte es nur leise wiederholt. Er hörte das Dröhnen ja immer noch, wollte es jedoch nicht wahrhaben. Der Fahrer, ein Mann aus Kairo, schwadronierte, man wisse nie. Im Augenblick sei es heiß, aber es könne hier zu jeder Jahreszeit schneien. Man wisse nie. Er will mir bloß einen Schrecken einjagen, sagte sich Böhme, ohne Lust zu einer Unterhaltung, und sah gleichgültig nach vorn.

Das Haus war durchaus nicht winzig. Es lag, nicht weit vom Bahnhof, an einer Abzweigung der Hauptstraße, die in Kurven offenbar zu den höheren Etagen der Almen führte. Ob es richtig gewesen war, einzuwilligen in den Vorschlag dieses Menschen, der es gut mit ihm meinte, der erkannt hatte, daß er in seinem Bürowarengeschäft (was er niemandem verraten wollte aus Sicherheitsgründen) Hilfe (und gerade nicht von den beiden Frauen) dringend benötigte? Er spürte Nataljas Zunge in den Ohrmuscheln und im Nacken. Aber da schämte er sich schon und schloß lärmend die Tür auf, die Tür ins Haus »Zur Seewiese«, das offenbar ein ganzes Stück unterhalb der Baumgrenze gebaut war, am Rand des Bergwaldes, oder sagten die hier nicht Bannwald? Außerdem konnte ihn niemand zwingen, den Pakt einzuhalten. Er hätte ohne viel Federlesen auf der Hacke umkehren können, falls ihm irgendwas dumm gekommen wäre. Das Haus aber war absichtlich so eingerichtet, daß man sich ohne das geringste Fremdeln beim ersten Eintreten wohlfühlte, immer hier und dort eine Kleinigkeit, an der sich das Auge festhielt. Keine einzige Stunde sollte hier durch aufwendiges Eingewöhnen vergeudet werden. Das verblüffte ihn, weil er ja die immer unaufgeräumte und auch kahle Junggesellenwohnung des Schriftstellers flüchtig kannte.

Er öffnete Läden und Fenster, fand Wein, Knäckebrot und eine Hartwurst, duschte lange sehr heiß, bemühte sich, nichts zu denken, nichts an sich zu überprüfen, spazierte einmal um das Haus herum, auch von hier aus sah man die nun erloschenen Felsklötze. Die Luft war schon jetzt eine andere als im Tiefland, das mußte er zugeben. Zwar hatte er versprochen zu telefonieren, tat es aber nicht. Man sah nun doch hier und da Lichter. Ganz allein war er nicht. Das mochte aber auch egal sein, jedenfalls ging er zeitig zu Bett, damit der nächste Tag früh beginnen konnte. Einen ganzen Roman pro Tag, so ein Wahnsinn! Bevor er einschlief, konnte er eine Feststellung gegen seinen Entschluß nicht ganz unterdrücken. Nein, Neugier verspürte er weder auf *Der böse Wolfsen oder Das Ende der Demokratie*, so hieß ja das Manuskript, das morgen an der Reihe war, noch auf das gelobte Tal, sondern einzig und allein, leider, auf die Erregungskurve seines Kartongefühls.

Zum Frühstück gab es Kaffee, Knäckebrot und Honig. Er legte sich, wie ihm der Schriftsteller eingeschärft hatte, einen Anorak in den Hausrucksack und natürlich *Der bösen Wolfsen oder Das Ende der Demokratie*. In einer Ecke der Garderobe lehnte ein dicker, gerader Ast oder Stock, beinahe gelb. Der Eigentümer benutzte ihn vermutlich beim Wandern. Typische Übertreibungen der Flachländer! Für ihn, Jobst, taugte das nicht, war so ein Spazierknüppel nichts. Proviant kaufte er am Bahnhofskiosk, eine Dose Bier, Schokolade und Zigaretten. Fast hätte er aus Versehen die doppelte Ration für Natalja mit gekauft. Er mußte hier sowieso vorbei, um zum Taleingang zu gelangen. Wo steckte aber das ausschwärmende Publikum? Schon alle unterwegs im Gebirge? Hier und da gab es ältere

Ehepaare, von denen manche verstört wirkten. Es war nur so ein Eindruck.

Ihn, Jobst, kümmerte die halbherzige Menschenleere nicht, er fand sich mit dem Plan ganz gut zurecht. Die drei wuchtigen Berge kannte er längst von gestern, sie drangen geradezu in das Dorf mitten herein, wechselten aber mit jedem Schritt von Jobst ihr Aussehen. Die Temperatur schätzte er auf 23 Grad, eine Vermutung, mit der er Nataljas Jugend ehren wollte, ohne das Bedürfnis, sie am Morgen anzurufen. Er dachte auch gar nicht daran. Weder schien die Sonne, noch schien sie eigentlich nicht, kein schlechtes Wanderwetter. Mit dem Plan in der Hand ging er an einem großen Hotel vorbei. Herauskamen in dieser Sekunde, sogleich an der Kleidung erkennbar, viele jüdische Orthodoxe, ein ganzer Trupp des schwarzen Völkchens, nach Männern und Frauen locker getrennt. Auch ihre sehr blassen Kinder gingen schon in geschlechtsspezifischen Trupps, selbst hier, im Hochgebirge. Deren Bräuche hielten wohl jeder Landschaft stand! Sie bewegten sich eilig in eine andere Richtung, natürlich, es war ja Samstagmorgen. Der Schriftsteller hatte ihm das in Aussicht gestellt. Die meisten kämen aus Antwerpen.

Wenn er seinem Gefühl trauen durfte, ging er bergab. Die Straßen, nicht stark verschieden von derjenigen, in der er hier wohnte, führten offenbar zum tiefgelegenen Ausgangspunkt des Tales, dazu mußte er eine Kläranlage und einen Grillplatz passieren. Die Berge vergrößerten ihren Umfang zusehends, ihre Oberflächen rissen bei der Annäherung ein Stück auf. Es folgte ein ebenes Wäldchen, elend niedrige Nadelbäume wuchsen zwischen kreideweißen Steinen. Vor ihm wanderte ein Mann in kurzen Hosen, er machte nur kleine Schritte, kam aber schnell voran. Einmal sah er wie sichernd zur Seite, nein, er wandte sich nicht direkt um. Schwer zu sagen, ob er Jobst wahrnahm oder vielleicht nur dessen Tritte gehört hatte. War das aber möglich auf dem weichen Waldboden? Schon bog er ab und verschwand. Jobst Böhme erkannte noch, daß er eine Mütze mit Schirm trug, der komische Kerl. Aus seinem Rucksack ragten zwei Metallspitzen.

Es gab plötzlich auch eine Böschung. Dort bückte sich eine Frau zu Boden, unverkennbar eine Pilzsammlerin, es hätte seine Mutter sein können, nur lebte die nicht mehr. In der einen Hand hielt sie einen Korb, in der anderen eine Zigarette. Sie grüßte ihn, grüßte sogar zuerst. Als er sie nach dem Weg fragte, stellte sich heraus, daß er trotz Plan in die Irre gelaufen war. Wenn er aber erst einmal in dem Tal drinnen sei, dann heiße es: immer geradeaus ohne Abzweigung, dann könne nichts schiefgehen, so gesehen. Die Frau gab sich große Mühe, hochdeutsch zu sprechen, und lächelte irgendwie verstohlen. Er solle sich da hinüber nach links halten, da sei doch das breite Flußbett mit dem gerade allerdings unsichtbaren Bach. Da sei er richtig, da gehe es dann auf der rechten Seite etwas oberhalb auf einem schönen Pfad allmählich immer höher, man merke es kaum, immer geradeaus, aber geschwungen. Ein wunderbarer Weg. Ihre Schuhe sahen aus wie Pantoffeln.

Also kehrte er um. Mit den dicken Socken am Fuß paßten ihm die Schuhe, die er im Haus gefunden hatte, doch recht gut, und er setzte sich nun so eine Schirmmütze auf, wie der Herr mit den verblüffend braunen, sehnigen Beinen eine trug. Ein Mann, der ein Gewehr quer über seinem Rucksack befestigt hatte, begegnete ihm noch, in einer merkwürdig feierlichen, unerklärlich herrscherlichen, ja sendungsbewußten Gangart, und genauso grüßte er auch. Neues Gewehr, alte Sagengestalt. Jobst stutzte, ja sicher, das hatte ihm der Schriftsteller doch gesagt, ausgerechnet morgen beginne die Jagdsaison! Gewiß befand sich dieser über und über grün Gekleidete mit den gewichtigen Schritten auf dem Weg zu seiner Jagdhütte in der Höhe, um morgen schon eine Gemse, die heute noch lebendig über die Felsklippen hüpfte, von ewiger Daseinsdauer tief überzeugt, mit einem einzigen Schuß eines Besseren zu belehren. Dieser Mensch, dem heute noch die Hände gebunden blieben, war schon von Kopf bis Fuß von diesem Wissen zum Bersten erfüllt und aufgeschwemmt. Das sprang selbst einem Städter wie Jobst ins Auge.

Und trotzdem, Jäger hin, Jäger her: Papp ... »Pfui, wo bleibt der Heilungswille, Böhme!« rief er sich da bekümmert zu. Nataljas Körper schien Jobst auf einmal kindlich feist zu sein. Sie aß eben so schrecklich gern, richtig gierig. Gefräßige kleine Russin, dachte er zärtlich. Wie zierlich und hemmungslos nämlich die Kinnlinie von der Unterlippe zum Halsansatz verlief! Das sahen alle, aber er, Jobst Böhme, wußte, daß es kein leeres Versprechen war.

Von da an traf er niemanden mehr, stieß jedoch schon bald auf ein gewaltiges hellgraues Schotterfeld. Es wirkte wie eine Industrieanlage, hieß aber: wilde Natur. Wie hatte er nur diese auffällige Stelle verfehlen können. In seinem Geschäft war er zu einem regelrechten Trottel geworden. Er sah nun die riesigen Steinmassen, die der Bach, während der Schneeschmelze offensichtlich ein wüster Fluß, im Laufe der Zeit herantransportiert und angehäuft hatte. Plötzlich war der Geruch von Nataljas Achselhöhlen in seiner Nase, oder eher im Gehirn? Sehr viel tiefer? Jetzt, im Spätsommer, zogen nur vereinzelte dünne Wassersträhnen, nahe am Versickern, durch das ehemalige und zukünftige Schlachtfeld. Sicher, bei starken Gewittergüssen konnte es hier blitzschnell anschwellen. Diese Phase war aber mit dem Hochsommer bestimmt erst einmal vorbei.

Gegen den Wasserlauf rechts entdeckte er ohne Mühe den Weg, ein Stück über dem Flußbett, und schon war er unterwegs. Nun stimmte endlich alles überein, es ging bergauf und bergab, zwischen Fichten und niedrigem Bewuchs, besser konnte er es nicht benennen, darunter Fliegenpilze, große, zerfressene Exemplare, und immer und ewig die Steinbrocken. Gegenüber ein Wasserfall aus beträchtlicher Höhe und deshalb lange in der Luft schwebend beim Stürzen, im Grunde ohne

Veränderung. Baumwurzeln vor seinen Füßen kamen ihm häufig in die Quere, er schlug aber nicht hin, er nicht, Jobst gab acht. Wenn er nach vorn oder zurücksah, blieb er jedesmal stehen. Stop! Das hatte ihm der Schriftsteller als Vorsichtsmaßnahme eingeschärft. In beide Richtungen schoben sich die Vorsprünge der beiden Bergketten gestaffelt oder auch schuppenartig vor- oder hintereinander, wie man es nahm. Er wurde in diesen Felszopf regelrecht eingeflochten. Herzklopfen, Atemnot, Schwitzen, alles stellte sich pünktlich, jedoch ignorierbar ein. Der Taleingang in seinem Rücken ließ sich nicht mehr blicken, wenn er sich umdrehte.

Damit wurde das Endgültige betont. Er war nun in diesem Binozdings, das sich als eine pure Grille seines Computerschützlings herausstellen mochte, aus freien Stücken eingeschlossen, dachte dagegen unfreiwillig: in einem hohlen, sehr länglichen Karton von der Welt draußen abgeschnitten. Schnell weg mit solchen Anwandlungen! Er biß sich auf die Lippen, wie man es so macht. Wie oft er sonst am Tag einem Menschen die Hand gab und geben mußte! In den letzten 24 Stunden noch kein einziges Mal, keine Gelegenheit, keine Notwendigkeit.

Wie oft versuchte er, Gedanken an Nataljas Körper zu verdrängen? Alle zwei Minuten? Alle fünf? Der Himmel riegelte Talboden und Talwände jetzt fast wolkenlos ab, aber nicht gewölbt, sondern als sauber an die Bergspitzen gefügte, waagerecht aufliegende Platte.

Er hatte nicht damit gerechnet, so rasch in den Wandersog zu geraten, vorangezogen in die undeutliche Gräue oder Ferne, wo der manchmal vollständig unterm Schotter weggetauchte Wasserlauf herkam. Jobst keuchte zufrieden beim Auf- und Niedersteigen am Hang des kontinuierlich sich hebenden Tales, so daß er kurioserweise, selbst wenn der Pfad ihn zeitweilig nach unten zwang, doch insgesamt und gleichzeitig höher ging. Schließlich setzte er sich, dazu aufgefordert von einer Bank, über der schon keine Bäume mehr wuchsen, wo nur noch kriechendes Zeugs die lockeren Schutthänge befestigte, und packte alles aus, das Manuskript, bei dessen technischem Zustandekommen er mitgeholfen, auf das er dabei unwillkürlich manchen Blick geworfen hatte, und seinen Proviant sowie einen Stift für eventuelle Korrekturen. Das war ja der Sinn der Sache und hier sein Platz für heute. Er mußte vor allem auch den Rückweg bedenken. Man würde ihn keinesfalls dahinten irgendwo abholen. Die Planung hatte er allein zu bewerkstelligen. Wer weiß, wie sich diese Strecke hier noch hinzog. Was wäre eigentlich bei Regen, galt dann trotzdem die Verpflichtung, diesen Artikel, vielmehr Roman zu lesen? Draußen, unter einer Regenhaut? Vor allem wegen Natalja wollte er unbedingt wieder ein Mann aus Fleisch und Blut werden, noch bevor sie mit dem riesigen Hohlraum, den er zur Zeit unter der Oberfläche namens Jobst Böhme verbarg, in Berührung käme.

»Nataljas lustige Brüste«, flüsterte er. Aber nichts, es blieb dabei. Er hätte auch eine Zahl nennen können. Sie würde zu dieser Zeit korrekt und charmant das Geschäft führen. Basta! Er aß eine halbe Tafel Schokolade, trank aus der Bierdose, begann zu rauchen und sagte mit gestützter Stimme wie ein Sänger: »Erstens essen, zweitens trinken, drittens rauchen.« Nichts sollte durch diese Pfosten hindurch. Keinen Spalt sollte es geben für Störungen. »Und nun, in Gottes Namen, Start.«

## Der böse Wolfsen
## oder Das Ende der Demokratie

Meine Freundin Dottie Wamser hat mich verlassen.

Aber es gibt ja noch: 800041, 3720577, 5549053. Drei für mich einmal lebenswichtige Telefonnummern, die ich mitten in der Nacht aufsagen könnte mit den dazugehörenden Namen, alles wie am Schnürchen. ›Einmal lebenswichtig‹? Sie sind es immer noch, gerade jetzt, jetzt, ahne ich dunkel, wie niemals vorher. Was soll mir da Fürchterliches passieren? Hier zu den Zahlenfolgen die Namen: Marlene, Hannelore, Luisa. Andererseits: Allergospasmin, Lorano, Nivea, drei von Dotties Medikamenten. Ich spreche mir das gern laut vor, in meinen vier Wänden, mitten in die unverdächtige Stille hinein. Niemand sieht, ob mir das Wasser dabei in die Augen steigt.

Meine Freundin Dottie Wamser hat mich verlassen. Aber nicht wegen der Unordnung. Wie gern hätte ich in diesem Fall Verständnis und Reue, wenn auch nicht Umkehrwilligkeit gezeigt! Nein, das war's nicht, sondern, wie will man es bezeichnen, etwas ganz anderes. Sparsamkeit? Habgier? Etwa meinerseits? Ganz im Gegenteil! Ich war es, der für ihren Geschmack nicht genügend Begeisterung angesichts ihrer neuen Leidenschaft aufbrachte.

Angefangen hat es natürlich harmlos, mit einem unbedeutenden Tic. Sie wollte möglichst wenig Geld fürs Essen ausgeben, da diese Sachen so schnell, und in ihrer angenehmen Gestalt für immer, was hast du was kannst du, im eigenen Körper verschwinden. »Bedenke nur, was du dadurch für dein Sammlungsbudget gewinnst«, so hat mich das kleine Luder auf die schiefe Bahn gelockt und mir nachts scharwenzelnd ins Ohr, in meinen Schlaf geflüstert, dann, wenn ich wehrlos bin, leicht lispelnd außerdem wegen ihrer kleinen durchsichtigen Zahnschiene, die sie nachts trug. Also kam preiswertes Futter bei uns auf den Tisch und wurde in Mengen, wurde möglichst mit Rabatt gekauft, in riesigen Läden, in Über- und Extremmärkten mit Gängen, die sich in einem eisigen Nichts verloren. Der Witz war aber, daß Dottie mehr als das Doppelte von den billigen Fleischstücken und Kuchen aß und überhaupt, durch die schlechte Ware wahrscheinlich, gewaltig zunahm. Eine Dicke, so ein schwermütiges Möpschen, hatte ich mir nie zur Freundin gewünscht. Ich schämte mich, mit ihr in die Öffentlichkeit zu gehen. Sie hat sich dann, wie ich dachte, mir zuliebe, bald erstaunlich zusammengerissen und wurde nach diesem ersten, fehlgeratenen Anlauf, möglicherweise vor Wut, wieder schlank. Aber wie! Was bei anderen die Fett- und Freßsucht ist, wurde, jetzt erst richtig, bei ihr das Einsparen von allem Überflüssigen. Ihrem Gesicht sah man es schon nach zwei Wochen an. Alle hübschen Polsterungen weg, aller Glanz auf der Haut dahin. Sogar die schön gewölbten Lippen, jederzeit kräftig durchblutet, wie wir Männer es wünschen und wie, hatte Dottie früher mal erzählt, die Französinnen es durch eine besondere Art von Lippenstiften erzielen, schrumpelten, als lebten wir in den Wintern und Weiten Sibiriens.

Blumen aus Plastik! Statt einer Tischdecke Wachstuch, alle meine Pullover prophylaktisch, damit sie von nun an bis zu meinem Tod hielten, mit Lederflecken an den Ellenbogen. Kein Luxus mehr. Kernseife. Ordinärste Reinigungsmittel ersetzten jeden Wohlgeruch. Mitten in der Nacht konnte sie träumerisch flüstern: »Merkst du, wie wir alles schonen, einfach, weil wir im Bett liegen?« Daß sie mich schließlich verlassen hat, ist kein Riesenmalheur, es illustriert jedoch den Grad ihres Wahns: Bis auf mich als unglückliche Ausnahme wollte die Konfuse doch immer, jede Wette, einmal Besessenes gerade nicht hergeben.

Das Merkwürdigste aber bestand darin, daß sie mich für eine Weile angesteckt hat. Nicht nur ihr Gesicht, auch meins veränderte sich. Es würde aussehen, sagte man vernehmlich hinter meinem Rücken, als hätte ich eine Flasche Essig getrunken. Nachdem ich einmal diese Physiognomie bekommen habe, bin ich nicht mehr von ihr erlöst worden. Die vielen Spiegel meiner vollgestopften Verwaltungsräume – so nenne ich sie im Spaß – würdige ich keines Blickes. Ich bin kein hübscher Mann mehr, denn ich habe die Visage eines leibarmen Fanatikers oder auch Pedanten gekriegt, und sie ist seit damals nicht von mir gewichen. Hinterlassenschaft meiner törichten Dottie.

Am PC jedoch steht mir die Welt unkontrolliert mit ihren

lasziven Reizen zur Verfügung, ohne daß ich mein Chaos verlassen muß. Ein Mann wie ich ohne Freundin? Kein Problem, keine Zensur. Toll, was und wen man sich in schönster demokratischer Freiheit, ohne mit der Wimper zu zucken ins Haus kommen lassen kann! Kaum bestellt, schon klingelt das Abenteuer ganz privat an der Tür.

Damals aber war der Computer fast mein Verhängnis. Denn ich mußte (und, zu meiner Schande, wollte!) stundenlang prüfen und vergleichen. »Du übst dabei den Umgang mit den neuen Techniken, du wirst immer fixer«, raunte mir meine Sirene ins Ohr und lenkte mich sanft weg vom Ersteigern erregender Comics aus den Dreißigern hin zu den simpelsten Dingen des Lebensvollzugs. Ich prüfte und verglich, bis das günstigste Angebot gefunden war. Zunächst ein Sport für mich, eine zweck- und sinnfreie Jagd. Sie wußte das, damit hat sie mich tapsigen Mann in ihrer Schläue rasch kirre gemacht.

Nach einer gewissen Zeit wurde ich dann fast schlimmer als sie. Irgendwann einmal habe ich von Fernreisen geträumt wie jedermann. Die steinernen Geheimnisse Kairos und der Pyramiden, die kochende Erde und die Elfen Islands, das keltische Irland, das knöchern glutvolle Spanien! Wie denn auch nicht! Schon das Studieren der Anpreisungen war ein Fest, die lebenslustigen Bilder, die herbeiwinkenden Beschreibungen! Auf einmal waren nur noch die Preise interessant. Ich las als erstes, was die Kreuzfahrten kosten, die niedrigsten und höchsten Tarife, egal wohin, die Zahlen mit dem Eurozeichen dahinter fesselten mich mehr als Landschaften und Hotelansichten mit einschmeichelnden Doppelbetten. Es war ... eine Lotterie, ein Zahlengewinnspiel, eine Tabelle, ein Quiz, ein Intelligenztest für mich. Ich genoß, daß ich nicht reisen mußte, sondern vergleichen konnte mit der List und dem Witz des Fuchses, der allen Fallen entschlüpft, alle Betrügereien durchschaut.

Niemanden wird wundern, was mir selbst zunächst entging.

Ich begann, das Prinzip – es als Laster einzusehen stand mir noch bevor – auf andere Bereiche, eigentlich auf alle, zu übertragen. Das Taxieren wurde meine Droge. Schon von weitem, ein unwillkürlicher Akt, setzte sich in mir die Überlegung in Gang, wie hoch man wohl dieses schneeweiße Haus, jenen von einem italienischen Fußballtrainer oder auch Staatschef getragenen Anzug, den apart langfelligen Hund da drüben schätzen müßte. Kurz: Vom Auto bis zum Covergirl blieb nichts vor mir sicher. Ich war außerstande, noch irgend etwas unschuldig, um seiner selbst willen anzusehen. Es hätte mich auch zu Tode gelangweilt. Der Preis stellte für mich das Salz in der Suppe, den Spritzer Zitrone dar.

Schwierigkeiten im menschlichen Verkehr ergaben sich insofern, als mir nun selbstverständlich die wichtigste Frage meines Lebens ständig auf der Zunge lag, auch dort, wo sie einem dummen Vorurteil entsprechend als unschicklich gilt. Die Frage: »Was hat das gekostet?« ist mir sogar einmal rausgerutscht, als ein Besucher der geizigen Dottie einen großen Strauß Sonnenblumen überreichte. Sie biß sich wegen der Blamage vor Wut auf die geschrumpften Lippen. Dabei weiß ich genau, was sie gleich beim Auswickeln gedacht hat. Frauen sind eben die geborenen Heuchlerinnen. Während sie, da nun mal der Gast empfangen werden mußte, diesem die sorgloseste Verschwendung vorgaukelte, wies ich gutmütig, als der Herr nicht mehr essen wollte und sich deshalb entschuldigte, auf unsere Freude hin, am nächsten Tag noch eine Mahlzeit übrig zu haben. Ich fand das humorvoll von mir und außerdem der Wahrheit entsprechend. Für die lügnerische Dottie – in einem schleswig-holsteinischen Dorf an einer Bushaltestelle im Regen hatte ich den Teufel ausgegraben, damals, ganz ohne Angehörige und Freunde – ergab sich der Kitzel des Geizes, das merkte ich zu spät, aus seiner Verleugnung nach außen hin. Ein zusätzliches Bonbon. Außen hui, innen pfui! Nur kriegte sie nicht mit, daß ihr, wie soll ich sagen, von rächenden Mächten grausam entstelltes Gesicht, anders als ihre Gesellschaftsgestik, Bände sprach, ach was: herauskeifte.

Ich drang vor bis zu jener Schamlosigkeit, die nicht bloß eben erst kennengelernte Leute nach ihrem Beruf fragt, vielmehr gleich im Anschluß um die Auskunft ersucht: »Und wieviel verdienen Sie?« Es kostete mich bald keine Überwindung mehr, Information zu verlangen über Versicherungsart und allgemeine Vermögenslage eines Menschen. Nur deshalb, um Besagtes zu erfahren, gab ich mich doch überhaupt mit den Individuen ab. Sollte ich ihre Nase, ihren Geruch, ihre Art, sich zu räuspern, spannender finden? Rücksicht auf Empfindlichkeiten nahm ich nicht. Wenn man sich daraufhin von mir abwandte: auch gut! Mir entging nichts dadurch, eben, eben, nichts als die Nase, der Geruch der Leute etc. Außerdem, was soll das Getue? Jedes Kindergartenkind steht heute Rede und Antwort bei Themen wie Swinger Clubs und Oralsex. Warum um den Geldverkehr mehr Theater machen als um den Geschlechtsverkehr?

Ein kostenfreies Zwischenvergnügen ergab sich durch die Phantasie. Ich malte mir die herrlichsten finanziellen Ausschweifungen aus, etwa in Rom, London und Hongkong. Ich platzte fast vor Wonne bei manchen, hier nicht zu erläuternden Vorstellungen. Und dann kam die Krönung, die tollste aller Lüste: Es nämlich nicht zu tun! »Reingefallen«, rief ich dem Geldrauswerfen zu und lachte mir ins Fäustchen. Zwei Wonnen auf einmal, beziehungsweise hintereinander. Man mag es verspielt nennen, es klappte aber, und tat nur den Wucherern in den europäischen und asiatischen Metropolen weh.

Die süße Dottie, knauserige Königin meines Herzens, wußte nichts von diesen Abenteuern. Ich versuchte sie mit auf meine imaginären Expeditionen zu nehmen, sie weigerte sich. Emsig frönte sie ihrer Passion, indem sie den Aufwand des täglichen Lebens einschränkte. Sie stellte das Essen direkt im Kochtopf auf den Tisch, spülte das Geschirr kalt ab unterm Wasserhahn, strich ersatzlos die Stoffservietten, die doch für mich von Kindesbeinen an zum Eßvergnügen gehören. Gebadet wurde überhaupt nicht mehr, nur in rasender Eile geduscht. Selbst an den Zärtlichkeiten für mich begann sie zu sparen. Gut, das war ihre Art, es zum Exzeß zu treiben, meine war's nicht. Ich bestaunte ihr kleinliches Treiben. Es bedeutete das Ende der Zivilisation in unserem Haus.

Habe ich mich schuldig gemacht? Ich wurde einfach mitgerissen. Ihre Maßnahmen bekümmerten mich nicht sonderlich, weil ich mir, neben meinen phantastischen, vielmehr phantasierten Ausflügen einen Ausgleich, eine Lust verschaffte, der ich, so daß unter meinem Essiggesicht für den Kundigen immer ein Schmunzeln hätte ahnbar bleiben müssen, mit Vergnügen eine Zeitlang nachging. Es war etwas Reziprokes zu meinem sonstigen Verhalten, es machte meinen Sparspleen nicht nur rückgängig. Ich beschwatzte mich erfolgreich damit, daß ich mir versicherte, das Ganze sogar in eine ethische Leistung umgemünzt zu haben.

Ich spendete das Ersparte!

Ich tat es wie unbewacht von meinem Sparbewußtsein, dem argusäugigen. Wie in Trance steckte ich den Straßenmusikanten, so verwerflich ihre musikalische Darbietung sein mochte, bedeutende Scheine zu, gab Geld für die Berggorillas in Gefahr, überwies größere Summen in die Elendsgebiete der Erde, fragte da auch nicht beckmesserisch nach, ob es die Adressaten erreichte. Großzügige Gesten gelangen mir ohne große Worte. Was ich der Gesellschaft durch meinen Geiz entzog, schenkte ich ihr an verborgener Stelle zurück.

Dottie wußte nichts davon, kam aber eines Tages dahinter, als man mir unaufgefordert Spendenbescheinigungen ins Haus schickte. Sie tobte nicht, sie zog es vor, stumm zusammenzubrechen. Als sie wieder aufnahmefähig war, schrie sie, nach meiner Erinnerung stundenlang. Was sollte ich sagen? Verrat, Verhöhnung waren wohl meine Hauptdelikte. Ob sie in Wahrheit, nur und nackt, aus Wut über die Verluste gewimmert hat? Die Schlingelin drohte sogar, meine Sammlungen zu zerstören.

Nie hat sie begriffen, in welche Gefahr sie mich brachte mit ihrer Manie und wie sehr ich von Glück sagen kann, daß ich im letzten oder vorletzten Moment den Ausweg fand, sie, die Manie, als Spiel zu behandeln, so wie ich einstmals und äußerst erfolgreich mein Leben als Spekulant betrieb, als wagemutiger Spezialist für das richtige Timing. Damals speicherte ich das finanzielle Fett an, von dem ich mich noch heute, zwar ohne regulären Job, aber auch ohne große Mühseligkeit bescheiden ernähre.

Was war das? Telefon?

Die Unordnung, die mich umgibt, ist perfide, eine Scheußlichkeit. Ich wünsche sie nicht, habe sie immer, von klein auf, gefürchtet, aber sie entsteht. Sie entsteht wie der Staub, beängstigender Staub, überall und aus eigenem Antrieb, bildet sich aus eigenen verheerenden Säften oder Zellen, oder was weiß denn ich.

Ich jedenfalls war immer bestrebt, die Dinge in Fächern und Vitrinen diszipliniert zu wissen, habe für Regale und schubladenreiche Schränke gesorgt, für all den sympathischen Krempel, der angeboten wird im Bürobedarf-, im Buchhalter-Fachhandel. Geradezu unwiderstehlich ist es stets für mich gewesen, das vielfältige Ordnungswesen mit seinen Verzweigungen bis in die gelben und roten Büroklammern hinein, die wohltätigen. All diese Mittel und Medikamente gegen das grauenhafte Gewusel der Objekte wird man bei mir irgendwo aufspüren, wenn man die Übersicht, die Nerven behält.

Hat es eben nicht doch geklingelt? Nein!

Auf mich freilich trifft das nicht mehr zu. Ich verliere mich zwischen den liebenswerten Ordnungshütern, wenn ich sie einmal so nennen darf, zwischen diesen Aktendeckeln, Plastikkörben, Aufbewahrungswerkzeugen. Halb verzweifelnd sitze ich auf meinem Stuhl. Auch der mit seinem schiefen Kissenturm auf der Sitzfläche ist okkupiert, mit den herabgerutschten Pullovern unten zwischen den vier Beinen, neben dem überbordenden Papierkorb, in den nützliche Utensilien vom Schreibtisch fallen (und dann gute Nacht, wer soll die dann in dem Unrat finden!), während ich die Augen fest zukneife oder in den von Wolken überquellenden Himmel sehe und träume von einer Welt, in der die Heiterkeit des Aufgeräumten herrscht wie der Glanz der lichten Wahrheit, wie nach dem großen Welthausputz. Besser noch: atmender Frieden wie einem Sprichwort zufolge am ersten Schöpfungstag, wie auf gotischen Bildern der bescheidene Hausrat schimmernd, die wenigen Einzelstücke poliert und gewienert um die kleine Maria mit den schelmischen Brüsten herum, als zeigte er die makellose Möblierung ihrer Jungfrauenseele an.

Davon kann bei mir leider keine Rede sein. Um so weniges geht es hier, Gott sei's geklagt, eben nicht, nicht um einen Krug mit einer einzigen Blume darin, nicht um ein keusches Buch und zwei Teller mit zwei Äpfeln und deren Schatten darauf. Zu vieles hat sich angesammelt aus eigener Kraft. Ich staune selbst, manches kenne ich gar nicht. Wer hat diese Waren hier untergestellt, bei mir, in meinen viel zu knapp bemessenen Räumen, in dieser Enge, in der dunkle Gassen ins mittlerweile Undurchdringliche führen? Ich? Ich selbst sollte den Unfug angehäuft haben, den verwerflichen, ja nahezu lebensbedrohlichen, der mir keine freie Fläche mehr überläßt zu einer reinlichen Existenzweise mit frischem Luftaustausch? Wohin ich auch sehe, überall starrt das Beklemmende zurück. Das ist das Problem.

Es ließe sich doch aber Abhilfe schaffen? So? Wie denn bitte sehr? Aussortieren, den Kram kurzerhand wegwerfen? Die pure Ignoranz ist es, die sich nicht entblödet, mir mit so einem Vorschlag zu kommen. Es handelt sich um eine beispielhaft moderne Gesinnung, flott flott, das ist klar. So sind die Einfälle heutiger Menschen, unkomplizierter Idioten. Praktisch und positiv. Ganz so, wie ich es hasse. Da verharre ich lieber bis zu meinem Untergang im Gerümpel, im grausigen Getümmel der massenhaft angestauten Artikel.

Da, der Briefträger mit seinem gelben Rad! Ich beherrsche mich und sehe später nach.

Es sind schließlich doch alles Individuen, hochverdiente Veteranen, selbst wenn Zacken abgebrochen, Einbände fleckig sein sollten. Fast alle diese Dinge haben kleine Macken, Fehler, die sich im Laufe der Zeit einstellten, im Laufe einer teilweise sehr langen Zeit, was sie nicht wertloser, sondern reizender, mir immer teurer macht, die alten Kumpel und Freunde, diese angestoßenen Cognacschwenker, zerfledderten Notenblätter, Bestecksätze, Vertikos für das bürgerliche Wohnzimmer, an denen die aufgeleimten Zierleisten nicht mehr vollständig sind, dazu die entsprechenden Genrebildchen, Schallplatten und epochalen Kopfbedeckungen. Von den Computern aus den vorsintflutlichen Anfangszeiten ganz zu schweigen. Badezimmerarmaturen in der Form ausgedienter Gabeltelefone, Flaschenteufel der Fünfziger. Mir ist das alles, ich will es nicht aufzählen, ans Herz gewachsen. Wie könnte ich es entfernen in die markzersetzende Entsorgungs-Außenwelt?

Jemand muß sie aufheben, diese Sachen, diese Zeugen und Zeugnisse, muß sie horten unter noch so großen Opfern an Bequemlichkeit, damit sie nicht dahin sind für immer, wie nie gewesen, zerfallen ins staubige Nichts, wie wir es von den Toten kennen.

So steht das Schöne wie Merkwürdige, sonst unwiederbringlich Verlorene unter meinem Schutz, manches in mehreren Exemplaren, zur Sicherheit, manches zur Vorsorge für den Notfall, bei dem man gern auf den ehemaligen Kohlenofen zurückgreift. Man kennt die Fälle. Im Dunkeln streife ich durch die Straßen und prüfe den sogenannten Abfall, das Ausrangierte der Menschheit. Fast immer werde ich fündig. Zu meiner Seligkeit. Zu meinem Bedauern und Schuldgefühl, denn: Wohin damit? 

Außerdem ist durchaus nicht nur Plunder bei mir aufgeschichtet und in die Lücken gestopft. Das ja eben nicht. Es handelt sich nicht um Nostalgie. Auch das Neue reizt mich zum Zugreifen, sobald ich seiner ansichtig werde. Blind müßte ich durch die Stadt gehen, im Grunde. Immerhin gehe ich selten. Bin ich aber einmal unterwegs, droht höchste Gefahr. Das kann ich wohl sagen.

Sieh an, im Briefkasten nichts Privates.

Alle diese herrlichen Sachen in den Schaufenstern, in den Warenhäusern! Das muß gerettet werden, denn schon ein Jahr später, ein halbes gelegentlich, ist nicht mehr lieferbar, was mich jetzt so entzückt, diese kleinen Meisterleistungen, und seien es schräge, als Raketen konzipierte Bleistifte, Armbanduhren, billig, aber vom Design her Geniestreiche, die es nie vorher gegeben hat, die mich trösten. Angesichts der maulaufreißenden Häßlichkeit der Welt, ihrer Generalscheußlichkeit: diese zarten, kühnen Blüten der Erfindungskunst. Wie sie mich verblüffen, wie es mich zu ihnen treibt, wie ich sie besitzen muß, nicht aus Gier, oder wenn, ist es die Gier zu beschützen, zu erlösen, sie aus dem Schutt und Schrott ihrer Umgebung in mein Reich zu leiten, unter meinen Schutz und Schirm und Schutzmantel.

Kein prächtiger Schutzmantel allerdings, ein räudiger vermutlich. Aber doch einer, der die Dinge dem ihnen zugedachten Schicksal fürs erste entzieht, der sie birgt und verbirgt. Wie es unter diesem Panier aussieht, darüber gebe ich niemandem Rechenschaft. Ich selbst bin schließlich am stärksten betroffen von den Zuständen in meinem Haus. Ramsch enthält es deshalb noch lange nicht.

Leider geht allerhand zu Bruch, in Scherben, zum Teufel durch mangelhafte Wartung. Ich verstehe darunter nicht das marienhaft heilige Wienern und so weiter. Was fehlt, ist lediglich das solide Verstauen und dessen Systematik, die Lagerordnung, ein wenig Rechtwinkligkeit und Begradigung, Kennzeichnung, wie gesagt, Wiederauffindbarkeit. Die Unordnung wächst, ich erwähnte es, täglich wie auf Hefe. Eine ähnliche Selbstenergie, eine Art élan vital zügelnder Ordnung hingegen, die ist bei der Herstellung der Welt vergessen worden. So verschwindet manches auf Nimmerwiedersehen, ich weiß nicht wo, in einem Akt der Eigenauflösung, oder man entwendet es mir während meiner Geistesabwesenheit, beim Blick in den wolkenreichen Himmel, das gestand ich ja schon.

Auch dies, bedauerlicherweise, kommt vor: Daß ich selbst meine geliebten Objekte zerstöre, weil sie in die Gänge ragen oder ungünstig übereinandergestapelt sind und plötzlich zusammenbrechen, sich ergießen und verstreuen. Und sogar das passiert: Ich verletze mich an ihnen, an Ellenbogen und Schienbeinen sind die blauen Flecke in Permanenz gar nicht zu zählen. Ich werde mir noch die Beine brechen.

Das Zeug überwuchert mich. Es gibt Stunden, da möchte ich um Hilfe schreien, das Fenster aufreißen und laut rufen: »He Passanten, Nachbarn, rettet mich, ich ersticke im Schutt. Schafft alles fort, macht euch über den Trödel her, befreit mich davon!« Er rückt ja stündlich näher an mich heran in bedenklich getürmten Pyramiden, juckt mich am ganzen Körper. Wo ich hintrete, knirscht es unter den Sohlen. In den schwärzesten Minuten möchte ich alles anzünden, ein großes, verzehrendes Feuer. Ah, welche Reinigung! Wenn doch alles von allein verweste, sich freiwillig dem Nichts auslieferte und in Staub zerginge! Mein gesamtes Interesse ist absorbiert von diesem Kram, dem verfluchten, draußen rauscht und walzt die Welt mit ihren imponierenden Wahlkämpfen und Schicksalsfragen vorüber, und ich merke nichts davon. Ich sehe statt dessen meine Biergläsersammlung an. Schändlich!

Aber wo sollte ich anfangen mit dem Aufräumen? Die Unmöglichkeit des Unterfangens entmutigt mich auf der Stelle, ihre Sinnlosigkeit macht mich phlegmatisch. Von plötzlichen Panikattacken abgesehen, senkt sie meinen Blutdruck. Deshalb sitze ich lieber still auf meinem Stuhl und grause mich. Grause mich vor meinen eigenen, ergänzender Anlieferungen keineswegs oder eben unentwegt bedürftigen Schätze der ... Weltkultur?

Telefon? Telefon! Aber nur verwählt. Angeblich!!

Bis jetzt ist es mir gelungen, auf dieser Müllhalde, um ein wenig zu spaßen, eine Prise Galgenhumor kann in meiner fatalen Lage nur nützlich sein, in diesem zur Baracke verkommenen Haus zu überleben. Daß ich es so kritisch betrachte, beweist nur, daß mein Ideal etwas anderes ist als das, was ich hier vorfinde. Ich träume von der blitzenden Kahlheit in den Nachbarhäusern, dem schwungvollen Luftaustausch, der dort der vorherrschende ist, aber wäre es für mich nicht doch ein bißchen zu viel des Guten? Zu viel der Zugluft? Was eigentlich lieben diese Leute in der Leere ihrer Zimmer? Ich meine, mit heißem Blut, nicht nur so zur Dekoration hier eine Vase, dort ein Bildband. Die Dinge um mich herum, die mich freilich elend bedrängen, beschützen mich ihrerseits ja ebenfalls, sie sind eine Burgmauer, ein Wall, ich weiß es wohl. Gibt es irgendwo einen Spalt, wird er sogleich mit Nachschub zugemauert, so schrecklich das ist auf der anderen Seite.

Ein Dilemma, gewiß. Nur darf man eines nicht vergessen, wenn man mich bedauert. Ich ertrinke schon nicht, ich ersticke schon nicht. Was in diesen Kammern nämlich herrscht, ist eine immaterielle und um so unerbittlichere Ordnung. Eine Ordensregel, könnte man sagen. Es ist das Ritual. Es ist das Geheimnis, die Rüstung in meinem Existenzkampf. Die Vertikos, die Cognacschwenker, die Folianten und Raketenstifte können noch so dräuen, sollen ruhig drohen mit Absturz, Vergilbung, Verkommenheit.

Ich habe über alles die Zeremonien verhängt, eine Art Exerzieren von morgens bis abends, wo ich gehe und stehe. Fünf

Bilder gibt es, die ich gleich nach dem Aufstehen grüßend betrachte, dann schnellt eine einzige Jalousie hoch, ich trete ans Fenster und sehe eine Fahnenstange an, dann das Werkgelände einer Flugzeugfabrik, einen Backsteinkirchturm, danach streiche ich liebkosend, die Dinger benötigen das, über drei Tischchen mit Intarsienarbeit, darauf versuche ich zu Gott zu beten in aufrechter, demütiger Gestik, ob es gelingt oder nicht, die Haltung stimmt immer. Mein Frühstück wird bei vollkommener Helligkeit, natürlicher im Sommer, elektrischer im Winter, durch die Woche hindurch auf sieben verschiedenen Gedecken konsumiert, bei Nachlässigkeiten bekomme ich Magenkrämpfe. Es erschöpft mich aber, nicht nachlässig zu sein! Auch das ein Dilemma. Nur drei Stifte sind auserkoren, von mir benutzt zu werden, ein einziges Radiergummi. Dazu lege ich die Hausschuhe ab, radiere nur in Straßenschuhen, um spielerisch das Gesetz zu betonen. Die alten Armaturen prüfe ich erst am Nachmittag. Nur zwei davon. An die anderen komme ich ohnehin vielleicht nie wieder ran. Sie werden sich gar nicht mehr bewegen lassen. Danach nehme ich Münzen in die Hände, wende sie vor meinen Augen hin und her, drücke mir ihre Prägung für fünf Sekunden in Daumen und Zeigefinger, wie um mich selbst zu stempeln. Ich spreche von denen, die in einer extra gepolsterten Schachtel liegen. Nur drei davon erwähle ich. Auf ein grünes Samtsofa setze ich mich vor dem oder auch für den Tee am Nachmittag, von 16.50 bis 17.30 Uhr. So geht es in kleinem Radius, jedoch strengstens über viele, hier nicht genannte Stationen bis zum Bett, wenn die Jalousien in unerbittlicher Reihenfolge fallen. So machen es sonst nur Irre, alte Leute und Arbeitslose.

Unter meinem Dach fühle ich mich dank dessen, trotz der verwüstenden Vielzahl der Gegenstände, dank dieser Zähmung durch die von mir erlassenen Gesetze in einer verworrenen Stabilität, ich darf wohl sagen: noch so eben in Sicherheit. Auch um sie zu erhalten, gebe ich mir täglich, mir selbst wie gegenüber einem Nichteingeweihten, in dieser monologischen Form Rechenschaft.

Ob nach der Erfahrung mit Dottie das andere Gefühl begann, nebensächlich zunächst, aber von Tag zu Tag mehr als nur ein Begleitumstand?
Eigenartig, in was für Zustände man im stummen Daliegen geraten kann! Fast alle Leute offenbaren, für mich jedenfalls, nach kurzem Kennenlernen Anzeichen einer Verrücktheit, einer Verengung im Wahrnehmen. Gut und schön, das macht ihre Persönlichkeit aus, steigert sie unter Umständen ins Faszinierende. Erstaunlich jedoch, wie alle, auch wenn sie gern über zivile Kriminalität, Kapitalismus, Kriegsverbrechen schwätzen, oder was sich gerade als ihr Fachgebiet ausgesucht haben, wie sie alle, wenn es um ihre eigene Haut, um ihre Familie geht, völlig die Contenance verlieren. Hundertmal wichtiger ist ihnen dann ihr Zahnweh, das beleidigt schiefgezogene Maul ihrer Tochter, das gelungene Aufsätzchen vom Herrn Sohn – während sie stur und ständig die eigenen Eltern als Strapaze ansehen, ach ja, die ewig gleichen Muster der Biologie! – tausendmal wichtiger als das Sterben von Zigtausenden irgendwo.

Und sie sind auch noch stolz darauf, halten das für ein Symptom psychischer und sozialer Gesundheit, nennen die wenigen, bei denen es anders ist, arme Teufel, Narren, die von den Weltscheußlichkeiten nicht auf ihre eigene Weise nur geruhsam erschüttert, nur ein bißchen zurechtweisend unterhalten sind.

Ich jedenfalls spürte zwei befremdliche Dinge eines Tages, beide zusammen, in einem einzigen Augenblick. Doch, es muß nach Dottie und vor dem gewaltigen Zunehmen meiner Sammlungen gewesen sein. Ich sagte einen ganz klaren Satz, Subjekt, Prädikat, Objekt, etwa: »Der Hahn kräht auf dem Mist«, nicht diesen selben Satz, aber einen von vergleichbarer Simplizität. Ich sagte ihn zu einem Nachbarn, dem ich am Briefkasten begegnete, an einem der wenigen mit Sonntagsleerung. Ich begegnete nicht nur, im Sagen des Sätzchens, ihm, diesem hageren, um die Aura jovialer Weltläufigkeit stets bemühten, ach was, ringenden Mann, sondern außerdem einer vollkommenen Verständnislosigkeit, die er gewandt zu verbergen suchte. Um so schlimmer. Als wäre ich ein Idiot, der aggressiv zu werden droht, wenn man ihn auf sein Debakel hinweist!

Er stand da, riß die Augen auf und verstand mich, den Blödmann, nicht. Ich hatte deutsch gesprochen, »Der Vater setzt den Hut auf«, was in der Art, ein Satz für eine Kinderfibel, »Der Kanzler fährt nach China«, irgend so etwas. Dreimal bin ich meinen Abendweg gegangen, eine Runde nach der anderen und habe über den Originalsatz gegrübelt, er fiel mir nicht mehr ein. Beinahe hätte ich geklingelt, um den Zollstockmenschen zu fragen: »Verzeihung, was habe ich eben am Briefkasten mit Sonntagsleerung zu Ihnen gesagt?« Aber mußte ich nicht damit rechnen, daß seine Verständnislosigkeit, die seine Augen verdoppelte, dadurch noch wachsen würde? Vielleicht hatte er schon seiner Frau, einer ehemaligen Freundin, dann eher Feindin von Dottie, berichtet? Vielleicht hatte ich gesagt: »Einen schönen Abend noch«, und bei ihm war, wie bei der Polizei aus dem Mund des Fußballspielers, den sie Effe nennen, ich bin nun mal kein Fan, das Wort »Arschloch« angekommen? Vielleicht hört er neuerdings schlecht und hatte was Falsches verstanden?

Vorausgegangen war ein Erlebnis, das mich auf unerklärliche Art bänglich gestimmt hatte. Mir passiert das manchmal, kurz bevor es zu regnen anfängt, besonders im Frühling, wenn die Vögel es früher wissen als man selbst. Damals war auch Frühling, und ich traf die Frau, um die es sich handelt, auf unserem Biomarkt, wo sie eine große Menge frischen Blattspinat kaufte. Eine Frau mit grauen Haaren, die sie als Nackenknoten trug, das Gesicht sehr rund und fast faltenlos. Sie sah schräg hoch vom Kontrollieren des Gemüses und erkannte mich, lachte herzlich, als sie meine Verlegenheit bemerkte, und stellte sich vor, setzte sogar zu einer Umarmung an.

Natürlich! Da begriff ich: Elke Andritschke. Sie arbeitete, als ich während des Studiums in einer großen Autoreparaturwerkstatt etwas Geld verdiente, in meiner Abteilung. Ich war noch sehr jung, verstand fast nichts von Frauen. Sie wäre, in amouröser Hinsicht, auch niemals mein Ideal gewesen, eine Frau mit leicht zerfließendem Gesicht und viel zu üppigem Busen, alles vom Korsett mit sichtbarer Mühe gebändigt. Man wagte gar nicht weiterzudenken, wollte sich die Ausuferungen gar nicht erst ausmalen. Sie war wesentlich älter als ich, sicher sechs Jahre, ein ausgezeichneter Kumpel, erotisch damit für mich, bei aller Sympathie, typologisch sowieso tabu, ziemlich trinkfest, als Frau leider, obschon unter dreißig, mit ersten Anzeichen von Verbrauchtheit.

Bei einem Betriebsfest hatte sie zu viele Schnäpse gekippt und sackte plötzlich auf ihrem Stuhl zusammen. Die ganze Belegschaft stand um sie herum, als ihr Bluse und Büstenhalter geöffnet wurden und das viele, nicht allzu fest wirkende Fleisch, mein Gott, ich war erst zwanzig, aus ihren Kleidern hervorbrach, gemeinsam mit einem Geruch nach Thymian und Mottenpulver. Als sie zu sich kam, verlangte sie, nach Hause gebracht zu werden, weinerlich, jedoch mit Wildheit und Würde einer Steppenzarin. Schließlich standen unsinnig viele Leute in ihrem winzigen Schlafzimmer und betrachteten ohne Scheu das bleiche, schwarz gekleidete Fleisch der schluchzend, verschmiert und völlig aufgelöst im Bett liegenden Frau. Ich hätte sie gern beschützt. Doch das war nicht nötig. Es verblüffte und belehrte mich. Sie genierte sich überhaupt nicht, forderte nur von uns, schon an der Grenze zur Beschimpfung, sofort ihren Freund zu rufen, der mit dem Taxi herfahren solle. Ich hatte ihn einmal gesehen, ein beträchtlich jüngerer, blendend aussehender Bursche, wenn auch etwas milchbärtig. Wäre ich mit ihr allein gewesen, hätte ich sie mit Gewalt daran gehindert, sich in dieser Verfassung ausgerechnet einem solchen Mann zu präsentieren. Sie ließ sich aber in ihrer zornigen Betrunkenheit durch nichts davon abhalten, schnurstracks ins Verderben zu rennen.

Der Mann erschien, kaum älter als ich, strich ihr das Haar zurück und schob ihr, auf der Bettkante sitzend, eine von ihm für sie angerauchte Zigarette zwischen die Lippen. Er beachtete uns nicht, wir zogen uns zurück. Noch war die Tür nicht vollständig hinter uns geschlossen, da hatte er sie schon zum Lachen gebracht. Einer von denen, die mit der Muttermilch eingesogen haben, wie wenig es bei Frauen auf Ehrerbietung ankommt. Bei denen geht die Rechnung leider immer auf. Pokulieren und kopulieren.

Elke Andritschke. Da stand sie vor mir! Ich wollte ihr unbedingt sagen, wie heftig ich ihre damalige Verwegenheit, ihre sexuelle Instinktsicherheit später, selber ein bißchen klüger geworden, bewundert habe. Ich versuchte es, während ihr der große Plastiksack mit dem Spinat über die Theke gereicht wurde. Sie ließ mich lächelnd ausreden, runzelte die glatte Stirn wie in ernstlicher Anstrengung, zog bedauernd leicht die Schultern hoch, wünschte mir alles Gute und drehte mir abschließend den Rücken zu.

Das erste Mal! Hier ging es los: Sie hatte mich nicht verstanden, sich nur vergebens, allerdings freundlich darum bemüht, was die Sache verschlimmerte.

Inzwischen bin ich fast daran gewöhnt, daß es in jeder Gesellschaft, die ich aufsuche – es passiert immer seltener –, als würden, sobald ich den Mund aufmache, Kröten daraus springen, wie auf Verabredung zu einem Themenwechsel kommt. Ich schweige dann still, horche dem nach, was ich von mir gegeben habe, und kann nichts Kompliziertes daran entdecken. Ist denn die Welt über Nacht so schlicht oder gar primitiv geworden?

Ich habe mir für das nächste Treffen mit dem dürren Nachbarn extra einen überschaubaren Satz vorgenommen. »Das

Wetter ist heute vielversprechender als gestern.« Ich hatte ihn von einem anderen gehört, also mußte er der Normalität Genüge tun. Dann wollte ich, um seiner politischen Gesinnung zu schmeicheln, hinzufügen: »Aber ist es mit unserer Regierung auch so?« Als ich ihm begegnete, der Kasten mit Sonntagsleerung befand sich nicht fern davon, regnete es plötzlich aus heiterem Himmel. Ich bog den Satz reaktionsschnell um: »Heute ist das Wetter nicht so vielversprechend wie gestern.« Weiter kam ich nicht. Er lachte höflich, eventuell zugleich höhnisch, und ging grüßend um die Ecke.

Wie sollte mich das übermäßig wundern! Ich stammelte ja neuerdings ein bißchen, blieb auf einem Wort stehen und schaffte es nicht so leicht, davon runterzuspringen aus Furcht vor den Schluchten möglicher Unverständlichkeit.

Inzwischen war man dreister zu mir geworden. Kaum stotterte ich ein Sätzchen zusammen, das auch nur im Ansatz meine Gedanken widerspiegelte (manchmal muß doch auch etwas Wirkliches aus einem heraus!), machte man: »Häh?«, machte man dieses grausige »Häh?« Die Hoffnung, es könnte an meiner Artikulation liegen, ich spräche vielleicht aus begreiflichen Gründen zu leise in zunehmender Schüchternheit, hatte ich längst aufgegeben. Und plump fuhr man fort: »Sagen Sie es doch verständlicher! Können Sie es, in Gottes Namen, nicht einfacher ausdrücken?« Diese Bemerkungen, diese Attacken dröhnten mir mittlerweile in den Ohren, schon bevor sie ausgesprochen wurden. Was ich sagte, wurde mir von der Gesellschaft in den Mund zurückgestopft.

Auch damit war es dann vorbei. Man machte sich ja nicht mehr die Mühe nachzufragen. Man überhörte mich, lächelte zerstreut, als hätte ich mich bloß geräuspert. Aha, ich gab also, wenn ich glaubte zu sprechen, nur Geräusche von mir. Auch gut, ich brauche euch alle nicht.

Ich lebe in Unordnung, anspruchslos und zurückgezogen, aber ich verfüge noch immer über einen gewissen Bekanntenkreis, Leute, an die ich zu gewissen Stunden denke, die mir morgens beim Aufwachen einfallen, derer ich mit Herzlichkeit und herzhaft gedenke. Um nichts falsch zu machen, um mir keine Blöße zu geben und jedes Mißverständnis zu meiden, versuchte ich die Beziehung zu ihnen aufrechtzuerhalten: über die Post. Ich schickte ihnen Zeitungsartikel, die mich in Aufregung versetzten, die ich nicht einfach alleine schlucken wollte. Nachrichten und Behauptungen, die ich farbig unterstrich, auch mit Ausrufe- und Fragezeichen versah, zur Not gleich mit mehreren.

Dottie etwa ließ ich einen Bericht zukommen über einen Mann aus Colorado, der mit einer gepanzerten Planierraupe durch die Kleinstadt Granby gefahren ist, über eine Stunde lang, und Bank, Rathaus, Bücherei, Spielhalle, Zeitungsredaktion zerstört hat. Schließlich fand man ihn, von sich selbst erschossen, im Führerhäuschen. Der Mann, stellte sich heraus, hat aber gar keine wilde Amoktat begangen, sondern eine der gezielten Rache. Es waren ja alles Gebäude von Leuten, von denen er sich in einem Grundstücksstreit betrogen fühlte! Ich erhielt nie eine Antwort. Wo mag Dottie, die spurlos verschwundene, jetzt sein? An welche Adresse habe ich den Artikel überhaupt geschickt?

Meinem alten Freund Fred, der ein großer Tierliebhaber ist, sandte ich den Report über eine Wohnung, in der eine Frau mit ihrer zehn Jahre alten Tochter und hundert Ratten lebte. Die Tiere wohnten im Kinderzimmer. Sie stammten aus einer Zoohandlung und hatten sich so vermehrt, daß es der Frau über den Kopf gewachsen war, denn sie mußte ja noch in ihrer Zwei-Zimmer-Wohnung fünf Kaninchen und sechs Wellensittiche versorgen. Was würde Fred dazu sagen? In einem zweiten Ausschnitt informierte ich ihn darüber, wie eine Sozialhilfeempfängerin über Internet junge Dobermänner verkauft hat, zu 700 Euro das Stück, alle wohl aus Polen geschmuggelt. Den Tieren waren, teilweise mit schweren Verletzungen, Ohren und

Schwänze kupiert worden. Alles nicht in meinen Worten, sondern denen der Zeitung. Was konnte da schiefgehen?

Was schrieb man mir zurück? Nein, diesmal kein: »Wir verstehen dich nicht!« Jetzt hieß es ohne weiteren Kommentar: »Danke. Wir verstehen dich ja!« Ich hatte weder mit solcher Zurückweisung noch solcher Gleichgültigkeit der Menschheit gerechnet, begriff sie nicht und beschloß meinerseits, auf sie zu pfeifen.

Manchmal bilde ich mir nur so zum Spaß ein, man hätte Dottie totgeschlagen.

Man gönnt mir aber meine Unabhängigkeit keineswegs. Vermutlich fragen sich zu viele Leute, aus welchen Quellen sich eigentlich ein freies Leben wie das meinige speist. Daß ich die Katastrophe mit Dottie Wamser so gut verkrafte, läßt ihnen erst recht keine Ruhe.

Ich bemerkte etwas Besonderes, als ich eines Tages auf einer Parkbank saß, die noch karge Landschaft ansah, die das grüne Aprillicht als ihren ersten, fellweichen Flaum trug. Die Gegend wirkte auf mich, als wäre es eine, die ein Todkranker betrachtet, und ich überlegte, wie doch jeder Fleck der Erde, wie auch die sanften Frühlingsregionen, die ländlichen Siedlungen mit den Ställen und Scheunen und den eingesperrten Tieren darin entweder Schauplatz und Zeuge von großem Leid sind oder es früher einmal waren.

Auch die Spaziergänger mußten wohl noch bis vor kurzem in dunklen Kellern eingesperrt gewesen sein, so bleich, so unsicher wankten sie unter den Trauerweiden mit den kaum ahnbaren Blättchen vorbei, durch die Wintermonate regelrecht verwachsen. Kleine blaue Blumen waren in die Wiese ausgegossen. Zwei Soldaten in Tarnanzügen, jedenfalls halbwegs, mit diesem Mimikrymuster, eine Kruste oder besser Rinde, aus der ihre Leiber an manchen Stellen rausquollen, näherten sich mir auffällig langsam. Sie gingen mit eingeknickten Knien. Dann erkannte ich, im ersten Augenblick ziemlich verwirrt, daß sie sich an den Händen hielten. Schnell sah ich in eine andere Richtung. Aus dieser kamen fünf russische Staatsbürger, zumindest rundliche Menschen, die russisch sprachen und deplaziert warme Kleidung trugen. Russisch, ja russisch! Eine andere Sprache konnte es nicht sein. Sie setzten sich ohne zu grüßen, nach westeuropäischem Maßstab viel zu dicht neben mich auf die Bank, zwei mußten stehen und taten es auch, die ganze Zeit von einem Bein aufs andere tretend. Ich ließ mich jedoch nicht nervös machen.

Ich verstehe kein einziges Wort in dieser Sprache. Sie redeten bestimmt eine halbe Stunde nur in dieser. Ich hörte die eigentümlichen Geräusche ganz gern an, murmelte mir in aller Heimlichkeit zu: Sie wissen es nicht besser! Vielleicht hatten sie gehofft, mich vertreiben zu können, aber ich war zur sehr im Bann ihrer freimütig, tröstlich geäußerten Laute. Immerzu schienen schwere Steine in ein Wasser zu platschen. Nur einmal, nur ein einziges Mal, und erst nachträglich lief es mir kalt über den Rücken, sagten sie einen Satz in tadellosem Deutsch. Vor Schreck über diese plötzliche Entblößung verstand ich auch den nicht, nur, daß er fehler- und akzentfrei gesprochen war.

Sie bedauerten gewiß, sich verraten zu haben, und redeten danach nur um so heftiger in ihrem urtümlichen, stalinartigen Idiom. Jetzt wirkte es natürlich nicht mehr treuherzig auf mich. Ich war gewarnt. Aus Überlegung wartete ich, bis sie vor mir weggingen, so konnten sie mir nicht folgen. Sie brachen erst auf, als sie fünf Brötchen gegessen hatten und ein sechster Landsmann auftauchte. Wahrscheinlich verlangte er einen Bericht, denn die fünf schüttelten alle die Köpfe. Ihre Nachforschungen hatten nichts ergeben.

Gut, ich war damals nicht mehr ganz arglos, sonst hätte ich die Angelegenheit mit den falschen Soldaten und den irgendwie geheimdienstlichen Russen vielleicht verträumt. Schon zu jenem Zeitpunkt muß ich eine Art diskreter Überwachung gespürt haben, die mir deshalb so verwunderlich erschien, weil ich ja nichts Verbrecherisches angestellt hatte und für das öffentliche Interesse keine Fragen aufwarf. Man konnte mich allenfalls als Sonderling bezeichnen. Ich halte das nicht für ein ausreichendes Verdachtsmoment, nicht für eins, das Bespitzelung rechtfertigen dürfte. Die im Menschen angelegte Neigung zum Spionieren und Verleumden ist, so mein Eindruck, neuerdings durch gewisse Ereignisse gefördert und aktualisiert worden. Ich brauche nur an meinen Briefträger, diesen über und über gelben Burschen, zu denken.

Sein Interesse an den Absendern, wenn er sich unbeobachtet fühlte, war unverkennbar. Und was diese wandelnde Quitte für plump unverfängliche Fragen stellte! Auch standen manchmal mir unbekannte Männer und, etwas seltener, Frauen vor der Haustür und musterten das Türschild, den Briefkasten, die Hausfront. Wenn sie weg waren, lagen kleine Steine oder Zweige auf der Treppe. In den Läden, die ich ab und zu notgedrungen aufsuchen mußte, breitete sich, sobald ich erschien, ein unterdrücktes Grinsen aus, eben nicht das übliche heuchlerische Lächeln der Verkaufskräfte und Geschäftsleiter, sondern ein von innen kommendes, Bescheid wissendes Schmunzeln, das wie ein Lauffeuer von der Kassiererin zum Praktikanten, von dem zur Packerin und womöglich Kundin flog. Damit aber war es, und das störte mich ehrlich gesagt, zu den Nachbarn übergesprungen, die meinen Tageslauf vermutlich besser kannten und kennen als ich selbst.

Natürlich konnte man vor mir auf Dauer die Überwachung per Kamera, die in Sparkassen und U-Bahnschächten stattfand, nicht verhehlen. Ich fühlte das prüfende Auge in seiner nie schlafenden Neugier mit dem Rücken. Selbst beim Wechseln der Hose beäugte man mich. Das geschah in einer Umkleidekabine. Seitdem kaufe ich mir nichts mehr. Man verlangte schonungslose Auskunftserteilung über mich von meinem Arzt, meinem Finanzberater, meiner Bank. Ginge ich beichten, würde man auch den Beichtvater zu Indiskretionen gepreßt haben. Man war vollkommen verrückt geworden!

Irrsinnig war man und durchgedreht, dort, wo man den Quatsch zu verantworten hatte. Ob das Innenministerium im Namen der Sicherheit, das fragte ich mich inständig, auch Dottie Wamser, meine alte Dottie, verhörte und sie zu Geständnissen über mich zwang? Was machte inzwischen über meine Begegnung mit Elke Andritschke unter den Nachbarn, vor allem Nachbarinnen, den häufig so laut, vielleicht aus Lebensangst lachenden, die Runde?

Ich war mir selbstverständlich darüber im klaren, daß meine Telefon- und Internetkontakte nicht ungeschoren davonkamen. Nachts lag ich wie jedermann im Bett und stellte mir den Satelliten vor, der seine hochgradig auflösbaren Bilder über mich in der ihm eigenen pflichteifrigen Schamlosigkeit fabrizierte, der Idiot. Ich griente zufrieden vor mich hin ins Dunkle.

Unangenehm aber war mir der Gedanke, auch meine Hauswände hielten der Durchleuchtung nicht stand. Nicht, daß ich mich meiner entsetzlichen Unordnung wegen geniert hätte, oder doch, die braven Leute in meiner Straße sollten darüber besser nichts wissen. Schlimmer jedenfalls wäre für mich das Kontrollieren der Sammlungen gewesen, das Herumschnüffeln in meinen innersten Tempelbezirken und Heiligtümern, das Aufblättern meines neuerworbenen Raritätenkatalogs mit der Uhr, die der fragwürdige Dichter Theodor Kröner, genauer: Körner bei seinem letzten Ritt mit den Lützowschen Jägern trug, als ihn die tödlichen französischen Kugeln trafen, und das rote Spielhusarenjäckchen des friedlichen Eduard Mörike. Nur zu gern bildete ich mir ja ein, meine Fundstücke, um mich herum versammelt, wären auch Sichthindernisse für Unbefugte.

Eins wußte ich genau, ohne mich weiter darum zu kümmern. Jede Beschäftigung mit dieser Lästigkeit könnte meine

Situation nur verschlechtern: Man belauschte mich nicht nur, man tuschelte über mich. Ach, die Gerüchte! Was gingen sie mich an, ob kränkend oder schmeichelhaft. Man kennt ja das klassische Verstummen von Personen bei Annäherung, die affige Herzlichkeit der Frauen, wenn sie vorher zusammengestanden und mit ihren geschminkten Klatschmäulern gelästert haben. Ein reaktionsschnelles Verstellen, das ihnen noch obendrein Heidenspaß macht.

Es war ein Flüstern und Geraune, das die Luft anfüllte. Wolken oder Dämpfe, ich war davon wie von ziehenden Nebelschwaden umgeben. Selbst nachts, wenn ich mir Andacht und Stille wünschte, um klaren Kopf zu behalten, setzte das Gewisper keineswegs aus. Ich richtete mich im Bett auf und horchte, ich drückte das Gesicht ins Kissen: und horchte. Es konnte die Heizung sein, ein Nachttier, es war immer eine Unterhaltung, die mich betraf. Ein weniger gleichmütiger Mensch als ich wäre unter Umständen verrückt geworden.

Schließlich muß ich ein mysteriöses Schuldbewußtsein, ein unerwünschtes Reuegefühl niederkämpfen.

Denn es flüsterten schließlich auch die Vögel, die ich als meine Freunde betrachtet hatte. Ich hörte sie in den Bäumen über mir, wie sie sich gutgelaunt verständigten über etwas, das ich sein mußte, denn mich sahen sie ja unter sich mit ihren blanken Knopfaugen. Man muß bedenken, wie gering die Möglichkeiten ihres Gedächtnisses sind. Meins aber ist leider umfangreich, ausgezeichnet und nachtragend. Ich ging woandershin, nahm jedoch ihre undeutlichen, spaßigen Gehässigkeiten mit mir. Sie hatten sich von der Allgemeinheit anstecken lassen!

Ein Sonderfall war die Musik, besonders die Geige schien mir zugeneigt zu sein. Oft, bei einer schönen Zigeunermusik, nahm sie mich beiseite, nahm mich regelrecht ins Gebet. Sie tuschelte nicht mit anderen über mich, sondern mit mir selbst. Was die Geige zu mir sagte mit ihrer süßen, berüchtigten

Stimme, das läßt sich nicht wiederholen. Aber es war ein Wohlgeruch, der mich stärkte und das feindliche Murmeln der anderen Kräfte übertönte, so daß ich endlich einmal ausruhen durfte.

Dottie war weg, daran ließ sich nicht rütteln. Sie hatte mich verlassen aus törichten Empfindungen heraus, Gedanken, die sich in ihrem niedlichen, aber etwas dummen Kopf gebildet hatten. Es handelte sich um eine schlimme Marotte, die sich wieder gelegt hätte, irgendwann. Aber weg war weg, und leider war es Dottie. Vielleicht wußten alle anderen und redeten darüber, wo sie sich versteckte. Mir teilte es keiner mit. Es könnte gut der Hauptgegenstand ihres heimlichen Geschwätzes sein. Daß mich Dottie selbst, daß sie es war, die mich überwachen ließ, glaubte ich nicht. Dazu war ihr Einfluß zu gering. Die Idee allerdings besaß etwas Verlockendes, und ich gönnte sie mir in schwachen Stunden.

Ich badetet dann wohlig, wenn auch Dottie selbst abhanden gekommen war, in der Überwachung durch die Gemeinschaft, den Staat. Es war eine Art Dottie-Körper, der sich immer in meiner Nähe aufhielt, ein Winken und Zwinkern unter den Supermarktleitern und Nachbarinnen, das mir Dottie nicht ersetzte, aber auf sie hinwies, auf ihr treues und eifersüchtiges Interesse an mir.

Bei nüchternem Verstand, und das war meist der Fall, wies ich den Trost derartiger Illusionen zurück, wandte mich ab von den Phantastereien und bemühte mich, mit den Realitäten nicht anders zu verfahren. Etwas allerdings, bei allem Gleichmut, den ich zur Schau stellte, auch vor mir selbst und meinen Sammlungen, konnte ich nicht ganz unterdrücken. Damit würdigte ich, und wußte es wohl, die Machenschaften der Spitzelmächte:

Ihnen gelang es, mich aufzustacheln, mir selbst jedoch kaum, mich zu beschwichtigen. Wenn, so überlegte ich nämlich, man mir, der ich mir nichts habe zuschulden kommen lassen, nichts, was für die Gesellschaft, das Bundesland, die Regierung, Polizei und Staatsanwaltschaft von Belang sein könnte, wenn man mich in solcher Weise ausspioniert auf einen anonymen, durch und durch ungerechtfertigten Verdacht hin, wie man noch begreifen wird (ohne sich dann zu entschuldigen!), so läge es doch nahe, tatsächlich etwas Lausiges anzustellen als Gegengabe für den Aufwand, der endlich nicht für nichts und wieder nichts gewesen wäre, damit sich das Geflüster zu einem Rasen steigern könnte, zu einem Rasseln und Triumphieren, mich am Ende doch noch, in einem langwierigen Prozeß der Fahndung, vom Anschein des harmlosen Bürgers befreit und des ausgeführten und geplanten Verbrechens überführt zu haben.

In der Wirklichkeit sieht es ganz anders aus, und was am schlimmsten ist: Ich weiß nicht mal, ob es sich um die Wirklichkeit handelt, seit ich gestern in der Abenddämmerung ein schreckliches Erlebnis hatte. Wenn ich daran denke, muß ich auch heute noch, jetzt gleich, das sofort wieder schweißnasse Hemd wechseln, und ich kann kaum glauben, daß es nicht wahrhaftig mein Blut ist, das auf meiner Haut klebt.

Ich sah nicht mehr gut in der schnell zunehmenden Dunkelheit, als ich eine arglose Runde durch den Garten machte, um die nötige Luft für die Nacht zu schnappen. Schon bald hatte ich den Eindruck einer atmosphärischen Veränderung, ähnlich meinem Auftritt im Supermarkt. Ich fühlte die mir wohlvertraute Anspannung, nur gab es hier, zwischen den Sträuchern, weder Verkäufer noch Kundinnen. Trotzdem, ein Lauern umschloß mich. Ich stand unter Observanz eines großen und gewiß bösen, mir böse gesonnenen Wesens, das sich mit mir im selben Garten befand. Ich war auf der Hut, ich spürte eine diffuse Angst und ein Herzklopfen, meins und das des unsichtbaren Gegenübers.

Sollte ich lieber ins sichere Haus zurückgehen, in meine

chaotischen Kabinette? Klein beigeben? Einmal geflohen ist immer geflohen. Auf meinen eigenen Garten verzichten wegen nicht mal klar erkannter Gefahr? Schon kam der Mond durch, ein halber Mond zwischen Wolken, noch nicht ganz scharf geschieden vom lichten Himmelshintergrund. Ein starker Duft stieg plötzlich aus dem Boden auf. Wie sehr er mich an früher erinnerte, an meine liebe Mutter, die ihn immer über alles geschätzt hat! Es war der Geruch nach feuchter Erde, der ja schöner als das Aroma der Blumen ist.

Ich hielt, in Gedanken versunken, an. Da sah ich einen Moment lang, und es brachte mich auf furchtbare Weise in die Gegenwart zurück, die Augen des Wesens, riesige, spiegelblanke Augen, die mich aus der Schwärze fixierten, aus der Schwärze und: aus größter Nähe.

In der folgenden Sekunde schon spürte ich an mehreren Stellen des Körpers gleichzeitig einen tief in mich eindringenden Schmerz, der mich zwang, laut aufzuschreien. Ich hörte meinen eigenen Klagelaut und trotz des Brennens in meinem Fleisch schämte ich mich des unmännlichen, in höchster Not ausgestoßenen Pfeiftons, der meiner Brust entfahren war. Noch nie in meinem Leben hatte ich aus solcher Finsternis, die plötzlich über alles hereingebrochen war, die Attacke eines Feindes unter derartiger Qual ertragen müssen, und doch bin ich nicht sicher, ob es nicht in Wahrheit die Todesangst war, die meinen Leib von mehreren Punkten aus zusammenpreßte in einem eisigen und mich bis ins Mark verätzenden Griff. In der Tiefe meines Körpers mußten sich von außen kommend die Schmerzbahnen begegnen und zu teuflischen Energieströmen vereinigen, die mich nun, wie sie wollten, durchfuhren und durchnagelten, so daß ich bereit zu sterben war, da ich ihnen anders nicht entkommen konnte.

Also ergab ich mich in mein Schicksal und wehrte mich nicht mehr. Da wurde ich zu meiner Überraschung und zu neuem Entsetzen in eine noch grausamere Klammer genommen und hochgehoben. Man verschleppte mich, entführte mich womöglich aus meiner Heimat, aus meinem Garten, der mich im Todeskampf wenigstens noch ein bißchen umfriedet hätte, aber nein, schon wurde ich losgelassen. Ich war frei!

Ich rührte mich nicht, alle Glieder waren gelähmt, ich verharrte am Ort meiner Befreiung, auch, um den Dämon nicht durch Bewegung zu reizen. Vielleicht hielt er mich für gestorben? Mit größter Mühe unterdrückte ich ein Wimmern und Schluchzen, das mir in die Kehle stieg. Es war das Weinen der Mattigkeit und ungläubigen Hoffnung, gegen die ich mich stemmte zwischen den glühenden Einstichen. Mein Geist protestierte gegen die sinnlose Aussicht auf Verlängerung meines Lebens und glaubte doch schon ganz besessen daran.

Heimlich prüfte ich die Fähigkeiten meiner Gliedmaßen. Ich entdeckte, daß ich eine Flucht erstaunlicherweise sehr wohl riskieren konnte. Die Schmerzen waren groß, aber man hatte mich nicht in den wesentlichen Funktionen beeinträchtigt. Fast schien mir sogar, als stieße man mich, als versetzte man mir einen sanften Schubs, damit ich mich davonmachte. Gedrängt und gegen meine besseren Ahnungen raffte ich meinen in alle Winde verwehten Mut zusammen und rannte los, blindlings dorthin, wo es am dunkelsten war.

Ich brachte mich in Sicherheit, wo es am schwärzesten und engsten war, ich quetschte mich in einen Spalt und hielt den Atem an, mein Herz konnte ich nicht zwingen zu verstummen. Ich wollte an Dottie Wamser und meine Sammlungen denken. Vielleicht lenkte das meine Verfolger ab? Oder hatten sie längst das Interesse an mir verloren und der Weg in mein Haus konnte gefahrlos von mir bewältigt werden? Schon wollte ich den Versuch wagen, da hörte ich außer meinem Herzschlag ein fremdes Geräusch, das mich sogleich erstarren ließ. Es kam aus der warmen Nacht, nicht nur das erneute Gefühl des allgegenwärtigen Lauerns wie zu Anfang, sondern eine Art Schnaufen im Umfeld meines Verstecks. Das Schicksal schnüffelte nach mir.

Ich konnte in meiner Zuflucht darauf lauschen, wie es sich entfernte und wieder dicht zu mir kam, heiß, heiß, kalt, heiß, kalt, kalt.

Sehr heiß! Das Wesen schlug voller Zorn gegen die Hüttenwand und stieß nun seinerseits ein gräßliches Geheul aus vor Enttäuschung, daß ich ihm entwischt war. Es hatte also meine Entlassung aus den peinigenden Schraubstöcken gar nicht ernst gemeint. Es war ein Scherz, ein Scherz zu seiner Unterhaltung, aus der übergroßen Gewißheit heraus, mich in seiner Allmacht behalten zu können.

Jetzt spürte ich etwas, das mir den letzten Rest meiner so nötigen Fassung raubte. Es schob sich ein Gegenstand, der lebendig schien, mir entgegen in meine Verborgenheit, um mich, den also Entdeckten, zu ertasten, aufzuscheuchen, ächzend vor Anstrengung zu berühren, als ich die Nerven verlor und tat, was der listige Mordgeselle wohl beabsichtigte. Ein verhängnisvoller Fehler, natürlich, mich wieder ungedeckt auf freie Flur zu begeben! Ich wußte es, als ich die Ritze verlassen hatte. Zu spät. Zurück konnte ich nicht mehr: Ich wurde gejagt. Ganz kopflos geworden, suchte ich nach Schutz. Der Garten, den ich doch gut kenne, bot mir keine Hilfe an, vielleicht ja doch, aber ich, in meiner Zerrüttetheit, mit meinen Wunden, in Blut und Schweiß, nahm sie nicht wahr, lief hierhin und dorthin. Dabei hörte ich das Ungeheuer leise lachen. So, wie es jetzt vor sich ging, gefiel es ihm. Die Schwärze der Nacht störte es nicht, es sah scharf, als wäre heller Tag und blieb mir auf der Spur, freute sich an meinem Hakenschlagen und ließ mich nicht aus den glimmenden Augen.

Allzu lange dauerte es nicht. Ich rannte mit schwindender Hoffnung um mein Leben, im Zickzack und im Kreis, rannte ohne Hoffnung aus wildem Antrieb. Da stieß es, als könnte es sich nicht länger beherrschen, seine schweren Waffen, Messer von allen Seiten zugleich, in meinen schreienden Körper, auf den es begierig und unersättlich horchte.

Doch auch diese rückhaltlose Bekundung meiner Leiden langweilte den übermütigen Angreifer bald. Er ließ mich los, setzte mich ins Gras, wartete und schlug schließlich auf mich ein, beinahe zärtlich, um mich zum Weglaufen anzuregen, schlug auf mich ein, damit ich wie ein flacher Stein in die Luft spränge zu seinem Entzücken und seiner Intelligenz weiterhin die Aufgabe gestellt bliebe, mich aufzuspüren im nächtlichen Garten, in dem sich außer uns niemand um den Lärm und um unsere Gefühle kümmerte. Die Schwärze war taub für mein Winseln und ebenso für das Jauchzen des Wesens, das mich nun in die Luft warf, nachdem es mich erneut mörderisch ergriffen hatte, mich hochschleuderte in Ekstase und mühelos auffing. Seine Begeisterung war offenbar ohne Haß auf mich. Vielleicht kannte es mich genauso wenig wie ich umgekehrt meinen Mörder. Es handelte sich, vermute ich inzwischen, um pure Gutgelauntheit, um die schiere Begierde zu scherzen. Das ließ mir keine Aussicht auf Rettung durch eine Regung des Erbarmens seitens meines Folterers.

Und doch gelang es mir irgendwann, eventuell auch das vom Dämon beabsichtigt und provoziert, den Klauen zu entkommen und auf dem Bauch, mit allen Vieren rudernd, beiseite zu kriechen, ein Stück dorthin, wo ich nichts sehen konnte, keine Richtung, keine Logik, nur weg aus dem Scheinwerferlicht der glühenden Augenspiegel. Erst da wurde mir klar, daß mein ganzer Brustkorb zerdrückt war und die zerborstene Haut nur noch dürftig etwas umschloß, das ohnehin nicht mehr in den natürlichen, lebenszugewandten Verbindungen existierte. Ich bestand aus nichts als der durcheinandergewirbelten Addition von Eingeweiden und Knochen. Das Unerträglichste war aber bisher die Angst gewesen. Die erlosch nun ganz. Es gab in mir nur die Sehnsucht, nein, es war nur eine Müdigkeit, die für ein Verlangen nicht mehr ausreichte, die sehr matte Bitte, tot zu sein, mich vermischen zu dürfen mit der schweigenden, gefühllosen Finsternis.

Man entsprach dem nicht. Man gönnte mir nur eine flüchtige, keine ewige Ruhe. Es war mir nicht gelungen, mich weiter zu entfernen, gar zu verbergen, obschon mein Feind nicht so präzise am Werk zu sein schien wie am Anfang, dafür leidenschaftlicher. Er lachte und brummte nicht mehr vor Vergnügen, er heulte, als wäre nun er von einem höllischen Schmerz, der ihm das Fleisch zerriß, getroffen worden. Alle Nachbarn mußten ihn hören, es kam aber keiner zu Hilfe. Sein Blutrausch hatte ihm die Sinne verwirrt.

Ich hörte ihn wieder suchend tappen und schnüffeln. Da er außer sich war, hätte ich diesmal vielleicht fliehen können, nur fehlte die Kraft, mich zu bewegen. Jetzt überstülpte mich wirklich der Tod: Das Wesen entdeckte mich, schlug voll hechelnder Freude auf meinen Kopf, damit ich wieder lustig spränge, da sackte ich zur Seite und rührte mich nicht länger. Dottie Wamser fiel mir ein, lebhaft und liebreizend, wie sie vor ihrem Geiz gewesen war. Über mir aber brach das tobende Geschöpf in ein Jaulen und Trauern aus. Es wurde bestraft durch meine Regungslosigkeit und äußerte seinen Unmut in bestialischer Klage, die mir später, als ich den Tod hinter mir hatte, wie ein Konzentrat aus den Nachtgeräuschen eines ganzen luziferischen Urwalds vorkam. Ich wurde wohl auch wieder geschleudert und geschüttelt in wildem Zorn, aber es betraf mich nicht mehr. Es geschah mit mir, mit meinem zerstörten Körper, aber dessen Nerven waren ja gestorben. Es machte nichts, daß er wie ein Lappen aus großer Höhe in den Garten fiel.

Das passierte gestern, und heute ist es vorbei. Ich finde keine Wunden an mir, fühle mich nur benommen, taumle ein bißchen, stoße mich an den Vertikos. Seit ich wieder denken kann, überlege ich, welchen Sinn das Leiden haben könnte, das so viele Geschöpfe in diesem Augenblick durchstehen müssen. Gerade heute morgen las ich von einem Reisebus, der hundertfünfzig Meter tief in einen Abgrund, in ein Flußbett stürzte. Gestern! Viele der Passagiere, die alle zu einer Kreuzfahrt wollten, sind unterwegs, während des Falles, aus dem Fahrzeug geschleudert worden.

Möglicherweise kommt uns das Leiden nur wie Leiden vor. Wir nennen es so und fühlen es auch als das, und zwar deshalb, weil wir den Überblick nicht haben. Dabei ist es eventuell bloß die irdische, höchst menschliche, also beschränkte und folglich unzutreffende Interpretation einer Bewegung, eines Musters, einer Entwicklung, die wir mit anderem Namen und besserem Verständnis anders empfänden? Die Empfindung aber ist es ja gerade, die uns irreleitet. Man müßte sie beim Leiden ausschalten.

Es ist jetzt, zwei Tage nach den Ereignissen im Garten, ein Mann vorbeigekommen, der meine Bekanntschaft sucht. Genau um 16.50 Uhr suchte er sie, als ich mich zum Tee aufs grüne Samtsofa setzen wollte. Ich stand an der Tür in meiner schlampigen Hauskleidung und er in einer Akkuratesse, die mich ins Rätseln verfallen ließ. Er behauptete, sich schriftlich bei mir angemeldet zu haben, ich erinnerte mich nicht, allerdings verlege ich neuerdings Briefe des öfteren, wenn mich der Absender nicht interessiert. War das nun ein überseeischer Politiker? Bei mir? Ein südländischer Fußballtrainer, ein Mormone mit seiner eleganten Aktentasche? Wieso dann aber solche Augen? Mich durchbohrte keineswegs ein Falkenblick, das nicht, aber die wie pupillenlosen, nur aus brauner Iris bestehenden Augen durchforschten mich auf unerhörte Weise, während der Mund darunter lächelte in konventioneller Wohlanständigkeit. Achtung! sagte ich mir und blinzelte, denn das Licht des Nachmittags blendete mich, als ich aus dem Dunkel des Flurs trat.

Wolfsen heiße er. So gute Schuhe, wie er sie trug, hatte ich schon lange nicht mehr gesehen. Ich versuchte, den Preis zu schätzen, fragte aber nicht danach. Allmählich, noch immer an der Tür, begriff ich, daß er eigentlich nur an den Füßen wirklich teuer gekleidet war, alles andere erklärte sich durch die

Grazie der Haltung und eine gekonnt dosierte Lässigkeit von Jacke, Hemd, Krawatte.

Wolfsen! Mir kam eine schwache Idee. Ob wir demnach übers Internet Kontakt gehabt hätten? »Im Internat?« scherzte er lachend. »Gewiß nicht über Internet«, meinte er dann. Er meide die elektronischen Verkehrswege. Wolfsen korrigierte mich voller Nachsicht. Ich benötigte solche Güte dringend. Ahnte er die Schrecken, die zwei Tage vorher über mich hereingebrochen waren und mich noch immer verwirrten? Fast väterlich sprach er ja zu mir, obwohl ich ihn einige Jahre jünger als mich selbst schätzte. Jünger, aber was für eine noble Reife im Habitus! Wären nur die impertinenten Augen nicht gewesen! Ob er sich dessen bewußt war?

Er sei wegen meiner berühmten, hoch angesehenen, ja legendären Sammlungen gekommen und sei glücklich, fühle sich ausgezeichnet vor anderen, daß ich ihm mit meinem Schreiben vom fünften des Monats diesen Termin eingeräumt habe. Nun sah ich keinen Grund, auch keinen Ausweg mehr, ihm den Eintritt in meine unordentliche Behausung zu verweigern. Ich gab vor, mich zu schämen wegen des Durcheinanders, es sei momentan eine Sache widriger Umstände. Zu meiner Überraschung begann ich ohne Mühe, ein wenig gestelzter als gewöhnlich zu reden und hoffte, damit vom Chaos im Inneren des Hauses abzulenken.

Nie im Leben wäre ich in der Lage, mir eine solche Weltläufigkeit, wie sie Herr Wolfsen besitzt, anzueignen! Er bewegte sich durch die Räume mit reinigender Anmut, schien durch seine majestätische Präsenz, die Staub und Desaster ignorierte, die Umstände zu verbessern, die Dinge zu ordnen und an ihre richtigen Plätze zu kommandieren. Wie ich eventuell ja durch meine Blicke Unordnung stifte, so spendierte er für die Dauer seiner Gegenwart beinahe eine Art von Harmonie der Objekte. Er duldete nicht nur, er stellte, ohne etwas zu verrücken, klar. Herrlicher Herr Wolfsen!

Einerseits herrlicher Herr Wolfsen, gewiß. Andererseits entging mir natürlich nicht vollständig, entging mir trotz meiner Schwäche nicht, daß er mir mit dem Bestaunen meiner erwähnten, vorwiegend kuriosen Ansammlungen verdächtig schmeichelte. Er säuselte und schläferte mich ein. Er lachte, als sprängen Granitbrocken einen Berg hinab und erzeugte mit diesem Donnern eine Atmosphäre fragloser Männlichkeit. Gleichzeitig und im Gegensatz dazu beherrschte mich Wolfsen mit tiefen, schamlosen ... Liebhaberblicken. Ja, wären diese Augen nicht gewesen, hätte ich die Art seines Gelächters ohne Argwohn hingenommen. So jedoch fiel mir auf, wie abrupt es einsetzte und abbrach, es war ein schneidendes Lachen, ein Zeichen für Gelächter, das ihm nach Gutdünken zur Verfügung stand.

Ich bin zu wenig gewöhnt, mich auf dem glänzenden Parkett der Gesellschaft zu bewegen, wo dieses Lachen üblich sein und zur Routineausstattung gehören mag, auf Internatsschulen vielleicht schon früh gelernt wurde, um gegenüber solchen Fähigkeiten nicht mißtrauisch zu werden. Bei meinem früheren, längst im Zorn verabschiedeten Freund Paul klang das genauso abrufbare Lachen dagegen wie aus dem Versandkatalog geordert. Das Wort »Heuchelei« läßt sich bei Wolfsen und Co. nicht vollständig aus meinem Kopf vertreiben, auch wenn das sicher Hinterwäldlerei von mir ist.

Mir schwindelte, mir brauste der Kopf, so wie hier fühlte ich mich schon lange nicht mehr gelobt, emporgehoben für meine Sammlerverdienste. So auch sahen sich mit mir alle Gegenstände, meine Freunde, die Dinge, die oft von Welt und Zeit verstoßenen, emporgehoben, in den Himmel der endlichen Anerkennung auf kräftigen Schwingen getragen, wie es ihnen jeweils gebührte. Ob er diesen Stoff, jenen alten Pokal berühren dürfe? Um ein Haar hätte ich in meiner Freude gerufen: »Sie dürfen ihn sogar fallen lassen!« Was für ein Sieg nach jener entsetzlichen Nacht!

Er beeinflußte mich durch Komplimente, er beeindruckte

mich durch Wissen, das er schon nach seinen allerersten Einleitungssätzen musikalisch in seine Rede einflocht, und stets, ein Beweis seiner Manieren, auf eine Weise, die meine eigene Bildung selbstverständlich mit einbezog. Was er mir verkündete, wirkte, als wäre es ein gemeinsames Erinnern, ein Mahnen an unsere von ihm vorausgesetzte Verschworenheit. Leuten wie unsereinem fiel zu diesem Filmplakat jenes köstliche Detail ein, ihm wie mir mußte jenes Vertiko ganz zwangsläufig einen gewissen Giganten der edlen Schreinerei vor Augen führen. Und so weiter. Und so zog er auf eine Weise, die mich mit dem Universum für Stunden versöhnte, Parallelen von meiner zufälligen Rumpelkiste zu den adligen Sammlungen, wie ich sie etwa in jenem Katalog gefunden hatte, wo es kleine Stickereien der Schwester Schillers für ihren Bruder – dazwischen allerdings wußte Wolfsen durch eine charmante kleine Unwissenheit gegenüber einer Eieruhr aus dem neunzehnten Jahrhundert seinem Gastgeber das Herz höher schlagen zu lassen –, ein Cognacfläschchen im Lederetui aus dem Nachlaß Fontanes, einen Scherenschnitt vom Pudel Jean Pauls gab. Lauter kulturgeschichtliche Petitessen in den Sprachen Europas heiterten mich auf und erbosten mich insgeheim.

Denn ich fragte mich, wie auch nicht, von irgendeinem Punkt an, was das alles sollte, hier, in meinen bescheidenen Hallen. Wollte er mich beschwatzen? Mir einige meiner Stücke abluchsen? Für all die schönen Worte und drei Pfennige? Er unterstellte mir ganz selbstverständlich planerische Absichten, das Verfolgen einer Komposition, die ich gar nicht erstellt hatte. Gratis konnte sein Manöver doch unmöglich sein. Dann aber wieder, mitten aus seinen Ereiferungen über die Originalität der aus ihrem Staub, aus ihrer Verlassenheit in den Ecken geholten Schätze, angesichts derer er einige Male sogar vor Freude kindlich zu erröten wußte, beschwichtigte er mich in meinen Befürchtungen, indem er die Dinge, wie ich selbst, scherzhaft »Plunder« nannte, eben so, wie auch wir Menschen uns gelegentlich als Nullen bezeichnen, oder vielmehr als Erde und Asche, zu der wir am Ende wieder werden.

Und diese Erwähnung der Nichtigkeit der Welt anhand der raketenförmigen Schreibwerkzeuge, zerfledderten Comic-Hefte und intarsiengeschmückten Stühle, geschah wohl nicht von ungefähr. Wolfsen, als Zeichen seiner um und um fein gebildeten Menschlichkeit, fügte seinem Auftritt dadurch noch die metaphysische Komponente aufs gewinnendste hinzu, o ja. Schon, schon. Für einige flimmernde Momente stellte er eine spirituelle Verwandtschaft zwischen uns in Aussicht.

Dann, mitten in unserem tiefsinnigen Einverständnis, was die Ramschhaftigkeit der Existenz alles Irdischen betrifft, sah ich in seine Augen und erschrak sofort. Sie veränderten sich bei allem, was er sagte, überhaupt nicht. Sie durchforschten mich mit mittelpunktloser Iris, oder als wären sie ganz und gar riesige, dunkelbraune, veraltge und zugleich spiegelnde Pupillen. Ich erkannte in all seinem zuvorkommenden Benehmen eine Bosheit, die sein Gesicht in der Art eines Blitzes oder Krampfes überzuckte. War nicht auch sein Lob, seine Bewunderung für dieses Kästchen und jenes Tütchen, nüchtern besehen die reine Galle?

Ob er längst ahnte, sogar wußte, daß es bei mir einen gravierenden, folgenreichen Vorbehalt gab? Sann er bereits auf Züchtigung? Schade, daß Dottie nicht anwesend war. Sie, mit ihren psychologischen Fähigkeiten, die Dottie von früher meine ich, hätte mich in die Küche gelockt und mir Analyse und Rat zugeflüstert! Sie war nicht da, leider, und doch spürte ich ihre hilfreich warnende Nähe.

»Ja«, sagte er, »dieser altrussische Gürtel, eine Einzigartigkeit und deshalb eine Utopie. Was wäre unser Leben ohne solche konkretisierten Visionen vollkommener Unikate! Auch wenn wir immer vergessen, daß wir selbstverständlich, Sie wissen es wie ich, die Wirklichkeit nicht mit den Utopien verwechseln dürfen. Solche Gegenstände mit ihrer trostreichen Aura des

Einmaligen, mit der Würde eines Individuums, sind nur Anhaltspunkte, glorreiche Anhaltspunkte für ein Urbedürfnis.«

»Sehr richtig, Herr Wolfsen«, antwortete ich wie aus der Pistole geschossen, ging schnell in ein anderes Zimmer und sagte leise: »Alter Klugscheißer!«

Als ich zurückkam, saß er in einem Sesselchen und hielt ein Achatei, ein billiges Andenken von der Insel Elba, in der Hand, lächelte spöttisch darauf herunter, als hätte er mich bei einem Betrug ertappt, den der Kenner wortlos, mit mäßigem Takt durchschaute. Kein Zweifel, der Mann war nicht auf den Kopf gefallen. Er begriff zwar, daß es ausdrückliches Prinzip der Sammlungen war, keine Werthierarchien zuzulassen, spielte aber dennoch mit der Möglichkeit, mich durch Unterstellungen zu kränken.

Was half ihm das aber! Ich hielt den Trumpf in der Hand und gab ihn nicht her, so sehr er mich zeitweise betörte mit seiner Galanterie: Das kostbarste Stück, die verschwiegene Seele, die in dieser Form vielleicht nirgendwo sonst vorhandene Seele der Sammlung, die würde er nicht zu sehen kriegen. Er, Wolfsen, nun gerade nicht!

Ob er davon gehört hatte? Zumindest witterte er, daß es ein solches Herzstück geben mußte.

Ich wagte, auf der anderen Seite, den liebenswürdigen Schmeichler nicht direkt ins Gesicht zu fragen, was er denn eigentlich wolle bei mir in dieser Unordnung, die ihn entsetzlich stören mußte. Durch nichts verriet er, daß sie ein Ärgernis für ihn darstellte. Vermutlich weniger eine Sache der Höflichkeit als der Ehre sich selbst gegenüber. Solche Schwächen ließ er sich nicht durchgehen, nehme ich an.

Er stand wieder an der Tür und beteuerte seine Dankbarkeit: »Daß Sie mir Ihr Vertrauen und einen Blick in Ihr Paradies, auf Ihre gehüteten Schützlinge geschenkt haben!«, sagte es mit einer Herzlichkeit, die mir das Blut erwärmte und Tränen der Rührung, denn ich bin ja ein sehr einsam lebender

Mann, in mir aufsteigen ließ. Etwas in mir breitete, mein Mißtrauen bereuend, die Arme aus. Ich wußte, würde ich jetzt sprechen, begänne das unverständliche Stammeln. Welche Blamage! Da hörte ich den Satz anders, ironisch: Die Augen von Wolfsen wiederholten seine Worte, und sie klangen plötzlich hoch belustigt. Hielt er mich zum Narren?

Sanft fügte er hinzu, ich sei so diskret gewesen, nicht einmal nach dem Grund seines Besuchs zu fragen. Er wolle ihn nun frei bekennen, dabei hatte er schon endgültig die Treppe in den Vorgarten erreicht, rief es mir quasi über die Achsel zu. Es handele sich um einen diesjährig zum ersten Mal vergebenen, durch einen Mäzen generös dotierten Preis für private, nicht professionelle Sammlungen als nicht nur symbolische Honorierung des Einzigartigen in einer Welt der notorischen Vertausendfachungen und Wegwerfmentalität. Ihm gefalle das Modewort auch nicht, er sage es jetzt nur, weil er in Eile sei. Er recherchiere dafür. Ade und Adieu. Schon war er unwiederbringlich die Stufen hinuntergesprungen. Das Kichern stammte sicher von seinen Schuhen.

War es erneut ein Ausweis meines noblen Gastes, mich nicht als Prüfer gewissermaßen erpressen zu wollen, indem er seine Absichten erst zum Schluß bekanntgab? Rächte der Niederträchtige sich für meine Geheimniskrämerei, die ihn beleidigte oder auch zwischen Porträtmedaillon, Schallplattenhülle und Tabakdose amüsierte? Strafte er durch sein Geständnis zum Schluß, als es für mich zu spät für eine Umkehr war? Engel? Teufel? Er hat einen beträchtlichen Stachel hinterlassen. Wie ist er überhaupt auf mich gekommen! Ob Dottie ihm den Tip gegeben hat? Weil sie es gut, weil sie es schlecht mit mir meint? Gegen Honorar? Nur sie, kein Nachbar, keine Elke Andritschke, kein Freund Fred kann doch außer mir wissen, was ich vor Wolfsen verborgen habe.

Manchmal bilde ich mir zur Abwechslung ein, ich hätte Dottie Wamser totgeschlagen.

Irgendwann hat sie sogar vor lauter Knauserigkeit nicht mehr gesungen. Immer ging es bei uns trallala, trallala, ich hörte es bis in meine Unordnung hinein. Es machte Dottie Wamser einfach unverwechselbar. Nicht viele Frauen können so leichthin die Liedchen, die sie einmal hören, jederzeit von morgens bis abends wiedergeben. Nicht viele? Ich glaube, keine einzige wäre dazu in der Lage, nicht so reizend wie meine Dottie! Es machte sie zu einem echten Schatz, ein bißchen auch zum Unikum.

Dann war eines bösen Tages damit Schluß, als würde ihr Gezwitscher Kosten verursachen. Hat es ihr etwa was weggenommen, wenn sie ihre gute Laune so an den Gesang und mich verschwendete? Aus! Stummheit! Sparen! Nicht die Musik, sondern Fasten führt zu häßlicher Magerkeit, obendrein der maßlose Ehrgeiz, in letztlich doch sinnlose Fortbildungskurse zu rennen, und sei es in einen einzigen, nur um alle denkbaren, oft auch bloß eingebildeten Chancen des Lebens herauszuquetschen aus der Möglichkeitsform in die Realität, wie es sich fast alle Frauen ganz verbissen bis zur Verhärmung in den Kopf setzen.

Wolfsen jedoch öffnete mir mit seinem Besuch nicht nur, ohne es zu wollen, ohne es zu ahnen, bezüglich Dottie beim Nachträumen in diesem Punkt die Augen. Ich hortete ja bisher nur aus Schwäche für die Dinge, die sonst untergehen würden, alles, was mich reizte in meiner Wohnung. Jetzt erst ist mir scharf bewußt, aus welch aristokratischem Motiv ich sie auf jedem noch freien Plätzchen anhäufe und sie bewahre vor der Vernichtung.

Es fiel mir heute morgen, noch etwas betäubt von Wolfsens Besuch, beim Studieren einer Zeitungsbeilage auf. Eine schöne Entdeckung, sofort aber verbunden mit einem heftigen Ekelgefühl: Wolfsens zwiespältiges Geschenk! Durch Dottie habe ich mir ja bedauerlicherweise angewöhnt, nach den billigsten Angeboten für die Eßwaren zu forschen. Ich kaufe sie inzwischen längst nicht mehr, nur komme ich bisher nicht los von dem

Reflex, die Seiten mit den rosigen Fleischbrocken aus Neugier zu überfliegen, mit den blaßroten, manchmal spiegelnden, von weißen Fettstreifen durchzogenen, auch wie beschlagenen, in charakteristische Braten- und Kotelettform gepreßten und zusammengesackten Fleischteilen. Auf einer großen Doppelseite bedrängten sich in blutiger Überfülle Schweinebauch und bleiche Spanferkel-Keule, Entenschenkel und Putenschnitzel in glasiger Leichenblässe, Hähnchen-Oberschenkel in Viereckform und zerkleinerte in Aspik, Metzgerbratwürste, wie in Ohnmacht gefallen und Steaks vom Rücken, vom Nacken, natur und grillfertig mariniert. Grell darauf die Preise gedruckt, alle auf neunundneunzig endend, die stimulierende und zugleich einschläfernde Zahl. Und alles, alles in großer Masse, für den mächtigen Kundenandrang und doch nur solange der Vorrat reicht. Ich sah die Bataillone der frischen Spanferkel-Bäuche, die elenden Regimenter des Frischwurst-Aufschnitts und die Barren des sogenannten Truthahnfrühstücks in endlosen Stapelungen. Auch die Münder, die sich daranmachten, viel für wenig Geld, die Unmengen der Preisbrecher zu verschlingen. Mit wohl jeweils einzelnem Appetit, was mir aber kaum vorstellbar war, in tausendfacher, unbekümmerter Multiplikation ursprünglich individueller Esser.

Wolfsen und ich aber, so sehr wir uns mit unserer jeweiligen Menschenkenntnis gegenseitig belauerten, wir beschützen gemeinsam das Singuläre! Selbst Fabrikware wird ja in meiner Sammlung durch die Errettung aus der vergehenden Zeit ein einzigartiger, aus der rasenden Vervielfältigung ragender, treu bewahrter Überrest. Wir errichteten Mahnmale eines letzten Hoffens gegen den Wahnsinn der Gegenwart.

Ich habe mir daraufhin ein Herz gefaßt und bin heute mittag in das wegen seiner Lage, aber auch aufgrund seiner Küche vielleicht berühmteste Restaurant unserer Stadt gegangen. Ich wollte zu meinem Trost vergeuden, ja vergeuden auf dem Gebiet des Essens als Gegenmacht zum entsetzlichen Fraß. Dafür, sagte ich mir, begnüge ich mich in der nächsten Zeit mit redlichen Butterbroten, dann habe ich es wieder raus. Ja, schon der Speiseraum ist ein Wunder, man sieht durch Linden auf den Fluß, an der Decke filigraner Stuck, die Pracht französischer Blumenarrangements auf den Anrichten, dienstfertig lächelnde Bedienerinnen überall. Eine wunderbare weibliche Nachgiebigkeit dem Gast gegenüber in der selbstverständlichsten Züchtigkeit. Zu einem König wurde ich gemacht, wie einem Kaiser wurden mir Weine angeraten. Die gewählten Speisen entzückten und bedrückten mich in ihrer Kompliziertheit, ein Mündchen voll unter gerösteten Gespinsten, umgrenzt von farbigen Streifen aromatischer Pürees in Schmuckformen der Geometrie und der Natur. Man sagte, während der Teller zur Betrachtung vor mir stand, noch einmal mit der Stimme halberwachsener Seraphim die Zutaten, doch, gewissermaßen die Zutaten, und ihre Verwandlung in winzige Herrlichkeiten auf, damit meine dumme Zunge, was sie bestellt hatte, auch wiedererkannte und genösse.

Ich sah auf die Linden, auf den Fluß, auf die Artigkeiten des Tellers vor mir, sah festlich Gestimmte an den anderen Tischen. Und es überfiel mich trotzdem! War es denn nicht eine gespielte Einmaligkeit, die nur die Gestik, das Affentheater des Speziellen vorführte, um es, kaum drehte ich ihnen den Rücken, haargenau und auswendig gelernt, beim Nächsten zu rekapitulieren? War ich nicht doppelt verloren vor diesem in unserer Stadt schwerlich zu steigernden Mahl? Welchen Ausweg sollte ich denn offiziell noch finden? Ob Wolfsen einen Rat gewußt hätte, der kultivierte und böse Mensch? Alles existiert tausendfach und dann weg damit und Nachschub und ein bißchen Heckmeck mehr oder weniger. Das ist der ganze Unterschied, und keine Ausflucht gibt es vor den Potenzierungen des Massenhaften als bei mir, im Magazin und Hort der herzlich geliebten Dinge.

Nicht anders verhält es sich bei den Reiseangeboten. Die

Tage, wo ich mich daran begeisterte, Urwaldstädte und Pyramiden auf Bildern anzusehen und dann das viele Geld zu sparen, die sind längst vorbei. Jetzt freut mich mein Nein! angesichts der lügnerisch werbenden Paradiese aus anderen Gründen, nämlich weil sie sich mir mit den abnutzenden Menschenmengen, den reißenden Strömen der Touristen bevölkern, die dort sind und waren und hinfahren werden. Wie dort die Fotografen – und sind sie es nicht alle und vor allem – sich schlagen um die unverstellte Aussicht! Wie sich die gewitztesten von ihnen frühmorgens beim ersten Licht die Illusion einer Einsamkeit ergaunern!

Werden die riesigen Mannschaften an Zeitgenossen dort nicht genauso durch die Straßen getrieben wie hier, in der bis hoch zu den unsichtbaren Sternen schwül synthetischen Luft oder in der kalt trockenen Zugigkeit der Straßen, alle frenetisch auf den Kauf von Waren aus, dieselben Schlagzeilen von Glück und Tragödie der wenigen, kurzfristig legendären Berühmtheiten im von eigenen Sorgen auf diese Weise mehr oder weniger suspendierten Kopf? Man scheucht die Herden auf die Warenhausweide. Private Seelen wollen wir dann wieder zuhause haben. Aber ob das gelingt?

Sogar die Kinder in den Zügen, mit ihren niedlichen Fingernägeln über den Lehnen, dem mutwilligen Springen winziger Füße in Socken auf den Sitzen: Mein Gott, was für Verdoppelungen von allen Seiten, ob sie schreien oder lachen. Sprechen sie erst, ist es ganz aus. Man hat tausendmal gehört, wie es ihnen vorgekaut wurde. Die jungen Frauen mit den ganz ernsthaft ins Telefon gesprochenen Schlamm- und Losungsworten: »Ich bin tief verletzt. Es ist die Enttäuschung meiner Hoffnungen, Sehnsüchte, Träume.« Dazu immerhin die echten, vom Weinen geröteten Einzelnasen.

Selbst die Toten machen mit. Nach dem erlesenen Mittagsmahl war ich bei ihnen, um dort Stärkung zu finden. Ich dachte nicht an ihr Zerstäuben in die eine, feinkörnige Erde, das nicht, davon erwartete ich keinen Trost. Ich rechnete aber auf die biografische Würde und Aura ihrer Stätten, spekulierte auf den schattigen Efeuernst der Gräber. Da war ich auf dem Holzweg. Unter gleichmacherischer Sonne gab es ausnahmslos Bodenbedecker über einem oder mehreren normgerecht Verstorbenen. Sonst nichts als dieses letzte Verstauen all jener, die auf Erdbestattung reflektieren.

Ja gut, der pompöse Grabhügel eines frisch Beerdigten, vielleicht gerade zur letzten Ruhe geleitet, als ich irgendwas, schon vergessen, unter Kräuterkruste auf Champagnerschaum verzehrte ... Aber auch vor ihm machte mein Quengeln nicht halt, sobald ich die Augen hob: Da, und da, und da!

So, und am Ende dieses Tages ist die bestellte Frau gekommen für meine von Dottie vernachlässigten Triebe. Ich erwartete sie, es klingelte zur festgesetzten Zeit. Vor der Tür, an Wolfsens Auftritt erinnernd, stand im ersten Moment eine überseeische Prominente, eine viel fotografierte Person. Zum Verwechseln ähnlich! Ich stammelte, ich gurgelte vor Schreck. Sofort nämlich ängstigte mich diese Gestalt, die in ihrem sandfarbenen Schneiderkostüm mir doch Leib und Sinne erfreuen sollte. Sie lehnte da, als wollte sie mich in einem Wettkampf schlagen, denn anders als Wolfsen, dessen Augen mir in ihrer Diabolik erst allmählich auffielen, starrte die vorbildlich Geschminkte mich als das personifizierte Böse sofort an und darunter lachte ein furchtbares Raubtiergebiß: »Hello, I'm Lezza!« Gegen diesen Ausbund an offensichtlicher Bösartigkeit, die aus ihrer unbestritten hocheleganten Erscheinung hervorbrach, so eben zusammengehalten vom wüstenfarbenen Kostüm, war der Dämon Wolfsen ein gutmütiges Menschenexemplar, ja eine Statue der Humanität.

Und das Schlimmste? Sie wollte gerade ihrem Zauber vertrauend bei mir eintreten, atmete mich schon an mit einem Feuerhauch, da roch ich aus ihrem strengen Brustausschnitt eine bekannte Mischung: Mottenpulver und Thymian. Elke Andritschke. Sie roch genau wie Elke, war es aber nicht. Sofort erfüllte mich gegenüber der tadellosen Prostituierten Lezza, neben rein körperlicher Furcht vor ihrer Kraft, ein schrecklicher Widerwille. Und nun kam es mir sogar so vor, als hätte auch schon Wolfsen so gerochen. Gott sei Dank gelang es mir noch im letzten Moment, die bereits gefährlich knurrende Lezza mit einem Geldschein aus dem Haus zu drängen. Obschon sie, wie ich jetzt erst sah, einen grandiosen Arsch zu bieten hatte, prall wie der von Dottie Wamser, bevor unser Sparsamkeitsunglück auf uns niederfuhr.

Woher nur, so richtig begann es nach Wolfsens Auftreten in meiner Sammlung – mit seinen teuren Schuhen ging er schnüffelnd zwischen den Vertikos herum –, rührt dieser Ekel vor der Vervielfachung, wo wir doch alle Brüder und Schwestern sein sollen, im Geiste, meine ich, milliardenmal!

Solche Frauenabenteuer werde ich zunächst meiden. Gestern saß ich zufrieden mit diesem Entschluß auf dem Sofa, mir selbst gehorchend, pünktlich beim Tee und betrachtete ein mir liebes Sammelsurium: eine wertlose kleine Holzpalette mit hingetupften Farben darauf, einen Pinguin aus Glas, ein fünf Zentimeter langes Rennauto, eine Münze mit dem Schriftzug »Judex« auf der Rückseite. In dem Katalog mit den Andenkenstücken berühmter Persönlichkeiten studierte ich anschließend zwei Fotos. Erstens das einer Aktentasche, die einem großen jüdischen Psychoanalytiker gehört hatte, in der unteren Hälfte, vor allem in der Mitte, war sie vom Untermarmtragen gefältelt und gefurcht wie ein Menschengesicht, eigentümlich wie die deutbaren Linien einer Handinnenfläche. Das andere zeigte den Stahlhelm eines nicht weniger bekannten Dichters aus dem Ersten Weltkrieg. Die Kugel hatte den Helm durchschlagen, den Kopf des Trägers aber nur harmlos gestreift. Ich betrachtete lange die besondere Gestalt des fast neunzigjährigen Einschlaglochs.

Als ich währenddessen einmal zufällig aus dem Fenster sah, entdeckte ich eine fröhlich vorwärtsmarschierende Prozession kleiner Menschen, die sich alle ein rotes Kopftuch um den Hals geschlungen hatten. Kindliche Pfadfinder mußten es sein, die an der Hecke entlang zu dem hinter meinem Garten gelegenen Haus der alten Frau Bauer trabten, ein stilles, nun gruftartiges Haus mit dem schönsten roten Weinlaub auf dem Dach, wenn es Herbst wird. Die Kleinen trabten halb im Laufschritt entgleisend, halb noch diszipliniert, was ihnen, je näher sie dem Haus kamen, desto schwerer fiel. Als sie es erreicht hatten und schon gegen die Fenster polterten, die Eingangsstufen hochstürmten, aber noch immer mit einer ungläubigen, leise anfragenden Unschlüssigkeit, rief ihre Führerin: »Macht nur alles, was ihr wollt!«

Da stießen sie aufjubelnd die nur angelehnte Haustür auf, und als noch die einen, wildes Randalieren erst spielend, dann Ernst machend, die Treppen im Inneren raufstürzten, öffneten schon die schnellsten oben die Fenster des wehrlosen Hauses. Eine Revolution von Zwergen tobte durch die Räume, man hörte sie johlen, jauchzen und zertrümmern. Selber ganz lautlos, stand das Haus der alten Frau in der Nachmittagsstunde und mußte erzitternd dulden, was die sehr jungen Angreifer unter seinem dunklen Dach mit Eifer trieben an den Plätzen von Herd und Bett und wohl auch dort, wo das Nachmittagssofa der alten Frau gestanden hatte wie das meinige hier, bis Pfiff und Kommando zum Abmarsch erfolgten.

Das alles bekümmerte, jedoch überraschte mich kaum. Die Unordnung, in der ich umständehalber erst recht ohne Dottie zu leben gezwungen bin, ist mit Sicherheit größer als die von den Kerlchen angerichtete. Denn die Frau ist ja tot und das Haus leergeräumt. Die kleinen Pfadfinder werden nicht viel zum Zerstören vorgefunden haben. Es klang ja auch über den Garten hinweg ganz hohl, als sie in den Räumen unterwegs waren.

Bei Frau Bauer gab es nicht das stundenlange Schneiden der Rasen wie ein Geräusch endlosen Hasses gegen den Aufstand ungestümen Wachsens. Sie beschnitt nicht jeden Zweig, der sich ihrem Fenster näherte, aus Angst vor »Viechern« wie die jungen, vor Selbstbewußtsein ganz unästhetisch berstenden Mütter dieser Gegend. Sie mischte sich in das Geschäft der Gräser und Kräuter nur ein, wenn es sich gar nicht vermeiden ließ. Bei ihr wuchsen Narzissen und Lilien in Kohorten. Ganze Felder davon standen im Mondlicht und hielten den Atem an, wenn das Licht ihres Schlafzimmerfensters irgendwann spät in der Nacht erlosch.

Die alte Frau Bauer ist tot. Aber ich habe den Eindruck, daß sie noch alles wahrnimmt, was nun mit ihrem Haus geschieht, das sie so anhänglich bewohnte, und daß ihr der Kopf unterm schneeweißen Haar schwankt vor Entgeisterung. Sie hört die munteren Stimmen fremder Leute, die über die Beete stapfen und Werte abschätzen, auch Tauglichkeit und Solidität. Die Prüfung: negativ. Das tröstliche Licht im Dunkeln wird nie wieder angezündet an der alten Stelle. Weg mit Narzissen und Lilien. Das Haus eignet sich nicht für die neue Zeit, alter Hut, zack und peng, zusammengeschlagen, weg damit, weg die große, im Abendlicht wehende Birke, in deren Spitze bis zum Winter vor Sonnenuntergang eine einzelne Amsel sang, Tag für Tag, weg, weg. Neuen Anforderungen wird jetzt Genüge getan, frisches Leben macht sich breit und benötigt das Licht für sich, weg mit den Bäumen. Weg muß, was stört. Yep!

Wer wurde mit dem Zerhämmern eigentlich so gekränkt? Das Haus, die Verstorbene oder ich? Beleidigt wir alle drei? Hinzu kam, daß ich die Kleinen ein bißchen verstand in ihrer ehrlichen Freude am Vernichten. Und obendrein streifte mich das Gefühl einer unerklärlichen Schuld.

Nicht lange vorher, genauer, einen Tag bevor ich mein schreckliches Abenteuer mit dem Wesen im Garten hatte und erleben mußte, wie man mich umbrachte, hatte das Haus in der stillen Frühlingslichtdämmerung und in seiner plötzlich sichtbar gewordenen, schallschluckenden Vereinsamung gestanden. Es kam mir fast samten vor, das verlassene, einstmals so geschätzte, jetzt nicht mehr geliebte, verstummte Haus. Ringsum wartete man auf den Einbruch der Dunkelheit. Die Dunkelheit nämlich sollte das große Ereignis bringen, noch einmal lärmendes Leben unter die Dachschindeln. Ob die tote Frau Bauer wie ihr Haus ängstlich erregt die Anspannung spürte? Ich jedenfalls war mir ihres Blicks bewußt, so wie es mir mit den Augen meiner abwesenden Dottie, die auf allem ruhen, nicht anders ergeht, nein, mit den Augen meiner spurlos verschwundenen Dottie nicht anders ergeht.

Dann endlich und auch erlösend, da es nicht verhindert werden konnte und kommen mußte, hörten wir, wie versprochen, die Feuerwehrsirene. Zwei ihrer roten Riesenfahrzeuge fuhren vor als Kampfansage. Die Bedrohung, die auf allem nach der schriftlichen Ankündigung lastete, nahm Gestalt an. Neben dem kleinen Rennauto besitze ich auch einen kompletten Feuerwehrzug und eine Schützenkapelle aus Blech. Hier aber war annähernd der Ernstfall eingetreten für die Freiwilligen. Ihre Aufgabe bestand darin, sich vorzustellen, es würde tatsächlich brennen und beispielsweise ich, als Nachbar, hätte sie um Hilfe angerufen. Die für ihren Auftrag beinahe wie Müllmänner gekleideten, allerdings mit Helmen versehenen Männer verfielen nun in dröhnendes Zurufen, lachten dazwischen auch völlig unangemessen. Der Besitzer des Grundstücks hatte ihnen das Feld zum freien Fleddern und Verhackstücken überlassen, nun standen sie oder liefen auch, jedoch viel zu langsam für meinen Geschmack, Branderregung simulierend, hin und her. Das Haus aber fühlte die Gefahr und fügte sich, wie man es bei erkrankten Tieren sieht, demütig in sein Los.

Jetzt nämlich wurden, wenn auch träge, die Schläuche angeschlossen und entrollt, Leitern errichtet im blau rotierenden, dann im mächtigen gezielten Scheinwerferlicht, das an den

Pomp von Fernsehaufnahmen im Freien erinnerte und die Mauern mit den Hartlaubbüschen davor in ein tropisches Glühen versetzte. Leuchtend dazu das Rot der Handwerksgeräte. Dämpfe drangen auf einen Befehl hin aus allen Ritzen zur Steigerung der Stimmung von Gefahr und Feuersbrunst. Flammen sah man nicht, dafür aber kam aus dem Haus ein, wie die Freiwilligen hofften, wahrheitsgetreuer Ruf. Mit dünner Stimme meldete sich jemand, der nicht die tote Frau, nicht die eigentlich ja einzige Bewohnerin des Hauses war, sondern eine fingierte Frau Bauer: »Hilfe, Hilfe!« Nun stürmten sie los, kletterten von außen am Haus hoch und schlugen mit Beilen die Fenster ein, schleuderten die Fensterkreuze nach unten, sprangen in die Räume und warfen sogleich mehrere Gegenstände durch die entstandenen Öffnungen. Nachdem sie drinnen offenbar auftragsgemäß demoliert hatten, wurde ein Mensch durchs Fenster gereicht, der sich ohnmächtig stellte. Man trug ihn die Leiter hinunter, schnallte ihn auf eine Bahre, trug ihn ein Stück, und schon sprang er wieder auf.

Das passierte wieder und wieder, das Zerschlagen, Eindringen durch Fenster und Haustür mit den geschwungenen Beilen und das Menschenleben rettende Verwüsten in den Zimmern. Natürlich spritzte man auch zwischendurch aus den Schläuchen, mit starkem, angeleuchtetem Strahl in die Räume hinein. Überhaupt wurde das Schauspiel immer überzeugender, je deutlicher die Dunkelheit zunahm. Besonders das Efeu mit den roten Schläuchen leuchtete schön auf. Manchmal standen die behelmten Feuerwerker aber auch ratlos herum und schienen nicht mehr zu wissen, was sie noch tun konnten, machten neue Dämpfe, holten Leichen oder Verletzte die Leitern herunter, spritzen und riefen sich rauhe Parolen zu. Man merkte, wie die Feuerlosigkeit für sie eine Sinnlosigkeit darstellte.

Das Merkwürdigste jedoch bestand darin, daß nicht so sehr sie, die Freiwilligen, sondern das Haus als Übungsschachtel, als Attrappe wirkte, gar nicht mehr, in seiner Degradierung, wie die Wohnstätte jener Frau, die noch vor einigen Monaten den Arbeitern in ihrem Garten mit heiserer Stimme Kaffee angeboten und ihren alten Freundinnen frische Erdbeeren, wie ein unvergänglicher Frühsommer in Person, schon von der Haustür her in Aussicht gestellt hatte. Ich selbst war unsicher geworden angesichts des zum Abriß freigegebenen, hier noch einmal zum Wohl der feuergefährdeten, lebendigen Allgemeinheit genutzten Gebäudes. Was machte man mit uns, mit dem Haus, Frau Bauer und mir?

Am nächsten Spätnachmittag, ja, richtig, am selben Tag also, an dem ich dann später, in der Nacht, in die Klauen des Wesens geraten war, rollte die fortsetzende, kleinere Welle heran, noch vor der Erstürmung durch die Pfadfinder, denen man nur die Überreste gelassen hatte. Jetzt torkelten, umständlich wegen ihrer großen Feuerwehrtracht, die noch sehr jugendlichen Freiwilligen, die Kinderfeuerwehr, der Nachwuchs, aus dem Löschauto. Die höchstens nur zum Teil Halbwüchsigen mit ihren hellen Stimmen lachten sofort ungläubig über sich selbst und ihre Laufschritte, bewegten sich voran in schwerfälligem Trab auf das Haus zu, das auch sie noch zu ertragen hatte, blieben stehen, um sich Schuhe zuzubinden, und hatten mittendrin die Losung vergessen. Einer kämmte sich. Beile erhielten sie noch nicht, aber es wurde auch für sie Qualm erzeugt, und sie durften gegen die Haustür treten, so fest sie konnten, und später einen Gegenstand aus dem Fenster schmeißen.

Das Schönste, wenn es schon kein Feuer gab, war für sie das Löschen. Sie löschten in der Luft herum, richteten den Wasserstrahl auf die Fenster, auf ihre minderjährigen Kollegen und den Anführer, der um sein Gleichgewicht kämpfte. Das drangsalierte Haus der immer so adrett weißhaarigen Frau aber, Frau Bauers Anwesen, das selbst vor diesem frischen Elan, vor den Feuerwerkern der Zukunft nicht weichen und wanken konnte, war ein Spielplatz der kleinen Horde geworden und streckte verfallend die Waffen.

Ein winziger Junge stand zwischen ihnen herum, ein roter Zapfen nur, der aus dem Boden gedonnert war, ein unter Umständen Dreijähriger in perfekter Berufsausstattung mit Helm und Scherzbeil. Er hatte den ganzen Nachmittag auf das Ereignis gewartet und sagte jetzt, als es stattfand, kein Wort, beobachtete, was die zehn bis fünfzig Zentimeter Größeren veranstalteten, sah das Haus an, dessen Besitzerin er nie kennengelernt hatte, wich dem Wasser aus, stellte sich an einen anderen Platz. Betrachtete schweigend die Feuerwehrrüpel, die sich in ihren Uniformen nach der Erstürmung die Zeit vertrieben. Es rauchte nicht mehr. Der Qualm aber war für ihn das einzig Sehenswerte des Hauses gewesen. Stand da, enttäuscht, in Würde, in unbenötigter Schutzkleidung, ein Vorwurf an die nicht mit ausreichender Leidenschaft und Hingabe betriebenen, allzu laxen Gewaltakte bei der Zerstörung des Hauses, Zerstörung nicht letztlich auch, frage ich an, von Frau Bauer und mir?

Das Haus steht immer noch, noch immer spüre ich die Augen von Frau Bauer, bang und zornig auf Dachschindeln und Mauern. Nein, ich bin unsicher, mit welchen Gefühlen. Aber der Anblick ihrer alten Wohnstätte läßt mir keine Ruhe. Das Haus versucht, sich in seiner Verlassenheit dick zu machen, aufzuplustern. Es summt. Ich erkenne Flaum und Gefieder, oder es ist das Fell einer riesengroßen Katze, die sich bemüht, ihren Kummer durch Schlaf zu annullieren. Es ahnt, aber begreift nicht, was ihm droht. Es ist doch erst fünfzig Jahre alt und nun: schon fort mit Schaden? Nachts summt es und pfeift im Dunkeln in seiner Not. Ich horche hin. Was ist, stumm, ohne trügerische Sprache, die Mitteilung?

Seit langem war ich wieder auf dem Markt. Vielleicht dachte ich insgeheim, Dottie Wamser würde dort nach Sonderangeboten suchen oder wenigstens Elke Andritschke. Lieber nicht, die versteht mich nicht. Ich habe mit niemandem gesprochen, es erübrigte sich. Aber auch hier: das sprechende, wortlose Bild!

Ich sah die Durchtriebenheit der Verkäufer an den Ständen, das Zwinkern ihrer dunklen und blauen Augen, das die froh gestimmten Käufer mit den Taschen und Körben ausnahmslos zu Lämmern, zu schlachtreifen Deppen machte. Da habe ich in mich hineingelacht, begriff die Botschaft an mich aber nicht.

In einem Café habe ich dann eben ein Liebespaar beäugt, nur so, wie sie in Erscheinung traten, wie sie sich anglühten, anfauchten, über die Augen in Trance verfielen. Was sollte mir das aber? Wenn es so weitergeht mit mir, werde ich Ähnliches in einem Monat vielleicht mit Interesse oder Überdruß, aber keinesfalls mit Neid beobachten. Unbegreiflich, daß sich Leute immer wieder ineinander verlieben. Alles, was sie über die Lästigkeiten der Menschen wissen, wird von einem hübschen Frätzchen oder Augenaufschlag für eine Weile weggeblasen. Verrückte, die sich von einem Anblick so regieren lassen!

Der des Hauses allerdings, des Außenskeletts von Frau Bauer, des verlassenen, in dessen Wohnräume fremde Kinder Wasser spritzen durften, besitzt Macht über mich.

Nicht nur diese eine Ansicht. Vorhin habe ich mir versehentlich eine Scherenspitze in den Handballen gerammt. Da mußte ich mich ruhig verhalten, für einige Minuten, und um nicht an Herrn Wolfsen mit seinen angeblichen Prämierungen zu denken, habe ich ein Buch über Berge angesehen, eine Bergwaldlichtung, im Vordergrund vor den dunklen Fichten eine Wiese mit Hunderten von weißen Blütenschirmen. Denn es hat heute wieder um 16.50 Uhr geklingelt, aber ich bin auf meinem Sofa sitzengeblieben, habe mich einfach totgestellt. Ich mußte nun immer diese Lichtung ansehen, diese weiße und grüne Waldwiese, ich weiß bis jetzt nicht, warum. Sie erinnerte mich an früher, viel früher, wo ich eine ganz ähnliche gesehen habe in der Wirklichkeit und mich ein gewaltiges Gefühl überkam, mit dem ich nicht fertig wurde.

Doch was meinte ich jetzt, in der Gegenwart? Bloß ein bißchen Sehnsucht nach der Kindheit? Es war ein bohrender

Schmerz, damals und eben. Auch als Kind hatte ich mich ja schon an etwas erinnert und wußte nicht, an was, und es machte mich froh und unglücklich.

Oder war es nur der Stich in den Handballen?

Der Kirschbaum ist nämlich im Garten aufgeblüht. Weißpelzig aufgeblüht. Er hat nichts mit der alten Frau, sondern mit Dottie zu tun. Bevor ich sie kannte, hatte ich nicht so den Blick für diese Dinge. Sie aber, meine Dottie, hat sich so gern daruntergestellt, unter die tief hängenden, durch die Blüten rundum angeschwollenen Zweige. Mir sind Tränen in die Augen gestiegen, ich stand da jetzt ja wie erblindet oder taub. Ich sah, wie schön das alles war, aber ich blieb ganz abgerückt und gleichgültig und konnte es nicht ändern. Darum habe ich mir auch die Schere in den Handballen gerammt.

Dottie Wamser hat nie die Erwartungen erfüllt, die sie geweckt hat, das ist wahr. Der alte Kumpel Fred begriff überhaupt nicht, was mir an ihr gefiel. Er ist zu einfältig, um zu verstehen, daß sie die Hoffnungen immer wieder aufkeimen ließ, wie sie sich auch drehte und wendete. Irgendwelche Hoffnungen, ich weiß nicht, worauf. Nur jetzt, wo sie weg ist, sind auch die Erwartungen verschwunden, und das ist das Schlimme, das eigentlich Schlimmste.

So daß ich inzwischen bereit wäre, mich zu fragen, ob ich sie mißverstanden habe bei der geizigen Eintrocknung unseres Lebens. Man müßte eben darüber sprechen, wenn sie anriefe oder so. Das Wort »Schuld« kotzt mich inzwischen an.

Da! Am Fenster geht eine junge Mutter mit ihrem Kind vorbei. Zum ersten Mal wird mir klar, was das Besondere ausmacht. Diese Frauen mit den vor kurzem von ihnen geborenen Kleinen sind vollkommen eingehüllt von der Aura des Vaginalen, wo sich Weisheit und Schwachsinn vermengen unter Absonderung eines durchdringenden, milchig sichtbaren Geruchs. Das ist nun etwas anderes als das Haus von Frau Bauer, hat auch nicht soviel Macht über mich wie das Anwesen der Toten, aber es fesselt mich, daß etwas derart Körperliches, Zweideutiges so unschuldig ausgestellt wird! Merkt es denn kein anderer?

Ein Mann mit giftgrüner Mütze kommt hinzu. Die Mutter bleibt stehen und bückt sich, der Mann bückt sich ebenfalls, er, weil er das Kind begrüßen will, sie, um den Hund zu streicheln. Und dann stellt sich noch eine Art Teenager, mehr am Tier als am Kind interessiert, dazu. Das dicke Baby im Wagen kräht auf einmal los und zeigt in die Luft. Die Erwachsenen lachen und staunen, denn das Mädchen läßt zwei zahme, gefleckte, scheint mir, Ratten über seine Arme laufen, rauf und runter, bis es die beiden wieder in die kleinen Jackentaschen stopft, die es dann mit den Händen versperrt. Ich bemerke sofort und noch zunehmend das Bedeutungsvolle, auch ohne daß sich einer von ihnen zu mir hinwendet. Nichts daran ist zufällig. Es muß auch nicht von mir entschlüsselt werden, durchaus nicht. Es genügt, daß es so unerhört gewichtig in seinen Hinweisen ist, ob ich sie kenne oder nicht.

Auch das Wort »Schuldgefühl« widert mich mittlerweile an.

Ich habe nichts dazugetan, aber meine Augen wählen natürlich aus. Gehören etwa der Papierkorb und die Aschentonne doch noch zum Sinn dazu? Ich glaube nicht. Man weiß in der Sekunde exakt, wie der Horizont des Anblicks verläuft. Das ist ja der Zauber! Jetzt muß ich aufpassen, daß ich nicht überall solche sprechenden Versammlungen von Gegenständen entdecke. Die Sachen lauern ja nur darauf, daß man sie zusammenzählt zu einer vielsagenden Summe, zu einem Zeichen. Wo mein Blick hinfällt, hierhin, dorthin, spüre ich die Aufforderung, die Bitte, den Kreis um die Einzelheiten zu schlagen. Da muß ich achtgeben, muß dosieren, wo ich überhaupt hinsehe, was die Menge betrifft, wenn sich nun alles so vordrängt, um bei dem Spielchen beteiligt zu sein. Da gilt es, die Oberhand, die Regie zu behalten und zu entscheiden, was dazugehört.

Fast fühle ich mich verfolgt von mir selbst.

Überall ergibt eine Gruppenformation eine, allerdings codierte, Botschaft. Von mir an mich? Aber gut ist jedenfalls dieser bündelnde Blick gegen die dauernde Zerstreuung in der Welt. Ambulante Sammlungen, wohin ich auch sehe, Sammlungen ad hoc, mit tief verborgenem Konzept. Man spürt es, das ist die Hauptsache, man muß keineswegs dahinterkommen. Das Wichtige ist die Wucht, der Strom, der zwischen den in Verbindung stehenden Dingen fließt.

Denn war die Zusammenhangslosigkeit nicht immer das Problem meines Lebens, und ich habe als eigene Schuld, als meine Nachlässigkeit empfunden, daß es sich so verhielt? Ob Wolfsen Ähnliches über die Auswahl hier in meinem vier Wänden gedacht hat? Viele Minuspunkte? Ich lasse das Schlitzohr nie wieder herein.

Klingelt er nicht gerade, vielleicht, der Gute, in Sorge um mich? Nein, wohl nicht, es wirkte nur so.

Andererseits lehne ich mich auf gegen das, was die Leute, auch dieser Nachbar am Briefkasten, der mich durch sein Unverständnis gekränkt hat, ihre wohlverbundene Existenz nennen. Alles Einbildung, Lüge, Verstecken vor der Wahrheit im Nest der Konvention! Die Lebensteile sind vereinzelt in Wirklichkeit, sie peilen höchstens gemeinsam etwas an, das ist ihr einziger Zusammenhalt. Horch! Doch Wolfsen? Wolfsen, der Dämon? Wer könnte es sonst sein, wer auf der Welt? Nicht auszudenken, wer es sonst sein könnte! Nicht hinhören! Nachsehen? In Gottes Namen nachsehen: Da ist niemand.

Früher, jetzt kommt die Erinnerung, früher habe ich es, als Kind, wohl absichtlich gemacht, als Spiel, um die graue Zeit zu vertreiben, die filzige Öde im Zimmer, allein, an den klebrigen Nachmittagen. Sah einfach drei Sachen an: den Wellensittich, ein hingestürztes Glas, eine Münze auf dem Atlas. Schon ging es los, sah nichts als diese drei an, immer schneller, immer langsamer, nichts anderes hatte irgendeine Geltung mehr. Wie stark die drei wurden, weil sie einen Schatten warfen, nämlich ein Zeichen waren, das wuchs und wuchs! Wie kurz vor dem Lebendigwerden die drei, denn auch der Vogel war ja ursprünglich nur ein ausgestopfter, wie knapp vor dem Platzen aus lauter Fülle, die sie gar nicht mehr bei sich behalten konnten. Dann mußte ich mich abwenden. Ich wußte ja nicht weiter.

Und erst in der letzten Woche? Da hüpften am Deich junge Ziegen und Lämmer, die Luft war voll mit den Flugwolken der Stare, ein altes Pferd schlurfte auf umkippenden Hufen wie in ausgelatschten Hausschuhen. Die Bedeutung – ich kannte sie nicht, fühlte sie bloß – wurde in der Begrenzung immer stärker. Ich selbst traf die Auswahl, aber wie im Auftrag, wie befohlen. Von den Banden des selbst gesteckten Bildrahmens sprang mein erwärmter Blick unaufhörlich hin und her in der Fessel dieser Bestandteile.

Da, das ist wieder so ein Fall! Auf dem Küchentisch, gerade als ich mir einen Strammen Max braten und eine Steinpilzcremesuppe de luxe anrühren will, sehe ich auf dem Küchentisch das Messer liegen. Wie groß, blank, scharf! In diesem Augenblick überfällt mich der Wunsch zu beten, ich versuche es, bin aber zu geistesabwesend, denn ich wüßte schon um was, aber nicht, was ich mir dabei vorstellen soll.

Also das Messer liegt da und gleichzeitig – das Entscheidende – ist aber auch ein Foto auf den Tisch gekommen, diese zwei Sachen. Die Person auf dem Bildchen lächelt einen guten alten Bekannten an, ihr typisches Fotografiergesicht, Dottie eben, eitel, wie sie ist. Jetzt aber scheint sie das gefährliche Messer zwinkernd zu grüßen. Das ist eine geschmacklose Gegenüberstellung, die ich nicht wollte. Sie ist mir diktiert worden. Andere Arrangeure sind hier am Werk, die mich in die böse Klammer dieser beiden, plötzlich in Verbindung gebrachten Dinge zwingen, zwischen denen meine Blicke ab sofort hin- und herrennen müssen, so daß ich Messer und Foto gewaltsam trennen werde, um mich zu befreien. Das Band zerschneiden und in zwei grundverschiedene, weit auseinanderliegende Schubladen damit!

Andere Arrangeure? Ja, glaube ich inzwischen etwa tatsächlich an ihre Eingriffe und Kontrollen? Ich spüre doch schon länger dieses Bespitzeln und Blinzeln, die geheimen Winke, die man sich gibt, und wie mir die Sachen hypnotisch unter die Augen geschoben werden, damit ich den verborgenen Bezug, wenn nicht enträtsele, so doch wahrnehme und er Macht ausübt auf mich.

Fast fühle ich mich verfolgt von ihnen.

Ich muß dafür gar nicht das Haus verlassen. Sie bewerkstelligen das mühelos, kein Problem, im Gegenteil. Printmedien, Television, alles ist komplett in deren Hand. Ich weiß nicht, ob es sich hierbei, nüchtern betrachtet, um Phänomene der Werbung handelt, die zwischen irgend einem oder meinem zugegeben ungepflegten Kinn und einem wunderschönen, im letzten Moment sich von mir abwendenden Frauenmund einen zündenden Kontakt herstellt, oder um ganz anderes: um eine Einflußnahme, die unter der Maske dieser Gegenstände und ihres Appells mein Gehirn umformt, jedenfalls seine bisherigen Kräfte in Bahnen lenkt, die im Hintergrund bleibende Drahtzieher wünschen.

Das Haus verlassen mußte ich heute doch, denn Lezza war wieder da! Ungebeten hereingedrängt mit der Behauptung, wir hätten eine Vereinbarung. Dreistigkeit? Verstand auch sie mich nicht richtig? Erst war ich unsicher, ob es sich wirklich um Lezza handelte, ich kann diese Art Frauen nicht leicht auseinanderhalten. Deshalb wurde ich nicht rechtzeitig grob. Aber sicher, dann erkannte ich eindeutig ihr Teufelsgesicht, den haßerfüllten Blick, natürlich! Vom Geruch ganz zu schweigen. Sie lehnte da in einer Fuchspelzjacke, die vorne offenstand, so daß man das Kleid aus goldfarbenem Satin sah und auch, wie es ihr den Bauch erst mit der Glanzlichtwölbung, dann tiefer mit dem

Schatten nachformte. Oben quollen die Brüste raus bis auf einen geringfügigen Rest und den Rand von der schwarzen Büstenhalterspitze. Bis dahin war noch alles gratis. Sie lachte mich grauenvoll an. So bösartig die Augen und so samten der Elfenbeinton ihres Fells!

Auch ich bin allerdings nicht aus Stein – und habe jetzt obendrein vermutlich blaue Flecken am Körper.

Ich roch dann selbst nach Thymian und Mottenpulver. Alles roch danach. Deshalb habe ich sofort, als mich Fred zwei Stunden später zu einer kleinen Autofahrt einlud, zugesagt. Weg, bloß weg hier!

Fred stellt keine indiskreten Fragen, aber schließlich wollte er wissen, ob ich mich an einen Zeckenbiß erinnern würde, er diagnostiziere bei mir Symptome von Persönlichkeitsveränderung. Das sollte ein Witz sein. Ich zuckte trotzdem zusammen. Jedenfalls kam ich auf diese Weise mal wieder im Hellen durch die Straßen. Meist gehe ich ja bloß im Dunkeln los, um meine Ruhe zu haben. Heute war ich aufs Tageslicht geradezu wild. Das viele Grün an allen Ecken überraschte mich. Die Blätter sind schon so groß, daß die Leute wieder undankbar werden, denn alles ist nicht mehr neu für sie wie in den ersten Frühlingstagen. Mittlerweile hocken sie wie eh und je trübe in ihren Wohnzimmern, und nur die Jungen entwischen am Abend in Nächte, die für so kleine Idioten noch verheißungsvoll sind. So dachte ich es mir, als Fred mich mal schnell, mal langsam durch die Gegend fuhr, an den unterschiedlichsten Häusern vorbei, ich weiß gar nicht mehr, zu welchem Ziel eigentlich. Wir fuhren wohl bloß so. Durch die Scheiben ahnte ich die Verlassenheit der Behausungen. Ob Lezza jetzt schon wieder, schnell ein bißchen frisch gemacht, in einer von diesen Wohnstätten, an denen wir vorbeisausten, erwerbsmäßig zugange war?

Anfangs spürte ich nur ein Unwohlsein, einen unbedeutenden Brechreiz, obschon es uns beiden im Wageninneren gut ging. Wir hörten Musik und Sportnachrichten, wir rauchten, hielten durchweg den Mund, also keine Interpretationsprobleme. Wir fuhren ab und zu auch an Parks und Bachläufen vorbei, mit gelben Blumen, deren Namen ich früher einmal kannte. Man sah sie von der Straße aus. Trotzdem drückte mich das alles nieder, die Welt da draußen. Mir wurde immer elender, und ich benötigte einige Zeit, um dahinterzukommen, daß es an den Häusern lag, ob es nun Villen oder Baracken waren oder Wohntürme oder die kleinen schrecklichen Bungalows. Sie alle standen draußen in der grauen Luft und in einem kalten Wind trostlos herum. So ist also die gesamte Gesellschaft bis auf die paar Herumvagabundierenden in Häuser abgepackt, sagte ich mir voll Überdruß. Häuser über Häuser, kein einziges wirkt so treu wie das von Frau Bauer.

Und sagte mir gramvoll: Ob für sich oder übereinandergestapelt, fröstelnd sitzen die Familienverbände hinter den dunklen Scheiben oder Gardinen um die Tische herum. Auch die Reichen stieren abends stundenlang von ihrem Sofa aus auf die Figuren der Fernsehscheibe, es fällt ihnen ja gar nichts anderes ein. Sie alle müssen von einem Wohnzimmer in ein Badezimmer gehen, in ein Schlafzimmer, in eine Küche, in den hohen Häusern zehn- oder zwanzigmal übereinander. Man zwingt sie zu all diesen Verrichtungen durch die Zimmeranlage, überall dasselbe, mal besser kaschiert, mal weniger. Mich täuscht man nicht, sagte ich mir tieftraurig.

Und obschon die es doch wissen, obschon sie, gezähmt bis in den Grund ihres Herzens von der Wohnungsaufteilung, sich nicht hinter Ahnungslosigkeit verstecken können, setzen sie den Jammer auch noch fort. Im Schutz ihrer Gehäuse, verborgen von den stupiden vier Mauern, pflanzen sie sich, wenn auch wohl immer spärlicher, unter Keuchen fort, liefern nach und perpetuieren in ihren Stallungen neue Exemplare und Opfer für den animalischen Zwang, im Kreis zu laufen vom Bett zum Bad, vom Bad zur Küche, von der Küche zur Haustür und so, wenn sie zurück sind, in umgekehrter Reihenfolge und nach dem Abstecher in den Wohnraum von vorn.

Ich begriff eigentlich erst da und sagte es auch Fred, der seinen eigenen Kummer hatte (ich kenne doch meinen Fred), aber den Mund drüber hielt (das war mir recht), daß die Wohlhabenden nur eins im Sinn haben, auch wenn sie es vielleicht nicht merken, nämlich sich mittels teurer Einrichtungen, von hochbezahlten Architekten hingebastelt, über dieses unelitäre Gerenne im Hamsterrad hinwegzuflunkern.

»Bei Hausmusik und Lustgehechel: stets die sachlichen Mauern drumrum, wie Prostituierte im Schneiderkostüm, ich weiß, wovon ich rede«, sagte ich plötzlich laut zu Fred, beugte mich zu ihm hin, damit er mich besser verstehen sollte. Da roch ich Mottenpulver und Thymian. Verdammt! Auch Fred also? Ach was, ich merkte ja schnell, daß ich es selbst war, der den Geruch absonderte, und sofort stellte sich ein Schuldgefühl ein. Nicht nur wegen Lezza, auch weil ich durch die blöde Bemerkung Fred einen weiteren Hinweis auf meine Unverständlichkeit präsentiert hatte.

Ein Zug fuhr in der Ferne. Mein Gott, die Fahrgäste! Ich sah sie vor mir als Wesen, deren gesamtes Leben aus dem Aussuchen reservierter Plätze, dem Verstauen des Gepäcks, dem Umklammern einer großen Wasserflasche und der verbissenen Arbeit mit Mobiltelefon und Laptop bestand.

In diesem Augenblick passierte etwas Schlimmes. Ein Radfahrer wurde in der Nähe von einem Taxi angefahren und flog in hohem Bogen durch die Luft. Fred stöhnte auf. Er wurde in wunderbarer, völlig ungekünstelter Manier kreideweiß, mir schien sogar, sein Kopf sackte ein bißchen über das Lenkrad. Wie ich ihn um diese schrecklich schöne Leichenblässe der Anteilnahme beneidete!

»Freddy«, sagte ich, »fällt nur mir auf, in welchem Maße sich die Welt zum Krieg rüstet? Wie überall die Haßdynamik hochschnellt, diese Gier zu hassen, sich zu entladen und das

Verhaßte, den Gegner, den Feind wütend aufzuspüren? Auch die Natur wittert das und mischt mehr und mehr katastrophal mit. Haha, tut das Ihrige nach Kräften dazu. Es ist unausweichlich und muß sich entladen in einem Weltenbrand. Angesichts der Verheerungen, der sich beinahe stündlich steigernden Elendsnachrichten aus allen Himmelsrichtungen empfinde ich unser tägliches, ruhiges Leben als Klamotte, als Musical. Es klappt nämlich um: Das lediglich Übermittelte ist die andrängende Realität geworden, das von uns Erlebte, hier, in Europa, ist, wenn's sehr hoch kommt, prätentiöses Kunstwerk, ist Oper. Wie ein Achtzig-, Neunzigjähriger jeden seiner ihm noch vergönnten Tage als Wunder ansieht, so geht es mir mit jedem noch friedlichen Monat.«

Fred war insgesamt aber in andere Gedanken versunken, hatte meine letzte Bemerkung nicht gehört und fragte statt dessen nach einer Weile aus heiterem Himmel und mit zurückgekehrter Gesichtstönung, ob ich nichts von Dottie wisse. Ich sah einen Mann, der mit der einen Hand sein Telefon ans Ohr hielt und mit der anderen von einer Golfplatzwiese die Hundehaufen fegte.

Dottie Wamser? Jetzt war ich der Erschrockene, nicht mehr Kulturphilosoph. Wie vor den Kopf geschlagen war ich und suchte mühsam nach einer Antwort. Da wurde mir klar, daß es nur eine Scheinfrage war, er wartete gar nicht auf eine Reaktion, meinte nur, in diesen rechtschaffen schönfärberischen Häuschen, an denen wir gerade vorbeifuhren und die sich mühten, eine aufgeräumte Stimmung zu verbreiten, so stramm staatsbürgerlich dastehend, gebe es ja nicht nur den allgemeinen Dreck und die Normsünden, sondern auch mehr kaschierte Verzweiflung, als ich mir denken könne. Würde man die sehen, führe man durch ein verwüstetes Land. Zur Beschwichtigung, um sich wechselseitig im Schach zu halten durch vorgebliche Ordnungsmäßigkeit, dienten die das Elend umhüllenden Häuserschachteln.

Ich fand, daß es eben diese Behausungen waren, die einen erst desperat machten, aber Fred fuhr schon fort: »Die Leute sind gedemütigt und werden in Unsicherheit gehalten.« So kannte ich ihn nicht, den alten Kumpel Fred, seit eh und je herzloser Bankangestellter, korrekt und ohne Gnade, wie er es gelernt hat. Ich freute mich, so mit ihm sprechen zu können seit sehr langer Zeit zum ersten Mal, äußerte auch meine Verwunderung darüber, ihn, mit seinem Job ... Er unterbrach mich sofort. Er habe neuerdings keinen mehr und wisse wie viele nicht, wohin mit sich. Ich hörte ihm dann meinerseits nicht mehr gut zu, als er von, ich glaube, plötzlich mehreren Kindern erzählte. Ich hatte mit den Häusern zu tun, an denen er mich nach seinem Gusto vorüberlenkte.

Wir hatten die Stadt hinter uns, wir kamen nach einem Stück Autobahn aufs Land, in eine Gegend, die Fred als »verschroben« ankündigte, er sagte auch »aus der Welt«. Die Orte: Raritäten aus einem früheren Jahrhundert, häufig von nostalgischen Stadtbewohnern sorgsam gehütet, die bei Gefahr für ihre Landschaft auch vor Demonstrationen nicht zurückschreckten. Verwunschen standen die herrschaftlichen Anwesen wie die bäuerlichen, von kleinen Dickichten umgeben, in einem ausgedehnten Raum, der hier nicht allzu viel zu kosten schien. »Es fesselt mich, interessiert mich«, sagte Fred.

Eine Schafherde erschien. Ganz plötzlich existierte sie zwischen Bachlauf und Hügel, in einzelnen Tieren sichtbar werdend. Hier die Lämmer, in Grasbüschel verbissen, dort das Bild ihrer in selbstgefälliger Selbstlosigkeit lagernden Mütter. Einige Köpfe ragten in die Luftzone über dem gesamten Organismus.

»Dort drüben«, sagte Fred zu einem der träumerischen Häuser, an dem blaßblaue Blütentrauben – Dottie hätte den Namen gewußt – in Massen an einem Gitter rankten und, unwiderstehlicher Schwerkraft folgend, sich längten und herabstürzten wie in alten Zeiten, »dort ist es passiert. Hast du's gelesen? Ein

Familienvater, etwas über vierzig, inzwischen klassische Laufbahn seiner Kaste: Kleinunternehmer und Hobbyerfinder, dann Supermarktverkäufer, dann arbeitslos, hat seinen gesamten Clan ins Jenseits geschickt, hat alles mit rübergenommen, was zur Hand war, Frau und zwei Kinder, Schwiegervater, Schwiegermutter, alle erschossen. Hat sich von ihnen allen verachtet gefühlt, weil kein Beruf mehr für ihn übrig war. So stand es im Abschiedsbrief. Es interessiert mich, es fesselt mich. Ich kann dir gar nicht sagen, wie sehr.«

Fred hielt nicht an, schon waren wir vorbei. »Im Nachbardorf hat ein Vierzehnjähriger vor einem Jahr beide Großeltern mit dem Beil erschlagen, ob du's glaubst oder nicht, zerhackt, zu Kleinholz gemacht. Wie es heißt, um an Geld für das Discobier zu kommen. Keine Zeichen von Reue bei der Verhandlung. Kaugummi. Feixen.«

Ein schwer Betrunkener taumelte vor uns über die Fahrbahn. Wir hatten das Fenster runtergekurbelt, prompt schrie in einiger Entfernung eine Gans oder ein Truthahn, ich weiß nicht, entsetzlich auf und verstummte dann vollkommen. »Es ist das Schicksal der Bauern, daß sie dauernd ihre Tiere umbringen müssen«, sagte Fred, als er schließlich irgendwo irgendwas vom Hersteller kaufen zu müssen meinte. Kartoffeln und Landschinken, wie ich Fred kenne. Dafür reichte sein Geld immerhin noch.

Was aber schließlich dazu führte, daß ich mich in mein verwildertes, von Lezza und vielleicht auch von Wolfsen belagertes Haus leidenschaftlich zurücksehnte, zu meinem Schutz, das war das furchtbare Gehöft! Ich sah es ja nur einen Augenblick. Der reichte für den Rest der Unternehmung. Es mußte soeben den Dreißigjährigen Krieg hinter sich gebracht haben, schlimmer noch, mußte aus der Zukunft sein! Ja, ein Verweis aus der bevorstehenden Zukunft. Zerborsten und erstorben lag es in Misthaufen und Schutt, und doch glaubte man, daß sich zerlumpte Menschen mit Sauherden darin verschanzt hielten und leise regten. Aus den vielen Ritzen, aus aufgerissenen Dachteilen und Fensterlöchern brach die Schwärze des Inneren und sie, die dort ihre Schandtaten trieben, bespähten uns zwischen Hohn und Furcht. Die Schwärze dieses mühsam von der Ruine zusammengehaltenen Inneren brach hervor wie kalter Schweiß. Ich wußte plötzlich genau, daß sie dort ihre Toten an die Schweine verfüttern würden. Fred pfiff vor sich hin und sah auf die Fahrbahn.

Die biederen Häuschen, die wir bald darauf wieder in Mengen passierten, wo sich die Besitzer die Seele aus dem Leib gesäubert hatten, in einer Raserei, die sich bis zur Bordsteinkante erstreckte, waren keine Beruhigung. Hinter ihrer Starre hielten sich alle denkbaren Schrecken auf, verstaut hatte man dort, unter der allgemein gebilligten, ja offenbar nachbarschaftlich geforderten Maskierung die widerwärtigsten Privatsachen. Die Bewohner zündeten jetzt allmählich die Lichter an zu einem heuchlerischen Fanal von Freundlichkeit. Das war höchstwahrscheinlich. Machten sich so lange was vor, bis sie übereinander herfielen. Nur nach draußen dringen durfte es nicht.

»Ob sich ausgerechnet in diesem Moment jemand hinter dem Fenster im dritten Stock erhängt?« fragte ich Fred. Er lachte und meinte, er habe es ja vorhin schon gesagt: Zeckenbiß, Symptome von Persönlichkeitsveränderung. Ich solle mich zusammenreißen, wie er es tue. Zur Zeit habe es keiner leicht.

Hier, wieder in Sicherheit, in frisch gelüfteten Zimmern, die treu verstaubten Gegenstände um mich her, kann ich den Tag von heute morgen fortsetzen, das Intermezzo mit Lezza und Fred löschen und die nötigen Rituale wieder aufnehmen. Wie leicht mir das fällt! Auf einmal, gerade in dem Augenblick, als ich den begriffsstutzigen Nachbarn vom Briefkasten seine Tür aufschließen sehe, erkenne ich, daß es das Grauen vor den Menschen ist, sobald sie in ihren Häusern verschwinden, was mich vorhin so geschüttelt hat. In der Außenluft verdünnt sich das Entsetzliche in die allgemeine Atmosphäre, vermischt sich mit dem Smog. Wenn sie aber ihre Wohnung betreten, staut es sich hinter dem Beton, verdickt sich in der Vorstellung hinter den blanken Fensterscheiben, ist von außen nicht mehr zu ertragen.

Ist die Gefahr wirklich mittlerweile so groß oder sollen wir in Angst versetzt werden, dauernd auf der Hut und gewappnet sein für die Bedrohung und Katastrophe, mit einem zur Gewohnheit werdenden Nervenflattern, das schön gefügig macht und alle sogenannten Schutzmaßnahmen dankbar akzeptiert? Die Schilder an den Grundstücken, auf denen eventuell herumstreunende Einbrecher vor einer vierundzwanzigstündigen Überwachung der Immobilie durch gemietete Patrouillen gewarnt werden, nehmen von Monat zu Monat zu.

Eben, noch jetzt sind Hose und Schuhe naß vom Regen, hatte mein eigenes Haus eine finstere Überraschung für mich bereit. Ich sollte am besten auf den Schrecken einen Schnaps nehmen oder eine halbe Stunde lachen. Dabei ist ja gar nicht entschieden, ob es um ein geplantes Verbrechen ging oder nicht, es ist ja überhaupt nicht herauszukriegen. Man verläßt seine Wohnung wohlverschlossen für einen Zehn-Minuten-Gang um die vier Ecken. Sich noch ein bißchen die Füße vertreten in der Dunkelheit, sagt man sich, und wer weiß, eine kleine interessante Fundsache aufstöbern, mal eben Beute machen, und auch ein kleiner Guß hält einen nicht ab.

Dann biegt man wieder auf die Zielgerade ein, um die letzten Kurve ist man schon herum. Da sieht man vom Ende der Straße das Blaulicht, mehrere Wagen, die Sirenen sind nicht eingeschaltet. Ob ich stoppte? Ob ich schneller ginge? Ich spürte sogar den Trieb, wegzurennen. Ein Kapitalfehler, den ich nicht beging. Jedenfalls war das Beunruhigende und das, was ich ungläubig registrieren mußte, daß sie exakt bei meiner Adresse die Autos parkten und die Lichter löschten. Sofort danach sprangen schwarze Gestalten aus den Fahrzeugen, rannten über die

Straße, setzten in geschmeidigen Flanken über das eiserne Gitter und verteilten sich mit Taschenlampen und bestimmt auch Waffen um das Haus. Ich war froh, nicht drinnen zu sein, es hätte wie eine versuchte Verhaftung auf mich wirken können, wie ein Angriff auf meine Freiheit angesichts der unheimlichen Personen. Flüchtig dachte ich wohl noch, es könnte sich um ein Manöver handeln, um einen Testfall für die Jugendgruppe wie kürzlich bei der Feuerwehr, ohne meine Erlaubnis, wie man ja auch die alte Frau Bauer nicht gefragt hatte. »... mußt es eben leiden«, so heißt es im Liedchen.

Ohne das Blaulicht zu Anfang hätte ich die Polizisten sicher für Täter gehalten, das Ganze für einen bewaffneten Überfall. Die Leute benahmen sich ja wie professionelle Räuber! Womöglich wollten sie als nächstes Türen und Fenster aufbrechen. Da trat aus der Nacht mein Briefkastennachbar auf mich zu und sprach auch laut die Polizisten an. Ach so, er war der Mann gewesen, der zusätzlich mit aufgespanntem Regenschirm so nervös auf- und abgegangen war. Der hätte mich sowieso verraten, wenn ich geflohen wäre. »Man hat bei Ihnen eingebrochen. Ich hörte den Lärm und rief sofort die Polizei«, sagte er und stellte mich den Männern vor. Mein Gott, welche atemberaubende Fixigkeit! Ich war doch eben erst weggegangen, mußte ihm nun aber notgedrungen glauben.

Natürlich war ich sehr erschrocken, bin es immer noch. Wenn man nun in meinen Sammlungen geschnüffelt, sie womöglich geplündert hatte? Auf der Stelle fiel mein Verdacht auf Wolfsen und, wer sagt's denn, in Absprache mit Lezza! Zwei Spione, auf die ich, obschon sie mir nicht geheuer waren, in gewisser Hinsicht hereingefallen bin. Schon wollte ich den Kriminalbeamten meinen Verdacht mitteilen, da bestätigten sie mir, von außen könne man keine Einwirkungen bemerken. Geboten wäre aber, zur Vorsicht noch einen Kontrollgang mit ihnen durchs Haus zu machen. Warum sollte ich das fürchten? Meine Unordnung ist meine Sache, die ist nicht kriminell.

Auch würden sie nur oberflächliche Blicke in meine geheimen Kabinette werfen. Sie entdeckten nichts, ich jedoch an ihren begehrlichen Augen, daß sich zumindest ein, zwei Sammler unter ihnen befanden. Mir schlug während ihres Besuchs das Herz etwas schneller. Ziemlich viel schneller. Vielleicht wollten sie unauffällig Überwachungsmaterial installieren?

Schließlich erklärten sie dem Nachbarn, der an der Haustür stehengeblieben war, aber nur zu gern mitgekommen wäre, noch immer nämlich in der Hoffnung, er hätte sich nicht geirrt und eine Heldentat mit seinem Anruf vollbracht, es wäre wahrscheinlich irgendwo mit Getöse im Regen eine Latte umgefallen. Von zerschmetterten Fensterscheiben und so weiter keine Spur. Wir alle sahen, wie ihm sein Meldeeifer peinlich wurde. Für ihn war das Ganze eine taube Nuß, eine Pleite. Ich dachte schon, der Beamte würde ihm jovial auf die Schulter klopfen: Pech gehabt, kein Einbruch! Das passierte dann aber doch nicht. Der Nachbar blieb ungetröstet mit hängendem Kopf zurück.

Es wäre, ich weiß das wohl, an der Zeit gewesen, ihn ermunternd auf ein Bier einzuladen. Es gab aber nichts im Haus, keine gastlichen Vorräte. Immer noch Auswirkungen der verfluchten Sparsamkeit. Außerdem hätte es vielleicht Unglück gebracht, wenn er hier seine Blicke strolchen ließe. Man weiß ja nie. Jedenfalls habe ich gegenüber der Polizei keinmal gestammelt. Was ich zu Protokoll gab, wurde einwandfrei verstanden.

Ein, zwei Biere für mich allein habe ich natürlich doch noch.

Telefon! Nein, ich werde mich nicht rühren, will nicht schon wieder meine Ruhe verlieren. Es soll klingeln nach Lust und Laune, ich höre ihm ohne Bewegung gleichgültig zu. Das muß jetzt sein. Wer ruft da so unermüdlich nach mir? Etwa Fred? Fred-ohne-Job?

Fred, der penible Banker, der auf allen alten Gemälden die Finger und Fußzehen nachzählt, ob es nicht einmal sechs oder vier sind, sogar auf Passionsbildern beim Jesus am Kreuz? Daß er bloß nicht sich oder anderen was antut, falls er an seiner neuen Lage verzweifelt. Ich könnte es ja nicht ändern.

Was soll man machen als christlicher Nächster? Da, schon wieder läutet das Ding! Ich habe einmal gesehen, wie sich eine Frau sehr weit, fahrlässig weit aus dem Fenster lehnte. Sah schlecht aus. Die bog sich so weit vor, daß es schon fast kein Zurück mehr gab. Ich starrte hoch und zugleich befiel mich eine sonderbare Lähmung. Der eifrige Nachbar hätte bestimmt ruckzuck die Polizei alarmiert, aber ich konnte mich nicht rühren, konnte nur weitergehen, um kein schamloser Voyeur zu sein, horchte aber so lange wie möglich nach hinten, ohne mich umzudrehen, ob der selbstmörderische Sturz erfolgte als Schlußpunkt. Einen Tag später verstand ich mich selbst nicht mehr. Jetzt tue ich es allerdings doch wieder.

Verdächtig ist es mir schon: Wenn ich mich beobachte ohne Rücksichtnahme auf anerzogene Empfindlichkeiten, bemerke ich den Wunsch, die schrecklichen Dinge möchten sich, wenn sie sich ankündigen durch Sirenen, Blaulicht, Notarztwagen, durch diese typische Katastrophenmaschinerie, bitte auch wirklich ereignen! Tun sie es nicht, fühlt man sich erleichtert, allerdings auch betrogen.

War das nun die Haustürklingel, an der jemand Sturm schellt oder das unverdrossene Telefon? Ich werde mich von beidem nicht kleinkriegen lassen. Hatte heute genug Öffentlichkeit, und Schreckliches geschieht immer, ohne mich zu fragen, ohne sich von mir stören zu lassen, passiert sogar immer öfter, in stetig anschwellender Wucht. Diese Katastrophenzahlen! Wer sich nicht die Decke über den Kopf zieht, bis er selbst an der Reihe ist, wird wahnsinnig, eine Fahne im Wind. Da will ich mich lieber in die Betrachtung meiner lieben, von mir beschützten, mich schützenden Gegenstände vertiefen. Meine Kraft ist nicht grenzenlos.

»Das Kind ist tot, das Kind ist tot!« Das hallt und schallt

durch meine ganze Kindheit und Jugend und ist mir in diesem Moment gegenwärtig wie eh und je. Nur spüre ich erst in dieser besonderen Verfassung meine schon damals aufkeimende Freude daran. Da, ich sage den Satz und wiederhole ihn lächelnd noch einmal laut. »Das Kind ist tot!«

Es war natürlich gar nicht tot, das Kind. Das Kind war ich selbst, ein siebenjähriges Schulkind auf dem Heimweg, das gehorsam seinen stabilen Ranzen auf dem Rücken trug und nicht nach der Mode über einer Achsel. Ich wartete, wie angelernt, auf dem Bürgersteig auf das Ampelgrün, Schutzengel immer hinter mir. Plötzlich krachte die Welt ohne Ankündigung über mir zusammen mit dem Knirschen einer Betonmischmaschine. Auch das Sonnenlicht verschwand. In meine Träume kehrt es bis heute zurück: der ruckhafte Eintritt in ein furchtbares Geräusch und in Dunkelheit. Dann wurde es wieder hell, und was ich hörte, war dieser Ruf, viele Male: »Das Kind ist tot!«

Eine Frau im Rollstuhl hatte den Unfall gesehen, durfte Augenzeugin sein, wie der Lastwagen umkippte und auf mich stürzte, für sie alles ebenso unversehens wie für mich, für sie, komplementär zu mir und unerreichbar für mich, von außen. Aber mich hatte der starke Ranzen gerettet, er war mein Schildkrötenpanzer, der das Rückgrat abschirmte. Die Frau, hieß es, mußte in eine Irrenanstalt gebracht werden, da sie, unbelehrbar, gar nicht mehr aufhörte, den falschen Satz zu schreien.

Erst heute weiß ich, wie groß mein Stolz war, meine Begeisterung über das schwere Unglück, das meins war, das mir gehörte, mein Besitz, mein aufsehenerregender Tod und doch nicht meiner! Gewissermaßen kostenlos hatte man mir die schwärzeste Pointe zugeschanzt, ich hatte sie geschmeckt, aber nicht bezahlen müssen.

Alle Streiche, harmlose und bösartigere, die ich mir von da an ausdachte, versuchten, die Katastrophe nachzuahmen durch ein Arrangement von Umständen. Man muß die Dinge dürsten lassen bis zur Unerträglichkeit, um ihnen dann, durch vehemente Auflösung, die keinesfalls die Rettung sein darf, endlich Wasser zu reichen, koste es, was es wolle.

Es klingelt und klingelt. War da nicht auch ein Klopfen an der Tür? Fußtritte und grobe Echos? Lezza? Wolfsen? Der Nachbar? Elke Andritschke? Schon wieder Feuer oder Einbruch? Ich verhalte mich still. Was für eine Spannung in der Luft liegt! Sollen mir neue grauenhafte Unfälle aus aller Welt gemeldet werden? Ich kann die Erdbeben und Terrorakte nicht mehr aushalten, ich ziehe mir tief den Hut ins Gesicht, trinke mein Bier, habe sogar noch eine dritte Flasche aufgestöbert. Das Licht ist gelöscht. Ich bin mein eigener Geheimdienstler. Niemand kann sicher sein, daß ich wirklich hier sitze und da bin, in meinem Haus, und vor mich hinschmunzle.

Das Nachdenken über Katastrophen, über die reinigende Kraft, wie schon die Griechen wußten, der Tragödie, das gefällt mir. Die Lärmstörungen um mich her passen nur zu gut dazu. Darum belästigen sie mich nicht in meinem Philosophieren. Wenn gewisse Zustände anschwellen und sich steigern, hat es keinen Sinn, ist es sträflich, sich zu widersetzen. Das Schicksal nimmt seinen Lauf, die Dinge brechen sich Bahn. Urvölker retten Ertrinkende nicht, wollen sich nicht gegen den Willen ihrer Götter versündigen, wenn das Verhängnis die entscheidenden Schritte gemacht hat.

Ich bin nicht in der Lage, Dottie zu helfen, um Gottes willen, ich meine: Fred beizustehen. Denn es wird Fred sein, der mit mir Kontakt aufnehmen will, damit ich ihm assistiere bei seiner Arbeitslosigkeit, bei seiner Verzweiflung über den verlorenen Staatsbürgerstand. Was könnte ich tun? Wie sieht es denn mit mir selbst aus? Die Umstände verlangen nach Entladung. Wehe dem, der es ihnen verwehrt!

Nun ist es stumm. Wunderbares Schweigen. Das Telefon klingelt nicht mehr. Ein Ratloser könnte sich dauernd verwählt haben, das Randalieren an der Tür war vielleicht Einbildung, Nachwehen vom Polizeieinsatz. Ich habe alles ängstlich ausgekostet. Ob Fred sich jetzt was angetan hat? Ich hoffe, aufrichtig, nicht.

Die Ereignisse überschlagen sich! Was für ein Tag! Am Morgen traf ich wieder den Nachbarn. Ich nenne es schonungsvoll »treffen«, habe aber den Eindruck, daß er mir aufgelauert hat. Und schon gestand er ja auch den Grund für sein Herumlungern, für das Aufgeweichte seiner Gesichtszüge, für das gewissermaßen Baumelnde seiner Lebensweise. Er hat mir nichts dir nichts seinen Ingenieursposten bei der Flugzeugwerft verloren. Das nur infolge Umstrukturierung, persönlich nehmen dürfe er es nicht. Noch einer wie Freund Fred, dachte ich, sagte aber, weil es mir über die Lippen wollte, und auch als Mahnung an die Zeit, wo er mich meine angebliche Unverständlichkeit so bitter hatte spüren lassen: »Eine Flut gefrorener Hühnerteile aus der EU überrollt Westafrika.« Wie er da zusammenzuckte und doch, da er nicht mehr der starke Mann von früher war, mir diesen Satz, der ja übrigens durchaus der Wahrheit entspricht, kommentarlos verzieh, nur um über seine psychische und doch erst lächerlich schwach sich andeutende wirtschaftliche Not klagen zu dürfen. Um ihre Wohnung halten zu können, müsse jetzt seine Frau, die ehemalige Freundin Dotties, weiterhin von morgens bis abends Mammographien machen, nichts als das, den ganzen Tag. Gerade da, aber ich hielt den Mund, fielen mir die gotischen Marienbrüstchen ein. Innerlich aber lachte ich herzlich über meine Geschmacklosigkeit.

Schließlich bin ich vor seiner Tirade in die Stadt, zu meinem Antiquar geflohen, wollte ein altes Buch mit Goldschnitt ein wenig in den Händen halten. Wer steigt mir da auf den Souterrainstufen entgegen? Der windige Paul Pesch, der höchst fragwürdige Leih-Paule, wie man ihn mit vollem Recht und Spott und Zorn von klein auf nennt. Ich hatte ihn fast vergessen, trotz der beträchtlichen Schulden, die er bei mir seit circa zehn Jahren hat, aus Jahren, die für mich einigermaßen fette waren. Die

Ehefrau, zart und verbittert, errötete vor Scham. Das, muß ich sagen, spricht für sie. Paul säuselte Honigworte, ich hörte nicht zu, sah nur das bleiche Gesicht und äußerte mein Erstaunen über die Magerkeit des ehemals beleibten, rotgesichtigen Mannes. Mein Gott, wie schrecklich die Verlegenheit des Ehepaares daraufhin! Ich flüchtete schon, als Paul hinter mir herrief: »Ich schwöre, die Zeiten kommen, wo ich beruflich besser dastehe, dann zahle ich alles auf Heller und Pfennig, erstatte alles mit Zins und Zinseszins!«

Ich bin sicher, seine Frau hatte ihn gerade, daher sein geläutertes Aussehen, aus dem Gefängnis abgeholt. Und das mit den nahenden besseren Zeiten glaubt er doch selbst nicht! So blöd kann er trotz Ketten und Kerkerhaft nicht sein. Alles weist aufs Gegenteil hin, wohin man auch sieht.

Dann stand Elke Andritschke plötzlich neben mir, zwar ohne den berühmten Geruch, den hat sie an andere weitergereicht, aber trotzdem: Ich wollte nach unserem für mich kränkenden Wiedersehen auf dem Markt nichts mehr von ihr wissen, nein, nichts mehr von Elke mit dem inzwischen kugelrunden Gesicht und einer allerdings nicht abstoßenden weichen und schon übertrieben weißen Haut. Auch die Lippen waren für ihr Alter nicht schlecht, überhaupt nicht verkniffen, nein, großzügig wie damals schon. Sie schien sich zu freuen und setzte durch, weiß der Teufel wie, daß wir in ein Café gingen.

Sie wolle mir unbedingt ihr Benehmen vom Biomarkt erklären. Was sie sagte, besänftigte mich zwangsläufig. Die Gute hat durch einen Unfall zeitweilig ihr Gedächtnis verloren und selbst nächste Angehörige nicht wiedererkannt. Jede x-beliebige Biographie sei ihr aufzuschwätzen gewesen. Erst langsam habe sie gelernt, sich wieder zu erinnern. Allmählich, beteuerte sie in einer Weise, die mir ungewünscht zu Herzen ging, hätten sich die Nebel gehoben: »Was für ein Unterschied, sein Leben nicht nur glauben zu müssen, sondern wirklich wiederzuerkennen!« Meine Bemerkung damals muß sie in Panik versetzt haben, mehr als mich ihre brüske Reaktion. Die Arme, die man doch längst als geheilt ansah, fühlte sich auf eine neue Lücke in ihrem Vergangenheitsbewußtsein gestoßen.

Engste Angehörige nicht wiedererkannt? Ich weiß nicht, es berührt mich unangenehm, wie eine Drohung und macht mich noch immer nachdenklich, traurig, auch schwindelig. Mir wird schwindelig davon.

Dann kam Elke wegen einer anderen Sache in Fahrt und hörte gar nicht mehr auf zu rasen. Alles werde abgerissen, gerodet und gefällt, die ganze Welt werde gepflastert und bebaut, am gottverlassensten in dieser Stadt! Zum Schein pflanze man hier und da schmächtige Bäumchen an, umgebe heuchlerisch alte Eichen mit einem Holzschutz, während man dahinter neue Häuser errichte. Am Ende fälle man sie dann doch. Das sei immer dasselbe. Es gehe bergab. Die Erde fülle sich wie wahnsinnig mit Menschen, aber hier, bei uns, spreche und helfe niemand, wenn man in Geschäften und auf Bahnhöfen, in Krankenhäusern und Ämtern Hilfe benötige. Ständig müsse man neue Automatenregeln lernen, jeden Tag eine Neuerung für die primitivsten und kompliziertesten Vorgänge. Von Monat zu Monat die Angst, die laufenden Verkehrsübungen nicht mehr zu verstehen und deshalb ausgesondert zu sein. Menschliche Stimmen dazu schematisch mit widerlichen, extra falschen Betonungen vom Band.

Das Leben in der Zivilisation freue einen nicht mehr. Dazu die Idiotie mit dem permanenten Rauchverbot!

Ich hörte ihr natürlich gern zu. Das war Wasser auf meine Mühlen und ein Jammern aus hübscherem Mund als dem des Nachbarn.

Sie zerzauste sich sogar theatralisch das Haar. Ich lauschte ihr offenbar zu animiert. Dann alle Scheiben und Polster im öffentlichen Leben zerkratzt und verwüstet, ein Vandalismus aus Ursachen! »Das hat doch Gründe!« rief sie ins leere Café. Grausamkeit trete unverhohlen in Erscheinung. Man selbst gehe schnell und ohne Barmherzigkeit an den vielen Bettlern und Musikanten aus Sankt Petersburg vorüber, wo die begabten Hungerleider mit den frierenden Gesichtern alle herkämen. Jugendliche hätten kleine Raubtiere, Füchse, über den Zaun eines Zoos geworfen, damit sie dort die kostbaren Kraniche töteten. Den Zoo aber verwandle man stetig in eine Ansammlung von Shops und Boutiquen und Unterhaltungspavillons.

Sie kramte in ihrem Gedächtnis nach Beispielen, aber ihre Sorge war drängend und ja in Wahrheit auch meine.

Andererseits der ausufernde Luxus, Champagner und Austern in Warenhäusern, Schokolade wie erlesenste Weine annonciert und auch so teuer. Für wen, frage sie, für wen eigentlich? Wie passe das alles zusammen? Nachts müsse sie an das alles denken und könne vor Entrüstung nicht mehr einschlafen, an den unmoralischen, weltzerstörerischen Geldverkehr, an die politischen Hanswurste in exzellent geschnittenen Anzügen, die andere ins heulende Elend schickten, in Kriege, in denen sich die armen jungen Männer die Hosen vollmachten in ihrer Not. Sie meine speziell die Kriege, die der Verbreitung von Demokratie dienten, Hahahahaha! Die jungen Schafsköpfe sollten ja ein Ziel haben!

Bergab gehe es, bergab! Die schönen Einrichtungen der Kommunen würden abgeschafft, immer mehr Schwimmbäder geschlossen, Büchereien, Parkbeete nicht mehr bepflanzt, alles zeitgemäß weg aus Kostengründen. Als wäre man früher dermaßen reich gewesen und hätte es aus Üppigkeit gemacht und nicht aus Zivilisation und aus Bürgerstolz! Was man einmal als Ausweis von Hochkultur und Durchbildung eines Volkes angesehen habe, gelte nun als unwirtschaftlich und damit liquidierungswürdig. Nein, das Leben in der Zivilisationsgesellschaft mache keine Freude mehr. Dazu die Privatisierung fundamental staatlicher Einrichtungen: Bahn, Post, Krankenhäuser. Sei nicht auch die Wasserversorgung bald in privater Hand? Alles in die Macht und Willkür der Wölfe gegeben? Dann die Architektur! Sie sei Bestrafung eines ganzen Volkes, das ungefragt auf die steinernen Ungetüme der Selbstkasteiung sehen müsse, ungesühnte optische Freiheitsberaubung, kein Eros, keine Liebe zur Einzelheit.

Ich hörte der redseligen Besessenen zu und wußte, daß sie, jedenfalls in diesem Moment, auf ihre Art glücklich war in all dem plastisch existierenden Unglück. Eine kleine Spinne hantierte in ihrem Haar und ich küßte Elke plötzlich die Hände, so daß sie stutzte, aber nicht lange. »Alle werden entlassen, fast alle.« Ihre Lippen bebten, ihr Busen ruckelte. Ich streichelte ihre Schulter. Sie schlug scherzend, aber zerstreut auf meine Finger: »Niemand weiß in Wirklichkeit eine Lösung. Jede Ausstattung wird nach kurzer Zeit umgerüstet, immer muß umgerüstet werden, zur Ablenkung vielleicht?«

Hier küßte ich sie auf den noch immer gut geformten Mund. Sprach sie dabei weiter? Ich traute ihr dieses Kunststück zu. Um ihren Halsansatz lief ein raffiniert vernarbter Schnitt, als hätte jemand den Versuch gemacht, ihr von vorn den Kopf abzuschneiden. Die Linie rührte sicher von einer Schilddrüsenoperation her und hatte eine befremdlich erregende Wirkung auf mich. Wie sehr ich der Verstörten in allem recht gab! Dann sprang sie auf und sagte, sie müsse nun rasch ihrem Mann das Essen kochen. Ich ließ sie rennen, fragte mich aber, ob die Lippen nicht irgendwie bekannt geschmeckt hatten, so ganz von fern her. Mich kümmert nicht, ob dieser Ehemann eine Fiktion ist oder nicht. Ihre Reden interessierten mich in Sache und Methode. In allem mußte ich ihr ja anfeuernd nickend zustimmen, aber auch gelangweilt.

Darüber hinaus verstehe ich ihren Wahn: Sie nimmt nichts anderes mehr wahr als das »bergab, bergab«, rennt ihrer Idee nach, findet allenthalben Stoff und Nahrung, nur freilich kopflos von Köder zu Köder hoppelnd, ohne jede Systematik. Und selbst hier traue ich dem Braten nicht ganz. Irgendwas ist falsch in dieser Klage und paßt nicht zur Andritschke, ist bei ihr nur ein Anfall von Lebensmißmut. Hätte sie sich verliebt, sähe sie alles ausnahmslos in rosigem Licht, »bergauf, bergauf«. Daß sie mit ihrem Jammerlied recht hat, ist reiner Zufall.

Ob sie vielleicht eine geheime Schuld übertönen will? Angriff als beste Verteidigung? Mir kommt nur gerade der Einfall von irgendwoher.

Ich bin ziemlich erschöpft zuhause angekommen. Die Menschenmassen sind mit ihren Außenflächen kaum zu ertragen, die häßlichen sowieso nicht, auch die hübschen kaum noch. Meine einzige Hoffnung ist die auf ihr mögliches, von der Oberfläche abweichendes Inneres. Die Gesellschaft müßte sich bloß zusammenrotten gegen mich, und schon brächte sie es mit gerunzelter Stirn, durch bloße Willensanstrengung zustande, mich zu töten.

Menschen sind für mich besser auszuhalten, wenn ich felsenfest daran glaube, daß sie heute morgen einen Gegenstand freundlich angesehen haben, ein Tierauge vielleicht, und einer Schrulligkeit nachgegangen sind, einen alten, gebrechlich gewordenen Hund in einem Leiterwagen hinter sich hergezogen, eine Einsamkeit mit einem Glas Wein zum Frühstück bekämpft haben. Dann bin ich ihnen gewachsen als Figuren des wirklichen Lebens und spüre eine fächelnde, atmende Welt und nicht das Eingesperrtsein in einen Holzverschlag mit einigen Kritzeleien an der Innenwänden.

Merkwürdig aber, auch heute noch denke ich an Elke Andritschke, an diese desorientierte, so warmherzig pulsierende Frau, denke weniger an ihre sehr feinporige Haut und ihre angenehmen Lippen als an ihren Gedächtnisverlust und ob man ihr etwas Schreckliches unterschlagen könnte aus ihrem Lebenslauf oder eine nicht von ihr begangene Untat unterschieben. Das geht mir so durch den Kopf, seit ich sie getroffen habe in der Stadt.

Möglich aber ist, daß mich das andere an ihr viel mehr beschäftigt, nämlich ihre Jeremiade. Nichts davon ist mir ja fremd. Nur brach es mir, als Sturzbach, unsortiert entgegen, und manches wird gerade wieder, während ich pünktlich, pünktlich aus existentiellen Gründen meinen 16.30- oder auch 16.45-Tee einnehme, überdeutlich: In einem Park sitze sie oft, in einem Pavillon dort, mit vier Fenstern, durch die man auf einen Rosengarten sehe, und sei dort restlos glücklich, aber nun frage sie sich ängstlich, ob nicht auch dieses Häuschen geschlossen werde, angeblich wegen Vandalentum, tatsächlich aus städtischer Sparsamkeit uns Bürgern weggenommen bis an unser Lebensende.

Abends, sobald es dunkel werde, gingen überall um die Häuser herum die Lichter an, viele für die ganze Nacht, andere, wenn man sich nähere. Nicht nur man selbst, auch die Tiere würden angestrahlt, die Nachttiere. Die Furcht vor Einbruch sei gewaltig überall angestiegen, sie zu bekämpfen gehe aber rücksichtslos auf Kosten der Dunkelheit und erzeuge nur noch mehr begehrliche Blicke.

Auch von den überhandnehmenden Schildern der Immobilienverkäufer sprach sie ja. Einerseits gebe es das unbegreiflich wütende Bauen allenthalben, andererseits den Ausverkauf, das Feilhalten der alten Häuser mit ihren schönen Portalen und Ranken. Hier hatte sie sogar Tränen in den Augen. Ich war versucht, sie ihr mit dem Taschentuch wegzuputzen, nur sind die Dinger, seit die eine, Dottie, weg ist, nicht mehr zuverlässig sauber.

Was war es noch? Die schwarzen, uns Weiße böse taxierenden Augen der Dunkelhäutigen in ihrem geheimen, verständlichen Haß, den sie kaum noch verbergen, diese Fremden, diese Gewitterwolken, die fremd bleiben wollen, sich zusammenballen und unsere Sprache nicht sprechen, als lohnte es sich nicht mehr bis zur Machtübernahme. Ein Taxifahrer aus dem Orient habe ihr verächtlich vorgeworfen, man verwöhne hier die Alten, das gehöre sich nicht. Deren Leben sei nun mal vorbei. Ich sehe dazu Elkes Hand mit der Zigarette zittern, und sie, verschwenderisch wie früher, wollte mir dann unbedingt ein Glas Champagner ausgeben. Verarmt wirkte sie keineswegs und gut genährt weiß Gott!

Aber es ist richtig. Etwas ist in Gang gebracht, sehr unheimlich ins Rollen gekommen, etwas wird unaufhaltsam geschehen, auch wenn man es noch so ängstlich einhellig verschweigt. Man spürt es doch! Es liegt in der Luft wie ein Verbrechen, mit jedem Tag unverkennbarer für den, der die Zeichen zu deuten weiß. Ich bemühe mich, die Verwirrung durch meine strengen Ordensregeln niederzuringen wie eine vernachlässigte Ehefrau ihre Verzweiflung durch Hausputz. Fünf Bilder betrachte ich Morgen um Morgen beim Aufstehen grüßend, dann schnellt eine einzige Jalousie hoch, dann sehe ich die Fahnenstange an, die eine, dann die fünf Hallen der Flugzeugfabrik, streichle drei Tischchen und so weiter. Es hält den Lauf der Welt nicht auf, gibt mir einsamem Mann jedoch Frieden und Vertrauen in Beständigkeit.

Das wahnsinnige Gewimmel, die allgemeine Unordnung nimmt ja trotzdem zu. Wie sollte ich mich dagegenstemmen? Wie ruft die Pracht der Regierungs- und Bankpaläste in ihren Silberschuppen eine Destruktionslust hervor, kitzelt unseren Zerstörungstrieb, daß es kaum noch zum Aushalten ist, daß man als Faust und Axt reinschlagen will, um es splittern und brechen zu sehen! Ich erschrecke vor mir, lachend allerdings.

Denn alle Hoffnung auf Solidität der guten Entwicklungen und Verhältnisse ist vorbei, wie der Firmenstolz nicht mehr gegründet ist auf Treu und Glauben. Tugend ist zur Dämlichkeit deklariert, in der Wirtschaft wie in der Politik. Ein ununterbrochenes Ins-Fäustchen-Lachen der gesellschaftlichen Wölfe und Bereicherer ist im Hintergrund zu erlauschen, ein Heulen vor Vergnügen über die Lämmer. Aber vorsichtig. Die Lämmer werden aussterben durch Verwandlung. Das vergeßt ihr bei eurem Mordsspaß. Plötzlich haben sie Hände mit Eisenstangen darin und schlagen euch die Zähne aus und die Schädel ein. Dann wird es noch lustiger als jetzt schon. Lustiges Blut, haha!

Merkwürdig, wie gern ich mir die Hände wasche in letzter Zeit. Gerade wieder drängt es mich unwiderstehlich zum Waschbecken, zu dieser cremigen Seife, die Dottie als Ausschweifung verboten hatte.

Denn die Jugend wird betrogen wie die Rentner, entmutigt die Leute im besten Mannesalter. Jetzt heißt es nur noch kriegen, was zu kriegen ist, solange es gut geht. Wie beim Spekulieren damals. Die Dynamik des Katastrophalen, der riesigen Spannungserleichterung ist angezettelt, unter der Decke, unter der Obhut der staatlichen Überwachung, die fieberhaft die Dinge im Schach halten will. Wird sie nicht schaffen, wird nur schlimmer werden dadurch. Wer kann sich dauerhaft gegen die gerufenen Mächte stemmen? Ein kreischendes Weltgesetz übernimmt das Regiment, die Schleusentore des Verhängnisses haben begonnen, sich zu öffnen.

Telefon? War da nicht Telefon?

Wie könnte ich das mit meinen Vertikos und Raketenstiften, mit den alten Computern, dem Gnadenbrot für die Folianten und den Bestecksätzen verhindern!

Die dumme Hoffnung auf ein erfreuliches Morgenrot steht nur noch Säuglingen ordentlich zu Gesicht, nicht mal mehr Jugendlichen. Schon bei denen ist sie mittlerweile Debilität. Die Strömung reißt uns in die Verschlechterung der wirtschaftlichen und Herzensverhältnisse. Es rächt sich bitter, daß einige Gewalttätige den ewigen Lauf der Welt für eigenmächtig dirigierbar halten. Niemand ist glücklich, keiner weiß die Lösung aus dem fatalen Kreislauf der Gelder, der immensen Bewaffnungen und Zivilisationsabfälle. Ritter, Tod und Teufel! Jeder, der noch so eben hinken kann, marschiert mit. Könnte ja sein, daß alles noch nicht zu Bruch geht, solange er lebt und sich im nächsten Frühjahr, wenn die Hormone wieder loslegen, ein fesches Hemd kaufen kann.

Was aber ist das Schlimmste? Daß man die Stimmung spürt, den Abgrundhauch und sich nicht dagegen wehren kann? Das Unseligste ist etwas anderes: Die Tugenden helfen nicht mehr weiter.

Telefon? Vielleicht werde ich nie wieder zu Lebzeiten ans Telefon gehen, nie mehr im Leben die Tür öffnen, wenn der Besucher sich nicht ausweisen kann, unter der Türritze her.

Treue, Redlichkeit, Liebe zum Beruf, das alles ist Untugend, Belästigung und Behinderung des Kapitals geworden, taugt nichts beim Krieg der Märkte, ist unerwünscht bei der Wirtschaft, lächerlich im internationalen Wettstreit und Übervorteilen, schädlich, ja unchristlich in den Folgen für viele, denen aber das Herz darüber bricht, ein Gespött bei der Industrie und Industrie- und Handelskammer.

Der Gute ist der Esel vom Dienst, das alte Eisen, auch wenn es kein neues gibt, das überzeugend blinkt. Wie Wasserpflanzen scheinen wir in den Wellen zu schwanken. Dabei sind wir längst mit Stumpf und Stiel entwurzelt. Keiner, kein einziger mehr weiß, wo ihm Hirn und Seele stehen.

Natürlich ahne ich die ganze Zeit, wer an der Haustür sein könnte, und genau deshalb schere ich mich nicht darum. Wenigstens im privaten Bereich will ich nicht Spielball dunkler Mächte sein. Ich nehme sie einfach nicht zur Kenntnis, auch wenn sie in den Vordergrund drängen.

Lieber beschäftige ich mich hochkonzentriert mit dem geheimnisvollen, unbeweisbaren, unleugbaren Sog, der allmählich jedes Ding erfaßt. Sicher, es scheint eine Friedfertigkeit, eine Milde über uns zu kommen, eine Resignation vielleicht, eine Gleichgültigkeit gegenüber den Zuständen, die einer großen Verschlechterung zutorkeln. Man könnte meinen, wir fänden uns damit ab, da wir der Mann von der Straße sind, selbst in gehobenen Positionen sind wir letzten Endes der kleine Mann, der hin- und hergeschoben und schließlich fallengelassen wird.

Ja, fast könnte man zunächst von einem Zurückweichen sprechen, wir wollen wieder das brave Volk sein, wir drängen nicht vor und protestieren nicht, wir senken den Kopf und sehen ein, daß es nicht anders geht. Stille. Ich lausche und horche jetzt auf etwas anderes, auf ein feines Rieseln und Räuspern, das aus den Straßen, aus den Häusern, aus der Erde dringt, ein Flüstern, ein Murmeln, sehr, sehr leise, als fräßen Schafe mit ihren Lämmern gemütvoll auf dem Deich, stundenlang, die wunschlos Glücklichen, die Duldsamen, die vergessen, daß sie die mühselig Beladenen sind.

Auch ein schwaches Windchen kommt auf, eine Andeutung, die nichts besagt, aber, allerdings, wie ein bescheidener Vorwurf wirkt, ein Hauch aus den mächtigen Bäumen, aus den wilden Laubgestalten, den ehemaligen Göttern, wie mancher Dichter behauptete, deren Schicksal ungewiß ist wie das unsrige, wir, die nicht ernst genommen, die zügig abgespeist werden und jedes Futter fressen, solange es was für uns gibt. Lernen wir, uns unserer Reduktion zu freuen, nachdem man uns einstmals auf einen anderen, schöneren Geschmack gebracht hatte?

Ich spüre, im stillen Dasitzen und Meditieren, wie sich ein großes Wesen die Hände reibt, meine Tasthärchen melden es mir.

Und wenn es sich jedoch nicht nur um ein harmloses Zurückweichen, sondern um eine Stauchung oder Stauung handelt, um ein Anwachsen dort, wo sich das Zurückgezogene ansammelt, sich noch wehrlos fühlt, gar nicht merkt, wie sich seine Energien stapeln und vervielfachen? Wenn diese sich auftürmende Masse die gegenwärtig herrschende Weltmechanik blödsinnigster Bösartigkeit ins Auge faßt und sie konzeptlos, ohne Anführer noch, ihrer Kräfte noch immer nicht bewußt, als Naturgewalt und daher ohne Erbarmen, ohne Vernunft, was sie um so gefährlicher macht für die Maschine, bedroht?

Ich esse jetzt meist Spiegeleier, jetzt, wo Dottie mich schon so lange verlassen hat, und ich will mich weiter erregen an dem, was sich nähert. Obschon ich eben wieder den Eindruck hatte, Dottie wäre zurückgekehrt und im Nebenzimmer, eventuell bei der Zubereitung eines allzu verschwenderischen oder allzu sparsamen Mahls. Mir wäre beides recht. Ich sehe aber lieber nicht nach, o nein, lieber nicht nach.

Was jetzt herrscht, ist also die Ruhe vor dem Sturm, die Totenstille vor dem Bürgerkrieg. Eine neue Barbarei, hoho, wird alle Hindernisse hinwegfegen, alle mühsamen Errungenschaften der Aufklärung, der Zivilisation als Endphase eines Prozesses, den die, die dann zerschlagen werden, einleiteten. Ich habe mich damit befaßt, ein wenig solche Aussichten studiert.

Unangenehm ist nur, daß mit dem Gedanken an Dottie immer ein unerklärlich nagendes Schuldgefühl, ein fast schrecklicher Gewissensbiß verbunden ist.

Ein Haß wird sich entladen, jede Unzufriedenheit mit dem Leben und seinen Belästigungen wird festgemacht werden an den großen Geschäftemachern, an den weltumspannenden Gewinnern, an den riesengroßen Rücksichtslosen. Aber auch gegen das Schöne, Zerbrechliche, gegen meine Gläser und Vitrinen werden die Steine fliegen. Erst regional, dann vielleicht sogar als Weltenbrand, sprengt man erst die künstlichen Fesselungen. Tödliche Gaunereien der geheimen und offiziellen Machtinhaber: Weg damit und Kopf ab! Egal, was folgt. Wir wissen, was das sein wird, und sorgen trotzdem für die fundamentale Reinigung. Ich prophezeie das Ende der Demokratie! Das ist die andere Seite eurer mörderischen Handels- und Handlungsmaschinerie. Wir werden euch unsichtbare Bereicherer, euch arglistige graue Eminenzen schon ausfindig machen!

Dann brennen auch bei uns die Autoreifen und nicht nur die! Dann rennt man auch hier mit geraubten Schweinehälften aus dem Kühlhaus über die Straßen und nicht nur damit!

Eigenartig, plötzlich ist mir schon wieder, als wäre Dottie

hier und wir hätten erst gestern eine Reise an die einsamen Strände der Westküste Jütlands gemacht, in die klaffende Ödnis dort. Rhythmisches Brüllen des Meeres für die eine Gesichtshälfte, für die andere steigende Lerchen bei kaltem, sehr windigem Wetter. Aber am Abend brach in einem Zeitsprung aus den Schatten unter lauter weiß überschütteten Büschen und Bäumen landeinwärts der Sommerabend hervor: Jemand sagte »Weißdorn, Holunder, Kastanien, wilder Kerbel«, und es war Dottie, die alle Namen nannte. Meine geizige Dottie war es, die genau vier Namen herausrückte.

Da wird mir auf einmal ganz leicht ums eben noch so bang beladene Herz und wirklich unbeschwert zumute. Die eben noch drohenden Zwangsläufigkeiten, sage ich mir, könnten, da Dottie eventuell wiedergekommen ist, ja sehr wohl mit ihren Vorzeichen necken und täuschen. Unbeschwert in einer neuen Unschuld.

Aber heute morgen, gerade erst, bin ich wach geworden und wußte, daß ich einen Mord begangen habe.

Genauer trifft es noch, wenn ich sage: Seit einer Stunde kenne ich plötzlich das schreckliche, das erbarmenswerte Gefühl, einen Menschen auf dem Gewissen zu haben. Es ist im Moment so, als hätte mir jemand ohne Ankündigung in den Magen geboxt. Geist und Körper schwanken hilflos in Benommenheit.

Das Wort »Unschuld« kommt mir vor lauter Schuldgefühl nicht in den Sinn, auch wenn ich mich daran erinnere und es aussprechen kann. Straftaten wurden bisher von mir kaum verübt. Vor einigen Monaten nur gab es einen Augenblick der Schwäche angesichts einer kleinen, blauen Skulptur. Ich habe sie wohl aus einem Regal genommen, in einem Pariser Antiquitätengeschäft.

Der Eigentümer achtete so gar nicht auf sie. Von ihrem Platz ist sie in meine Hand und von da fast aus eigenem Antrieb, auf eigenen Wunsch in meine Tasche geflutscht, beileibe kein Wertobjekt, aber aufreizend, das Figürchen einer säugenden Göttin. Wieder draußen, auf der Straße, unter den in ihrer Kahlheit diabolischen Baumgestalten der Place des Vosges, waren Entsetzen und Reue beinahe groß, obschon mich doch niemand verfolgte. Jetzt bin ich längst an den entwendeten Gegenstand gewöhnt, verflogen sind die Minuten des Bedauerns über meine moralische Aufweichung, die ich dem Zeitgeist zuschreibe. Ich habe alles Fremdeln wegen des strenggenommen illegalen Besitzes verloren und ihn liebgewonnen. Dieser »Diebstahl« ist mein einziges gesetzlich Unrechtmäßiges seit Kindertagen.

Aus den Kindertagen allerdings stammt der Spruch. »Wer lügt, der stiehlt, wer stiehlt, der mordet.« Eine unverantwortliche Spruch- und Volksweisheit, die man jungen Menschen nicht mit auf den Lebensweg geben sollte. Spürt denn niemand die diktatorische Schädlichkeit solcher Konstruktionen?

Jetzt ist das Furchtbare also über mich gekommen, ich empfinde deutlich, daß ein Mord das abscheulichste Verbrechen von allen ist, das am meisten geächtete, und hat man es einmal begangen, gibt es kein Mittel im ganzen Universum dagegen. Die Sterne prangen aus dem Weltall eisig auf die Untat, auf den unglückseligen Täter herab. Ich meine: Es läßt sich durch nichts mehr rückgängig machen, nicht auslöschen, nie mehr, nie wieder liquidieren. Es ist eine widerwärtige Verunreinigung, ich stinke, ich muß über Nacht in Jauche gefallen sein, der Dreck ist nicht abzuwaschen, nicht zu übertünchen. Etwas grauenhaft Endgültiges ist passiert, das mich von den anderen Menschen unversöhnlich abtrennt. Schon spüre ich Heimweh nach der Gesellschaft, die auf einen Schlag pauschal eine der im großen und ganzen Schuldlosen geworden ist, die ohne Mord auf dem Kerbholz gut reden hat, während mir ewig das Kainszeichen auf der Stirn brennen wird. Man kann den getöteten Menschen nicht wie eine geraubte Skulptur in einen Laden zurückbringen, damit er dort wieder zum Leben erwacht und getrennt wird vom Schuldigen, der dadurch von einer unerträglichen Last befreit wird.

Der wohl kürzlich verübte Mord gehört von nun an zu mir wie eine Krankheit, ein Fatum, eine Charaktereigenschaft, die sich endlich enthüllt hat, aber vielleicht schon immer vorhanden war, mir selbst völlig unbewußt und auf einmal überraschend ans Licht der Wahrheit getreten. Wer umbringt, davor kann ihn niemand retten, hat die Substanz gewechselt, auf ihn trifft, von einer Sekunde zur anderen, das von klein auf schauerlichste Wort zu: »Mörder!«. Immer waren sie ein ganz anderes Geschlecht, eine von uns Normalen vollkommen verschiedene Rasse, bereits im Mutterleib. Waren es schon unmittelbar nach Verschmelzung von Samen und Ei, und es hat sich nur im Verlauf des Lebens enthüllt, gemächlich oder Knall auf Fall verifiziert?

Jetzt stellt sich heraus, daß auch ich dazugehöre. Was für ein Schicksal! Meine Mutter ahnte nicht, wen sie säugte. Wenn ich »Hilfe« rufe unter der Bürde des Geschehens, wird die Welt mit allen ihren Steinen, Tieren, Menschen in ein höhnisches Gelächter ausbrechen und keinen Finger rühren, um mich zu retten, da ja ich der Täter und nicht das Opfer bin.

Dabei besteht an einem Umstand kein Zweifel, und ich muß mich dazu bekennen: Auch wenn ich nicht die geringste Vorstellung habe, wie es zu dem Vergehen gekommen sein könnte, so hat man es mir nicht fälschlich zugeschrieben. Ich spüre tief, untrüglich in meinem Inneren, daß die Tat dort, von mir zwar unbemerkt, entstanden und aus dieser meiner Mitte aufgestiegen ist in die Wirklichkeit.

Auch eine ängstliche, mich inwendig versengende Reue ist vorhanden. Aber nicht mit dem Opfer, ich meine, ich bereue nicht der toten Person gegenüber, ich bereue kopflos vor mich hin, denn ich weiß zwar vom Faktum meiner Tat, aber sonst nichts. An wem wurde der Mord begangen? Ich könnte es nicht sagen. Warum? Wo liegt das Motiv? Ich weiß es nicht. Welche Todesart wurde gewählt? Ich sehe kein Erinnerungsbild vor mir. Ort des Verbrechens? Mein Gedächtnis stellt keinen Schauplatz zur Verfügung. Die letzte Frage, die nach dem Wann? erübrigt sich. Ich kann auch darüber nichts sagen, nur, daß ich mit dem Wissen um mein dröhnendes Mördertum aufgewacht bin und daß die Empfindung zu fest in mir verwurzelt ist, als daß ich mich täuschen könnte. In mir herrscht, mich beherrscht eine panische Einsamkeit. Jemand, der so unvorbereitet konfrontiert wird mit seinem Schwerverbrechen, der ist, ich weiß es jetzt, das unseligste Wild auf der Erde.

Natürlich liegt mir auch gar nicht daran, kalten Blutes mein Vergehen wie mein eigener Kriminalkommissar zu ermitteln. Damit müßte ich ja zuallererst beginnen. Ich werde mich hüten. Mir geht's schlecht genug, ich habe heute morgen nicht einmal mein Ritual eingehalten, das fünf, eins, eins, fünf, drei der Handlungen – sogar vor diesen Zahlen zucke ich nervös zusammen –, der Anblicke und Berührungen. Einfach vergessen das Ganze, nur umhergetrieben durch die dunkle Wohnung von meiner Erkenntnis, die mir jedes Gleichgewicht raubt.

Ob ich in den Spiegel sehen sollte? Ach, lieber auch da nicht dran rühren!

Solange ich die Jalousien nicht hochziehe, erkennt niemand von den Nachbarn, daß ich vogelfrei bin, gesetzlos unter allen Umständen. Die da draußen im hellen Morgen mit den Vogelstimmen halten die Welt insgesamt noch immer für rechtwinklig und rechtmäßig, von ehrenwerten Grundprinzipien bestimmt. Ich hier drinnen hinter den Rolläden habe begriffen, daß sie mulmig und verrottet ist, morbide, keine harten Kanten mehr besitzt in ihrer betrügerischen, in ihrer meineidischen Flexibilität.

Das aber ist meine Chance, es ist die Schiffsplanke, die ich um jeden Preis, solange meine Kräfte reichen, festhalten werde. Merkwürdigerweise stellte sich der rettende Gedanke fast gleichzeitig mit der Taterkenntnis zusammen ein, vielleicht hätte ich ohne ihn die Mordoffenbarung gar nicht ertragen:

Es darf nicht herauskommen!

Das ist das eherne Gesetz, unter dessen Joch wir alle den Nacken beugen. Meine Untat muß ein Geheimnis bleiben, damit die Welt nicht untergeht, damit die Rechtmäßigkeit, die Gerechtigkeit für Klein und Groß garantiert bleibt. Alles, alles muß ich daransetzen, da ich sie nicht ungeschehen machen kann, niemandem Einblick in meine Vergangenheit zu gewähren. Sähe ich nur irgendwelche Spuren, damit ich sie fleißig verwischen könnte! Da ich selbst keine Hinweise finde, sind sie vermutlich auch für andere unsichtbar. Faktum ist nur der schiere Mord, sage ich mir. Ich werde ihn nicht leugnen, werde ihn nämlich überhaupt nicht offiziell zur Kenntnis nehmen. Auf diese Weise gerate ich aus der Defensive, ich kann handeln, indem ich ... indem ich mich an dieses eine Bestreben klammere: keinen Mitwisser zu haben, niemandem Auskunft über mein Innenleben zu geben, denn dort sitzt ja der Mord, dort müßte er identifizierbar sein.

Ich bin ein guter Mensch, ich muß es sein, auf Ehre und Gewissen, um Leben und Tod, ein nach dem Höheren strebendes Wesen wie jeder in diesem Land, sofern er nicht ein amtlicher Verbrecher ist. Ein dingfester Staatsbürger will ich sein, der in Tränen ausbräche, wenn man ihm diesen Status verweigern würde. Das ist die Basis. Es darf nichts ans Licht gezerrt werden. Ich triebe ohne den Händedruck der guten Anderen in die Heimatlosigkeit, in die Wüsten des Weltalls davon. Ich bin ein Lamm in der Herde, tief, tief in der Herde, zwischen den wolligen Müttern versteckt, vom wohligen Unschuldskot verdreckt.

Ein Mord ist riesengroß, etwas für Wüstlinge und Helden, ich aber bin still und scheu, matt und klein, ja, etwas für Wölfe und die rüden Heroen des Lebens und Wirtschaftsteils.

Natürlich höre ich das Klingeln, das heute schon früh begonnen hat. Keine Zeit zu öffnen, keine Zeit für einen Schwatz! Nicht mit Fred, nicht mit dem arbeitslosen Nachbarn, nicht mit Leih-Paule, nicht mit Lezza, nicht mit der Andritschke. Es wäre das auch alles viel zu gefährlich. Die lauern ja nur darauf, mich ans Messer zu liefern. Oder nicht?

Es ist eine nicht zu geringe und wunderbare Hoffnung für mich, eine Tröstung in der Betrübnis und Verlassenheit von allen Menschen: Solange der Mord nicht rauskommt, von niemandem ausspioniert wird, ist er nicht wirklich und wahrhaftig, jedenfalls nicht amtlich und mit voller Wucht geschehen. Denn wer beobachtet mich bei meinen Tränen? Niemand. Würde ich Trost zulassen, käme es einem Geständnis gleich.

Solange ich den mir unterstellten Mord in mir selbst verbergen kann, ist er nicht vollständig ausgeschlüpft und meine Reue und Bußfertigkeit, mein verheerender Schrecken sind möglicherweise doch Irrtümer und nicht ernst zu nehmen, auch nicht von mir selbst.

Ob eine meiner drei Schwestern nicht doch telefonisch Rat wüßte? Sicher, sie sind schon ziemlich alt, ich würde sie furchtbar entsetzen. Dann wankt auch dieser letzte Halt. Ich denke an die Familie lieber wie an die dunkle Seite des Halbmondes. Sie muß lediglich existieren, dann bleibt meine Person kugelrund. Oder meine ich es umgekehrt?

Vielleicht habe ich es mit der frei gewählten Einsamkeit übertrieben. Aber selbst auf den Straßen trifft man ja kaum noch Menschen. Und wird es ein bißchen kalt, krebsen nur noch Hundehalter vor sich hin, Obdachlose und die, die sie erschlagen wollen. Manchmal, wie auf einen Pfiff hin, ballen sich die Bewohner in Massen, dann sind sie, im nächsten Augenblick, weggeblasen. Kein pendelndes Leben auf den Straßen, nur Fabrikschichten im Bereich Arbeit und Vergnügen mit Pulks von angeblichen Individuen.

Deshalb werde ich gleich die Jalousien hochziehen und die Fenster öffnen, auch unbekümmerter dem stürmischen Klingler an der Tür öffnen. Ein argloser Tag soll beginnen, dann wird der mörderische Morast unter ihm von selbst trockengelegt. Nur einen Moment Besinnung noch!

Wenn es jemand wäre, der Bescheid weiß, womöglich besser als ich? Der mir nachweist, daß ich im Zustand der Unzurechnungsfähigkeit, der Geistesabwesenheit und Verwirrtheit gehandelt habe und nun Bruchstücke des Ereignisses allmählich vor mir aus den Nebel hochsteigen? Wenn er mich mit einem einzigen durchdringenden Blick erledigt und zur Strecke bringt, so daß ich die Waffen abliefere und gestehe? Was dann? Kann ich angesichts solcher Gefahr noch einen einzigen Menschen in mein Haus einlassen?

Und wenn es Wolfsen, das scheflige Weltmännlein ist?

Selbst wenn! Sie müßten mir doch das Opfer vorweisen, ansonsten stelle ich mich, wenn auch innerlich verzweifelt, taub. Sie müssen einen Toten, eine regelrechte Leiche finden, sie in ihrem Versteck aufspüren, und das wird nicht leicht sein. Ohne diese Beute ist ihr Vorwurf nicht rechtskräftig. Dieser Logik unterliegt selbst der Freund oder Feind Wolfsen. Je mehr ich darüber nachdenke, desto sicherer bin ich, daß er es da draußen ist. Soll er seine beunruhigenden Augen ruhig auf mich richten. Er benötigt für die Verhaftung, die er sich anmaßt, einen Ermordeten.

Von mir wird Gott sei Dank niemand erfahren, wer das sein könnte, da ich es selbst nicht weiß, nicht weiß, nicht weiß! Was für ein Motiv hätte ich im übrigen, jemanden umzubringen? Eine solche Tat fällt doch niemandem in den Schoß. Eine Tat, die das Grausigste ist, was sich jemand zufügen kann wegen der Verlassenheit, in die er unweigerlich dadurch gerät.

Ich bin also nicht in der Lage, ihnen zu helfen. Von mir kriegen sie keinerlei Tip. Nachzählen! Sie müssen schon hingehen und nachzählen, das werde ich ihnen auch sagen, hingehen und die Menschheit nachzählen, ob irgendwo in Stadt oder auf dem meerumschlungenen Land einer fehlt. Da haben die Spione viel zu tun. Es fehlt keiner, es sind, werden sie entdecken, im Gegenteil viel zu viele da.

Nun fühle ich mich gestärkt für Wolfsen.

Wolfsen, mit hellgrüner Krawatte zur gelben Jacke, beinahe explodierend vor Selbstbewußtsein, hat gelogen, und zwar mit dem gütigsten Gesichtsausdruck der Welt: Ich möge die Störung zur unziemlich frühen Stunde verzeihen, aber da er zufällig in der Gegend gewesen sei und mir einen nachträglichen Gedanken zur Sammlung mitteilen wolle, habe er sich trotzdem hergetraut.

Hier wurde der smarte Kanarienvogel gleich von mir unterbrochen, mich packte eine Ungeduld, eine Zappeligkeit oder Nervenschwäche. »Sie sind wegen meines Geheimnisses gekommen!« Das ist mir so entfahren, und ich dachte entsetzt: Was nun? Wolfsen ist aber jemand, der sich blendend in der Gewalt hat. Er zog nur, quasi inoffiziell, kurz die Brauen hoch, lächelte seine teuren Schuhe an und fuhr, als hätte er meine Unhöflichkeit nicht zur Kenntnis genommen, mit seiner Erklärung fort, kümmerte sich scheinbar gar nicht um meine große Not.

Das Bewegende solcher Ansammlungen (selbstverständlich sollte ich das Destruktive der Bezeichnung registrieren!) von irgendwelchen, gar nicht unbedingt in allen Einzelheiten objektiv wertvollen Dingen sei nicht nur das Bewahren vor dem Zerstieben durch die Zeitläufte, sondern stärker noch das Spiegeln einer anderen Anhäufung, nämlich derjenigen, die ein Verstorbener den Angehörigen hinterlasse. Ja, es sei immer diese Wehmut der Vergänglichkeit einst innigst geliebter Dinge, ihrer tief anrührenden Wehrlosigkeit in den verlegenen Händen derer, die nicht herzhaft mit jedem Stück verbunden seien, herzhaft und anekdotisch. Doch, doch, es umschwebe auch diese meine Schätze ein Todeshauch, das Fluidum eines dinglichen Zurücklassens. Jede Kleinigkeit sei in Wahrheit zugleich eine Versteinerung von ehemals lebhaften Affekten und Episoden.

Verstorbene? Todeshauch? Ließ der Quatschkopf erpresserisch durchblicken, was er wußte? Flausen! Entscheidend war nicht, was er dahersäuselte, wichtig waren allein seine Augen. Die aber wirkten beunruhigend, von Anfang an demoralisierend auf mich. Immerhin redete ich mir ein, Wolfsen ein bißchen zu kennen: Er will den Schatz sehen, er wird es durchsetzen, aber ich werde ihn warten lassen!

»Vielleicht«, schränkte ich seinen Gedankenflug also verharmlosend ein, den Blick statt in seine tyrannischen Pupillen auf den feinkarierten Hemdkragen mit dem grasgrünen Krawattenknoten in der Mitte gerichtet, »vielleicht handelt es sich bei mir, nüchtern betrachtet, nur um einen Tic. Einen, Herr Wolfsen, ich will es Ihnen offen gestehen, von vielen, zum Teil äußerst flüchtigen. Darf ich Ihnen einige nennen? Einmal hatte ich tagelang das Gefühl, von niemandem mehr verstanden zu werden, im wörtlichen, keineswegs im übertragenen Sinne, ein anderes Mal, ununterbrochen überwacht zu sein, beobachtet und ausspioniert, dann wieder, davor noch, glaubte ich, meine eigene Unordnung wäre eine autonome Macht, die mich zerstören wollte. Und erst kürzlich phantasierte ich mir überall partout das drohende Ende der Demokratie zusammen.«

Wolfsen sah mich an, routiniert ermunternd wie ein Beichtvater meiner Kindheit, nur hier im dottergelben Jackentalar. Ich dachte mir das Holzgitter dazu, das urgemütliche Dämmerlicht, ich konnte nicht an mich halten vor Wonne: »Dann wieder schien es mir so, als redeten alle Anblicke, was ich auch ins Auge faßte, in bedeutsamen, signalgebenden Kombinationen zu mir. Eine Nacht und den darauffolgenden Tag lang kam es mir vor, als hätte mich ein fürchterliches Wesen gemordet.«

»Das ist ja toll mit Ihnen«, schmunzelte Wolfsen hier allzu gönnerhaft. Daraufhin rutschte mir heraus: »Nach Ihrem Besuch damals hatte ich den Eindruck und fand viele Belege dafür, daß Sie, unter der Maske des Wohlwollens, ein Teufel sind, Verzeihung, aber so war's.«

»Wer weiß, wer weiß, sprechen Sie nur weiter, frisch von der Leber weg«, riet mir Wolfsen liebenswürdig und höhnisch in einem.

»Ich war tagelang besessen vom angekündigten Abriß eines alten Hauses, als hätte man die jetzt tote Frau, die darin wohnte, noch einmal mit ausradiert. In Wirklichkeit war dann alles gar nicht so schlimm. Mich entsetzte später das Schreckliche menschlicher Behausungen auf Schritt und Tritt. Ich entdeckte an mir den Wunsch, die Verhältnisse würden sich nicht nur in angekündigten Katastrophen erschöpfen, sondern sie auch gewissermaßen voll ausleben, schließlich sogar im unvermeidlichen Bürgerkrieg.«

Gewiß, ich dachte in Wahrheit die ganze Zeit über an meinen letzten Einfall, den nämlich, ein Mörder zu sein, und wußte aber, daß ich ihn unbedingt verschweigen mußte. Das strengte mich zunehmend an, und ich faßte zusammen, nachdem ich auch von meiner Schrulle, alles vervielfacht zu sehen, berichtet hatte: »Es klingt für Sie bestimmt abwegig, Herr Wolfsen, aber glauben Sie mir, tatsächlich ist ein Leben ohne Spleens die Hölle, besonders in einer Welt, wo die infernalische Formel und mystische Falle des schmerzlichen Fehlens von Personal in vielen Berufen einerseits und Massenentlassungen auf der anderen Seite herrscht. Wie paradox, wie höchst parodistisch!«

Der sollte begreifen, mit welchem Akrobaten er zu tun hatte. Mit diesem Wunsch wollte ich mich von meiner Angst ablenken.

»Die Sammlung aber, die Königin meiner fixen Ideen, ist der ruhende Pol, der mich schützt, wenn ich von den Vorlieben nach allen Seiten gezerrt werde, vor allem aber bewahrt er mich vor dem Wahnsinnigwerden.« (Und darinnen, dachte ich mir, mein zentrierendes Geheimnis!)

Leider sah mich Wolfsen auf eine so abwartende Art an, daß

ich zusätzlich etwas äußern mußte. Ihm war klar, ich verschwieg Wichtiges. Ich mußte auch das noch, leicht klopfenden Herzens, in die Waagschale werfen:

»Gut, Herr Dr. Wolfsen, etwas Peinliches will ich obendrauf beichten. Angeleitet ausgerechnet durch meine damalige Freundin Dottie, bin ich der Besessenheit des Geizes verfallen, der stufenweisen Auszehrung des Le ...« Ich wollte ja erst richtig loslegen, da unterbrach er mich gebieterisch.

»Dottie also!« Er sagte es wie einer, der meint, die Würfel seien endlich gefallen. Mein schläfriger, unendlich geduldiger Beichtvater und kanarischer Singvogel war ruckartig aufgewacht, suchte es, freilich, freilich, auf der Stelle zu verbergen. »Dottie! Ist der Name eine Art Infantilismus?«

Ich überging das, wollte es übergehen, sagte dann aber, vielleicht eine Spur zu hochmütig, zu demütig, ich wußte nicht mehr ein noch aus: »Infantilismus? Falsch, Idolatrie, Herr Wolfsen!«

Unsere Idiotien erreichten ihren Höhepunkt, dabei hätte ich so gern geweint.

»Sie hat mich verlassen, wie mich viele meiner Tics verlassen haben«, murmelte ich in einem Reflex der Abwehr. Daß wir ab jetzt in die ernstere Phase unseres Kampfes eingetreten waren, daran konnte kein Zweifel bestehen. Ich tat so, als hoffte ich noch, ihn in eine andere Richtung lenken zu können.

»Meine Unordnung hat Sie beim ersten Mal erschreckt und abgestoßen. Sie wissen aber nicht, daß ich mein Dasein durch strenge Zeremonien reglementiere. Fünf Bilder begrüße ich gleich nach dem Aufstehen, dann schnellt eine einzige Jalousie hoch, vom Fenster aus betrachte ich eine Fahnenstange, dann die fünf Werkhallen der Flugzeugfabrik, dann streiche ich über drei Tischchen mit Intarsienarbeit und so weiter.«

Wolfsen horchte eine Weile, ob noch etwas folgte, schlug dann mit der flachen Hand fünfmal auf seinen Schenkel. »Fünf, eins, eins, fünf, drei!« Er jauchzte es fast. Ich spürte eine plötzliche Blässe bis in die Lippen. Jetzt, jetzt endlich erbleichte ich auch einmal so wie Fred, als der verunglückte Radfahrer durch die Luft flog! Von dieser Sekunde an schwante mir, daß ich erledigt war. Ich mußte ihm mein Geheimnis vorführen, es gab keinen Ausweg.

»Mir ist bekannt, weshalb Sie gekommen sind. Ich werde Ihnen das Ding zeigen, wenn auch mit großem Widerwillen. Seine Bedeutung für mich besteht darin, daß ich, wenn ich davor sitze, weder bedaure, wie die Zeit vergeht, noch wünsche, sie möge sich schneller fortbewegen. Das ist mir sonst auf der ganzen Welt nur in Dotties Armen so ergangen.«

»Dottie also«, sagte Wolfsen. Er hat das Zittern, ja Wehklagen meiner Stimme nicht überhört. »Fünf, eins, fünf, drei: Safe, Schließfach. Die doppelte Eins als quasi stotternde Irreführung.«

Seine Deutlichkeit verriet die erschöpfte Ungeduld des Raubtiers. Ich konnte ihn nicht länger aufhalten, dachte aber noch immer naiverweise, er wäre lediglich auf die Besichtigung aus. »Wenn ich denke, Herr Dr. med. Wolfsen, ist es oft wie ein sich unaufhörlich bis ins Unendliche verfeinerndes Holzhacken«, sagte ich, um Aufschub bittend. Wolfsen: »Kasuistik, nicht Denken ist das, mein Lieber. Die klassische Haarspalterei. Und nun hopp, hopp, los, los, mein Bester! Voran!«

Da ging ich weinend, für ihn nicht sichtbar, schluchzend, für ihn nicht hörbar, und schleppte mein Geheimnis aus seinem Versteck. Er sah, daß es sehr schwer war, half mir aber nicht, beobachtete nur wortlos, wie ich das Aufbewahrungsgefäß, ein graues Metallgehäuse in zylindrischer Form, etwa zwanzig Zentimeter hoch, genauer: zweiundzwanzig, auf den Tisch stellte.

Der Zylinder ist von einem Bügel umgeben, der ihn mit zwei Klemmen fest auf die Dichtung des Untersatzes drückt. »Um eine einwandfrei trockene Lagerung zu garantieren«, erwähnte ich, als ich den Aufsatz losschraubte. Und wieder packte es mich: »Feuchtigkeit wäre sein Tod, kein Anfassen, kein Behauchen bitte!« Ich vergaß meine Furcht vor Wolfsen, vergaß, seine Überraschung auszukosten, vergaß, ihn durch Langsamkeit der Enthüllung zu quälen. Ich hob den metallenen Mantel ab und versank in Betrachtung meines Lieblings: »Was Sie sehen, ist Vergangenheit, unwiederholbare Vergangenheit. Ein Lichtjahre entfernter gestorbener Stern. Ein Wunderwerk aus den Anfängen der modernen Instrumentalanalytik, Ende der fünfziger Jahre von Leitz hergestellt, ein Natriumchloridkristallprisma, aus einem gezüchteten Einkristall geschnitten, 10 mal 10 mal 10.«

»Was passiert, wenn ich das Heiligtum berühre?« fragte Wolfsen neckisch. Ach, er war nicht würdig, meinen Schatz anzusehen.

»Sie erkennen, zwei Seiten des Prismas sind poliert, eine nicht, man konnte sie vernachlässigen. Man benötigte sie nicht. Unter dem Prisma ist ein Trockenmittel zur Verhütung irreparabler Schäden deponiert. Das Licht mußte, um optimale Funktionstüchtigkeit zu erzielen, so störungsfrei wie irgend möglich zerlegt werden.«

Einer von uns beiden schnaufte vor Erregung.

»Dieser Gegenstand gehörte zu einem Infrarotspektrographen ...«

»Was? Was? Was?« schrie Wolfsen in mein Ohr, offenbar weil ich flüsterte. Ich konnte nicht anders.

»... zu einem Infrarotspektrographen«, wiederholte ich, ich glaube, mit einiger Würde, »den man zu seiner Zeit in konkurrenzloser Weise zur Identifikation von Substanzen über das Spektrum benutzte. Man hat damals, anders als heute, mit nichts gespart.« Ich hörte, wie meine Stimme vor Anspannung kindlich und greisenhaft hoch wurde. »Hat keinerlei Rücksicht auf Material, Kosten, Platz, Gewicht genommen. Höchste Qualität, herrliche Verschwendung. Dauer bei richtiger Wartung: für die Ewigkeit. Heutzutage ist so ein Monstrum viel zu aufwendig, zu schwer, zu empfindlich. Es wird nicht mehr hergestellt. Ein zu zartbesaiteter Saurier.«

Ich begann, nun in seiner Gegenwart, mit den Tränen zu kämpfen.

»Bei Feuchtigkeit würde es trübe, dann setzen unausweichlich Beschädigungen der glatten Oberfläche ein, schließlich würde sich eine konzentrierte Natriumchloridlösung bilden und das Prisma flösse am Ende davon. Daher ...«

»Wer wird so etwas außer Ihnen besitzen?«, schnitt mir Wolfsen, jetzt mit unverschleiert gierigen Augen, das Wort ab.

»Ich weiß nicht, ob es das noch zwanzigmal gibt auf der Welt. Sehr viel weniger? Ein bißchen öfter?« antwortete ich mürrisch und machte mich beiläufig ans Einpacken. Er hatte genug von mir erpreßt. Ich spürte ja schon, wie mir der Frieden, der sonst vom Anblick des Prismas für mich ausging, vor dem fremden Zeugen nicht gespendet wurde. Es sollte schnell wieder in sein Versteck.

Da fragte Wolfsen, wobei er seinen Körper streckte: »Sagen Sie, mein Guter, wo ist Dottie jetzt?«

»Weiß ich doch nicht«, antwortete ich zitternd.

»Doch«, befahl Wolfsen sehr scharf, es tat mir schon wieder in den Ohren weh. »Hinter der Nummer fünf, eins, fünf drei, nicht wahr? Teilweise zumindest, partienweise. Warum haben Sie es getan?«

»Ich weiß es nicht mehr, Herr Dr. jur. Wolfsen«, murmelte ich, vielleicht wahrheitsgemäß.

»Es geht mich auch nichts an« tröstete Wolfsen behende. »Von mir geschieht Ihnen kein Leid, kein Verrat. Ich übersehe stillschweigend, daß Sie nicht mehr zur Rechtsgemeinschaft gehören, daß Sie es sich auf immer verscherzt haben durch nicht normgemäßes Verhalten.« Er legte den Finger auf den Mund und schmeichelte: »Sie hatten sicher Gründe für Ihr Verbrechen.« Und zischte: »Doch nun geben Sie her.«

»Ach, ach, ich habe Ihnen noch nicht meine Teedose gezeigt,

Silber getrieben, graviert und ziseliert, Gewicht 225 Gramm. Einen Spazierstock aus Palmenholz lege ich drauf. In den Elfenbeinkugelknauf ist ein tanzendes Paar geschnitzt. Wenn sie Ihnen gefällt ...«, jammerte ich randvoll mit so etwas wie Verzweiflung. »Es gibt doch viel Schlimmeres, die Katastrophen, die Apokalypse, die Barbarei. Sie kommt in verschiedener Gestalt, hören Sie den Hufschlag, brandet heran von allen Seiten, donnert schon gegen die Tür. Die Herde, die wählen darf in der Demokratie: Welch ein Ärgernis für die Reißwölfe, die uns lauernd umstreichen und grübeln, wo sie uns die letzten Lebensreserven schmälern und den letzten Überschuß abknöpfen können, wenn sie uns dafür nur eine nagelneue Sportarena mit viel Komfort für ihresgleichen bauen! Zu welcher Firma gehören Sie eigentlich? Wer schickt Sie? Und bedenken Sie, Wolfsen, um Gottes Willen, Privatdozent Wolfsen, eine Frau hat ihren Mann erstochen, in dieser Stadt, erst kürzlich, hat dann einfach ein Pflaster auf die Wunde geklebt und die Küche geputzt, damit es wieder schön aussah. Ein Soldat hat eine Prostituierte ein bißchen gewürgt, im Alkoholrausch, nicht weit von hier, nur kann ich nicht sagen, ob in Uniform, und sie dann, weil er den Anblick nicht ertrug, aus dem Fenster zu Tode geworfen. Wir alle sind Menschen. Das Geheimnis, guter Mensch Wolfsen, lautet: Der Gute ist in Wahrheit nicht derjenige, der gut ist, sondern jemand, bedenken Sie es bitte gerade jetzt, der das Gute in den anderen hervorkitzelt, der sie, und sei es für einen Moment, gut sein läßt! So einem gebührt die Krone.«

Wolfsen lachte knurrend und hob die Hand zum Schlag. Ich duckte mich, in jeder Hinsicht.

Ob er beim Politischen anbeißen würde? »Wir stehen vor dem Ende der hart erkämpften europäischen Demokratie. Gnade uns Gott vor der überseeischen Version, Hochwohlgeboren. Woher ich das weiß? Ich habe den sechsten Sinn von meiner lieben Mutter geerbt.«

Ach, meine liebe Mutter! Wäre ich doch klein, und sie würde

mir helfen! Noch habe ich ihren schnellen Schritt im Ohr, wenn ich geklingelt hatte und sie sich von innen der Haustür näherte, und wie dann von Mal zu Mal die Schritte langsamer wurden und ich schließlich am Holz horchte, ob sich überhaupt drinnen etwas rührte. Ach, wenn sie doch noch lebte und mich beschützte vor Wolfsen!

»Vor nicht allzu langer Zeit traf ich beispielsweise den kriminellen Leih-Paule, der auch mich geschädigt hat. Und was meinen Sie? In der Nacht davor hatte ich von ihm geträumt, seit vielen Jahren zum ersten Mal! Was sagen Sie? Die Strukturen der westlichen Zivilisation brechen zusammen. Westliche Geheimdienste übertragen das peinliche Verhör, Inquisition auf der Höhe der Zeit, aber auch brennende Zigaretten auf den Armen der Gefangenen, ausgedrückt von halb schwachsinnigen Soldaten, Hochwürden, Folter, zukunftweisende Befragungsmethoden, gelegentlich bereits privaten Subunternehmen.«

»Soso, das glauben Sie?« Wolfsen schlug zu, mitten in mein Gesicht. Dann trug der Räuber, ganz Eroberer und Weltbeherrscher, mein Geheimnis, meinen größten Schatz, mein Prisma und meine Medizin, lachend davon. »Ein anlaßbezogener Eingriff!« Er tobte vor Gelächter und faßte sich an den libellengrünen Krawattenknoten, den die quittengelben Seitenteile seines Jacketts flankierten. Ich dachte, ihm würde gleich die einstmals so elegant fallende Hose vorne vor Übermut platzen. Wie hätte ich ihm mein Tabernakel, da er alles erkannt hatte, verwehren dürfen?

An der Tür rief er mir zu, in der Tonlage der Güte, ja Kondolenz, vielleicht klang es aber nur so, weil er ein Kaugummi in den Mund gesteckt hatte: »Sie sind's gewesen, kein anderer, sehen Sie es endlich ein? So, ja? Brav! Und nun schicke ich Ihnen die professionelle Lezza als Ersatz. Selbst ihr Hund, ein Alpha-Weibchen wie sie, ist auf Aggressivität gezüchtet. Unsere Lezza wird alles zurechtrücken, tadellos erzogenes Tier im

Kostüm, hochintelligent, haha, super trainiert, ohne Moral. Unter uns nennen wir sie scherzhaft Reißwolf, Lezza Reißwolf. Sie hört das allerdings nicht gern, macht dann ein Gesicht, ui, ui, so stellt man sich den Beelzebub vor.«

Die Namen meiner Schwestern und ihre Telefonnummern, die mir noch immer aus der größten Not geholfen haben, sind mir entfallen. Wann ist das passiert? Wie konnte das geschehen! Hilfe, Hilfe! Luise? Lena-Luise, Lisa? War eine Lisa dabei? Seid ihr verstorben?

Ob Wolfsen mit seiner schrecklichen Vermutung recht hat? Ich selbst hätte meine heitere, meine einstmals liebliche und lebenslustige Zahnschienendottie …? Man wälzt es auf mich armen Mann ab. Plötzlich soll ich Einsamer der Täter sein. Dabei käme doch auch Wolfsen in Betracht, der schlaue Hund. Ich sitze bei meinem Vertiko und fürchte mich und bebe vor Lezzas Lauern, vor Lezzas Übermacht und Geruch. Ich möchte auf die Straße stürzen und schreien: »Hilfe, ihr guten Nachbarn, hallo, zu Hilfe vor Lezzas Attacke, Feuerwehr!« Aber sie, ob in Satin oder Zweiteiler, wird mich für immer zurückdrängen und beherrschen, zurück mit ihren unaufhörlich unter den teuflischen Augen lachenden Beißwerkzeugen in mein Gefängnis, in mein geplündertes Haus.


**»Ja, was denn** nun? Hat er oder hat er nicht?« brummte Böhme erst mal. Am meisten wunderte ihn, wie der Schriftsteller sich hier als Computerspezialist aufspielte. Ausgerechnet der! Es fragte sich auch, womit der eigentlich seinen Lebensunterhalt verdiente.

Dieses Tal aber nahm ihn, Jobst, regelrecht ins Gebet, wenn er es zu lange ansah zwischen den unmäßigen, darin aber ganz gleichmäßigen Hängen. Oder Händen? Er kicherte: Was wäre, wenn die zusammenklatschten und er hockte in der Mitte?

Überm Lesen war es schwüler geworden, fast dumpf und ungesund schien die Luft durch die Enge. Jobst fiel ein, daß bei Bergstürzen die Felsbrocken manchmal an der anderen Talseite wieder hochbranden. Hier nun verhielt es sich so, daß er auf eine Flanke sah, wo die Schottermasse ohne den geringsten Übergang an das Grün stieß. Das, was man nicht sah, war vom Steinstrom vor nicht allzu langer Zeit verschüttet worden, nein, das konnte wirklich nicht lange her sein, das war offensichtlich.

Tippfehler hatte er nicht bemerkt, auch keinen Vorüberwandernden, sich nur ab und zu die Füße, ein wenig hin-, ein wenig hergehend, vertreten, ein bißchen gegessen, einen Schluck getrunken, geraucht. Was für eine Stille! Nur manchmal das Räuspern herunterrollender Kiesel, warum das nicht einfach Kiesel nennen. Ja, wie ein Hüsteln klang es, wie ein aus Höflichkeit fast ganz unterdrücktes Gebell. Er reckte sich jetzt und sprang auch in die Höhe zur Entspannung.

Morgen wollte er ein Stück weiter ins Tal gehen. Er wanderte durch ein rötliches Licht zurück und achtete wieder auf die Baumwurzeln und auf den unbefestigten Weg, besonders wenn der sich gegen den Abhang hin neigte. Natalja würde eventuelle PC-Kunden doch bestimmt charmant vertrösten? Der Wasserfall, während Jobst Seite um Seite gelesen hatte, war todsicher immer da gewesen, fallend das Wasser, dabei gleichzeitig in der Luft an sich haltend. Charmant in dem kleinen Nebenzimmer? Er fand sich mühelos hier zurecht, da gab es nicht viel falsch zu machen. Der Schriftsteller aber brauchte erst gar nicht bei Komplikationen am PC im Geschäft nachzufragen, der wußte ja, daß er, Jobst, nicht zur Verfügung stand.

Als er schließlich am Bahnhof vorüberging, traf gerade der kleine rote Zug ein. Nur wenige Leute stiegen aus. Eine Person war ihm nicht mehr fremd, nämlich der Mann mit den kurzen Hosen vom Morgen, der mit der Schirmmütze und dem seltsamen Blick zur Seite, bevor er abbog. Ihre Augen trafen sich einen Moment lang, und nun war Jobst sicher, daß ihn dieser Mann mit den unverschämt braunen Beinen heute früh bemerkt und jetzt wiedererkannt hatte. Fast wirkte es so, als hätte er Jobst leicht zugenickt, schwer zu sagen, sogar mit verhaltenem Schmunzeln. Schwer zu sagen, wie eigentlich gemeint.

Er freute sich auf das heiße Duschen, auch aufs Abendessen in einem Restaurant. Beim Aufschließen der Haustür sah er als erstes ein geblümtes Frauengesäß und dachte sofort: Da möchte ich jetzt ordentlich draufhauen! Aber gleich danach, nicht ohne Stolz: Mensch Böhme, was bist du instinktiv, um nicht zu sagen, primitiv! Die Frau stand auf der Treppe, die sich der Eingangstür gegenüber befand und bückte sich gerade. Jobst fing nun erst an, sich zu wundern und beinahe schon zu ärgern, hier in der Wohnung jemanden vorzufinden, da richtete sich die Gestalt auf und drehte sich zu ihm hin, fuhr im Grunde zu ihm herum. Die Kindlichkeit ihres Gesichts überraschte ihn, auch das Erschrockene darin, aber, sagte er sich, an der Art ihres Lächelns verrät sich doch, daß sie schon mit einem Mann geschlafen hat. Das waren alles so Gedanken, die sehr schnell von allein kamen nach dem einsamen Tag.

Das junge Mädchen begann zu reden, in sehr gebrochenem Deutsch allerdings. Er verstand, daß sie hier Reinmachehilfe sei und deshalb einen Schlüssel zum Haus habe. Sie sei benachrichtigt worden vom Besitzer, habe sich aber um einen Tag verspätet, um alles für ihn, den angekündigten Gast, bereit zu machen, Verzeihung bitte. Sie sei nun auch fertig.

»Aus welchem Land kommen Sie?« fragte Jobst, um nicht so unfreundlich zu erscheinen. Das Mädchen hatte seine Gummihandschuhe, grüne Froschpfoten, ausgezogen und in einen Plastikbeutel geworfen. Es wollte geduckt an ihm vorbei. »Kroatien. Mein Mann ist hier Zuhälter.« »Was?« rief er und konnte sich nur mit Mühe das Lachen verbeißen. »Ist hier Zuhälter«, versicherte die junge Frau ernsthaft. Schon machte sie sich, offenbar von seiner Ankunft zu sehr eingeschüchtert, grußlos davon, aber er hatte noch ihre alten Schuhe gesehen, auf denen zwei schiefe Spangen mit Resten von Straßsteinchen saßen. Mit dem einen dieser Dinger trat sie ihm im letzten Moment auf den Fuß. Extra womöglich? Er also war hier der Eindringling! Jetzt, allein, konnte er wenigstens aus vollem Hals lachen, und das tat er eine Weile. Wenn sie sich einander vorgestellt hätten, wäre von ihm bestimmt »Gestatten, Wolfsen« gekommen! Zuhälter! Welches Wort mochte der Putzfrau, die den Beruf freiwillig und wohl als Legitimation genannt hatte, wohl vorgeschwebt haben? Busfahrer? Kuhwärter? Taxifahrer vermutlich nicht, der war ja schließlich Ägypter gewesen. Eigentlich, bemerkte er dann aber nachträglich, wirkte ihr Gesicht etwas verdötscht. War das nicht meist bei Putzhilfen so?

Erst unter der Dusche überlegte er, ob sie wohl an sein Gepäck gegangen sein mochte. Er sah nach, schon wieder grinsend und ein bißchen gespannt. Alles schien unberührt, auch sein unordentliches Bett. Natürlich, er war ja nicht im Hotel! Es wirkte überhaupt gar nichts verändert, nicht sauberer, nicht schmutziger. Eine Frau, vielleicht seine eigene, fast schon ehemalige, hätte wahrscheinlich den Unterschied erkannt. Noch im Bademantel stellte er sich die Frage, ob er zuhause anrufen oder Fondue essen solle. Solche Alternativen, sagte er sich, sind Frucht der guten Gebirgsluft, und telefonierte dann nicht. Zwischen Haus und Bahnhof hatte er ein Hotel mit Küche gesehen, das er nun erfrischt und hungrig ansteuern wollte. In kurzen Hosen, fiel ihm auf, hätte er heute immerhin gebräunte Schienbeine gewonnen. Gerade als er die Türklinke von innen anfaßte, klingelte es. Er öffnete ruckartig mit großer Neugier. Auf diese Weise gelang es ihm noch einmal, die Kroatin in Schrecken zu versetzen. Wie er so blitzartig dastand, kaum, daß sie geschellt hatte! Sie deutete an, sie habe etwas vergessen, das sie ihm zeigen müsse, er möge ihr doch bitte folgen. Schon bewegte sie sich mit größter Selbstverständlichkeit im Haus, natürlich, als Reinmachefrau kannte sie jeden Winkel, und da sie das Haus pflegte, war es auch eigentlich ihr Eigentum, zumindest in Abwesenheit des beglaubigten Besitzers.

Er ging also hinter dem geblümten Frauengesäß her bis ins Bad. Dort bat sie ihn durch einen Druck auf seine Schulter, dessen Unzulässigkeit ihr nicht zu Bewußtsein kam, ebenso, wie sie ihn duzte aus Unkenntnis der Sprache, sich zu bücken. Nein, tiefer! Unter dem Waschbecken hatte man ein großes Loch in die Wand gebrochen, durch die Kacheln hindurch, offenbar, um an den Rohren eine Reparatur durchzuführen. Die Frau setzte sich auf den Klodeckel gegenüber und kicherte. Sie erklärte ihm durch Gesten und irgendein Gestammel, Jobst kam sich zunehmend veralbert vor, mehr von den Umständen als von der dummen Gans, man sehe von dieser Stelle aus immerzu in die graue Tiefe hinein. Sie schüttelte sich demonstrativ, wie in Angst, in Todesangst, als er sie so ansah, lächelte aber auch. Es könne noch nicht neu gekachelt werden, da die Ausbesserungen nicht abgeschlossen seien. Dazu signalisierte sie mittels eines schnüffelnden Nasengeräusches ein vages Schuldbewußtsein. Vielleicht handelte es sich tatsächlich um eine Nachlässigkeit ihrerseits, aber was ging das ihn an. Er fürchtete sich doch nicht vor den Abgründen hinter Badezimmerwänden, selbst wenn sich dort Spinnen oder ähnliches Ungeziefer eingenistet hätten.

Sie nahm dann wieder das Gegackere auf und ging eilig zur Haustür in ihrem Blumenmusterkleid. Das Hinterteil war viel zu breit für das unreife Gesicht, aber na ja. Er folgte ihr Schritt für Schritt, das vergrätzte ihn flüchtig, als er es bemerkte. War er denn bei dieser schwachsinnigen Darbietung so verblödet, daß er der augenscheinlich eingeschränkten Person, wenn auch nur zufällig, nur aus Zerstreutheit, nachlief wie ein dressierter Hund? Außerdem bemerkte er das Loch in ihrer linken Socke, denn sie trug Ski- oder Männersocken, jetzt, im Sommer, zu den Straßschuhen, die Socken wahrscheinlich, weil ihr diese wohl geschenkten Schuhe zu groß waren. Um dieses Loch sollte sie sich lieber kümmern als um das im Bad! Wie adrett bei aller angenehm östlichen Schlampigkeit war dagegen seine Natalja! Man müßte sie im Grunde anrufen.

Der Hunger zwang ihn aber, geradewegs das Restaurant aufzusuchen, nachdem er im Beisein der jungen Putzhilfe die Tür nachdrücklich geschlossen und dazu gesagt hatte, er werde erst in drei Tagen abreisen, nicht morgen, nicht übermorgen, erst dann, und jetzt sei zweifellos alles von ihrer Seite erledigt. Im Restaurant hatte man die Tische für viele eingedeckt. Er war der einzige Besucher und ihm mißfiel die Leere, ein fatales Zeichen für die Gastronomie. Jedoch konnte er sich ja noch mit der frühen Stunde trösten. Als das Unangenehmste stellte sich der elende Kellner oder auch Gastwirt heraus.

Er verkörperte, er verdoppelte die Trübsal des Lokals, das mit einigen Gästen sicher gemütlich wirken konnte. Von außen hatte es Jobst ja richtig verlockt. Dieser Kellner, eigentlich ein schöner Mann, so weit er das beurteilen konnte – vielleicht sollte er, Jobst, wegen einer peinlichen Neigung zu Hamsterbäckchen etwas abnehmen? –, schien ihm das Ausbleiben der Leute anzulasten, wenigstens ließ er seine Enttäuschung an ihm aus durch beleidigende Wortkargheit. Und das nach einem so stummen Tag. Sollte Jobst aber deshalb die Örtlichkeit wechseln? Nein, er wollte nicht noch einmal aufstehen. Also bestellte er eine Fondue, auf die er sich schon seit Stunden freute. »Nein«, sagte der Kellner oder Wirt, und machte eine Pause, offenbar mit grämlichem Vergnügen, »Fondue erst ab zwei Personen.«

Am Ende orderte Jobst, hier, im Gebirge, eine Pizza, beugte den Kopf über sie und sagte zu ihr: »Und dann bist du auch noch so schamlos teuer!« Wenigstens der Wein aber war aus diesem Land, nichts Besonderes, aber nicht übel. Er aß und trank, vom Kellner heimlich, aber unaufhörlich beobachtet, und blieb allein. Ein einziges Mal erschien ein Paar an der Tür. Jobst und der Kellner hielten den Atem an, alle Tische und Stühle mit ihnen. Aber abgeschreckt von soviel Einsamkeit fuhren die Neulinge sofort zurück, hier wollten sie nie und nimmer Gäste sein. »Aus welchem Land kommen Sie?« fragte Jobst plötzlich, denn der Mann hatte, um alles noch peinlicher zu machen, die Musik abgestellt.

Nach einer Weile, die er dazu benutzt hatte, in einem seiner Ohren zu bohren, sagte der Kellner: »Aus Kroatien.«. Jobst zuckte zusammen. War er der Mann der Putzfrau, der »Zuhälter«? Ob hier alle Leute so antworteten? Dagegen sprach die gestrige Auskunft des Taxifahrers. Doch den hatte er ja auch nicht gefragt, der hatte von sich aus behauptet, er sei Ägypter. Außerdem konnte er natürlich trotzdem aus Kroatien angereist sein.

Bevor Jobst aufbrach, nahm er sich noch einmal fest vor, sein Inneres nur, und äußerstenfalls, durch einen Spalt zu beäugen, sich die Finger vors Gesicht zu halten und bloß zu blinzeln. Das dort eingelagerte Problem sollte für sich brüten, besser noch: schrumpfen. Wenn man kein Licht dran ließ, erstickte es vielleicht sang- und klanglos von selbst. »Wolfsen!«, sagte er kopfschüttelnd vor sich hin. Der Kellner mußte »Zahlen!« verstanden haben, denn er kam sofort mit der längst vorbereiteten Rechnung angeschossen. Durchaus nicht nur aus Freundlichkeit fragte daraufhin Jobst, nach einem vielsagenden Blick durchs leere Restaurant: »Kann man denn davon leben?« Was glaubte er denn? Etwa, der Kellner würde gestehen, seine Haupteinkünfte beziehe er aus der Zuhälterei? Zwar trug er hinten, wie Jobst erst jetzt feststellte, einen Zopf, der Putzhilfen wohl gefallen mochte, antwortete aber, keineswegs gedemütigt, mit höhnischem Grinsen: »Das kommt aufs Trinkgeld der Kunden an.«

Nun saß Jobst in der Falle und brachte es, innerlich zähneknirschend, nicht fertig, sich nicht zu unangemessener Großzügigkeit erpressen zu lassen. Daraufhin half ihm der Kellner oder eben Wirt in die Jacke, nicht ohne ihm dabei über die

Schultern zu streichen und zu flüstern, so, als müßte die Schande der ganzen Welt verheimlicht werden: »Sie haben da Schuppen. Nicht viele, einige nur.«

Jobst dachte im ersten Augenblick: Anzeigen, den Kerl, sofort Anzeige erstatten! Auf dem gesamten Nachhauseweg war er trotz des Hochgebirges erbost und konnte an nichts anderes denken. In seinem Zorn setzte er sich zuhause, ganz wie die Kroatin, nur nicht lustig wie diese, auf den Klodeckel. Er starrte das Loch in den Kacheln an. Der Blick verlor sich, so schien es, in einer grauen, ungefüllten Unendlichkeit ohne Ausdruck.

Am nächsten Morgen jedoch war Sonntag, ein schöner, früher Spätsommermorgen, er dachte im Aufwachen an Äpfel auf einem Gartentisch, die im östlichen Glanz alle und jeder für sich erwartungsvoll der Sonne entgegenblinkten. Nun mußte er sehen, wie er an einem solchen Tag zu Proviant kam, wenn er nicht wieder bis abends nur Schokolade gegen den größten Hunger essen wollte. Die hatte er allerdings satt. Er füllte sich eine Flasche mit Leitungswasser ab und fand an der Innenseite der Haustür einen Zettel mit Hinweis auf die sonntäglichen Öffnungszeiten der Bäckerei auf der Hauptstraße. In einem Korb wurde dort eine große Auswahl kleiner Brötchen angeboten, die ihm so gefielen, daß er gleich acht Stück kaufte. »So teuer?« fragte er ehrlich überrascht die Verkäuferin. Die lächelte ihn ungläubig an. Ein dummes Gebirgskind eben, aber wenigstes einmal hiesig und echt, sagte er sich.

Gutes, gedämpftes Wanderwetter. Er versuchte, eine Abkürzung ins Tal zu finden, es gelang aber nicht, so mußte er zurück, am Bahnhof vorbei, wo er für alle Fälle Zigaretten und eine Dose Bier kaufte. Man erkannte ihn dort wieder. Aus dem Hotel, wo er gestern den orthodoxen Juden begegnet war, kam heute niemand. Schade, er freute sich ja immer an ihrer erstaunlichen, ein bißchen gespenstrigen Kleidung. Überhaupt ging kaum jemand auf der Straße. Für wen aber sollten dann die vielen unterschiedlichen Gebäckstücke sein? War das alles nur

Illusion, blinde Hoffnung auf vielleicht doch noch eintreffende Gäste? Beschwörung durch fidele Nuß- und Körnerbrötchen? Obschon er selbst ja Geschäftsmann war, kannte er doch hier die Spielregeln nicht so genau. Hier einen Laden haben? sagte er sich, bloß das nicht! Natalja würde daheim schon alles richtig machen. Was mochte sie heute treiben? Sie aß so gern Ingwer, er schenkte ihr immer eine Schachtel zum Wochenende. Ob ein anderer, der davon wußte, für ihn in die Bresche sprang? Vielleicht war der Schriftsteller ja so aufmerksam. Er könnte ihre Neigung beobachtet haben, dieser Autor. Schließlich hatte er Jobst erzählt, das Schwerste sei, zu erleben, was einem widerfährt, und zu bemerken, was man wahrnimmt. So? Der sollte mal den ganzen Tag Druckerpatronen und wattierte Umschläge verkaufen! Er holte ein Foto von Natalja aus der Tasche und staunte auf einmal, daß er sie liebte. Es war doch alles nur Fleisch und Knochen, ihm aber rundum kostbar. So kostbar, daß sie ihm jetzt als eine bereits Verstorbene vorkam. Schnell tat er das Bildchen weg.

Am Eingang des Tales, zwischen den Stämmen, sah er etwas entfernt eine sich bückende Frau. Ob es die Pilzsammlerin war? Es wäre ihm recht gewesen. Dann hörte er auch schon Geräusche, die in kalter, schneller Folge zwischen den Bergflanken hallten. Schwer zu sagen, woher sie kamen und ob sie wirklich von dem Mann mit dem Gewehr herrührten, der ihm gestern an etwas anderer Stelle begegnet war. Natürlich, die Saison hatte begonnen. Das war nicht der bekannte Krach hochzeitlicher Feuerwerke, das hier war todernst. Jobst lachte ein bißchen vor sich hin, weil ihm einige schöne, geschmacklose Jägerwitze zu seiner Situation einfielen, nicht immer mit gutem Ausgang.

Auf dem Weg, den er schon in diesem Abschnitt kannte, angesichts der Baumwurzeln und Sonnenstreifen im Moos, spürte er plötzlich einen Schmerz. Da blieb er stehen, viel zu früh schon stehen. Hatte nicht Ellen ein grünes Kleid mit einem solchen braunen und gelben Gittermuster besessen, er, Jobst, aber einmal seinen Kopf lange in ihren mit diesem Stoff bespannten Schoß gebettet? Oder waren im Anfang ihre Schlafzimmervorhänge so gemustert gewesen? »Warum nur«, sagte er laut, wußte aber nicht, was er damit meinte, und legte sich unwillkürlich die Hand ans Herz.

Er stellte fest, daß sich gerade neben ihm eine Bank befand, keine Menschen weit und breit, jedoch eine Bank. In ihre Lehne hatte man den Namen eines Paares geschnitten und eine Fünfundzwanzig dazu. Er setzte sich trotzdem hin, auch wenn ihn die Inschrift abstieß. Und nun glaubte er, er hätte eben sagen wollen: Warum nur ist sie, Ellen, nicht hier? Ihm fielen, mit einem schrägen Blick auf den wieder sichtbaren Wasserfall gegenüber, auf einen Schlag zwei Träume der letzten Nacht ein, nämlich eine Blitzreise durch die Metropolen der Welt, und alle hatten mit ihren identischen Fußgängerzonen die Rachen nach ihm aufgesperrt. Im zweiten Traum lag er, in Ekel und Wollust, unter der kürbisförmigen, möglicherweise nackten Frau aus dem Zug, die sechzehn Bücher in einer Woche gelesen hatte und ihn mit ihren großen fleischernen Flächen weich und zugleich sehr herrisch preßte, zum Ersticken.

Eigentlich, dachte er so vor sich hin, hätte er doch einfach gestern abend eine Fondue für zwei bestellen können. Was ging es den Kellner an, ob die andere Person dann käme oder nicht?

Noch immer vermied er allerdings im Wachen am eigenen Körper entlangzustreichen, um ja nicht das verfluchte Geräusch zu hören, das Schürfen. Plötzlich erinnerte er sich genau, daß ihn das Abspreizen der kleinen Finger an Ellen erst geärgert hatte, als Natalja aufgetaucht war, keinen Tag früher. Erst da auch hatte seine Frau mit dem Trinken angefangen. So war die Reihenfolge, richtig, bisher war ihm eine Täuschung unterlaufen. Er leerte die Dose Bier in einem Zug, dann war sie wenigstens weg, konsumiert, und er selbst für den Rest des Tages, bis aufs Rauchen, zu Wasser und Brot verdonnert. Das ginge ganz in Ordnung so.

Und gerade da, als er aufstehen wollte, fast etwas geknickt wegen des Zeitvertrödelns, hörte er ein eigentümlich maschinelles Taktak, Taktak, ein dürres, rasselndes Taktak, Taktak, das, als er den Kopf hob, sich deutlich von links näherte wie das Schlurfen eines metallischen Alpenschrecks. Es war dann aber nur ein Bekannter, nur der Mann, gleich im ersten Moment seines Ansichtigwerdens gab es da kein Vertun, der gestern ein Stück vor ihm gegangen und dann seitlich abgebogen war. Abends am Bahnhof hatten sich die beiden bloß zögernd erkannt, jetzt grüßten sie einander erfreut. Der Mann ging mit Wanderstöcken, so regelmäßig, wie es sich gehörte, daher der Lärm. Jetzt stand er still bei Jobst, wieder in der kurzen Hose.

»So ein Zufall«, sagte Jobst. »Weniger«, meinte der Fremde, »dies hier ist der schönste Weg von allen, kein Wunder, daß man sich wiedersieht.« Jobst verstand ihn recht gut. Das gurgelnde Sprechen, das klang wie ein leichtes Nachatemringen, hinderte ihn nicht. »Gestern war ich in Davos, zum Einkaufen dort im Supermarkt. Es gab ein Sonderangebot bei Migros. Vier Stunden habe ich für die Wanderung gebraucht, viel Steigung im ersten Teil. Aber schönste Einsamkeit. Ich habe in zwei kleinen Seen gebadet da oben, durch den Wind ist es zwar kühler, aber man trocknet schnell. Für den Abstieg gilt dann: kleine Schritte, Füße senkrecht aufsetzen und belasten, Oberkörper nach vorn beugen. Durch den Kauf hatte ich das Geld für die Rückfahrt um die Berge herum wieder raus.«

Machte der Mann Witze? Beschwerte er sich unauffällig, daß Jobst hier die Einsamkeit zerstörte? Nein, er lachte ja herzlich und ging dann weiter, ohne sich zu verabschieden allerdings. Bereits beim Sprechen hatte er seine Stöcke wieder in Position gebracht.

Eine Maschine, ein Wanderapparat, dachte Jobst, ihm nachschauend, da ist nicht die kleinste Zufälligkeit in den Bewegungen. Schon verschwand der Mann um die Ecke. Der kurze Wortwechsel hatte Jobst gutgetan, zum Einsiedler, der das Reden verlernte, wollte er schließlich nicht werden, denn erst jetzt stellte er fest, daß er selbst bis auf die drei Worte zu Anfang überhaupt nicht gesprochen hatte. Der Himmel bezog sich inzwischen, keine Sorge, er trug ja warmes Zeug in seinem Rucksack und eine gute Unterlage für das lange Sitzen. Aber erst jetzt, nachdem er seinen Leseplatz von gestern passiert hatte, begann er an das heutige Pensum zu denken. Auf jeden Fall wollte er tiefer in das Tal vordringen, das ließ sich auch wohl schaffen, wenn er bedachte, wie leicht er dem Weg schon folgen konnte, dem Rauf und Runter seines Schlängelns an der Bergflanke entlang. Wie einfach und probat diese Wanderung war! Es ging unbeirrbar auf das Talende zu, aber damit für Überraschung gesorgt war, schoben sich abwechselnd die ungeheuer massigen Felshänge vor und versperrten die Sicht auf das Ziel. Man wußte nie, was einen hinter der nächsten Biegung erwartete, konnte jedoch unentwegt die gegenüberliegende Seite betrachten. Das tat Jobst, nach Vorschrift stehenbleibend, hin und wieder, unter einer aufziehenden Bewölkung nun, die den steinigen Talboden verdunkelte, beinahe schwärzte.

Wieder hörte er einen Schuß, den er nicht lokalisieren konnte. Zur gleichen Zeit stieß er, etwas verblüfft, aber noch nicht gereizt, wieder auf den Mann, der nun seinerseits auf einer Bank rastete und gerade in eine Dauerwurst biß. Als Jobst bei ihm ankam, unsicher, ob er weitergehen oder stehenbleiben sollte, lachte der Mann herzhaft, seine Augen blitzten. »Jagdsaison!« rief er, noch ein wenig kauend dabei, »Jagdsaison! Die schießen wie verrückt. In meiner Jugend kamen die manchmal mit dreißig erlegten Murmeltieren nach Hause. Viel zu fettes Fleisch. Mir ist manchmal ganz schlecht davon geworden. Jetzt sind sie mehr auf Gamsgulasch und Hirschwurst aus.«

Jobst stand nun doch ein Weilchen bei ihm und beobachtete, daß der Mann in einer Pause zwischen den Sätzen mit dem quer zur Nase gekrümmten Zeigefinger unterhalb dieser ansetzte und dann senkrecht über die Lippen fuhr, auf und ab, immer wieder, ziemlich langsam, fast, als wollte er etwas andeuten, aber nicht aussprechen. Jobst konnte sich nicht vorstellen, was das hätte sein sollen, sah nur gebannt auf das Zeichen, die Bewegung, mit der dieser braungebrannte und sehnige Fremde seine eigenen Lippen streichelte und der jetzt zum Schluß sagte, es sei kein Wunder, daß man sich hier noch einmal getroffen habe, das liege in der Natur des Weges. Sie nickten sich leicht und diesmal, so schien es Jobst, eine Idee förmlicher zu.

Mit den Pflanzen wurde es mittlerweile spärlich, niedriger Bewuchs, es gab keine Bäume mehr an den Hängen. Natürlich, ohne darauf zu achten, war er über die Baumgrenze hinausgewandert. Wie, oder bloß über die Waldgrenze? Stand dahinten etwa doch noch eine der berühmten Arven, wenn auch am Rande des Existenzminimums vegetierend? Von ›Steigen‹ mochte er auf dem Weg bisher gar nicht recht reden. Aber die Kahlheit nahm mit jeder Kurve zu. Schuttbahnen reichten von den Graten, genauer: etwas unterhalb des asketischen Felsens dort oben, in breiter Ausformung bis ganz nach unten, und plötzlich sah Jobst die gewaltige Spur eines Erdrutsches, der offenbar einen Teil der Flanke mit nach unten gerissen hatte. Am Grün zwischen dem Geröll erkannte er, daß das Ereignis aber einige Zeit zurücklag, man hatte ja auch mit hölzernen Stützen einen schmalen Pfad am Berg entlang gebaut, so daß er ohne Mühe die wüste Stelle durchqueren konnte.

Trotzdem hatte der Anblick im ersten Moment etwas Dröhnendes und Fürchterliches. Was hier alles möglich war! Beachtlich chaotische Vorgänge! Er spürte inzwischen die Gesamtbewegung seines Gehens, das ja letztlich immer höher führte. Jetzt hätte er gern angefangen zu lesen, er fühlte sich körperlich hinreichend erschöpft dafür. Außerdem zeigte sich das Himmelsblau an vielen Stellen, ein Kommen und Gehen da oben, es roch untrüglich nach Sonnenwärme.

Da wiederholte sich der Eindruck von eben, nun aber vielfach vergrößert. Eine wesentlich verheerendere Flut von Schotter und mächtigen Felsbrocken mußte sich, eine gewaltige Furche hinterlassend, aus großer Höhe, wer weiß, als Lawine, ins Tal ergossen haben. Als Jobst nach einer Biegung vor dieser Szene stand, kam es ihm vor, als könnte man noch einen zischenden Luftzug nach der Katastrophe wahrnehmen. Auch hier hatte man in einem weiten, nach innen schwingenden Bogen, gewiß unter Gefahr und enormen Mühen, einen Steg durch die rutschig lose Materie errichtet, der wieder von unten durch Holzpfeiler sehr sorgfältig in gewissenhafter handwerklicher Facharbeit gesichert war. Konnte nicht auch diese Konstruktion jeden Augenblick wieder zerstört werden von den tobenden Naturkräften? Man wußte es nicht, niemand wußte es, vielleicht die sich verstellenden Felsen, die Rohlinge, die scheinheilig lagernden Steine unter wie arglos ziehenden Wolken in der Gasse mit scharf in den Himmel schneidenden Graten?

Jobst hielt unwillkürlich den Atem an, als er den Weg abschritt, und war froh, als er aus der Gefahrenzone heraus war. Doch, Gefahrenzone! Man wußte das alles ja wirklich nicht. Es gäbe dann keinen Fluchtweg, keine Rettung. Und als hätte er damit eine Prüfung bestanden, ging es nun steil abwärts auf den Talboden und eine Holzbrücke zu, wie nagelneu. Von ihr aus konnte man schön auf das flache, hier unerwartet lebhafte Wasser sehen, und danach, auf der anderen Seite des Tales also, zwischen den kindlichen Glockenblumen und Sternen, die im verzweigten System der Bachinselchen wuchsen, bei einem Riesenstein zum Anlehnen, fand Jobst seinen Platz für heute. Das stand sofort fest.

Er zündete sich eine Zigarette an und begann gleich zu lesen, um sein Pensum nur ja wie gestern so pünktlich zu erfüllen, ein alberner, aber vorhandener Ehrgeiz, er lächelte eigensinnig über sich selbst: »Gerade hier will ich ein Bürokrat sein, das Gebirge mache ich zu meinem Büro!« Nichts sollte ihn davon abbringen, er wollte dem Schriftsteller gehorchen aus einer infantilen Laune heraus, obschon der vielleicht gar nicht damit rechnete. Er, Jobst, würde sich an die Spielregel halten. Er las: *Errötende Mörder.*

Überlegte aber, ob es nicht klüger sei, gleich etwas zu essen, um es erledigt zu haben, und warum nicht damit anfangen, der andere hatte es ja auch getan, viel früher schon. Wo blieb der überhaupt? Ja, Jobst mußte es zugeben, letzten Endes wartete er auf ihn, denn bestimmt würde dieser Wanderer in kurzen Hosen, der gestern zu Fuß nach Davos gegangen war, nicht schon umgekehrt sein, ach was, der würde schon bald an ihm vorbeiziehen.

Er lauschte auf das offenbar heute unvermeidliche Taktak, auch das wollte er ja hinter sich bringen, bevor er zu lesen begänne. Wie sollte er sich vorher konzentrieren auf die Sätze dieses Schriftstellers, dessen Arbeit er hier notgedrungen kennenlernen mußte, quasi als Freundschaftsdienst. Alles gut gemeint von dem Dichter, aber mein Gott! Hoffentlich fand er, Jobst, diesmal wenigstens Fehler, damit das Ganze Sinn hatte. Er aß, ohne sie recht zu schmecken, mit langen Zähnen zwei der Brötchen. So ganz trocken enttäuschten sie ihn, und trank, vage beleidigt, sein Leitungswasser dazu.

Da hörte er seinen Genossen, aber erst knapp vor dessen Erscheinen, der Bach machte zwischen den Steinen zu viel Geräusch. Unverkennbar das metallische Schaben oder Klopfen, als näherte sich etwas anderes, kein menschliches Wesen. Jobst hätte sich hinter den Stein ducken oder schlafend stellen können. Zu spät! Der Braungebrannte klapperte heran und verzog das Gesicht. Wir können es nun mal nicht ändern, auch wenn wir nicht erbaut davon sind, sagte die Grimasse, dann lächelte er sehr wohlerzogen, kultiviert lächelte er in seinen kurzen Hosen auf den am Boden sitzenden Jobst herab, auch ein wenig spöttisch vielleicht, als er die Papiere sah. Auf den Gedanken, in dieser provozierenden Landschaft zu studieren, wäre er gewiß niemals gekommen, verachtete das vielleicht sogar insgeheim, ließ sich aber zu keiner Bemerkung hinreißen.

Es war Jobst unangenehm, so unter den Blicken des Fremden zu sitzen, er fühlte sich dadurch unterlegen, und gleichzeitig schien es ihm unhöflich zu sein, denn der Mann stützte sich nun auf seine Stöcke und erzählte mit Leidenschaft von den Torheiten, die sich in dieser gottgesegneten Gegend breitmachten.

Dieses Tal sei der einzig wirklich unberührte Fleck, den man übriggelassen habe, alles andere werde der Geldgier geopfert. Man nutze die Berge wie das liebe Vieh bis zum Verrecken aus, nur daß die Berge keine Jungen bekämen. »Die Berge nicht«, rief er, »die Natur geht ein für allemal vor die Hunde.« Immer sei es dasselbe mit der Bauwut und werde wie nach geheimer Vorschrift, fast biologisch, abgespult: kurzsichtiger Gemeinderat, unersättliche regionale Bauwirtschaft, ausländische Unternehmer mit Raubtierhormonen, von der üblichen Bestechung und von der Manipulation der Gutachten gar nicht zu reden. Und was die Zurechnungsfähigkeit der Bevölkerung angehe …

Der Mann fuhr sich dabei ständig, nach jedem Satz, den er hervorstieß, mit dem gekrümmten Zeigefinger über die Lippen, rauf und runter in fast liebkosender Geste, was überhaupt nicht zum Gesagten paßte. Jobst war gebannt von dem abscheulichen Signal, das er nicht zu entschlüsseln verstand. Er hörte dem Menschen kaum zu.

Jetzt wandte der sich mitten im Reden ab und ging weiter. Weil sie sich ja doch noch mal treffen würden? Das maschinelle Rumoren entfernte sich. Jobst wunderte sich über die Brüskierung. So einfach grußlos davonzugehen! Sicher, ohne weiteres hätte er, Jobst, wäre er gutwillig gewesen, ihm beipflichten können aus heimischer Erfahrung, wie man nämlich an seinem eigenen Wohnort durch Errichtung sogenannter und völlig überflüssiger »Häuser der Natur«, »Museen der Pflanzen« mitten in Parks und botanischen Gärten tabuisierte Landschaftszonen unter der Hand für die Bauwirtschaft entere. Er hielt sich als Geschäftsmann aus solchen Sachen klugerweise heraus, aber hier hätte eine solche Bemerkung nicht schaden können und sogar eine Atmosphäre der Verschworenheit gestiftet.

Jedenfalls würde er den Mann gewiß nicht überholen. Ihn kriegte man heute keinen Meter tiefer, treffender: höher ins Tal, nein, durchaus nicht, schon um diesem Kerl, der mit seinem Gerede die frische Luft eintrübte, nicht wieder zu begegnen. Auch drängte jetzt wohl die Zeit. Jobst rückte sich zurecht und griff, alles in allem dennoch wohlgelaunt, zum zweiten Mal zum zweiten Roman.

## Errötende Mörder

**1.** Wir wollen es nicht gleich Panik nennen. Die steht ihm noch bevor, und wir freuen uns darauf. Wie er dasitzt im nagelneuen Lederzeug! Ein Exemplar für die Ewigkeit. Was war das gerade? Er wolle niemandem zu nahe treten, aber, verdammt, passe einfach nicht hierher?

Soso. Will nicht zu nahe treten. Nicht hierher passen. Wir nehmen es zur Kenntnis. Warum so wehrig gegen die honette Gesellschaft neben, vor und hinter ihm? Was sträubt er sich beleidigend gegen die mustergültig aufgereihte und verstaute Truppe? Ah, da sprudelt's ihm schon von den Lippen. Kann sein tolles Geheimnis nicht für sich behalten: »Ich bin jung, Herrgottnochmal, ziemlich jung.« Felberich neben ihm lächelt wie über einen Versprecher.

Jung? Ein Flegel, seine Offenbarung hier so rauszubrüllen in die vielen zarten, unterschiedlich ertaubten Ohren. Sagen wir so, Herr Strör, Moment, Strör war doch der Name? Ein Flegel sind Sie und nicht nur das. Obendrein nämlich schwer von Begriff.

Oder wollen wir ihn ein bißchen verstehen und entschuldigen? Wie er da sitzt in diesen Spezialhosen, schwarz wie der Satan auf Achse, eingeklemmt, mit verwegenem Sturzhelm auf den Knien. Bei diesem ... diesem Albi gekauft? Aldi? Bei Aldi! Natürlich ist das nicht die richtige Haltung für eine so beelzebübische Montur. Da müßte man die Beine weit von sich strekken. Ist leider kein Platz dafür da, kein Wunder, daß es drückt und zwickt, heute, bei seinem ersten Ausgang in hundertprozentiger Ausrüstung.

Strör also? Herr Strör? Aha! Dann muß er der sein, der ausgerechnet heute morgen seinen Abgott vom Händler holen wollte, die erste Honda seines Lebens, sein erstes, allererstes Motorrad überhaupt, und noch bevor er es hat, nennt er es lässig: Meine Mofa! Köstlich! Schon komplett gerüstet für die furiose Heimfahrt auf der Maschine ist der Kindskopf in diesen Bus eingestiegen, und dann, na ja, Strich durch die Rechnung. Kehrt marsch! Wie sehr das der Fall sein wird, ist ihm natürlich noch nicht klar.

Aber grinst gefälligst nicht so auf ihn runter!

Ihm ist mulmig zumute. Das andere kommt noch, hat ja Zeit. Herr Strör wird lange unterwegs sein mit der reiselustigen Betagtenbande. Länger, als ihm lieb ist. Im Augenblick will er, der ahnungslose Flegel Strör, bloß seine Ruhe und immer noch zu seiner Honda.

»Das Wasser rauscht', das Wascher schwoll, / Ein Fischer saß daran, Fischer, Fischer saß daran ...«

Das hat jemand in seinen Nacken gestammelt, Strör scheint es als böses Omen zu nehmen, dabei war's bestimmt gut gemeint. Die Dame wiegt sich sogar, um das schwellende Wasser darzustellen. Das ist doch richtig nett. Herr Strör – wird nicht behauptet, neununddreißig sei das durchschnittliche Einstiegsalter fürs Motorradfahren? – hält das nicht für eine zulässige Antwort auf seinen Protest. Fährt gereizt zu der Dame herum und starrt den schrägen Zahn an, den sie so freundlich für ihn entblößt. Dabei ist er allein nervös wegen der Jungfernfahrt auf der Honda. Er begreift ja überhaupt nicht, gut so, daß nichts überflüssiger als ausgerechnet dieses Nervenflattern ist.

Wie sollte uns das wundern! Aus dem fünften Stock – richtig? – runtergefahren, in einer der grauen, fast lautlos auf- und absausenden Kabinen, herausgetreten in den frischen Spätfrühlingsmorgen und eilig, wohl etwas geistesabwesend, eingestiegen nach unruhiger Nacht in diesen Bus. Geistesabwesend, aber mit Herzklopfen. Eine Honda ist keine Kleinigkeit. Honda? Neuanfang! Den Führerschein dafür hat Strör noch nicht lange. Schwierigkeiten beim Achtenfahren, aber er wollte es wissen. Und dann plötzlich diese unerwartet umständliche Fahrt, an einem so heroischen Tag. Man kann ihn verstehen. Hilft aber nichts, Kleiner.

»Was für eine Route! Da hätte ich zu Fuß gehen können!« schreit Strör. Ja hätte. Hat aber nicht. »Eine Umleitung« beruhigt ihn leise der Alte neben ihm mit der Schirmmütze auf dem Köpfchen und legt, leicht wie ein verschlissener Schmetterlingsflügel, eine Hand auf seinen Arm. Greiser Lufthauch? Die anderen rufen, hört nur, lachend und etwas bellend, teils auch schmatzend, sie können nicht mehr anders, das sind die Stimmbänder: »Sie kommen noch früh genug ans Ziel!« Und: »Umleitung! Der macht Witze.«

Nicht unbegreiflich, daß Strör stöhnt und sich vor Wut den Sturzhelm überstülpt. Damit kriegt er sie still, das staunen sie an. Nicht nur der Ärger über die Verzögerung – falscher Ausdruck, nun lacht nicht, er nennt es doch noch so bei sich – setzt ihm ja zu. Mindestens ebenso quält ihn die Zutraulichkeit der anderen Insassen. Lustig, in seiner tollen Luzifermontur sieht er aus wie einer, der sich nicht fürs Motorrad präpariert hat. Sondern wofür?

Sondern wie einer, der sich verbarrikadieren will. Plastik und Leder gegen die Ausdünstung der furchtbar vielen Lebensjahre, die ihm zu Leibe rückt, während er sich über kurvige Landstraßen donnern sieht, fast parallel zum Asphalt. Er träumt es, aber doch nicht im Ernst. Strör ist vernünftig. Hat er nicht seiner Freundin versprochen, vorsichtig zu sein? Das ist viel angenehmer, als wenn er es notgedrungen von sich aus sein müßte.

Eine Freundin mit kleinem, unbedeutendem Gesicht. Um so mehr springt der Körper ins Auge. Die Brüste wie ständig mit Anstrengung herausgepreßt, das Gesäß in bedrückend engen Jeans, eine Qual. Es sieht aus wie eine leichte Behinderung der Geschlechtslust zuliebe. Ihm gefällt das. Der Leib zählt, nichts lenkt von ihm ab. Ein Gesichtchen, als wollte es keiner haben, das früh abgegraste sexuelle Kinderfrätzchen. Alles in allem gutherzig, tierlieb, ganz typisch. Hat die auch schon Lederzeug angeschafft? Die soll doch als Braut mit auf die Maschine. Das Blinken manchmal ihrer Pupillen? Nie von ihm bemerkt. Einmal vielleicht, zu Anfang, dann vergessen, nie wieder danach Ausschau gehalten. Die Mutter sieht von hinten aus wie die Tochter, mit weißblondem Pferdeschwanz, aber dann die uralte Haut, wenn sie sich umdreht. Beide sind Kellnerinnen, seht nach, ob es stimmt. Ach was, stimmt nicht mehr? »Du bist mein großes Los, mein Glück und Augenstern«, hat zu Beginn Strör zu der Kleinen gesagt. »Ich bin sein großes Los, sein Glück und Augenstern«, so die Tochter gleich am nächsten Morgen zur weißblonden Mutter. »Meine Tochter ist das große Los, das Glück, der Augenstern ihres neuen Freundes, ein netter Kerl, ein super Schwiegersohn«, so die Mutter im Zoorestaurant zu den Gästen. Die aber hauten sich aufs Knie und riefen: »Augenstern? Wahrhaftig Augenstern, wie in dem alten Schlager »Puppchen, du bist ...?« Und jetzt stimmt alles nicht mehr?

Poch, poch, poch. Jemand klopft von hinten an den Sturzhelm. Strör nimmt ihn ab, war auch nicht sehr bequem darunter. »Ihr Name bitte? Eibisch der meine.« Was soll der Quatsch, sagt sich Strör. Alles Depperte in diesem Umleitungsbus? Heißt die Linie nicht 215? Wo sind wir zur Zeit? Was der Typ vorne für Straßen fährt, endlose Strecken zwischen den Haltestellen. Hat der überhaupt schon mal angehalten?

»Wozu mein Name! Lohnt sich doch nicht.« »Nicht?« fragt der Alte zurück, zart und verzagt. »Nein, lohnt sich nicht«, sagt Strör. »In Linienbussen nicht. Man sitzt in dem Fahrzeug, und dann ist es wieder vorbei. Man sieht sich nie wieder.«

Da wird gekichert ringsum. Er merkt es nicht.

»Habe was anderes zu denken, als in Bussen Höflichkeiten auszutauschen, nämlich einen verflucht harten Job.«

»Sie sagen uns nicht Ihren Namen? Felberich ist der meine. Verraten Sie uns Ihren harten Beruf?« fragt da schnell der sanfte Betagte neben ihm.

»Sah nach dem Angel ruhevoll, / Kühl bis ans Herz hinan; / Und wie er sitzt und wie er lauscht / Aus dem bewegten Wasser rauscht / Teilt sich die Flut empor / Aus dem bewegten Wasser rauscht / Ein feuchtes Weib hervor.«

Es wird geklatscht, Strör rührt keinen Finger. Dabei hat sie es gesagt, um ihm, Strör in der mörderisch männlichen Montur, zu gefallen. Sein Nachbar tippt ihn an und weist diskret auf die Sprecherin.

»Ich ehre das Alter, ich respektiere, wenn's sein muß, jede Runzel von euch, aber laßt mich in Ruhe. Ihr seid so viele und ich nur einer«, flüstert Herr Strör, seine Wut mit größter Mühe unterdrückend, zurück. Der alte Mann neben ihm nickt, bestimmt fünfmal nickt er. Strör in seinem gepreßten Schnauben hält es für Demut und Demenz, er sieht nicht, daß der Mann dabei lächelt und zum Schluß ganz sacht verschlagen den Kopf schüttelt. »Ihr so viele und ich nur einer!« wiederholt unser Motorradfahrer in spe, wie er annimmt, ach Gottchen, in spe.

Wirklich erschreckend für Strör, wie viele Alte hier mit ihm im Bus sitzen, genaugenommen sind es fast nur Leute mit grauen und weißen Haaren. Das macht ja nichts, aber etwas rätselhaft, sagt sich Strör, die Honda einen Moment vergessend, ist es eben doch. Und etwas fällt ihm außerdem auf. Entweder die Leute dösen vor sich hin, oder sie starren ihn an, und das mit einer Freundlichkeit, einer irgendwie buttermilchsäuerlichen Zuneigung, die er um keinen Preis erwidern will. Dann ist es um mich geschehen, sagt er sich und weiß nicht, woher ihm der Einfall kommt. Ach Herr Strör, wir mögen dich!

Nicht wahr, und was ist das jetzt, diese dämliche Straße, immer geradeaus und immer, unaufhörlich beinahe, die Autohäuser für gebrauchte Wagen und für fabrikfrische, elegant wie moderne Opernhäuser, dazwischen kleine, trübe Sparkassenfilialen, mal rechts, mal links, was für eine Piste ist das bloß, Baustellen, Baumärkte, Bäckereien, treuherzige Gärtnereien, Blumen zur Fahrbahn hin in Gurkeneimern. Ein Schild weist zum Horizont: »Milch und Eier, wie die Tiere sie geben«, alles am Faden der Straße aufgereiht, »Tattoo Piercing«, dahinter gibt es gar nichts, Wiesen vielleicht. Was für eine Gegend, was für eine Riesenumleitung! Die anderen tragen es voller Langmut in seliger Zeitlosigkeit, Strör, nur an sein privates Verkehrsmittel gewöhnt, verliert mit jedem Frisörladen mehr die Geduld.

»Da, ein Baumarkt, da, ein Bier- und Kaffeegarten!« rufen die, die wach sind. Anhänglich, denkt Strör, unser Herr Strör, es hört sich anhänglich an, sogar leidenschaftlich. Da komme einer mit!

Er zieht sich die Motorradjacke aus. Ein guter Entschluß. Schon wird ihm leichter und kühl ums Herz. Die Dame hinter ihm, hört ihr das? seufzt bedauernd auf. Ihr gefiel er in der protzigen Jacke noch besser als im T-Shirt.

»Ihren harter Beruf, wollen Sie uns den nicht verraten?« fragt Herr Felberich schmeichelnd. Strör ist nun doch gerührt von so viel Anteilnahme. »Strör, Sven Strör«, gibt er endlich zu. Ob er noch mehr mitteilt, jetzt, wo er schon mal die Jacke los ist? Tatsächlich, er spricht sogar etwas lauter als unbedingt nötig: »Na gut, so hart ist mein Job nun auch wieder nicht. Jedenfalls nicht immer. Ich bin Elektriker, fest angestellter Elektriker, na gut.«

»Ach«, rufen die Frauen im Bus wie aus einer Kehle, »Elektriker! Ein wunderbarer Beruf! Ein nützlicher Job! Wie hätten wir Sie brauchen können. Sie, Herr Elektriker Stier oder Stör, und einen Klempner, ach jederzeit hätten wir Ihre Hilfe benötigt und hatten Sie nicht.«

»Das«, sagt Strör, »ist lange vorbei. Die erste Firma ist pleite gegangen, nichts lief mehr. Gar nichts, nachdem mein guter Meister, war wie ein Vater zu mir und doch selbst noch jung, plötzlich, mit vierzig, gestorben ist. Die Witwe hat's nicht gepackt, hat sich von einem Dummkopf und Blender reinreden lassen. Ich bin dann zu einem andern Betrieb. Kurz gesagt: Ich überprüfe Fahrstühle in Supermärkten, öffentlichen Gebäuden, Hotels, mache oft Überstunden, ehe ich es gemerkt habe, wenn ich mal bei der Arbeit bin, dauernd unterwegs, auf Abruf. Man trägt eine große Verantwortung, ganz klar. Und gelenkig muß ich sein, das dauernde Rein- und Raushüpfen und Verrenken sieht für den Laien lustig aus, ist aber nicht lustig«, erzählt Strör, ehe er es selbst mitkriegt, auf einmal drauflos. Komplettes Versagen der Bremsen:

»Beim Mobiltelefon habe ich jetzt den Wecker eingestellt. Ich höre ja nicht von allein auf. Einmal mitten im Reparieren, vergesse ich alles um mich rum, schufte zu lange und bin nachher der Dumme. Damit ist jetzt Schluß, irgendwann wird man schlau.«

»Es dankt einem ja keiner«, sagt Herr Felberich altjüngferlich. Strör glotzt ihn an. Will ihn der auf den Arm nehmen? Ach was, Strör! Das sind die ausgeleierten Stimmbänder, sonst nichts. Der kann nicht anders. Alle in der näheren Umgebung hören Strör zu, die, die weiter weg sitzen, machen lange Hälse. Sollte er denen mal die scheußlichsten Fahrstuhlunfälle schildern? Da käme Zug in die Bude!

Er hat nicht den Eindruck, daß der Bus ab und zu stoppt. Das sind ja ganz unglaubliche Überlanddistanzen zwischen den Haltestellen. Stört das hier keinen? Herr Felberich winkt ab, Strör fragt Herrn Eibisch. Der sieht Felberich an und fragt Frau Hartriegel, die Dame mit Schrägzahn, es ist nicht die einzige Wunderlichkeit, die ihr Mund bereithält. »Ach was«, sagt sie. Ach, schwelgerische Frau Hartriegel, ob sie ihr Gedicht auf der langen Fahrt noch vollständig zusammenkriegt, was meint ihr?

Das beste Publikum ist Herr Felberich, Felberich, emeritierter Linguist, Orientalist? Seht mal nach. Orientalist, nicht wahr? Sein Gesicht erinnert Strör an jemanden, das ist ihm von Anfang an so gegangen. Jetzt fällt es ihm endlich ein. Es war doch die Schicksalsfahrt im ICE, jawohl, ein unwesentlicher Autounfall bloß, aber der Wagen mußte zur Garage, die Honda ließ noch auf sich warten. Also wohl oder übel diesmal per Bahn zur alten Mutter. Per ICE, wo ihm »das Wichtigste im Leben«, so er am Ende des Tages im Bett – es handelt sich doch um Strör, Sven Strör? – zugestoßen ist. Wichtiger als die Honda? Wichtiger! Wirklich? Na ja.

Dort jedenfalls, als Strör schön eingerichtet auf seinem Platz saß und vom Lesen seiner Eletronikzeitung hochsah, bemerkte er einen Mann, ein Männchen, beige von Kopf bis Fuß, nur noch gelbes Blut in dem alten Kerlchen drin, der, als der Zug schon wieder eine Weile fuhr, noch immer nicht seinen reservierten Platz gefunden hatte. Auf den wollte er aber unbedingt. Hätte sich schließlich ohne weiteres woanders hinsetzen können. Ja, sagt sich Strör, die Ähnlichkeit ist verblüffend. Ob es Felberich gewesen ist, Felberich in Person, der die kleinen Zahlen hoch über den Plätzen nicht entziffern und auch seine nicht behalten konnte, denn er sah immer wieder auf seine Karte und dann hoch, murmelnd, und vor allem, das war das, was Strör so verdutzte, mit einer großen Lupe die kleinen, blassen Nummern der Sitze hoch oben ins Visier zu kriegen versuchte. So war's doch? Hatte sich vorausschauend für alle Fälle eine riesige Lupe miteingepackt, der Kobold!

Wir waren alle so gebannt von dem irren Schauspiel, wie er im fahrenden Zug mit der Lupe auf den Zehenspitzen die Reservierungsschildchen las und dabei hin- und hertaperte, daß ihm keiner geholfen hat, sagt sich jetzt Strör und möchte sich ein bißchen schämen angesichts von Herrn Felberich, der immer lächelt, als hätte er Schmerzen. Oder, müssen wir hinzufügen, als hätte er was in petto.

»Schie ... Schie ... Sie sang zu ihm und sprach zu ihm:/Was lockst du meine Brut,/Mit Menschenwitz und Menschenlist/Hinauf in Todes Glut?«

Applaus, und diesmal klatscht Herr Strör mit, als Sühne für die Sache im Zug, halb gedankenlos auch. Da reicht ihm Frau Hartriegel ein dürres Händchen über seine Schulter nach vorn. Sie wollte sicher, daß er sie drückte, die Hand, aber er, etwas perplex, hat sich gerade da zu ihr umgedreht und versehentlich mit seinen Lippen den Handrücken gestreift. O Gott, sie zieht die kleine Kralle sogleich zurück, kichert, hört gar nicht mehr auf damit. Draußen die schlichten Stätten der internationalen Gastronomie. Die Hand geküßt! Griechisch, italienisch, chinesisch (im Handumdrehn und aus Versehn, ist es geschehn, wir hams gesehn), aber auch in Flachbauten und abgetakelten Kleinvillen Fitneß-Center, schon wieder Tattoo Piercing, prompt im ersten Stock, nach hinten raus ein Vier-Zimmer-Bordell, daneben Äcker, auch riesige Misthaufen und Scheunen mit reinlichen Betonhöfen davor, mitten im Grün »Kreativ Küchen Design«.

Kichert sie immer noch? Nein, jetzt übt sie flüsternd: »Was lockst, was lockst, was lockst du meine Brut.«

Stein um Stein geschrubbte Einfamilienhäuser und dauernd die Ampeln, typisch, alle auf Rot. Sie springen, wohl mit Rücksicht auf Kröten, Schnecken, Rollstuhlfahrer, viel zu selten um. Mit seiner Honda würde Strör auf der Strecke wahnsinnig, keine Frage.

»Frau Hartriegel«, säuselt Herr Felberich – er hat was, nur

sieht es Strör nicht, in der Hinterhand, und wir, wir wissen sowieso, was es ist – »war früher Chefsekretärin in einer großen Genossenschaft im Ruhrgebiet.« Ein rothaariger Teufel mit grünen Augen und Sommersprossen, könnten wir ergänzen, Moment, jawohl, trifft zu, Hartriegel, Elfriede. »Herr Eibisch, wenn ich Ihnen auch das mitteilen darf, da Sie so freundlich waren, sich uns vorzustellen, Herr Eibisch war ein berühmter Neurochirurg. Manchmal stand was über seine Operationen in der Zeitung.«

Herr Felberich weist diskret auf einen anderen Platz, wo ein sehr hutzeliges Mütterchen, dem der Mund offensteht, unter spärlichen schwarzgefärbten Haaren schläft: »Das ist auch eine prominente Dame, nämlich, erraten Sie es nicht, Herr Strör? Ach, ist wohl unmöglich, das ist die Nachrichtensprecherin Fingerhut, eine der allerersten im deutschen Fernsehen überhaupt. Auch ihre Nachfolgerin ist bei uns, Helene Kohl, aber die ist jetzt etwas verdeckt von Herrn Eibisch, der, wie mir scheint, sich ein wenig um sie bemüht.«

»Und? Lohnt sich das denn noch, Herrjeh! Pfffh«, sagt Strör unüberlegt. Er ist ja mit den Gedanken ganz woanders. Da lacht Herr Felberich, der einfach nichts krumm nimmt, herzlich auf. »Ohoho!« lacht er. »Das ist gut. Lohnt sich das noch? Sehen Sie da draußen die Baumärkte, immer wieder Baumärkte, Baumärkte, Baumärkte, wie wahnsinnig geworden die Möbellager! Lohnt sich das denn noch?«

Strör zuckt mit den Schultern. Am liebsten hätte er seine Lederhose nicht an. Das Material ist noch nicht eingewöhnt, es knirscht in den Kniekehlen, auch schwitzt Strör an den Füßen. Die Motorradstiefel könnte er vielleicht ausziehen. »Aber lohnt sich das denn noch?« sagt er vor sich hin. Jetzt lacht er selbst. Herr Felberich scheint der Meinung zu sein, nun endlich hätte Strör erkannt, wovon geredet wird. Er nickt, freundlich und weh zugleich.

»Eva Fingerhut« flüstert er in Strörs Ohr, »ist unsere Selige.

Sie kennt keinen Hunger und keinen Durst mehr, keine Schmerzen, nur dieses liebe Lächeln im Schlafen und Wachen. Früher soll sie ein Biest gewesen sein. Jetzt ist ihr einziges Wort: ›wunderbar‹.«

Still fragt sich Strör, wieso die sich hier so gut kennen im Linienbus. Laut sagt er, was ihn offenbar selbst verblüfft: »Herr Felberich, sind Sie kürzlich im ICE gefahren und haben mit einer Lupe nach der Reservierungszahl gesucht?«

Felberich staunt überhaupt nicht, Felberich klatscht ihm Beifall wie einem kleinen Kind: »Richtig, Herr Strör! Das war ich. Ich habe Sie sofort wiedererkannt. Sie saßen damals neben einer schönen Fremden oder Freundin. Oder erst das eine, dann, na na, ruckzuck das andere?«

»Das Größte überhaupt«, ächzt Strör, schon wieder verwundert über sich. Eigentlich wollte er sagen: »Das geht Sie einen Dreck an, alter Mann!« Und seht euch das an: Um nicht noch mehr gegen seinen Willen rauszulassen, hält er sich jetzt das Maul zu, es soll aber wirken wie gelangweilt, wie ein Gähnen. Felberich wartet geduldig auf mehr. Es kommt nichts. »Bildhübsch, die junge Frau«, lockt er schließlich.

Strör kann nicht länger an sich halten, er fängt ja schon, ganz überrumpelt, hinter der Hand zu strahlen an, als der Fahrer so abrupt stoppt, daß die alten Leute jammernd aufschreien und schutzlos nach vorn, von ihren Sitzen gegen die Lehne des Vordermanns geschleudert werden. Niemandem ist was passiert, aber die Aufregung ist gewaltig. Der Fahrer dreht sich lachend um, ein kerniger Bursche Mitte dreißig mit allerlei Metallstücken im Ohrläppchen. Er zwinkert Strör zu. Soll das heißen: Den Scherz mach' ich gleich noch mal?

Der Mann unmittelbar hinter dem Fahrer bebt am ganzen Leib. »Herr Wurz, früher Reitstallbesitzer. Er erzählt, daß er zwei Krankheiten hat. ›Eine fängt mit A, eine mit P an‹, sagt er«, erklärt Felberich. »Sie verstehen, Herr Strör? Mehr als die Anfangsbuchstaben kann er sich nicht merken. Er meint Alzheimer und Parkinson.« Jetzt nickt Felberich, etwa zwanzigmal ganz kurz. Kichert er, weint er?

Da fliegen die Alten ja schon wieder allesamt nach vorn! Diesmal allerdings freiwillig. Eine Gruppe Fünfzehnjähriger geht über den Zebrastreifen. »Herrlich«, seufzt Eibisch von hinten, »das Fleisch, der Duft, das Gepolsterte, das Arglose und Dumme! Herrlich! Abscheulich!« Felberich dreht sich zu ihm um: »Wenn ich nur einmal als Großvater in aller Unschuld eins von diesen jungen Mädchen berühren dürfte, nur einmal, einmal diese Wangen streicheln.«

Was meint ihr zum Gesichtsausdruck unseres Schützlings Strör? Angeekelt? Er beäugt seine Mitpassagiere und fragt sich wohl, wieviel Jahre sie auf dem Buckel haben: Achtundneunzig? Achtundsechzig? Zweiundsiebzig? Siebenundachtzig? Für ihn macht das keinen großen Unterschied, findet er und hat noch immer trotzig die Motorradstiefel an. Ihr glaubt, in seinem Blick ist auch eine Art Mitleid, als betrachtete er Verkehrsopfer, Kriegsversehrte, Zusammengeschlagene? Und das zornige Verfinstern jetzt, was bedeutet das?

Ah, er begreift nicht, daß keiner seine offensichtliche Jugend erkennt, während ihm nun draußen, am Straßenrand, ein Grabmalgeschäft auffällt. Der Steinmetz hat sehr liebevoll einen Irrgarten, wahrhaftig, ein Labyrinth aus Grabsteinen angelegt, der ländliche Witzbold. Und da, über den sauberen Scheunenvorplatz stapft ein winziges Mädchen in Männerstiefeln mit einem Opahut auf dem Kopf, stapft sinnlos auf und ab! Strör wird sich fragen, was das zu bedeuten hat: winziges Mädchen, Männerstiefel, Opahut. Eins, zwei, drei. Ob er rauskriegt, was?

»Da hinten!« ruft er mit einem Mal und schreckt sogar die eingenickte Frau Hartriegel auf, die sogleich »Mit Menschenwitz und Menschenlist / Hinauf in Todes Glut« murmelt. »Da hinten« wiederholt er nun leise und beschämt, weil alle ihn ansehen, »da wohnte, da wohnt sicher noch mein Schuldfreund Dieter.« »Dieter, Dieter« sagen Herr Eibisch und Herr Felberich ohne Spott. Wie nett von Herrn Strör, ihnen auch diesen ein wenig verschollenen Namen zu verraten!

Strör blickt kurzfristig kummervoll. Es hat ihm einen Stich gegeben. Jetzt, wo er Dieter hätte besuchen können, ist er daran vorbeigefahren, nach all den Jahren. Schon ist es erledigt. Statt dessen: Tattoo Piercing, Dancing, Dorfkrug, Autosalon, Sparkassenfiliale, House of Hair.

Strör sieht in die Runde. Wer wach ist, lächelt ihn an. Die, die schlafen, haben fast alle verbitterte Mienen. Was er nicht weiß: Das kommt von allein. Das passiert denen immer dann, wenn sie nicht lächeln. Dazwischen gibt's nichts. Es liegt am erschöpften Fleisch, an der Muskulatur und Haut, Strör! Viele Frauen lächeln, wenn sie in die Jahre kommen, nicht aus Menschenfreundlichkeit. Sie tun es aus Disziplin, bloß, damit sie nicht so verbiestert aussehen. Komische Damendefekte, Herr Elektriker. Die Frauen schneiden ein gütiges Gesicht aus reiner Eitelkeit!

Auf den Wecker geht ihm das alles. Er schließt die Augen vor Ärger. Wird er endlich angekommen sein bei seiner Honda, wenn er aufwacht? Hat er vergessen, daß er die Haltestelle verpassen könnte? Sei unbesorgt, Strör, es wird garantiert so kommen, wie es muß. Die Würfel sind längst gefallen.

Da sitzt er im Traum auf seiner Maschine, die phantastische Zugbekanntschaft Franziska hinter ihm, sie fahren zischende Achten mit links, liegen flach in die Kurven geneigt. Der Wind, der Wind! Sind wir in Texas? Unter ihm stürzt die Straße weg wie über ihm die gestauchten Wölkchen, die sich nach hinten verlieren, aus der Zukunft unerschöpflich nachquellen. Nichts sonst. Die ineinanderverschmolzene Doppelfigur fegt auf den Horizont zu in einem einzigen Brausen. Rechts und links die Massive aus erodierendem Stein, wuchtige Schränke ohne Höhlungen, durch und durch nichts als Fels. Selbst deren Schatten auf den Bergwänden scheinen Tonnen zu wiegen in der blendenden Leere.

»Santa Elena Canyon, Big Bend National Park«? Wer hat das in die leise schnarchende Runde gerufen? Er selbst, Strör war's. Da, er schlägt die Augen auf, und schon fragt ihn der aufgeschreckte Orientalist? Orientalist, richtig, Felberich: »Wie? Santa Elena Canyon, Big Bend National Park?« »Klar«, sagt Strör, nun mit gemäßigterer Stimme, aber schon wieder so begeistert und zum Schein gähnend wie eben: »Santa Elena Canyon, Texas. Sie heißt Franziska, wenn Sie so neugierig fragen."

»Ihr Traum?« meldet sich Frau Hartriegel von hinten beinahe mütterlich. »Mein Traum, tatsächlich eben und generell. Wird aber Wirklichkeit. Können Sie Gift drauf nehmen. Franziska, meine Freundin, eh, fast Verlobte, und ich, auf der Maschine, an den Riesenkästen entlang.« »Riesenkästen?« erkundigt sich Frau Hartriegel. Sie hat Mühe mit dem Wort, merkt ihr das? Der schiefe Zahn! »Na, die Berge«, bricht es aus Strör hervor, »diese Megablöcke, Wahnsinn. Franziska, ich, die Maschine. Das Allergrößte überhaupt. Das machen wir!«

»Ja, wann denn bloß, um Himmels willen?« fragt eine Frau, die sich herangeschlichen hat. Was für ein dickliches Gesicht mit trostlos nach unten gesackten Polsterlippen. »Wann denn bloß!« Schluchzt sie das etwa? Die soll sich lieber vorsehen! Wer es gehört hat, starrt sie unwillig an.

»Aber Frau Bärlapp! Seien Sie gefälligst positiv, ab sofort optimistisch sein! Nehmen Sie sich ein Beispiel an Frau Fingerhut. Sehen Sie, wie die im Schlaf glücklich ist«, gibt Chefsekretärin i. R. Hartriegel sanft Korrektur. Strör versteht die Empfindlichkeiten nicht und kümmert sich auch nicht darum. »Bald! Wir müssen uns dann noch als Duo etwas einfahren. Haha, habe ja eine kostbare Last. Franziska organisiert alles, arbeitet schließlich im Reisebüro. Termin steht schon fest, dann geht es nach drüben. USA, Texas. Man muß das machen, solange man jung ist."

Im Zickzack trollt sich Frau Bärlapp.

»Allerdings. Solange man jung ist«, sagt ein kleiner Mann, der bisher in der Nähe des Fahrers gesessen hat. Er wird gleich seinen Namen sagen. Strör entgeht natürlich dessen zweideutiges Lächeln, da hätten wir auch drauf wetten können. Strör, Virtuose der Fahrstuhlwartung, aber nicht der Psychologie, wir dachten es uns. »Gestatten, Wiesenfeld.« Na bitte! Diese leise, heisere Stimme, die müßte den Frauen im Bus gefallen. Herr Wiesenfeld stützt einen Ellenbogen auf die Lehne vor Strör und steht da recht bequem, auch mondän, trotz seiner circa fünfundneunzig Jahre noch immer ziemlich mondän. Er wird Strör und den anderen, die allmählich größtenteils näher heranrücken, von Amerika erzählen. Bei Strör spielt die Musik, der wundert sich gar nicht über sein Glück.

Wiesenfeld kennt die Gegend, hat im vorigen Jahrhundert, von 1933 bis 1950 in den Vereinigten Staaten gelebt. Stimmt! War in den vierziger Jahren, genau 1947 im Big Bend National Park. Strör sperrt Augen und Ohren auf. Was der alte Bursche zu berichten hat! Er selbst, Strör, ist ja bloß durch ein Foto auf die Canyons gekommen. Das hat ihm den Floh ins Ohr gesetzt. Aber Wiesenfeld ist als Pianist zwischen Mexiko und Kanada unterwegs gewesen. Zurück in Deutschland, er unterschlägt es nicht, nur noch tätig als Klavierlehrer, um was zu beißen zu haben. »Lange vorbei«, lacht Wiesenfeld, »der National Park und die Klavierstunden.«

Es sei die Sprache gewesen, die ihn wieder nach Deutschland gezogen habe. Amerikanisch habe er durch die Romane von Dashiell Hammett gelernt. Herr Eibisch und Herr Orientalist Felberich nicken mit Kennermiene. »Der Malteser Falke«, sagt Strör und schlägt mit der rechten Faust in die linke Hand. »Unter anderem«, erläutert Wiesenfeld.

So vertreiben die sich da unten die Zeit! Warum auch nicht. Sollen sie stundenlang beten?

»Unter anderem. Das Erstaunlichste … »

Eva Fingerhut, die uralte Fernsehansagerin, ist aufgewacht

und fragt so laut sie kann dazwischen: »Darf ich den Sturzhelm aufsetzen?« Das verblüfft alle, denn sie kennt doch sonst nur noch ein einziges Wort. Strör umklammert ihn sogleich im ersten Schreck. Da hat sie es aber schon wieder vergessen. »Dann sähe man den kriminellen Haaransatz nicht mehr«, flüstert Frau Hartriegel, schlägt sich aber schnell auf den Mund und duckt sich. Ihre zierlichen Schultern zucken. Man muß es ihr durchgehen lassen. Wenn man bedenkt, wie boshaft sie noch vor fünf Jahren war!

»Das Erstaunliche bei Hammett ist eine Eigenart der Mörder. Nach meiner Erfahrung ganz untypisch für Kapitalverbrecher.« Wiesenfeld wartet, ob es ein anderer bemerkt hat. Sie wenden ihm nur alle milde gespannt das Gesicht zu. Er sieht jeden an, wohl um den Effekt auszukosten. Das freut ihn noch mit seinen ja bald hundert Jahren:

»Sie werden rot! Sie lügen und morden ohne die geringsten Skrupel, aber erröten wie nach freiem Willensentschluß. Kann man absichtlich rot werden, um Ermittler oder Leser in die Irre zu führen? Hält man Leute, die beschämt rot werden, nicht automatisch für halbwegs unschuldig? Ich habe mich immer gefragt, ob das ein unlauterer Trick von Hammett ist oder subtile ... na ... mir fehlt jetzt das Wort ... nein, hat keinen Zweck, ich komme im Moment nicht drauf.«

Was für eine Überraschung! Nun verfärben sich seine, Wiesenfelds, Wangen und die Stirn, weil er sich geniert oder ärgert. Noch so viel Blut und Seele in dem knöchernen Mann!

»Menschenkenntnis«. Wiesenfeld hat es geschafft und zieht sich sofort ermattet auf seinen Platz in der Nähe des Fahrers beim Reitlehrer Wurz zurück. Gut gegangen, Herr Wiesenfeld. Eibisch und Felberich atmen mit ihm auf.

Wir wissen gar nicht, ob Strör wirklich aufmerksam zugehört hat. Jetzt schießt er plötzlich hoch. Irgendwas ist in ihn gefahren, war ja auch längst fällig. »Anhalten«, schreit er. »Wann halten wir endlich an!« Paßt auf, gleich schlägt er um sich. Aber nein, sein kluger Nachbar – Strör neben Felberich zu plazieren war wirklich eine ausgezeichnete Idee – drückt ihn sacht auf den Sitz, Eibisch hilft mit. Sie beschwichtigen ihn, erklären ihm den Umweg, die langen Zwischenstrecken, blablabla. »Machen Sie sich doch nicht lächerlich!« raunt ihm Felberich zu. »Sie sind Fachmann, Profi und Motorradfahrer. Machen Sie uns bloß nicht die Damen scheu.«

Strör gibt, nach gemäßigtem Toben, Ruhe. Er starrt betreten vor sich hin, dann wieder aus dem Fenster. Jeder weiß, was da ist: Baumarkt, Tattoo Piercing, Dancing, Fitneß Studio, Getränkemarkt, Scheune.

Aber da sind es die anderen, die Alten, nahezu alle, die zu jammern, zu zetern, zu seufzen beginnen. Warum das jetzt? Ein Wagen mit Schlachtvieh ist an ihnen vorbeigefahren. Die rosigen Schweineschnauzen, zwischen den Gitterstangen nach draußen gereckt, wie sehnsüchtig noch einmal ins Freie gewittert vor dem Sterben. Das ist ja ein richtiges Wehklagen im Bus! Danach wird es vollkommen still. Alle haben die Köpfe gesenkt. Nur der dumme Strör selbstverständlich nicht. Der glotzt und staunt und begreift nichts.

Wir schon.

Segensreich für seine Nerven ist der Tumult nicht gerade. »Es macht uns einfach fertig«, stammelt der fein gefältelte Felberich, von sich selbst wegen der Gemeinschaftsentgleisung peinlich berührt. »In Todes Glut, in Todes Glut!« singt Frau Hartriegel. Selbst Herr Wiesenfeld ringt noch immer um weltmännische Haltung. Er schlendert im zügig fahrenden Bus zu Strör. »Wie gesagt, Wiesenfeld, Pianist, dann Klavierlehrer. Darf ich fragen, welchen Beruf Sie hatten? Ich verstand Sie vorhin nicht recht.«

»Hatten? Hatten? Was reden Sie!« so nun aber Strör empört. »Elektriker Strör bin ich, war ich, werde ich sein. Sven Strör, Spezialist für Fahrstuhlwartung. Bin ich, lieber Mann, bin ich, mein bester Herr Wiesengrund!« Und schon hat Wiesenfeld zu seinem zweideutigen Lächeln zurückgefunden. Er entfernt sich mit einem gemurmelten: »Interessant, was Sie nicht sagen, interessant, ›bin‹ nicht ›hatten‹. Aha, aha.«

Uns entgeht freilich nicht, daß er einen Blick mit Eibisch und Felberich wechselt.

»Lassen Sie Eva Fingerhut ein bißchen Ihren Sturzhelm halten, ihn nur ein bißchen vorsichtig auf dem Schoß halten. Es würde sie glücklich machen«, sagt unvermittelt die Fernsehnachfolgerin Kohl. Helene Kohl, im Grunde noch ganz ordentlich im Schuß, die Person. Sogleich bittet Eibisch mit, beiseite rückend und um die für ihn verführerische Helene zu stärken. »Leihen Sie ihn Frau Fingerhut, nur zum Anfassen, ich garantiere dafür«, sagt der alte Neurologe.

Strör sieht den Helm an, als müßte er sich für immer von ihm trennen, gibt dann aber nach und läßt das gewaltige Ding an die zerbrechliche Frau weiterreichen. Alle, die den nagelneuen Helm anfassen, tun es mit Bewunderung und Zartgefühl. Eva Fingerhut klatscht in die Hände, stößt erschreckende Laut aus in ihrer Freude. Strörs Helm hopst auf ihrem Schoß wie ein Baby, wie ein Teddybär.

Strör sieht eine Weile argwöhnisch, dann feixend, gerührt feixend zu. Schließlich macht er mit dem Kopf ein Zeichen, daß es nun reicht. Nein, nein, da täuscht er sich gewaltig. Eva ist noch nicht so weit. Sie klammert sich an den wild spiegelnden Helm und beginnt zu wimmern.

»Her damit!« Alle ohne Ausnahme starren Stör, den Monströsen, an.

»Na gut!« sagt Strör, der Weichherzige. Er geht, aufgepaßt!, nun tatsächlich zu dem Weiblein und setzt ihr behutsam den Helm auf das schüttere Haar, krümmt ihr keins der armen Löckchen. Alle applaudieren, als Eva Fingerhut, die einst zur Prominenz der Republik zählte, die glatte Oberfläche ihres Kopfputzes betastet.

»Danke, danke Herr Strör!« rufen die Frauen vor Freude

und dabei Tränen lachend. Und wahrhaftig, nicht zu glauben, Strör nimmt den Helm sehr geschickt vom Kopf der alten Frau und legt ihn in ihre Hände, die sie rhythmisch zu Fäusten ballt wie ein bettelnder Säugling, zurück. Offenbar will er gerade auf seine Uhr sehen, da bemerkt er, daß ihm der Fahrer verschwörerisch grinsend signalisiert, er solle beiläufig zu ihm nach vorn kommen.

**2.** Eigentlich hätte Strör längst selbst den Einfall haben müssen. Wer könnte zuverlässiger Auskunft über die Route erteilen als der Mann am Steuer? Es tut Strör augenscheinlich wohl, den in Kraft und Saft stehenden Fahrer vor sich zu sehen. Da, er atmet wieder männlich durch und schöpft schon vor der erwünschten Fahrplaninformation neue Hoffnung auf Zurechnungsfähigkeit und schnellen Besitz der Honda. Sicher auch Franziska und der Reisebürobuchung wegen.

Bitte ernst bleiben! Nehmt euch zusammen!

Noch bevor Strör seine wichtigste Frage stellen kann, hält der Fahrer an der Ampel, diesmal ohne Kalamität, und bietet Strör zwinkernd aus einem Flachmann was zu trinken an: »Ein Schnäpschen in Ehren.« Strör lehnt ab, der Fahrer runzelt beleidigt die Brauen, drängt, kameradschaftlich drohend, stärker, und Strör, ganz berauscht vom Komplizentum des Muskulösen, nimmt, nach vorn gewandt, damit es nicht so bemerkt wird, einen Schluck, den ihm der Fahrer aus der Verschlußkappe reicht.

Strör trinkt unaufmerksam, denn eine junge Frau mit grünen Tupfen auf dem tief ausgeschnittenen Kleid überquert die Straße. Punkte! Die haben ihm auf Sommerkleidern und Frauenkörpern schon immer prima gefallen. Der Fahrer hupt, das Mädchen sieht zu ihm hoch, wiegt sich einmal ostentativ in den Hüften. Strör beugt sich vor und klopft gegen die Scheibe. Aber merkwürdig, die Frau bleibt ja sogar stehen, sie lacht den Fahrer an, der ihr seine vielen Ohrringe zeigt, doch den notorischen Frauenliebling Strör, der stärker klopft und wetteifernd sogar seine Rechte aufs Herz preßt, den beachtet sie gar nicht. Den behandelt sie wie Luft. Den scheint sie überhaupt nicht wahrzunehmen. Das ist ja völlig irreal, was, Strör? Das gibt es doch nicht! Warum ignoriert die ihn? Ist sie wahnsinnig geworden? Der Fahrer hat ihn ja nicht mal ausgestochen, die hat ihn, Sven Strör, gar nicht erst registriert!!

Da ist sie weg, der Bus fährt an. Strör trinkt konsterniert seine Verschlußkappe aus, gibt sie dem blinzelnden Fahrer zurück und schwankt zu seinem Platz. So verwirrt, Strör? Vor Erschütterung hat er vergessen, seine Frage loszuwerden. Ob ihm die Schmach mit dem Helm unterm Arm auch passiert wäre? Das, was ihm gerade widerfährt, ist für ihn wie ein erster Anfall von Impotenz. Ach Strör, wer hätte das heute morgen gedacht, nicht wahr?

Jedenfalls verlangt er auf der Stelle seinen Sturzhelm von der sehr betrübten, ja aufschluchzenden Frau Fingerhut zurück. Behutsam, auch vorwurfsvoll wird das funkelnde Monstrum durch viele Hände an ihn weitergereicht. Aus Versehen setzt Strör ihn im ersten Impuls auf, dann schnell wieder ab. Er hat versäumt, den Fahrer zu fragen, jetzt fürchtet er natürlich, sich schon wieder zu blamieren.

Zum Zeichen, daß ihm der Helm in Wirklichkeit doch gar nicht so wichtig ist, legt er ihn auf den Boden, unter seine Beine. Willst dich wohl ein bißchen bestrafen, was, Sven Strör?

Was richtet ihn nun am schnellsten wieder auf? Gewiß, gewiß. Franziska muß her. Keine Erinnerungen mehr daran, wie er die Kleine, die Freundin davor, mit ihren rausgedrückten Brüsten und dem schlichten Gesichtchen und dem Hinterteil durch die Kissen gejagt hat. Jetzt nur noch: Franziska! Sie hat ja seinen Mißerfolg von eben nicht beobachtet, zum Glück. Noch einmal alles durchgehen vom ICE an, Strör?

Es war ihr ja gar nicht bequem, daß sie ihr Gepäck vom Sitzplatz räumen mußte, als er seinen reservierten Platz beanspruchte, nicht mal besonders höflich, und dann gleich lange zu telefonieren anfing, mit einer Freundin, das war unüberhörbar, sicher mit der Kleinen, ziemlich prahlerisch, Strör, ziemlich anzüglich, Strör. Kein Blick nach links.

Der kam erst, als jener alte Mann, Felberich, wie du jetzt weißt, mit seiner Lupe und auf Zehenspitzen seine Platznummer suchte und du dein Computerzeugs studiertest. Ihr seid beim Verfolgen des Schauspiels zusammengestoßen. Danach gab es keine kleine Freundin und keinen Felberich mehr. Du hast es bloß nicht sofort gewußt. Eure Köpfe sind im Lauf der Zeit immer näher zusammengerückt, ihr selbst habt nichts davon begriffen, aber für uns Beobachter sind auch eure Stimmen immer leiser geworden, hochverdächtig, dieses Flüstern. Erst recht dann das Verstummen.

Schließlich war Endstation, und ihr seid einsam sitzengeblieben, völlig ratlos sitzengeblieben, beide zuhause in festen Händen und noch nichts zwischen euch formuliert und fixiert, keine Verabredung, alles leer, hell und kahl um euch rum. Ein Umsturz, wie man ihn nicht oft erlebt, Umsturz ohne Hilfe von außen. Es mußte noch schnell, jetzt rasten die Minuten euch davon, ein entscheidender Satz ausgesprochen werden. Sich unverbindlich stellende Verlängerung oder schon schlimmer? Es gab keinen offiziellen Grund, sitzenzubleiben, nichts zum Verstecken mehr, keine Ausreden. Ach je, zur Sache kommen, ach je, ihr habt es dann ja doch noch geschafft. Ob es Franziskas verteufelt schwarze Augenbrauen sind, die dich so bezirzen?

Wie ihm die Erinnerung wohlgetan hat! Seht euch das an, sitzt schon wieder rechtschaffen breitbeinig da. Was können ihm grüne oder schwarze Punkte auf fremden Sommerfähnchen anhaben, wenn er von der Honda und Franziska träumt. Wir haben keine Einwände.

Damals so bezirzten, wollten wir sagen.

Vor ein paar Tagen noch hat er sehr gelacht, als er ein burgunderfarbenes Unterhemdchen von Franziska in der Hand hielt. Er lachte, und sie hätte beinahe vor Entrüstung geweint! Hinten war nämlich ein Schildchen eingeschweißt. ›Altenstift Abendrot‹ stand darauf. Franziska, ganz nackt und ziemlich rot geworden, riß ihm das Hemd sofort, aber zu spät, weg. Sie habe es von einer Tante geerbt, hatte sie schließlich beschämt geknurrt. Strör lacht auch jetzt noch, in der Erinnerung, ein bißchen vor sich hin.

Und was wundert unseren momentan gar nicht so flegelhaften Sven erst in diesem Augenblick? Die festliche Kleidung der Fahrgäste. Ja, da staunt er, nun endlich einen nach dem anderen musternd. Die sind ja alle bestens ausstaffiert, mit Krawatte und öfter noch mit fidelen Fliegen, in Sommeranzügen, so fesch es nur irgend geht.

Bei den Frauen fällt es viel mehr auf, alle frisch vom Frisör, bis auf Frau Fingerhut vielleicht und da hinten die Kleine, wir wissen, es ist Frau Holt-Ogastl, die eigensinnig auf ihrem langen Zopf besteht. Die anderen, durchaus nicht alle weiß oder grau, haben Tönungen zwischen rosa und blau, manchmal wirkt es fast grünlich, ist wohl etwas danebengegangen. Die Haare sind überall, dafür wurden letzte Vorräte mobilisiert, bis zum Äußersten gesträubt, um noch einmal die vergangene Fülle vorzutäuschen oder bloß in memoriam. Wäre Strör geübter, könnte er bei Kleidern, Kostümen und Schmuck die Anstrengung um das Sonntägliche einerseits und eine lebenslang geübte Eleganz andererseits unterscheiden. Er kann es nicht. Er sieht nur, daß alle Frauen Schals um die Schultern tragen. Verrückt, sagt sich Strör, nicht wahr? Verrückt und typisch für das bejahrte Völkchen. Immer diese Tücher und Lappen obenrum.

»Wieso kennen Sie sich alle hier so gut? Das ist abnorm«, fährt er (Franziska sagt so gern »abnorm«), plötzlich aufbrausend, den halb eingenickten Herrn Felberich an.

»Wie nervös Sie noch immer sind!« Felberich tut, was er gern macht. Er schüttelt liebevoll den Kopf. »Abnorm? Abnorm, abnorm! Sie kennen inzwischen doch auch schon viele von uns. Sogar Reitstallbesitzer Wurz und Frau Bärlapp, die Toilettenfrau, beide ehemalig, versteht sich ja. Das geht schnell, ist nichts Besonderes.« Kein Zweifel, der alte Mann hält Strör zum Narren, und der merkt es nicht so recht. »Haben Sie eben vom Fahrer zur Erfrischung die Schnick-Schnack-Säure bekommen und brav ausgetrunken?« Strör weiß nicht, wie ihm geschieht. Ist das Boshaftigkeit oder Senilität? Er rätselt, ganz baff. Entscheiden kann er sich nicht. Tücke oder Greisentum?

Die schönen Kleidungsstücke der Frauen glänzen, die Ringe an den knorrigen und wulstigen Händen, die Ketten aus Gold und Perlen prahlen unter todmüden Gesichtern, die vielen Broschen auf einer Seite der Brust: ordengleich. Und doch bewundern diese größtenteils verwitweten Damen am meisten seinen Sturzhelm, den Gruß aus der wüsten Welt. Schnick-Schnack-Säure? Felberich lacht, Strör lacht. Da dreht sich der Fahrer zu ihnen um, hält an und läßt, auf freier Strecke, die Türen aufspringen.

Vor Verblüffung bleibt Strör einige Sekunden sitzen, dann greift er nach seinen Sturzhelm, steht unsicher auf. Alle sehen ihn an, Frau Hartriegel mit spezieller Zärtlichkeit und noch eine, die kleine Holt-Ogastl, die auch. Nicht umzubringen, die kleine Holt-Ogastl! Will flirten mit unserem Strör. Der sieht nur die freien Türöffnungen. Sonst rührt sich keiner vom Fleck. »Wo sind wir hier?«, sagt Strör mehr zu sich selbst. Keiner fühlt sich daraufhin angesprochen, nur die Kleine mit dem grauen Zopf winkt. Ihre Finger stehen rechtwinklig zum Handteller. Das kann sie nicht mehr ändern. Ihre Bäckchen glühen vor Vergnügen darüber, daß sie ihn mit seinem schönen Helm aufrecht im Gang stehen sieht. »Herr Strör!« ruft sie, »Herr Strör, gute Reise.« Jedenfalls meint sie das, deutlich verstehen kann man sie nicht, was hier niemanden stört.

»Sie sprach zu ihm – sie sang zu ihm«, singt da laut Frau Hartriegel, die wachsame. Schon schnappen die Türen zu, der Bus fährt an, ehe sich Strör versieht, und er ist noch drin.

»Sascha, der Fahrer. Er tut das, damit uns die Zeit nicht lang wird«, erläutert Felberich, als sich Strör stumm hinsetzt. »Ach, eine Waldschenke, Himbeerlimonade!« rufen einige gleichzeitig in großer Sehnsucht und richten sich in den Sitzen auf. Neurochirurg a. D. Eibisch aber schlägt Strör freundlich auf die Schulter. »Nerven behalten. Wir kommen bestimmt ans Ziel. Ich versprech's Ihnen.« Dann hört man, was er Helene Kohl gesteht: »Heute morgen wachte ich auf mit Sorgen um meinen Oleander.«

Und das hat die umworbene Helene zu melden, Helene, die mit roten Reflexen im Haar uneinsichtig erotische Ansprüche, ja Unzähmbarkeit anmeldet: »Mit fünfzehn fuhr ich nach Bad Pyrmont. Dort sah ich die ersten Palmen. Wir hatten früher an einem See kleine Verbrechen begangen, aber jetzt, oh Herr Eibisch, als ich die Palmen sah, wußte ich eins: Ein neuer Lebensabschnitt hatte angefangen.« Eibisch ist außer sich vor reifem Entzücken.

Wer aber will auf einmal durchaus nicht melancholisch, sondern wie von der Hartriegel befohlen, hundertprozentig positiv mitmischen? Die schwerblütige Toilettenfrau Bärlapp. Ruth Bärlapp, nicht war? Stößt vor zur Strör-Clique, sozusagen zum Head Quarter, mit einem 1A-Thema. »Was halten Sie von Olympia?« Das hat sie sich die ganze Zeit über als Frage ausgedacht. Achtung, jetzt redet sie von uns, bitte alle die Ohren gespitzt!

Felberich, Eibisch, Strör, die Damen Hartriegel und Kohl sind verdattert. Sogar Herr Wiesenfeld fühlt sich angesprochen. Fahrer Sascha muß zu seinem Leidwesen gerade darauf achten, daß sie alle nicht von einem Traktor umgebracht werden. »Ich sah so gern die ›Olympiasplitter‹ von der Olympiade«, bekennt Ruth Bärlapp bittend.

»Aus dem bestimmten, aus dem bewegten Wascher rauscht / Ein feuchtes Weib hervor«, rezitiert Frau Hartriegel und wiegt sich deklamatorisch. Frau Bärlapp starrt sie an. »Sie nicht. Der Dichter spricht von einer anderen«, sagt die Chefsekretärin hochmütig: »ein feuchtes Weib hervor. Das Wascher, nein, Wasser rauscht, das Wasser schwoll.«

Schon kennt Frau Bärlapp keine Bedenken mehr, legt sich ins Zeug und schwärmt den Herren was vor von den in ihren Qualen lachenden Zehntausendmeterläufern Äthiopiens. Jaja, wir wissen das. Die seien in ihrem patriotischen Gruppengeist gut wie Kinder. Hahaha. Die prächtigsten Schwimmer der Welt, ein Züngeln unter Wasser, dämonisch gewandet. Fühlen sich wie Götter. Ach Gottchen! »Jawohl, jau! Fünfzig Meter Freistil«, schreit Sascha von vorn.

»Die kosten archaisch wie Naturvölker ihren Triumph aus«, teilt Eibisch Felberich als elitäre Botschaft mit.

Sie wisse nicht mehr den Namen des Siegers, aber es sei der längste der Schwimmer gewesen, erzählt die Toilettenfrau rosig überhaucht. Die unglaublichen Luftschrauben unserer Trampolinspringerin, die sich Gold erdreht habe damit, schwerelos, mit immer noch und noch einer neuen Figur. Sie kann gar nicht mehr aufhören. Die Herren Felberich und Eibisch, auch Strör betrachten sie jovial. In Hunderten von Spezialfächern habe man gewinnen können, größter Meister der Gegenwart sein, ›Fest der Jugend der Welt‹ habe man es immer wieder genannt, diese Muskeln, wie eingeölt, diese Spannkraft und Grimassen beim Wettkampf, einzeln, in Gruppen, stehend, kniend, liegend, kombiniert und hinfallend, zu Wasser, Luft, Sand und Halle!

Das begeistert sie in ihren späten Jahren, die leidgeprüfte Frau Bärlapp, welches Leid genau, ist uns zur Zeit unbekannt. Die Sportgestählten, Willensstarken (unter uns: die beim Runternudeln der Nationalhymne zu unserem Schrecken und Spaß die Nasenspitze rot und die Augen naß haben), dieses Strahlen der Kaiser, Könige, Bronzegewinner, ihr Glück und dann schon das nächste in den Startlöchern. Sie habe es zu gern gesehen, allerdings keinen Namen behalten, keinen einzigen. Ja, die ›Olympiasplitter‹, die fehlten ihr jetzt bitterlich. Dann geht sie still auf ihren Platz zurück.

Die Herren haben ihr größtenteils sprachlos zugehört. Sascha grinst von vorn. Erwägt der etwa, während Frau Bärlapp unterwegs im Gang ist, wieder einen abrupten Stop einzulegen, damit sie einen Hüpfer macht?

»Ich habe die Sportler alle mit Gesicht und Namen auf den Portionstöpfchen von meiner Kondensmilch gehabt, in Zwanzigerpacks, mochte die Töpfchen gar nicht anbrechen deshalb. Ob die mal Sammlerwert kriegen?« fragt Helene Kohl mit einem Schnütchen ihren Eibisch. Der aber wagt sich mit einer anderen Überlegung vor: »Nachts soll es da toll zugehen, im Olympischen Dorf. Junge, Junge, die Hormone!«

Jetzt seht euch die entbrannte Helene an: »Ah, der Mediziner spricht!« Als hätte er sie wohin gefaßt.

Strör? Was ist mit ihm? Ihm fällt der Kopf von Eva Fingerhut ein, das sehr alte, schwarz gefärbte Haar der uralten Fernsehansagerin, das er mit seinem Sturzhelm zugedeckt hat, grausiger Durchblick auf bleiche Haut, ausgestanzte, nackte Lichtung. Erst in diesem Moment trifft ihn der Schock, eisig, herzumklammernd. Gewiß, gewiß, Strör! Das ist der blinde Tod, schamlose Dinglichkeit, die dumme Wahrheit hinter den Täuschungen. Weiß er noch nicht, ahnt er nur. Dann allerdings ihr Blick aus den hellen, diffusen Augen. Was sah ihn, Stör, da an? Das Glück? Das Jenseits? Seliges Wandeln oben im Licht? Bitte, albert nicht rum!

Zur Ablenkung von Frau Fingerhuts Scheitel liest er ein Schild an der Decke: »www.Praxis-leben.de/Krisen: Intervention, Kurztherapie. Streß: Autogenes Training/Tiefsuggestion. Trauer: Reden, Begleitung«. Schlagartig kommt es ihm vor, als säße er in einem gewöhnlichen Linienbus. Dann bemerkt er, daß er tatsächlich, sagt er sich, in einem sitzt. »Schnick-Schnack-Säure haben Sie behauptet?« Er spricht nicht mal besonders laut, aber Felberich, bereits wieder ein bißchen eingeschlummert, zuckt entsetzt zusammen. Er fährt sich übers Gesicht wie einer, der sich verstecken oder kalt waschen möchte. »Glaube ich nicht, ich glaube nicht«, stottert er dann, »ich, was? Entsinne mich nicht. Schnick-Schnack-Säure? Sie haben geträumt. Lange Busfahrten schläfern ein. Man selbst spürt das Dösen kaum.«

Strör hat das Gefühl, wir sehen es ihm an, von Sascha, der sich auch wirklich umdreht und durch die Spiegel sowieso alles kontrollieren kann, bei diesem Gespräch überwacht zu werden. Ob Felberich Ärger mit Sascha vermeiden will? Der Orientalist schließt die Augen, Unterhaltung beendet. Aber lächelt er nicht unterdrückt in sich hinein? Das Schild mit Angeboten für die seelischen Maleste des Lebens ist an der Decke nach wie vor befestigt und insofern mit Krisen-, Streß- und Trauererwähnung dem sich besäuselt fühlenden Strör ein Halt. Nicht, Sven?

Unser Sven, Achtung, gibt sich nicht zufrieden. Er wollte doch etwas in Erfahrung bringen, auch wenn es ihn momentan nicht sehr interessiert. Felberich hat recht, das Fahren macht schlummerig. Er rappelt sich trotzdem auf. Was war das für eine Frage, die ihm keine Ruhe ließ eben? Schnick? Schnack? Abfahrt, Ankunft, Strör? Umleitung, Zeitplan? Türöffnungszeiten trotz Gliederschwere?

Gerade da meldet sich Frau Hartriegel: »Herr Strör, erzählen Sie bitte von Ihrer gefährlichen Berufsausübung! Ich selbst war nur Chefsekretärin und ordentliche, recht ordentliche Hausfrau zeitlebens.« Wie zärtlich, richtig zittrig süß sie das raspelt. Das rührt ihn, unseren Fahrstuhlkünstler. Und sofort fängt die kleine Frau Holt-Ogastl an zu winken mit der rechtwinkligen Hand, das hutzelige Vögelchen.

»Von ihr weiß als einziger keiner den Beruf. Sie verrät es

nicht. Nicht rauszukriegen. Ob man es auch Sascha nicht gemeldet hat?« flüstert Frau Hartriegel. »Es passieren böse Unfälle, erst kürzlich ...« setzt Strör liebenswürdig an. »Sehen Sie nur, wer da kommt. Lassen Sie sich bloß nichts anmerken«, zwitschert die Hartriegel dazwischen. Es muß Wurz sein, den Felberich als kranken Reitstallbesitzer bezeichnet hat.

Herr Wurz, gebrechlich, zerbrechlich, reicht Strör die Hand: »Wurz. Ehemaliger Reitlehrer, wenn ich mich recht erinnere, Reitlehrer, vielleicht auch Rennstallbesitzer oder Reitstalleigentümer. Ich will die Pflicht erfüllen und mich vorstellen. Was war ich genau?« Der frisch erwachte Felberich springt für den unbeholfenen Strör gottlob ein: »Pferdeverstand, Herr Wurz, den haben Sie besessen wie kein zweiter und Ihr ganzes Leben mit Pferden zu tun gehabt.«

»Mein Lieblingspferd!« Wurz faßt Vertrauen. »Goldbraunes Fell, sahnefarbene Mähne wie Seide, das sage ich vor aller Welt. Es hat mich geliebt. Den Namen habe ich gegenwärtig nicht im Kopf, wohl vergessen, den Namen vom Lieblingspferd, denken Sie nur. Aber ein Foto von Santos, dem Lieblingspferd, das kann ich zeigen.« Schon hält er es in den bebenden Fingern. Bevor Strör einen Blick drauf werfen kann, fällt es Wurz zu Boden. Herr Wurz starrt von oben nach unten, auf das Foto des schönen Pferdes Santos. Gleich hat er sich bücken wollen und dabei auf das Bild getreten. Strör zieht es ihm unterm Schuh weg. Beim Zurückgeben sieht er Wurz erstmals ins Gesicht. Da werden wohl auch ihm, Strör, nicht die Tränen des alten Mannes entgangen sein.

Ich verfluche euch, denkt sich Strör, als Wiesenfeld den taumelnden Wurz behutsam an dessen Platz geleitet, Arm in Arm. »Ich hätte es sonst gemacht«, sagt Eibisch, der näher bei Wurz war als Wiesenfeld, verhalten zu Helene Kohl, »schon im nächsten Augenblick.« Leidet Eibisch nicht an schweren Gichtanfällen? Helene Kohl, Strör hat so etwas noch nie bei einer Frau gesehen, trägt über den Brüsten, im Dekolleté, wie ein tiefblaues Schmuckstück, ein kleines, plastisches Aderngeflecht. Es ruht dort als Filigranarbeit. Wer weiß, ob es ein gutes Zeichen ist. Eibisch betrachtet es, während er spricht, mit größter Zartheit.

Trotzdem, sagt sich Strör, trotzdem. Ich verfluche das alte Pack und Gesindel, verfluche die klapprigen Herrschaften. Mein Explodieren steht unmittelbar bevor. Dann fliegen die Fetzen. Es muß Schluß sein.

Wie er mit den Zähnen knirscht, ganz bestialisch knirscht er gegen seine Müdigkeit an und fragt Herrn Felberich höflich, ob er ein Mobiltelefon bei sich habe, seins sei idiotischerweise zuhause geblieben. Könne er sich kaum verzeihen. Müsse sofort Franziska kontaktieren.

Felberich schaut ihm merkwürdig lange in die Augen, abwägend wohl. Wir können uns denken, um was es sich handelt. Wie er zögert, den Kopf schüttelt, etwas sagen will und nicht sagt. Strör zuckt die Achseln, fragt Eibisch. Eibisch reagiert natürlich wie Felberich. Beide sehen nach vorn zu Sascha, der das Steuer losläßt, sich den Rücken kratzt, ein Liedchen pfeift. Als er die Blicke registriert, verlangsamt er die Fahrt, läßt husch die Türen aufspringen und schwupps, wieder zu. Draußen Misthaufen, Baumärkte, Bordell im ersten Stock, Sparkassenfilialen, Autosalons.

»Lockt nicht dein eigen Angesicht / Dich her in ewgem Thau?« sagt Elfriede Hartriegel zu Strör und sagt es noch einmal, leuchtend vor Stolz, daß sie die Zeile in ihrem Gedächtnis mit den vielen Telefonzahlen darin doch noch aufgestöbert hat. »Lockt nicht ...« Ob sie ein Mobiltelefon ... Das Strahlen ist sogleich erloschen. Dieser Schrägzahn macht ihn wahnsinnig. Gut, daß sie wenigstens den Mund wieder schließt und mit dem Gesäusel aufhört.

Wen kann er noch fragen, bevor er zum Fahrer geht? Aber das ist ein weiter Weg. Strör möchte augenblicklich nicht gern aufstehen. So jung ich bin, sagt er sich. Raus möchte ich, telefonieren will ich, aber noch etwas sitzen bleiben. Franziska den Kopf in den Schoß legen und ausruhen? Wenn er nicht sehr achtgibt, sinkt sein Kopf gegen Felberichs Schulter. Schon wieder ein Schweinetransporter mit den rosigen oder vielleicht erblaßten Schweineschnauzen, ängstlich durch die grauen Vergitterungen geschoben, ein letztes Mal. Im Bus sehen alle vor sich hin, kein Aufstand, kein Mucks.

Strör kriegt es überhaupt nicht mit. Beim Forschen nach einem Handy-Inhaber entdeckt er Leute, die bisher noch nicht hervorgetreten sind, wunderliche Gestalten, wenigstens die Gesichter geben zu denken, Köpfe von Zwergen oder Mißgeburten, ja geradezu bösartig Verzauberten. Was für Grimassen, was für Strör beunruhigende Fratzen, an denen hier keiner Anstoß nimmt, völlig unbewegliche Physiognomien, mitten im Lachen oder im Schmerz oder im Gähnen erstarrt. Nein, da weiß unser Sven in seinem tausendteufelfinsteren Lederzeug durchaus nicht, ob sie ihn ansehen oder nicht, ob sie ihn freundlich ins Visier nehmen oder feindlich, ob in ihrer Brust ein menschliches Herz klopft und im Kopf ein Gehirn akut ist oder nicht. Eine Frau tuckert ununterbrochen wie ein Motor.

»Wunderbar!« sagt laut die glückliche Eva Fingerhut. Strör dreht ihr den Rücken zu, damit sie nicht wieder den Sturzhelm will. »Wunderbar« ruft Sascha von vorn, wie man mit einem Beo redet. »Wunderbar, wunderbar, wunderbar«, lacht Eva Fingerhut. Die Gelähmten verziehen keine Miene. Da bemerkt Strör, daß Felberich ihn betrachtet mit, ja, ist das etwa Mitgefühl? Geringschätzung?

»Der Schlag hat sie getroffen, aber sie leben noch, wenn auch wortlos«, erklärt Felberich. Eibisch, die Kapazität, fügt hinzu, selbst die Ärzte wüßten nicht, was in diesen Menschen genau vorgehe. Vermutlich würden sie viel mehr wahrnehmen, als sie zeigen könnten.

Ich verfluche euch allesamt! sagt sich Strör. Ihr kotzt mich an. Wie bin ich bloß in diese Gosse geraten! Und jetzt noch diese Trolle, dieses schauerliche Wurzelvolk. Er möchte am liebsten den Helm aufsetzen, scheut aber die Anstrengung. »Das Schreckliche ist, daß es jeden jederzeit treffen kann. Lotterie! Wer wird vom Schicksal gegriffen und dazu verdammt? Jede Sekunde kann es passieren. Wenn man es einmal mitgekriegt hat, vergiß man das nie. Auch Sie, Herr Strör, wissen das jetzt, wenn auch spät, spät.«

Stör lauscht. Er muß sich getäuscht haben. Mädchenhaft ist die Stimme von Felberich eigentlich nicht, eher wie aus Entfernung oder bei starkem Gegenwind gesprochen. Draußen City Play, Wahlplakate, wer kennt die Köpfe, Landbäckereien, Video Treff, weit hinten blitzen Rapsfelder auf. »Der Raps, der Raps!« rufen einige und breiten die Arme aus.

Dürfte ich doch immer, alle Tage, mein Leben lang, Franziska durch schöne Landschaften entgegenbrausen: Ob Sven so etwas denken kann? Könnt ihr euch das vorstellen? Ja? Herr Wurz betrachtet das Foto von Santos, dem goldenen Lieblingspferd, und schon wieder entgleitet es ihm. Vergebens bemüht er sich, es vom Boden, zwischen seinen Schuhen, aufzuheben. Er reicht nicht bis dahin. Keinem anderen fällt sein Mißgeschick auf, bis er »Santos! Santos« ruft. Wer hilft? Wieder ist es Wiesenfeld, der sich um ihn kümmert.

Dort, ein Bräunungscenter und schon das zweite Blockhaus, ganz neu, wie imprägniert und aus steifem Plastik, aufblasbar. Frau Holt-Ogastl, Strör beobachtet es von seinem Platz aus, reckt den Hals nach einem Mann, der hinten ausgestreckt auf der Sitzbank unruhig schläft. Jetzt hört es auch Strör: Der Mann schmatzt im Traum und rülpst. Frau Holt-Ogastl, deren Beruf, wenn sie einen hatte, niemand kennt, wir schon, winkt unserem Elektriker sehr herzlich zu und sagt, ein wenig zischend wie Elfriede Hartriegel, jedoch schwer verständlicher: »Der ist Gott.« Dann lacht sie, bis ihr das Wasser über die furchigen Bäckchen läuft und die rechtwinkligen Finger darüber hinfahren. Sie wird kein Mobiltelefon besitzen, das begreift sogar Strör auf Anhieb, und erst recht nicht, um die geschmeidige Franziska anzurufen, Eva Fingerhut, die doch im milden Reich eingeschränkter Wahrnehmungen lebt, keine Schrecken der Außenwelt. Unglücke und Katastrophen haben aufgehört. Alles, was sie einstmals unterhalten hat, was sie fürchtete, ist ausgesperrt oder aufgelöst in ein heiteres Nebelgefilde: kein mobiles Telefon. Dort auf dem Feld: Antiquitätenverkauf.

Es riecht nicht gut. Frau Hartriegel und Helene Kohl sprühen sich ein bißchen Duft hinters Ohr. Doch es hilft kaum, vielleicht sogar im Gegenteil. Die Männer bemerken es weniger als die Frauen. Niemand weiß genau, wie zuverlässig ihm seine Nase noch die gewohnten Botschaften übermittelt. Um sich zu testen und Mut zu machen, schnuppert nun auch Ruth Bärlapp an einem nachtblauen Fläschchen »Eau de Paris«. Gerade sie! Hat in ihrem Leben viel Übles riechen müssen. Kichert nicht so kindisch!

Wer wird Strör über den Mann, von dem der Gestank hauptsächlich herrührt, endlich aufklären? Eibisch. Er kriegt ja mit, wie sein Helenchen leidet. Das ist bedauerlicherweise der Land- und Stadtstreicher Trespe, der da hinten schnarcht. Mehr als ihn möglichst weit weg von uns zu lagern, können wir nicht tun. Er hat sich vollgemacht. Sascha, der Fahrer, hat gut lachen. Der sitzt ganz vorn. Am besten ignorieren. »An was Schönes denken!« fügt die Fernsehansagerin von damals leicht zischend, lieblich zischend an. Wie ritterlich Eibisch, der altberühmte Neurochirurg, doch ist, verheiratet und geschieden, verheiratet, verwitwet und Vater und nochmals auf, wenn auch vergeblichen, Freiersfüßen wandelnd.

»Trespe ist uns aufgehalst worden. Wir hatten keine Wahl.« Man kann Trespes Gesicht nicht sehen, aber wohl, daß er einen schwarzen Abendanzug trägt, einen soliden, verdreckten schwarzen Anzug. Lange graue Locken. Die kleine Holt-Ogastl versucht, mit Strör steife Kußhändchen zu tauschen. Elfriede Hartriegel möchte daraufhin singen, ihr Gedicht aufsagen, damit Sven ihr nicht untreu wird, nur fällt ihr zur Zeit keine einzige Zeile ein.

Gleichgültig, schon fast verständnislos starrt Strör auf seinen Sturzhelm runter. Er muß seine Kräfte sammeln, er spürt, wie Sascha ihn im Spiegel observiert. Der Fahrer ist sein Feind, das ist klar, obwohl Jugend zu Jugend halten müßte, speziell hier, im Bus. »Da, wieder Raps. Wunderbar!« ruft er in diesem Moment, wie um die Insassen zu verhöhnen.

Sascha erkennt ihn, Sven, gar nicht als seinesgleichen an!

Deshalb will Strör auch nicht zu ihm hin, aber weg. Er weiß, daß er gleich auseinanderspringen wird vor Haß auf sie alle, die Greise und Greisinnen, die ihn hier so süßlich eingekesselt haben, die maroden Schreckensgestalten, diese noblen Gespenster und Blutsauger mit ihrem hirnverbrannten Buchstabieren einfachster Sätze, verdammt.

Welche Reihenfolge, überlegst du jetzt, Strör, ist wohl die effektivste beim Wutausbruch? Du mußt es mathematisch planen, Feldherr Strör, wie bei der Arbeit, wenn du die Fahrstühle im Schach und in Schuß hältst! Stratege Strör beäugt, um sich zu sammeln für seinen Coup, den Helm zwischen seinen Füßen, als wär's eine Schusterkugel. Ahnen Eibisch und Wurz, Wiesenfeld und Fingerhut und die ganze Mannschaft was? Sie sind totenstill geworden. Warten. Schläfriges Lauern.

Autogenes Training, Tiefensuggestion gefällig, gestreßter Sven?

»Die sind vom Blitz gefällt«, raunt Felberich an Strörs Seite, »Wer es einmal erlebt hat, ist angesteckt, sieht nichts länger hundertprozentig lebendig an. Allem steht ins Gesicht geschrieben: Du verlierst es von einem zum anderen Moment, den eigenen Verstand, die Muskulatur, die Dinge, dies wie das. Nichts, Herr Strör, kein Mensch erspart mir, daß mir sein endgültiges Verschwinden einfällt, Herr Strör. Das ist es, was uns verändert. Daß wir das Verschwinden von Haus, Tier, Mensch jederzeit mitsehen, den leeren Platz nämlich. Genauso den leeren Fleck, den wir selbst hinterlassen. Unser Blick ruht mit großem Gefallen auf einer Sache, vielleicht haben wir sie schon morgen vergessen, Erinnerung, Freude. Schon morgen unwillkürlich vergessen. Wir haben die Rückseite mitgesehen. Schon morgen vergessen, ein Wort ... Alles ist endlich, Anhänglichkeit: vorübergehend. Glauben Sie mir lieber nicht! Man kann nichts behalten, nicht die Gedanken in ihrer Schärfe, nicht die Gefühle. Unser entwaffnender Zustand. Wir sind entwaffnet.«

Was zittert er denn so, was flüstert er denn jetzt?

»Die Politiker haben errechnet, die Wissenschaftler haben erforscht, daß wir nicht länger tragbar sind. Wir sind alte Alte, es ist aus mit uns. Amerika sagt: Es ist verantwortungslos, uns weiterhin zu helfen.«

Strör ist aufgesprungen, sein Sturzhelm rollt über den Boden, er kümmert sich nicht darum. »Scheiße!« brüllt er los, »Schräge Vögel, hundsföttisches Gesocks. Winselt, weil ihr nicht mehr ficken könnt, gottverdammte Jammerlappen. Anhalten, Telefon her! Ich schlage euch alles zusammen.«

»Ach wüschtescht du, wie'sch wie's Fischlein ist / So wohlig auf dem Grund«, singt Frau Hartriegel in höchster Not.

Sascha stoppt, wendet sich um. Er setzt einen Fuß in den Gang. Das bedeutet nichts Gutes in diesem Fall. Die Türen bleiben geschlossen. »Stör«, sagt Herr Felberich mit plötzlich schneidender Stimme, als wäre er ein ganz anderer als eben, der fein gefältelte Orientalist. »Machen Sie sich nicht lächerlich!« warnt er. »Zusammenreißen! Das muß jeder hier. Ist für keinen leicht«, befiehlt Felberich und drückt Strör erstaunlich kraftvoll auf den Sitz, diesmal sogar ohne Unterstützung von Eibisch, als wäre es eine Sache des Willens.

**3.** Wie gefällt euch Felberich? Bringt er doch ausgezeichnet:

»Um das ein für allemal zu klären, Herr Strör. In diesem Bus gibt es kein Mobiltelefon, kein kleines und kein großes, kein neues und kein altes zu Ihrer Benutzung. Die sind alle vor dem Einsteigen eingesammelt worden. Nicht gestattet. Da nutzt kein Tamtam. Das nutzt sowieso nicht. Hinsetzen, Strör! Abwarten Strör! Kein Telefonieren, keine Franziska.« Aber hört ihr, wie er ganz leise wiederholt und ergänzt: »Leider, Herr Strör, auch keine Franziska.« Sascha fährt an, ohne sich einzumischen. Strör merkt gar nicht, wie Felberich schwer ausatmet und dann erschöpft gegen die Lehne sinkt. Er ist ja selbst zusammengesackt.

Deshalb kriegt er auch nicht das Schnarren und Tuscheln mit, als jetzt aus seiner Verbannung auf die Sitzbank der Land- und Stadtstreicher Trespe, Holger, neugierig aufbricht, angezogen vom inzwischen verstummten Lärm, eventuell stärker vom Sturzhelm. Strör hat noch nicht daran gedacht, ihn wieder zu sich zurückzuholen, den schönen, funkelnden Aldihelm für Honda und Franziska, der auf dem Gangboden hin- und herrollt.

Die Frauen greifen nach ihren Fläschchen. Holger Trespe sieht es augenblicklich und ist beleidigt: »Ich stinke wohl für die feinen Damen? Ja, ich hab' mich vollgeschissen. Na und? Habt ihr das beim eigenen Arsch etwa noch vollverantwortlich im Griff? Na?« Diesmal ist Eibisch aufgesprungen. Der Gestank des heruntergekommenen Mannes, als einziger unrasiert im ganzen Bus, läßt sich kaum ertragen.

Wir wissen es, wir sehen es den Leutchen an, wir können es uns ausmalen. Zu uns dringt der Geruch nicht vor. Darum wollen wir aber auch bitten!

»Sie!« sagt Eibisch fürs erste. Das genügt ja schon. Trespe ist fasziniert vom Sturzhelm und bückt sich nach der spiegelnden Kugel. »Sehen Sie sich lieber nicht darin an«, scherzt Strör, den Helm schnell an sich ziehend, angesichts des Mannes von der Sitzbank besänftigt und froh, zu den anderen zu gehören. Wahrhaftig, man lacht mit Strör, Trespe lacht mit, Sascha lacht.

Was? Auf einmal Bombenstimmung?

Trespe blickt den Sturzhelm an, als wäre ihm Fortunas Füllhorn entrissen worden. Das ist er allerdings gewohnt und hebt bloß resigniert die Schultern, der schlaffe Mann. Kein Widerspruch, er akzeptiert. Ob er gleich um Almosen bettelt? Niemand würde hier sein Alter auf Anhieb erraten. Aufreibende Lebensweise. »Mein Lebenslauf«, klagt, an zwei Lehnen geklammert, von denen sich die Platzinhaber sogleich empfindlich zurückziehen, das Wrack Holger, »mein Lebenslauf. Wo ist er? Weg, verkrümelt, nichts zu machen. Da? Da?« Er zeigt unter die Sitze. »Abgeben bei mir!« Er wankt davon zu seiner Bank. Hat das biographische Gepäck abgeworfen, hier, ohne es zu wollen.

Frau Ruth Bärlapp stäubt »Eau de Paris« in die Luft. Elfriede Hartlieb und Helene Kohl fächeln das Zeug vor ihren verwöhnteren Nasen beiseite. Strör haben sie die Flegelei von eben verziehen. Möglicherweise glauben sie auch, sie hätten sich verhört bei diesem netten Neuankömmling. Nein, solche Geschmacklosigkeiten möchten sie ihm nicht zutrauen. Achtung, Frau Bärlapp nähert sich ihren beiden Duftkritikerinnen.

Das liebe, alte, schwermütige Gesicht! »Im Alter«, sagt die Toilettenfrau, »tut alles viel weher als früher. Die Seele! Ich habe meine kleine Millie zurückgelassen. Wer kümmert sich um sie? Wie halte ich das aus? Der kleine Abdruck der Pfötchen auf meinem Schoß, das Beben darin, wenn ich frühstückte.«

»Santos! Santos! Ich weiß nicht, wie es meinem Santos geht. Wer pflegt meinen Liebling? Wer grüßt ihn?« bricht es aus Herrn Wurz hervor. Nun ja, typisch für ihn. Er hat vergessen, daß Santos längst gestorben ist. Da kann auch Wiesenfeld nicht widerstehen. Schon lehnt er im Gang. Hoffentlich paßt Sascha beim Fahren auf.

»Wir riechen schlecht mit den Jahren, wir merken es leider nicht mehr. Herr Trespe hat recht, hat ja unglückseligerweise nur allzu recht.« »Gelogen«, ruft Elfriede Hartriegel zornig und zeigt erbittert den schiefen Zahn. Wiesenfeld: »Ich selbst führte früher Hunde aus, vom Tierheim holte ich sie mir stundenweise. Es bekümmerte mich, daß sie dort in ihren Zwingern oder Gehegen oder Käfigen saßen und trauerten. Zweimal in der Woche ging ich mit Hunden spazieren, lange Wege. Dann war ich zu schwach.« »Ach«, seufzt Ruth Bärlapp, ein bißchen glücklich darüber, wie gut hier die Menschen zu den Tieren waren. Erst da bemerkt Strör ihre Aufmachung, königlich wie Liz Taylor soll es wirken, trotz allem.

»Ich ertappte mich dabei«, fährt der verflossene Klavierspieler plaudernd fort, »wie ich mir nachts Grabreden auf meine lieben, noch lebenden Freunde ausdachte, immer öfter, ganz von selbst. Die Sätze formten sich, wie vorgeflüstert in meinem Kopf. Schließlich hatte ich sie alle in Gedanken schon mal beerdigt. Nur ahnten sie nichts davon.« Er lacht mit zuckenden Schultern. Man hört ihm, in eigene Überlegungen versunken, ringsum nur halbwegs zu.

»Entschuldigen Sie meine Ausführlichkeit. Ich bin zu lange allein gewesen«, setzt Wiesenfeld noch einmal an. »Ich war dann später die Knitterfigur auf einer Bank, von wildfremden Spaziergängern gegrüßt, die mir damit eine Freude machen wollten.«

Ob er weiß, wem er das erzählt? Plauscht er nur so vor sich hin?

»Rechtschaffene Leute natürlich, natürlich. Sie schreckten mich auf, aus Gedanken, oder noch öfter aus einer Gedankenleere. Hinter mir ein kleiner Bach, dann ein Sportplatz, wo junge Männer ihre rauhen Schreie ausstießen. Wie März, dachte ich, sie klingen wie der Monat März. Vor mir Kühe, links eine verkehrsreiche Straße, rechts ein Weg mit einer Brücke über den Bach mit rot angestrichenem ... eh ... Geländer.«

Er hat keinen sicheren Stand. Die Versuchung, abrupt zu halten, muß für Sascha groß sein, sehr groß.

»Mit meinen Augen ...«

Elfriede Hartriegel unterbricht ihn, nicht unfreundlich, eher träumerisch. »Lassen Sie mich jetzt von den Augen sprechen. Mein Mann hatte nur noch 30% der Sehkraft. Das ist sehr wenig, nicht wahr, Herr Professor Dr. Eibisch? Aber er, mein Rudolf, trug mir jeden Morgen, so schwerkrank er war, aus der Zeitung die Neuigkeiten vor. Es wurde immer phantaschtischer mit den Fußballspielen und den Katastrophen. Er hat sich das Meiste, weil er es nur so lückenhaft lesen konnte, zusammengereimt, auschgedacht, diese unglaublichen Nachrichten. Und ich, ich habe selbstverständlich getan, als würde ich ihm alles glauben, das tollste Zeug. Dabei wußte ich alles viel bescher.«

Sie hat nur einige Male ein wenig gezischt, scharf am Zahn vorbei, aber bei Strör – ist das jetzt schon die Panik, auf die wir gespannt sind? – fließt das Faß über. Zischen sie hier nicht alle mehr oder weniger? Er packt den Helm, stürzt am gefährlich ins Schwanken geratenden Wiesenfeld vorbei zur Tür und schreit, ehe Felberich ihn bändigen kann: »Anhalten! Keine faulen Tricks! Sonst, Fahrer, verklage ich Sie.«

Ob er wohl, was meint ihr, wenn man ihn rausließe, seine tolle Motorradjacke vergessen würde?

Sascha stoppt. Stille. Zwei grinsen, vorn der Fahrer, hinten Trespe. Die Türen bleiben zu. »Aufmachen, los, los ihr Idioten!« Stör versucht mit den Händen, sie aufzureißen, mit den Füßen, sie aufzutreten. Er müßte es als Elektriker besser wissen, aber er weiß nichts mehr. Er müht sich noch einmal um Konzentration, schnaufend, stellt das Gestrampel ein, steht einen Moment regungslos, beißt sich in eine Faust und schleudert sie gegen den vergnügt knurrenden Fahrer. Endlich der Ausbruch des großen Geheuls. Jetzt drischt unser Sven mit dem

Helm auf das Glas ein. Was für eine Idee! Setzt den schönen Schutzhelm auf und haut den Kopf gegen die Tür. Ernstfall mit Kopflosigkeit, nicht ganz unverständlich.

Dann: »Hilfe, Hilfe!« Notruf von Strör quer und längs durch den Bus. Allerdings wirkt das alles so ... geschwächt. Wir hatten uns seine Rebellion prunkender, saftiger ausgemalt. Frau Holt-Ogastl schlägt kummervoll die steifen Finger vors Gesicht, die freundliche Kleine, deren Beruf keiner kennt, deren Zopf keiner berühren darf.

Jetzt ist Felberich, gerade als Sascha sich träge zu recken beginnt, bei Strör angelangt, legt ihm väterlich? brüderlich? tantenhaft? den Arm um die Schultern. »Herr Strör«, sagt er, »das hier ist ein Sonderbus zur Rapsblüte. Kein Zwischenhalt. Niemals. Erst am Ziel.«

Strör setzt den Helm ab, staunt sprachlos, will das noch einmal hören. »Wenn Sie sitzen«, vertröstet Felberich und trägt den Helm, als wäre er zu diesem Zeitpunkt zu schwer für den angeschlagenen Mann, mit beiden Händen voraus wie eine Konditortorte. Strörs Gesicht in unseliger Auflösung, fast wie bei Trespe. Hat sich selbst k.o. geschlagen, der uneinsichtige, ungestüme, plötzlich restlos erschöpfte Kerl. Ihm dämmert allmählich, daß er in eine Falle gegangen ist, die sich unerbittlich zu schließen beginnt. Gewiß. Wir wußten es gleich, alle anderen auch. Also ab zur Rapsblüte, dem großartigen Schauspiel Anfang Mai. Was ist so furchtbar daran, Strör, warum muß man da so wüten?

»Die Rapsblüte, Herr Strör«, murmelt zittrig Frau Hartriegel hinter ihm, »ist etwas Betäubendes. Allein der Duft! Man hat ihn auf der Fahrt schon ein paarmal winken sehen, den Raps. Dieses schreiende Gelb! Aber bis jetzt nur vereinzelt. Die richtige Rapsblüte sehen wir nachher. Da heißt es Raps, Raps, Raps.«

Strör sitzt benommen auf seinem Platz. Was sagt er sich wohl? Daß er immerhin freiwillig in diesen Unglücksbus eingestiegen ist, benebelt durch sein verliebtes Dösen oder die Vorfreude aufs Motorrad! An das hat er schon eine Weile gar nicht mehr gedacht. Statt dessen nun das honigsüße Rapsduften. Das hat ihm wahrhaftig gefehlt.

Der Tod, kommt ihm plötzlich in den Sinn, hat für ihn, wie der Land- und Stadtstreicher Trespe, schon als bloße Benachrichtigung einen Gestank an sich gehabt als Hauptmerkmal, den widerwärtigen Geruch nicht der Verwesung, sondern der vollständigen Leblosigkeit. Mit Bergen und Maschinen ist es was anderes. Die haben ja einen früheren Zustand nicht verloren, die haben ihr starres Leben noch.

Vorsichtig, als Ruhe eingekehrt ist und Strörs Verzweiflung nur noch flüsternd hier und da kommentiert wird, tapert der unruhige Wiesenfeld wieder herbei. Draußen aufgegebene Möbelgeschäfte mit nackten schwarzen Schaufenstern und Mütter mit Kinderwagen, die sich in frecher Selbstbehauptung in dem gerade vom Bus durchratterten Städtchen sogar auf Kosten der Rollstuhlfahrer Vortritt verschaffen.

»Meine Finger taugen nicht mehr fürs Klavier. Schon lange nicht mehr. Aber noch einmal, noch einmal, Herr Felberich, Herr Eibisch, ein letztes Mal möchte ich so gern Schuberts Impromptus hören, Opus 90, Nr. 4, Opus 142, Nr. 1, am liebsten alle.«

Was ist das denn, Strör, nicht wahr? Was hören die bloß, wenn die so schwärmen mit Zahlen!

Sascha hat es mitgekriegt. Er dreht das Radio laut. Schon von Anfang an aalte er sich, allerdings moderat im Hintergrund bleibend, in einem lauwarmen Gedudel. Jetzt hat er das Stampfen nach seinem Geschmack erwischt und läßt damit, Wiesenfeld richtig zu bedienen und ein bißchen umzuerziehen, den Bus volldröhnen. Die Alten jammern und flehen. Wiesenfeld, Eibisch und Felberich tauschen miteinander alarmierte Blicke, auch Strör kann da fast schon mitmachen als Eingeweihter. »War nicht böse gemeint, Leute.« Sascha wundert sich gemütlich, lacht auf seine herzliche Art. »Ich glaubte, da einen Musikwunsch zu vernehmen.«

»Der kriegt alles mit«, wispert Helene Kohl. Dabei legt sie eine Hand auf das Medaillon aus Adern in ihrem Ausschnitt. Ist es ihre Art, um Fassung zu ringen? Wiesenfeld ist bleich geworden. Sein hohes Alter scheint ihn, nach Saschas Attacke, auf einmal zu übermannen. Strör bietet ihm automatisch seinen Platz an. Der gichtkranke Eibisch, schon seinerseits im Aufstehen begriffen, bedankt sich. Auf den bebenden Wiesenfeld herabsehend, bemüht sich Strör, an Franziska, an die Liebe zu denken. Wie war es noch im ICE? Es gab gar keine Luft mehr zwischen ihm und Franziska, und wäre neben ihnen eine Bombe hochgegangen. Sie befanden sich in einer Lautlosigkeit, gegen die keine Auflehnung, keine Ablenkung möglich war. Vorher dieser Mann, Felberich, mit der Lupe, dann nichts mehr außer Franziskas weit geöffneten, nein, Franziskas aufgerissenen, immer schwärzeren, raben-, pech- und höllenschwarzen Augen und dem blassen Mund, der sich bewegte, erst schnell und munter, dann langsam und noch langsamer, dann stillstand vor Unglück und Glück. Sie muß es alles umgekehrt an Strör gesehen haben.

Aber besonders gut erinnert er sich eigentlich nicht, nicht so, wie heute morgen im Bett, nicht so wie vorhin. Er muß es noch mal durchgehen.

»Schimpften Sie vorhin mit uns, weil wir nicht mehr stricken können? Sagten Sie ›stricken‹?« fragt die niedliche Frau Holt-Ogastl, die nun, nach langer Arbeit, den Satz geläufig zusammen hat. Hinten, aber nicht ganz hinten bei Trespe, ein hochmütiges Altfrauengesicht. Die Person starrt Strör schon eine Weile an. Der Mann neben ihr kratzt sich, sobald Strör ihn länger, und immer ohne Absicht, beäugt.

»Schlimmer als nicht mehr stricken können ist nicht mehr saufen dürfen«, sagt er zwinkernd halb zu Strör, halb zu seiner Nachbarin, die auf delikate Weise die unverdrossen sinnlichen

Lippen verzieht. Strör wird keinen Nerv dafür haben. »Das ist der Herr Briza«, erklärt leise Felberich, »Briza, der in Eichbach, Eifel, Zweiter Bürgermeister war, dann die Partei wechselte, danach lange im Stadtrat tätig, Haushalts- und Bauausschuß. Tips gegen Prozente. Als junger Mann Karnevalsprinz, um den Grundstein für seine Karriere zu legen.«

Der fleischige Briza, noch immer, wie von frühen Vorfastenzeiträuschen, mit blutunterlaufenen Augen, naht gewichtigen Schrittes. »Herr Strör? Paul Briza. Lassen Sie es gut sein. Es ist wie es ist. Da müssen wir alle durch. Eins ist klar und sagt auch schon alles: Wir kosten zu viel! Die neue Geißel der Menschheit sind die Manager, zwischengeschaltete, hygienische Maschinen. Moral wird nicht mehr in Handarbeit betrieben.«

Strör wollte an Franziska denken, an die ersten Stunden, Minute für Minute. Jetzt kommt Briza mit Stammtischbedürfnissen. Was für ein jovialer, lebenslustiger Bursche. »Bluthochdruck, kriminell hoch«, sagt er, »angeschafft in Aufopferung für die Gesellschaft, für den sorglos schlafenden Bürger. Vorher Dienst an der Front.« Eibisch und Felberich schmunzeln, als erzählte Briza ihnen Witze. Der scheint genau ihrer Meinung zu sein.

Also wider Erwarten noch einmal Bombenstimmung?

»Das hier«, Briza setzt offenbar zu einer kleinen Wahlrede an, »ist alles Eiszeitgebiet. Früher voller Moränenbuchenwälder, heute intensiv genutztes Ackerland. Fetter Lehmboden, daher der Raps.«

»Da hinten, da hinten«, ruft Ruth Bärlapp. Die kleine Holt-Ogastl winkt mit den verholzten Fingern, seht euch das an, winkt den Rapsfeldern, die angriffslustig in der Ferne glimmen und einmal bis an den Straßenrand kommen, arglos zu.

»Nachher wird der Duft durch die Scheiben bis in den Bus dringen. Ja, das glaube ich«, meint Helene Kohl. »Lockt dich der tiefe Himmel nicht/das naß, das feucht ... feucht verklärte Blau«, singt Elfriede Hartriegel. »Natürlich«, stimmt Eibisch dem Politiker zu, »die verwitternde Grundmoräne!« »Aber darum geht es doch überhaupt nicht. Das wißt ihr alle genau«, schluchzt die Klofrau unvermittelt auf. »Hat heute morgen nicht genug Schnick-Schnack-Säure getrunken«, kommentiert Felberich, ohne zu lächeln, Briza aber lacht aus vollem Halse und kehrt mit etwas unsicheren Walzerschritten zu seiner hochmütigen Nachbarin zurück. Auch Wiesenfeld macht, zu Kräften gekommen, den Platz frei.

Felberich möchte nun, wo Strör wieder neben ihm sitzt und ganz friedlich wirkt, als hätte er ihr Debakel ohne weitere Erklärungen eingesehen, noch etwas leise loswerden, seinerseits ein bißchen Trost suchen und sein einsames Herz ausschütten: »Die Erstarrten, Herr Strör, die Versteinerten da hinten, sehen sie nicht aus, als hätte man sie wie beim Kinderspiel herumgeschleudert und sie müßten dann plötzlich als Gelähmte erscheinen, ohne sich auch nur ein bißchen zu rühren? Wie Bilder oder ein Theater mit Masken. Alle vom Schlag getroffen. Aber wenn man es einmal mit ansieht, dann hat plötzlich die ganze Welt den Schlaganfall erlitten.«

Die Hartriegel hat gelauscht. »Nein, sagt sie, »im Gegenteil. Die Küchenstühle sind immer nachgiebiger geworden, richtig weich, wie Gummi. Und mein liebstes Kinderspiel war auch ein anderes, nämlich: die Bremer Stadtmusikanten mit den vielen Tieren aufeinander. Wie viele mögen das gewesen sein?«

»Wunderbar«, nuschelt Frau Fingerhut. Sie betrachtet sich in einem Handspiegel und fährt sich mit einem Kämmchen tastend durchs Haar, kaum reicht der Arm noch so hoch, kaum findet sie was. Dann eine kleine Grimasse: »Ganz wunderbar!«

Helene Kohl zupft an Herrn Eibisch. Was hat der ausgeblichene Mensch bloß für eine feuerrote Krawatte an!: »Eva Fingerhut! So alt und noch immer mit Puderdose! Keine beim gesamten Fernsehen war verschmitzter als die und keine gerissener. Hat aber immer das sanfte Täubchen gespielt. Die Männer haben's ihr geglaubt, bis sie begann zu picken. Oh Herr

Eibisch, die hat sich Dinge geleistet, aber immer so charmant dabei. Wie brachte sie es nur fertig, was mit ihrem Chef, Karpfenmaul Ferdinand, na, Olb … , nein, Ohlsen, anzufangen, ich meine, wie konnte sie über dessen scheußlich aufgepumpten Mund hinwegsehen!«

Wir haben jedes Wort ihres Gewispers verstanden, Strör nur die Hälfte. Aber es genügt sicher, ihn auf Gedanken zu bringen. Was stellt er sich vor? Wie ab und zu eine Haarsträhne von Franziska, was ihr zweifellos nicht entging, leicht wie eine Einbildung gegen seine Lippen wehte, wenn sie schnell den Kopf bewegte. So daß er versucht war, sie einen Augenblick festzuhalten, zu schmecken? Die weiße, schreiend nackte Haut von Nacken und Schultern, deren sehr zarte Festigkeit und unbegreiflich gewagte Entblößung? Pulsieren der Sommersprossen? Selbst das ferne Blutaroma aus dem unter Zeitschriften verborgenen Körperzentrum?

Oder, Strör, Fahrstuhlobservateur, Motorradfahrer in guter, wenn auch vergeblicher Hoffnung, ist es das: Als sie zwischendurch zur Toilette ging und du sie zum ersten Mal aufrecht stehen sahst, der große, bereitwillige Abstand ihrer Oberschenkel voneinander, direkt unterhalb des Gesäßes, wo du gar nicht hinsehen wolltest zu dieser Zeit, aber es passierte und reizte dich, mehr als du wolltest. Und du hast immerzu daran denken müssen, als sie wieder neben dir saß und ihr von Computerproblemen redetet, wo du glänzen konntest und sie sich noch gerade rechtzeitig etwas dümmer stellte, als sie ist, nachdem sie dir doch zuerst mit Fachkenntnis gewaltig, beinahe fahrlässig einschüchternd imponiert hatte. Dir ist dieses spezielle Liedchen, alt wie die Menschheit, nicht im geringsten bekannt vorgekommen? Na schön.

Vom handfest Intimeren einmal abgesehen. Kannst du es dir, hier im Bus neben Felberich und in der Nähe von Trespe und Wurz und Bärlapp, Briza und Holt-Ogastl eigentlich richtig ausmalen, was du jetzt unbedingt möchtest? Versäumnisgefühle, obschon ihr doch eure Zeit nicht schlecht genutzt habt? Exzesse? Gier nach weiteren Schauspielen, Stellungskrieg, jede Menge Beischlafszenen, die du dir jetzt zum Zeitvertreib, zu Aufstachelung und Befriedigung aus der Tasche zaubern könntest? Statt dessen geflüsterte Spruchweisheiten, wie du sie früher auf Küchenuntersetzern bei deinen Tanten gelesen hast: »Liebe hört auf, Essen nicht«?

»Morgens war ich jetzt so schläfrig, hielt es aber auch im Bett nicht mehr aus. Wenn ich dann in der Zeitung las von den Wolkenstockwerken zwischen 0 und 6000 Metern Höhe, wurde ich frisch, wach wie ein Sperling. Ich habe ja immer gewußt, daß es so etwas geben muß, da oben. Wo man mit bloßem Augen nichts unterscheiden kann, da ist eben doch was! Großartig, drei Wolkenstockwerke.«

Wer war das? Helene Kohl. Neben ihrem Verehrer, der jeder Silbe aus ihrem Mund wohlwollend lauscht, steigert sie sich. Vorzüglich, daß die nebeneinandergesetzt wurden.

Draußen auf der Straße Lastwagen, denen du, Strör, zu mißtrauen beginnst. Ist da nicht ein geheimer Verdacht? Was verbergen die für obskure Fracht? Die Menschenströme, die Zusammenkünfte in den Städtchen, was bereden sie? Verabredungen zu deinen Ungunsten da draußen, hinter den unzerbrechlichen Scheiben des Busses.

Was ist mit den Reisezielen, Franziska fühlbar an dich geklammert? Santa Elena Canyon, aber nicht nur, auch Grand Teton National Park, North Cascades National Park, Sequoia National Park, Denali National Park, Yosemite National Park, Lehmburgen Marokkos, demütige Hütten vor den Felsabstürzen der Giganten Nepals? Leidenschaft, Sehnsucht? Erinnerst du dich? Wünscht du sie noch? Kannst du's noch wünschen? Innere Mongolei, am Horizont plötzlich die schwache Erhebung, eine Ausbuchtung, ein lächerlicher Buckel in den Himmel, kaum anwachsend im Näherkommen, erst Nebel-, dann Gras-, dann Steinhügel: die Arzhai-Höhle, Zwitter, halb Fels, halb Burg. Feldlagerstätte Dschingis Khans, in unendlich nach allen Seiten sich streckender, flacher Menschenleere, hinter den Fensterlöchern ein Ehepaar aus altem Leder genäht.

Dahin? Dahin?

Ach mein Gott, Strör. Nicht mehr, nicht mehr!

Er sollte es, um sich zu trösten, lieber mit der zuverlässigen Kleinen probieren, die Brüste und Hintern so nett herausdrückte nach Leibeskräften zu seinem Vergnügen, bevor Franziska im ICE neben ihm und seinem Elektronikmagazin gesessen hat. Die Kleine mit dem armen Gesichtchen und der Mutter, die ihren Pferdeschwanz trug wie eine Fünfzehnjährige, aber von vorn: um Gottes willen! Die Mutter, die im Zoorestaurant kellnerte, in guter Nachbarschaft zu Gnu und Elefant vergessene Fritten abräumte, immer wie in tiefen Sorgen und dann ohne Übergang unwettergleich lachte, dann wieder aus Gewohnheit die Leidensmiene. Los, Sven Strör, die Kleine durch die Betten jagen, wie hieß sie noch? Schon, schon, hieß Wiebke, aber wie sah sie aus, mal, nun ja, vom Torso abgesehen? Nur Erinnerungen an Schoß und Schamhaar? Gerüche? Etwa auch die momentan untauglich, verbleichend? Glühend nur das Bedürfnis, eine Begierde zu haben?

»Neunzehnhundertfünfundvierzig«, erzählt Eibisch ziemlich laut dazwischen der Frau Kohl, »haben die Kinder geweint. Plötzlich hieß es ›Deutschland hat die Waffen niedergelegt‹. Damals ein schrecklicher Satz, der uns an diesem Tag fast das Herz brach. Wir spielten gerade Krieg, ich kam verwundet heim. Aber was war das? Niemand kümmerte sich um mich. Für den verletzten Kämpfer keine Begrüßung, keine Beachtung. Auf das alles war ich so gut vorbereitet gewesen. Ich stand verdutzt rum, bis ich erfuhr, was geschehen war in der Zwischenzeit. Meine Spielfamilie hatte sich aufgelöst. Wir Kinder trauerten jetzt über die Niederlage in der Wirklichkeit. Besonders des Satzes: ›Deutschland hat die Waffen niedergelegt‹ wegen.«

Das hören alle gern, die Frauen und die Männer. Besonders

der todkranke Wurz vorn und Briza, der ehemalige Karnevalsprinz hinten, die nicken verständig. Die Geschichte von Eibisch erzeugt eine schnurrende Gemütlichkeit am hellichten Maivormittag, als hätte man Jalousien runtergelassen. Sie geht Sascha nichts an. In der Nähe von Trespe nickt ein Mann mehr als alle anderen. Strör, da wunderst du dich, wie der das macht, denn sein Hals ist doch unübersehbar steif. Eva Fingerhut allerdings hat »Ach herrje!« gesagt als Laut der Trauer über die Niederlage Deutschlands. ›Herrje‹: haut nicht ganz hin, doch es ist immerhin eine Abwechslung. Die allgemeine Verblüffung darüber ist stumm und erheblich.

Trotzdem, uns täuscht man nicht, verraten die Leutchen eine bisher ganz gut vertuschte Nervosität. Die Vorfreude auf den Raps? Seid nicht zynisch! Draußen ein »Sexy Devil« und ein Trupp paarweise gruppierter Kindergartenmännchen, dem die Frau Holt-Ogastl herzlich zuwinkt.

»Kalbsfilet unter zweierlei Krusten«, hören wir da ganz leise von Strör, selbstvergessen vor sich hingesagt, »Tatar vom Atlantik-Hummer in der Sesam-Buchtel.« Er schiebt eine Hand zur hinteren Hosentasche. Gerade da behauptet Felberich ein wenig penetrant philosophisch: »Wie schnell das alles vorübersaust, die Geschäfte, die gefleckten Kühe ...« »Wie bitte? Was?«, Strör schüttelt den alten Mann zornig ab. »Ich nenne das Schneckentempo. Ich nenne das Strafgericht. Unsereins will rasen, rasen!« Seine Hand steckt noch immer in der hinteren Hosentasche. Was aber wollte sie da?

Was suchte sie da?

Strör erinnert sich nicht im Moment. »Na«, sagt er, »Moment mal«. Das nutzt aber nichts, es fällt ihm nicht ein. Er spürt Felberichs Blick, der ihn erbittert. »Dieses Gezockel ist für mich die Hölle«, fügt er deshalb böse an. »Ich habe Sie gestört«, zieht Felberich, ein Lächeln nicht vollständig unterdrückend, in Erwägung. Was wollte er, Strör, aus der Tasche holen? Er kommt nicht drauf und findet auch nichts.

»Wie es wohl Santos geht«, ruft klagend Herr Wurz von vorn.

Was mag es nur gewesen sein? Strör hat nach wie vor keine Ahnung. Eben wußte er's. Jetzt greift er in die andere Tasche. Und siehe da, ein Hotelprospekt wird ans Licht befördert, natürlich, ein Hotel in Berlin, das zu Pfingsten günstige Arrangements für Franziska und ihn anbietet, nach dem Dinner Tanz im Gartensaal. Es hat also noch geklappt, Sven, sei ganz ruhig, kriegst deine Sesam-Buchtel.

Er ist es aber nicht, ist nicht ruhig. Der Prospekt rutscht ihm aus den Händen. Hat nicht kräftig genug zugepackt, unser Mann. Kann nicht mal einen Hotelflyer zuverlässig halten. Ist das etwa schlimm? Strör sieht das Papier am Boden liegen, starrt es an, als könnte er sich nicht mal mehr bücken. Wetten, daß er es noch schafft? Na bitte! Tadellos gelungen. Bravo, Strör!

»Was lockschst du meine Brut/lockst, mit Menschenlist, mit Menschenwitz/hinauf in Todes Glut«, singt Frau Hartriegel, sich wiegend und hebt eine inbrünstig gepflegte Hand, wie um sie von hinten auf Strörs Schulter zu legen. Er hat sie ihr ja vorhin beinahe geküßt. Wie wunderschön! Das bleibt ihr unvergessen, aber dann verzagt sie doch und zieht sich zurück, zirpt statt dessen noch ein Weilchen am Schiefzahn vorbei vor sich hin, vielleicht antwortet Strör ja was: »Es fing damit an, daß ich Flecken entdeckte, unterm Sessel, vor der Fußleiste, im Winkel beim Fernsehapparat, er steht, Verzeihung, stand bei mir über Eck, dunkle Fetzen, Schatten, die vor mir flüchteten, weghuschten. Esch waren dann wohl Mäuse, erst Mäuse, dann Ratten, nicht viele, sie griffen mich niemals an, nur immer dieses Wegrennen in der Dämmerung. Hier gibt es dasch nicht. Wenn man unter Leuten ist, trauen sie sich nicht hervor.« Mutiger geworden, sagt sie, nicht direkt zu Strör, aber wen sollte sie sonst meinen: »Achten Sie für alle Fälle auf Ihren Helm, daß die sich nicht darunter verstecken!«

Strör reagiert nicht, da springt der gute Felberich ein: »Denken Sie lieber an die Bremer Stadtmusikanten, Frau Hartriegel. Die gefallen Ihnen doch.« »Nur zur Hälfte«, quengelt sie, »man hat sie schließlich zuerst verstoßen. Wissen Sie das nicht? Esel, Hund, Katze und Hahn, genau vier und alle fortgejagt oder aus Angst geflohen!« Felberich faßt sich betroffen an die Lippen. Den Anfang vergessen, Herr Orientalist?

Als hätte er, aus seinem Hintergrund, die Flaute geahnt, schreit Briza in Felberichs Beklommenheit: »Ich bin immer der Spaßmacher vom Dienst gewesen. Ich will es auch hier sein. Es ist, wie es ist.« »Quatsch, ich bin's. Trespe, die Vogelscheuche vom Dienst«, kräht Stadtstreicher Trespe, und schon rollt er sich zum Schlafen auf die Seite. »Gott«, ruft die kleine Holt-Ogastl und lacht, bis ihr die Tränen aus den Augenschlitzen quellen, »der ist Gott!«

Den vom Schlag Getroffenen schwanken die Köpfe, denn Sascha macht Scherze mit der Geschwindigkeit und den Kurven. Man beschwert sich lieber nicht, sonst dreht er die Musik zu laut. Es hilft nichts, man muß ihn gewähren lassen. Eibisch fragt in sorglosem Tonfall, ob das Wetter wohl mitmache. Seine Stimme zittert aber, zumindest Helene Kohl wird es ängstlich bemerken. »Heute?«, fragt sie furchtsam ins Leere.

Elfriede Hartriegel, einstmals richtig feurige Chefsekretärin und dabei resolute Hausfrau, flüstert träumerisch für sich selbst: »Die aufgetürmten Tiere! Der Stärkste mußte Esel sein, ich immer Hahn wegen des leichten Gewichts. Dann kletterten wir aufeinander, bisch, bis wir auseinanderstürzten.«

Da kann sich unser Strör nicht mehr zurückhalten. »Ach was, aus echten Tieren haben wir die Pyramide gebaut, aus lebendigen Tieren. Man mußte sie ein bißchen zwingen und stützen, klar. Der Esel war ein großer Hund, gutmütig, breites Kreuz, der Hund eine kleine Ziege, die Katze ein Dackel, der Hahn ein Wellensittich. Die haben natürlich die falschen Töne ausgestoßen. Hinterher haben sie Essen gekriegt.«

»Mit meiner Millie niemals!« sagt Ruth Bärlapp streng.

»Aber die größte Errungenschaft war dann die elektrische Waschmaschine Miele«, sinniert Elfriede Hartriegel noch ein wenig hinterher.

Wie ihm die Gesichtshaut glänzt bei der Stadtmusikanten-Erinnerung, unserem launischen Sven. Seht nur genau runter. Der schwätzt den Insassen jetzt sogar ungebeten was von geheimen Zukunftsvisionen nach den Motorradreisen vor: gemischte Tierhaltung, heimische Modellarche in Haus und ländlichem Garten oder besser noch, unter uns, Paradiesspielen mit Strör als Adam und Franziska als Eva? Ach Strör, in Paradiesfragen solltest du dich unmittelbar an uns wenden.

Draußen, an der Ampel, die es sehen können, sehen es, geht in unendlicher Langsamkeit ein weißhaariger Mann Schritt für Schritt gebeugt über die Straße. In unendlicher Langsamkeit schleicht ein Hundegreis Schritt für Schritt mit hängendem Kopf hinter ihm her, viele Sekunden verrinnen auf der kurzen Strecke. Selbst die Hälfte der Fahrbahn können die beiden in ihr Alter Versunkenen so schnell nicht erreichen. Und nun staunt! Obschon für Sascha die Ampel auf Grün gesprungen ist, wartet er mit angehaltenem Atem ohne Zeichen der Ungeduld, bis das da draußen vollbracht ist. Was ist denn in den gefahren?

Danach, wir durchschauen auch dich, Sascha, brettert er los wie ein vom Teufel Besessener. Wieder blitzt ein Rapsfeld senfgelb im Mittelgrund. Die Passagiere ducken sich, bis in Sascha Ruhe eingekehrt ist. Auch Strör beschäftigt der Anblick noch immer. Konzentriert euch auf ihn: Er denkt an einen anderen alten Mann, der an einem Fenster stand und nur für sich kaum hörbar und fassungslos den Satz sagte, den Strör damals belauscht hat: »Jetzt habe ich wohl einen Fehler gemacht.« Strör begreift nicht, warum ihn die Wörter so treffen und benagen in diesem Augenblick, auch ein unerklärliches Bereuen erzeugen, in ihm oder der Welt überhaupt. Bis er erkennt, daß der betrübte Mann mit dem Rücken zum Zimmer sein Vater ist, den keiner getröstet hat.

Sagte er da eben sehr leise »Ich Trottel«?

»Sascha, der Fahrer, hält uns für taub. Dabei hören wir sogar dann, wenn es still ist, ein ununterbrochenes Ticken, überall, immerfort. Nur wenn wir sehr tief schlafen, dann hören wir es nicht«, sagt Felberich dicht an Strörs Ohr. Sollen wir die Gedanken unseres Elektrikers lesen? Er wird sich gerade darüber klar, daß er sich die Innenwelt solcher Leute wie dieser hier als ein kahles, bräunliches Zimmer vorstellt, in dem sie unter einer hohen Deckenbeleuchtung sitzen, in kalter Dämmerung auf einem Küchenstuhl, als hockten sie geschrumpft in ihrem eigenen unmöblierten Kopf.

»Das Meer, das Meer«, schreit Briza. Alle sehen jetzt das graue Gleißen. »Wir fahren schon über die Brücke, über den Fehmarnsund.«

**4.** Ist das ein Hälserecken nach dem Wasser! Sicher, wir können's verstehen, das Licht fegt zischend über die Meeresoberfläche. Die Helligkeit dringt in den Bus ein, dem das Dach wie weggeflogen ist. Selbst der grobe Sascha chauffiert regelrecht andächtig, pfeift für sich selbst ein Seemannsliedchen.

Kann das der schlafende Trespe bis hinten hin mitgekriegt haben? Jedenfalls rappelt er sich hoch, der stinkende, unrasierte Vagabund: »Ich«, schreit er, »ich, Trespe Holger, ich aber bin ja wirklich zur See gefahren. Wer hat denn das Kreuz des Südens gesehen außer Trespe in diesem Bus? Wer hat bis zur Hüfte zwischen sterbenden und verreckten Fischen gestanden? Wer hat die Äquatortaufe erlebt und erlitten außer Holger Trespe? Wer hat mit verkrachten Juristen, mit Ärzten, die einen gewissen Fleck auf der Weste hatten, mit Schwerverbrechern, ja Mördern in der Mannschaft zusammengelebt? Wer hat Männer, die ein Container zermatscht hat, von den Planken gekratzt? Trespe, immer nur Trespe war's.« Zack, steht er auf seiner Bank: »Ihr wißt nur, daß eure Suppen und eure Tränen salzig schmecken, aber ich weiß es vom ganzen Ozean!« In seiner Jugend muß er für kurze Zeit ein schöner Mann gewesen sein.

Beim Runterklettern stürzt er, weil Sascha, um ihn zu bestrafen, böse geruckt hat, doch Trespe tut sich nichts. Er ist ja sowieso nur ein Bündel Haut und Knochen, die dabei ein bißchen durcheinanderrütteln und dann wieder zueinanderfinden. Habt ihr gesehen, wie Günsel, der mit dem steifen Hals, Trespe erbost gemustert hat und ihn immer unterbrechen wollte? Bei dem ist nun auch der Sprit weg, jetzt, wo er doch was sagen könnte.

Die kleine Holt-Ogastl aber winkt dem schimmernden Wasser so reizend, so jauchzend zu, daß wir sie am liebsten beschützen möchten. Wie beurteilt ihr die anderen? Wiesenfeld, Eibisch, Kohl, Hartriegel und die Pulsatilla beispielsweise? Fiebernd?

»Wunderbar.« Schon gut, Frau Fingerhut.

»Das Wasser rauscht', das Wasser schwoll.« Schon gut, Frau Hartriegel.

»Abnorm«, flüstert Strör zärtlich und sinnlos vor sich hin. Schon gut.

»Gleich kommt der Raps«, vermutet Felberich, »beim Hinsehen beginnt es einem im Kopf zu sausen.« »Nichts da, das sind die Unmengen von Bienen«, weist ihn Briza, erfreut über die neue Einstiegsmöglichkeit, zurecht.

»Was ist gemeint mit der fünften Jahreszeit? Wer weiß es? Kriegt auch ein Bonbon von mir«, fragt er dröhnend in die Runde. Sascha beobachtet ihn im Spiegel. »Die Zeit der Rapsblüte natürlich. Jetzt, jetzt ist gemeint! Es handelt sich hier um Winterraps, im Herbst eingesät in den guten Schwarzerdeboden. Schon im Winter bildet der fünf Meter Pfahlwurzel aus! Bei großer Kälte verliert er die Blätter. Macht aber nichts. Im Frühjahr treibt er ja sowieso wieder aus. Wann er blüht, seht ihr ja mit eigenen Augen, wann und wie. Da leuchten die Felder, ob die Sonne scheint oder nicht.«

»Man riecht ihn jetzt durch die Scheiben!« ruft Helene Kohl im Übereifer. »Einbildung«, trompetet Briza, »wir sind noch nicht im Intensivgebiet. Raps gehört zur Gattung von Kohl, Rüben und Senf.«

»O nein« hört Strör von Felberich wohl als einziger in einem für unseren Sven kaum zu deutenden Tonfall, wie sollte er auch, »noch nicht im Intensivgebiet.«

»Jeder kennt den schmackhaften Rapshonig, auch das gesunde Rapsöl. Den Rapsschrot verwendet man als eiweißreiches Tierfutter. Perspektiven für die Zukunft liefert Raps als Treibstoff. Interessant für die rohstoffhungrige Energiewirtschaft. Ressourcen, die jährlich nachwachsen. Toll!« Briza hat sich vergessen. Erst allmählich weiß er wieder, wo er ist. Man applaudiert ihm zum Trost. Das ist großmütig, denn er hat alle doch nur mit seinem Wissensvorsprung belästigt. Er gehört also zu den Leuten, die sich sogar auf Ausflüge gründlich vorbereiten, um zu renommieren und der Informationschef zu sein. Wir beobachten den Typus in allen Altersklassen.

»Raps, Raps, Raps«, wiederholt vorne Herr Wurz, um es seinem Gehirn gründlich einzuprägen. »Die Politiker sind Wahnsinnige«, verständigt sich Felberich freundlich mit Eibisch, »ob sie vorher Karnevalsprinzen waren oder nicht.«

Ein großer, gebeugter Mann kommt durch den Gang. Er ist bisher durch nichts aufgefallen. Eigentlich hat er sich sogar versteckt. Wollte unbemerkt bleiben in seiner Ecke. Was für ein erschöpftes, was für ein tieftrauriges Gesicht! Kriegt einer von euch mit, was er nach beiden Gangseiten hin murmelt, ein mechanisches Austeilen des Sätzchens: »Tut mir leid, ich kann nicht alle Namen behalten. Tut mir leid, ich kann nicht alle Namen behalten.« So geht's wie am Schnürchen, bis er vorn bei Sascha ist. Hochinteressant die Miene der stolzen Frau Pulsatilla. Was entschlüpft ihr hin zum heimgekehrten Paul Briza? Was? Was war das? »Ob wenigstens der noch stricken kann?« Und schon ärgert sie sich offensichtlich, daß ihr so was passiert ist. Den ordinären Blick Brizas, der diesbezüglich nicht schwer von Begriff ist, hätte sie sich ohne diesen Rückfall erspart.

Es ist der Geistliche Rumex, ein zufriedenstellend guter Mensch, er heißt nun mal so und hatte viel zu leiden unter dem geläufigsten Reimwort auf seinen Namen. Braucht ihr gar nicht nachzuprüfen, liegt auf der Hand. Er bespricht kurz etwas mit dem Fahrer. Während er seinen Weg zurückgeht, wieder nach allen Seiten wie segnend seinen Satz sagend, unter fortwährendem Nicken, das keinen auslassen darf, brüllt Sascha: »Alles klar. Demnächst ist Pinkelpause im Raps. Pause fürs Pippi. Ein bißchen müßt ihr aber noch durchhalten, seid ja dafür 1A ausgerüstet.« Sicherheitshalber betont der bombige Sascha seine Andersartigkeit, indem er gegen die Ringe in seinen Ohren schnippst.

»Das Schwein«, sagt Eibisch. »Es gibt Schlimmere«, meint Felberich. Das weiß Eibisch auch ohne ihn. Aber er hat schließlich Helene Kohl bei sich und darf Kavalierspflichten wahrnehmen. Insgeheim scheint Saschas Ankündigung die meisten zu erleichtern.

Draußen strahlen die Rapsfelder immer öfter auf, es ist ein in die Augen stechendes Schwingen, das die Bodenwellen begleitet. Ein Gelb mit sehr viel Grün darin, was eine tückische Nuance erzeugt, als würde sich aus den Feldern etwas zum Angriff vorwölben und im Wechsel sich einstülpen, um durch Tiefe einzusaugen. Den Geistlichen Rumex und seinen Satz versteht ihr richtig? In ihrem aktiven Leben mußten diese Leute, sobald sie die Straße betraten, dauernd grüßen, immer in der Angst, bei Unterlassung eine fromme Seele der Pfarrei zu beleidigen. Jetzt natürlich fürchtet er, von Amts wegen Trost spenden zu müssen, und weiß keinen. Hahaha, woher nehmen und nicht haben!

Rumex hat Strör auf Gedanken gebracht. Gut, spionieren wir noch einmal bei ihm: »Der liebe Gott«, fällt ihm ein, das hat seine Mutter im hohen Alter gesagt wie früher zu ihm als

Kind. Ja, Strör, sie ist damals entschlossen und ohne zu lachen mit unschuldigen Augen in die alten Bilder zurückgekehrt. Der liebe Gott! Als sie sehr alt und sanft geworden war, hatte er gespürt, wie seine ganze Kindheit in ihr aufbewahrt wurde. Sie lag vor ihm, die mächtige Person, in ihrem Gitterbett in voller, hinfälliger Lebendigkeit. Ihr stand der liebe Gott womöglich bei. Wann war das eigentlich, vor kurzem, vor der ICE-Rückfahrt?

»Haben Sie Kinder, Herr Strör?«, fragt schmeichlerisch über seine Schulter weg Frau Hartriegel plötzlich. Sven Strör zuckt dermaßen zusammen, daß Elfriede Hartriegel mit erschrickt. Aber er wird doch wissen, ob er Vater ist! Hat sich nur schon länger nicht dran erinnert? »Ja«, sagt er überrumpelt, »ein Kind, eine Tochter, die ist nicht mehr klein, gar nicht mehr so klein.«

»Nicht mehr klein! Das glaube ich gern«, lacht Felberich. War das nun unverschämt? Strör ist sich nicht sicher. »Um Ihre Frage vollständig zu beantworten«, fährt er bitter vor Hilflosigkeit fort, »ich habe nicht nur eine Tochter, ich hatte auch eine Frau, bürgerliches Familienleben, Frau Hartriegel. Dann sind beide auf und davon.«

»Sein Herz wuchs ihm so sehnensvoll / wie bei der Liebsten Gruß«, singt Elfriede, die alte Chefsekretärin, ohne sich zu besinnen. Ein unseliger, eigentlich taktloser Zuspruch in diesem Moment. Sie merkt es nicht, sie singt es so zutraulich, daß Strör ihr gerührt die Hand drückt, die sie sacht von hinten auf seine Schulter gelegt hat.

»Alles täuscht im Leben«, ergänzt Felberich das flüchtige Idyll, »auch die Sternschnuppen. Nur wenn die Erde sich mit der Bahn eines Kometen kreuzt, gibt es die Leuchtspur der Staubpartikel und Gesteinsbröckchen. Sie scheinen aus einem Sternbild zu kommen, zum Beispiel die Perseus-Perseiden, aber es ist nur die Richtung, der Name führt in die Irre. Außerdem gibt es die Sternbilder ja nicht in der Wirklichkeit. Sie existieren da oben schließlich nicht als Zusammenhang.«

»Die Tierkreiszeichen ...«, Helene Kohl weiß nicht weiter. »Die Tiere«, springt ihr Eibisch sogleich bei, »kennen ja ebenfalls nicht ihre wissenschaftlichen Namen und Klassifizierungen. Die sind denen auch egal. Aber die Rufnamen, die wir ihnen geben, die Kosenamen, Millie, Santos«, er zeigt kaum gönnerhaft auf die Toilettenfrau und den Reitlehrer, »die sind ihnen bis in die Nerven und in ihre Tierseele bekannt.« »Tierseele, sehen Sie! Und das sagt der Mediziner!« brüstet sich Helene mit ihm. Eibisch, schon übertrieben weise: »Aber erst der altgewordene Mediziner sagt es, Frau Helene!«

»Weißt du, wieviel Sternlein stehen«, singt da lieber Elfriede vor sich hin und viel lauter, »an dem blauen Himmelszelt?« Das lockt Ruth Bärlapp ganz übermächtig an: »Sie sprachen von meiner Millie, Sie singen. Da kann ich nicht widerstehen«, sagt sie schon bei der leicht schwankenden Annäherung im Gang. »Mein Leben lang habe ich gesungen. Meine Eltern, o doch, besaßen ursprünglich das große Möbelgeschäft.« Seht euch nur an, wie sie die Verblüffung darüber genießt, nein, das hätte ihr keiner zugetraut, so ein Elternhaus, nicht wahr! »Bis zum Bankrott. Ich mußte früh von der Schule und statt dessen immer die Möbel im Laden abstauben, die Schlaf- und Wohn- und Kücheneinrichtungen, von morgens bis abends zog ich mit dem Staubtuch meine Runden. Ohne Gesang hätte ich das nicht ausgehalten. Ich war doch ein Kind. Mein Mann«, ist es nicht reizend, wie sie ängstlich überprüft, ob man ihr noch zuhört?, »war dann später Alkoholiker. Ich wurde Toilettenfrau. Auch dort, bei der Arbeit, habe ich immer gesungen, es hallte schön in den Kloräumen. Ich sang zum Klingeln der Münzen, auch das Lied von eben, ›Weißt du, wieviel Sternlein‹, ›Hör mein Lied, Elisabeth‹. Vielleicht haben mir die Leute nicht der Kloreinigung wegen, sondern weil ich so schön gesungen habe, Geld in den Teller gelegt.«

Selbst Strör bemerkt das Erblühen der Frau und starrt sie tief verwundert an. »Allerdings war es mit Millie anders. Sobald ich mit dem Gesinge anfing, ist sie sofort von meinem Schoß geflüchtet. Millie hatte einen zu guten Geschmack, sage ich Ihnen, das schöne Tier, die unvergeßlichen Augen.« Ach, wie kokett diese Ruth Bärlauch, Bärlapp?, gut, Bärlapp, mit ihrem schwerblütigen Mund auf einmal lächeln kann! Es wird sie nicht retten.

»Pinkelpause im Raps!« ruft Sascha.

Aber was war das eigentlich vorhin, Strör, als der Bus an einem riesigen Schrottplatz vorbeifuhr und die Hartriegel daraufhin einen kummervollen Seufzer ausstieß? Da hast du ihr erzählt, sie solle sich nicht grausen, das sei dort gar nicht schlimm. Hast ja, Sven Strör, früher mal bei einer Verschrottungsfirma gearbeitet und dich bei deiner Kranfahrerei zwischen den Abfallbergen aus Metall sehr wohlgefühlt. Wissen wir. Allerdings kam es dir kurz nach deiner Erklärung so vor, als würdest du nicht mehr Tattoo, Tankstelle, Gasthof draußen entgegenfahren, sondern laufend von ihnen weg, dich immerzu von Baumarkt und Bauernhof, die dir doch entgegenstürzten, entfernen, ihnen nachblicken, sobald sie sichtbar wurden. Verrückt, was, Strör? Auch die Antwort von Frau Hartriegel: »Ich meine nicht die Arbeit, den Abfall, den Abfall meine ich doch.«

»Nach Landkirchen fahren wir vorher wohl nicht?« flüstert Felberich vor sich hin, zu seinen mageren, manchmal zitternden Knien hin, »zur Kirche St. Petri in Landkirchen, mit der achteckigen Barocktaufe. Wenn ich das noch ein einziges Mal vorher sehen könnte, das Votivschiff der Fehmarnschen Fischer und das gotische Altarkruzifix, ach, das Schmerzensgesicht des toten Christus am Kreuz! Es gibt nichts Schöneres.«

»Los, los, Pinkelpause, aber bitte nacheinander, Ausstieg bei mir vorn.« Sascha hat neben einem hoch in Blüte stehenden Rapsfeld gehalten. Er öffnet nur die vordere Tür. »Das Schwein!« sagt Eibisch wieder, sehr leise. »Wie im Gefängnis«, antwortete Helene Kohl. Eibisch: »Ist es doch auch.« Er nimmt ihre Hand, aha. Und sie, Helene? Hält sie fest, läßt sie gar nicht mehr los, klammert sich an seinen Fingern fest, bis der Herr Neurologe, der das Symptom kennt, vorsichtig und ein bißchen wehmütig lächelnd die Fessel löst.

Briza: »In Europa gibt es vorerst noch keinen kommerziellen Anbau von Genraps. Wird es dazu kommen? Vor allem: Wird er sich mit den Wildpflanzen kreuzen und sie genetisch verändern?«

Der Land- und Stadtstreicher ist als erster von hinten nach vorn zur Tür gestürzt. »So eine Scheiße!« schreit zur Überraschung aller die ehemalige Fernsehsprecherin Fingerhut hinter ihm her. Trespe, von Sascha scharf im Auge behalten, tappt in den Raps. »Warum singt ihr nicht? Das verkürzt die Wartezeit«, sagt Sascha. Er stimmt, leicht grölend, »… wieviel Sternlein stehen« an.

Tatsächlich fallen einige zögernd, klirrend mit ein: »an dem blauen Himmelszelt? Weißt du, wieviel Wolken gehen weithin über alle Welt?« Wiesenfeld, Eibisch, Felberich und der Geistliche tauschen gekränkte, geschmerzte Blicke. »Gott, der Herr hat sie gezählt, daß ihm auch nicht eines fehlt, an der ganzen, großen Zahl, an der ganzen, großen Zahl.« Der höhnische Sascha sieht nicht das innige Gesicht der alten Sänger, nicht das Aufleuchten unserer kleinen Holt-Ogastl, nicht die zwei Tränen von Elfriede Hartriegel. Kümmert ihn auch nicht.

Trespe stapft aus dem Raps. Er reibt mit den feurig gelben Blütenbüscheln überall an sich herum. »Wird dann besser riechen«, meint Helene Kohl. Und jetzt ist Rumex, der ermattete Geistliche, der dem Landstreicher in christlicher Demut den Vortritt gelassen hat, an der Reihe. »Guten Tag, guten Tag«, sagt er im Sturmschritt zum Ausgang eilend, nach beiden Seiten. »Ihnen allen einen guten Tag.« »Lohnt sich das denn noch?« fragt Felberich, Strör erkennt die Ironie, Donnerwetter, aber, allerdings, nur zur Hälfte, der Unschuldsengel! Darum versteht er auch nicht, was Felberichs Nachsatz soll: »Wir kosten zuviel. Auch das wurde schon gesagt, ich weiß. Schließlich wiederholt man alles immer öfter, alles ist im Grunde Rekapitulation.« »Prinzip der ewigen Wiederkunft des Gleichen, Nietzsche«, seufzt und hüstelt der Neurologe.

Als Trespe an Strör vorübergeht, »Das tat gut!« ächzt er dabei, sieht er den Elektriker ziemlich komisch an, Stör wundert sich. Wird sich noch heftiger wundern. Zunächst fällt ihm bloß auf, daß offenbar von den anderen Leuten keiner in den Raps will. Das war doch vorhin anders, da wollten sich offenbar viele erleichtern und hatten es bitter nötig. Das Bedürfnis muß ihnen inzwischen auf rätselhafte Weise vergangen sein.

»An was für eine Honda haben Sie eigentlich gedacht?« ruft plötzlich Sascha in die Stille, ohne sich umzudrehen. Er fixiert Strör im Spiegel. Und was macht Strör? Da würdet ihr euch am liebsten totlachen, wenn ihr könntet, nicht wahr? Das ist uns für immer versagt. Er springt auf! Kerzengerade steht er da, braves Schuldkind, braver Soldat, angetreten zum Rapport: »Eine Honda sevenfifty, nicht nur dran gedacht, bis aufs Abholen bereits in die Tat umgesetzt.« Erst als er wieder sitzt, wird er sich ärgern, daß er nicht gesagt hat: Und Sie hindern mich daran! Jetzt ist die Gelegenheit verstrichen, er fühlt sich zu müde für eine Konfrontation.

»Weiter links rüber, im Südwesten, sind die Surfer. Da herrscht Lebensfreude pur. Unser Mann hier im Raps läßt sich beim Schiffen viel Zeit. Hat mir einer von euch meinen Kuli mit ergonomischer Griffmulde geklaut?« Er holt sein Mobiltelefon aus der Tasche und schreit vier Wörter darein: »Okay, danke, super, tschüß.«

»Was soll aus meinen Sammlungen werden? Wer wird sich darum kümmern, wer wird meine Bücher haben wollen und beschützen?« beginnt Felberich unvermittelt zu klagen, als bräche ihm diese Sorge das Herz.

»Ich habe Angst vor den neuen Menschen, vor den Säuglingen sogar, in den Kindersportwägelchen. Was verbindet mich mit ihnen? Nichts. Keine Freunde. Alles Feinde. Hellgraue Maschinen, groß und klein. Ich verstehe nicht, was sie reden«, jammert Frau Hartriegel ohne zu zögern mit.

Haben diese alten Reisenden nicht ein bißchen recht? Jemand müßte ihre zarten, verschrumpelten Einzelheiten loben, die blauen Schläfenadern, den jenseitigen Blick, die herbstliche Strauch- und Baumähnlichkeit ihrer Glieder. Meint ihr nicht auch? Briza aber drängt sich mit einem sehr lauten Schluckauf vor. »Den haben manche bis zum Tod«, schmettert Sascha fröhlich ins Publikum und hupt: Rumex, auch wenn er Geistlicher war oder ist, soll allmählich aus dem Raps rauskommen.

»Manche brauchen wirklich furchtbar lange für ihre ... Geschäfte«: Briza sieht Frau Pulsatilla an, als erwarte er wieder einen treffenden Ausrutscher. Die hustet ihm was, starrt unbewegt den steifen Hals ihres Vordermannes an, Emil Günsel müßte das sein. Ah, die Pulsatilla! Als einzige Frau in diesem Bus ist sie in der Lage, sich die Gesichter aller anwesenden Männer in Lüsternheit verkrampft und in Wollust entgleisend vorzustellen. Aber ob es sie noch interessiert? Schon ist Brizas Schluckauf weg, aber nun muß auch er Felberich anhören, wie er sagt: »Alles ist so schrecklich durchsichtig geworden, ein Hauch alles, ein Wölkchen vor dem Zerfluß, ich meine Zerflusen. Wenn doch noch einmal die dumme Dicke des Lebens käme!«

Das ist ein Ausrutscher anderer Art, nicht nach Brizas Geschmack. Geschieht ihm recht. Sascha hupt jetzt kräftiger. Wo bleibt der Geistliche? Felberich legt sein Gesicht in beide Hände. Beschämt über seine Geständnisse? Da fühlst du dich, Sven Strör, hin- und hergerissen zwischen Mitgefühl und Überdruß. Es ist dir anzusehen.

»Wieviel kamen?« Viel zu laut richtet Wurz seine Frage an Wiesenfeld. Der versteht ihn erstaunlicherweise sofort: »Drüben, in Amerika, hatte ich eines Abends 2000 Mann Publikum beim Konzert.« Wußte der vergeßliche Wurz längst die Antwort und gab ihm bloß Hilfestellung? Wiesenfeld ist vor Stolz leicht errötet.

Briza kaum hörbar zur Pulsatilla: »2000? Jaja, drüben in Amerika! Da ist alles möglich, auch solche Phantasiezahlen. Und wenn's stimmt, dann allenfalls als Begleiter eines großen Stars. Wer prüft das nach? Mancher smarte Teufel hat mit 2000 Frauen geschlafen. Stellen Sie sich das mal vor! Ein ganzer Konzertsaal voll persönlicher Beischläferinnen. Doch wem sag ich das, wem sag ich das! Was ist das gegen Ihre eigene ruhmreiche Vergangenheit, gnädige Frau!«

Die Pulsatilla bekreuzigt sich, sagt: »Halt's Maul!« und sieht gleich wieder, nennen wir es diesmal: sarkastisch, vor sich hin.

In ihrer Glamourzeit hätte Briza solche Frechheiten nicht riskiert. Euer Alter da unten ist eben eine einzige Kumpanei, alle werden Kollegen, Frau Pulsatilla! Aber Briza ohne Umschweife fragen, ob ihr beide etwa zusammen die Schweine gehütet habt, das trauen Sie sich nicht aus Angst vor der Antwort, die der karnevalistische Politiker Ihnen servieren könnte. Lieber eisig in die Gegend starren, Madame?

Im Raps rührt sich noch immer nichts, dafür summt und duftet es durch Saschas Tür in den Bus herein. Der Himmel steht nicht blau, sondern inzwischen dunkel, fast schwärzlich über dem vielen Gelb, das dadurch ins Pfeffrige changiert, ins Dämonische sogar.

»Es ist so, als wäre alles, was man sieht, gerade vom Baum gefallen, runtergeweht.« Das ist nun aber nicht Felberich, sondern der von ihm angesteckte Eibisch, der peu à peu die Nerven verliert. »Wie gerade zum Verwittern niedergelassen. Wie eine Taube, wie irgendein Tier, das sich zum Sterben verkriecht.« »Die Sachen?« fragt Strör verdattert.

»Mach voran, Rumex, geistlicher Existenzberater!« sagt Sascha und haut auf sein Lenkrad. »Abnorm«, stimmt Strör ihm leise, in sich hineinlächelnd zu, »abnorm, abnorm.« »Vielleicht hat er akute Probleme im Untergeschoß«, meldet sich Briza,

»Ich war längere Zeit Taxifahrer mit vielen alten Dialyse-Patienten, pünktliche Kunden, zwei-, dreimal die Woche. O Mann, hochempfindliche Gesellen mit speziellem Geruch.«

Geruch? Da fällt unserem Strör wohl wieder der merkwürdige Blick von Trespe ein, denn er dreht sich nach dem Landstreicher um. Der aber kuckt nicht, der schläft. »Sommer«, gibt Felberich zu bedenken, »Sommer! Mein Gott war der früher immer massig, ewig, stillstehend. Heute ist überall das Ticken drin, der rasende Zeitablauf. Hören Sie? Ein Metronom. Taub? Wir? Früher war man es. Wäre man es nur noch immer, taub und dickfellig!«

Es bezieht sich draußen, bleibt aber warm. Die Eintrübung ist ein großartiger Kontrast zum Raps. Das Meer braucht Beleuchtung, der Raps nicht. Der glüht aus sich selbst, hat die Hitze in sich selbst, da kommt nichts mit und gegen an. Da, wie unsere Schützlinge fast alle auf die geschwungenen Felder starren, hinaus auf das Schreien des Raps, wie sie sein stummes Rasen gegen den Himmel und in der Nähe, direkt neben dem Bus, die Abgründe zwischen den schrillen Kerzen bestaunen, die aus der Finsternis des Ackerbodens hochschießen!

Seht euch die Insassen an, wie sie warten, geduldig, mit klopfendem Herzen sich schlafend stellen vor sich selbst. Was hatten die meisten, früher einmal, für markante Züge mit den ausgeprägten Spuren der sieben Todsünden, hahaha. Was für unterschiedlich sprechende Physiognomien, auf den ersten Blick voneinander zu unterscheiden. Jetzt ertrinkt das alles im Teich, im weichen Wellenschlag der alten Gesichter. Was meint ihr, würde eventuell ein Sohn gleich drei, vier der Frauen für seine Mutter halten? Diese Ähnlichkeit durch Bejahrtheit: Was können wir dazu? Wir sind unveränderlich, sie nicht. Sie müssen die Frivolität der Natur ertragen, uns amüsiert sie.

Allerdings, ein bißchen dauern uns die Armen ja schon. Daß sie so alle in einen Topf geworfen werden, selbst ihre Extravaganzen. Alles als Kauzigkeit in einen Topf reingetan.

»Verehrtester! Alter Sack Rumex! Nun schlag dein geweihtes Wasser ab! Hochwürden!« Sascha brüllt, Sascha hupt, rührt sich jedoch noch immer nicht von seinem Fahrersitz weg. Briza fixiert, impertinent auf seine fortgeschrittenen Tage, das Profil der Pulsatilla. Die allerdings gibt sich nicht die geringste Blöße, sitzt da in permanent spöttischer Majestät. Alle Achtung, Gnädigste!

Ihr Insassen, ihr Guten und Armen, ihr unsere Besten: Ist der Raps, der süß duftende und allseits brummende, nicht eine Art ewige Seligkeit? Einförmiger Trichter, wenn man nur lange genug draufglotzt, goldene Matte, die schließlich die ganze Insel bedeckt oder frißt? Göttliche Konzentration durch Monotonie, die das Eigentümliche eures menschlichen Daseins, die entsetzliche Zerstreutheit, beendet? Etwas, das euch schließlich die Erlösung, nämlich eine Besessenheit schenkt, ein grell gelbes Nichts, dem ihr mit jeder Faser zustreben könnt wie irrsinnig geworden, bis es euch verschlingt und alles Leben mit euch und alles nur noch eine säuselnde Wüstenei, ein träumerischer Rohstofflieferant ist namens Raps, Raps, Raps?

Warum soll man denen da unten in ihrer länglichen Rechteckform, in der sie so eselsgeduldig verharren, nicht auch mal auf diese Tour kommen? Die hören uns ja sowieso nicht. Wir aber sie, noch bevor sie sprechen sogar. Hans Dampf Briza, Taxifahrer, Karnevalsprinz, Politiker in mindestens dreifachem Ruhestand, denkt gerade und überlegt, ob er es laut sagen soll: Im Grunde sah meine Mutter von morgens bis abends aus wie ein schmuddeliger Teddy. Aber ihr Sauerbraten war umwerfend, besonders, wenn sie ihn von Pferdefleisch machte.

Das würde Briza besonders gern aussprechen, um scherzhaft Wurz mit seinem Santos zu quälen. Strör aber will jetzt auf die Uhr sehen, er schafft es nur im Moment nicht so recht, ihm sind die Augen verschwiemelt, vielleicht hat er eine Raps-Allergie? Er kann die Zahlen nicht lesen. »Ist doch egal«, sagt Felberich nur. Da will Strör den Namen Franziska auf einen

Zettel kritzeln, zu seinem Trost. Nur steht da jetzt ›Farnzika‹, noch einmal: ›Franizka‹ hat er jetzt geschrieben, auch hübsch, nur nicht richtig. Ob er es beim dritten Anlauf hinkriegt? ›Fransika‹.

Und schon ist das Papier voll und kein weiterer Platz mehr da. Strör will es aber nicht tragisch nehmen. Er findet statt dessen ein Foto in seiner Tasche, irgendwo, in einer der vielen Taschen der neuen Jacke, ein Foto von der Kleinen, verblüffend, vor Franziskas Erscheinen im ICE. Wie die ihre beiden Hauptmerkmale, vorn oben und hinten unten in die Gegend stemmt, niedlich auf ihre Art. Felberich darf es mit seiner Lupe ansehen. Schließlich fragt er Strör, der an dem Bildchen zu seinem eigenen Erstaunen wieder richtig Gefallen gefunden hat: »Natürlich, Ihre Tochter. Vergangene Zeiten.«

Schöne Sprachlosigkeit bei unserm Sven: Ja, ist der alte Mann neben ihm denn blind? Strör bringt nur ein mühsames: »Na, hören Sie mal!« zustande. Felberich bemerkt gar nicht, daß er seinen Nachbarn gekränkt hat. Er holt lieber seinerseits ein Foto hervor. Eine Mutter sitzt, breitbeinig in ihrer Fülle, die Knie weit auseinander unter dem glänzenden Kleid, daneben stehend ein Vater mit mächtigem Bart und einer Zigarre in der Hand. Neun Kinder, aus der elterlichen Samenkapsel herausgesprengt, sind drumherum gruppiert, alle in bester Kleidung nach uralter Mode, auch die mürrischen Gesichter sind danach, alle, alles von anno dazumal.

Felberich zeigt auf einen der sieben Jungen. Das sei er, elf Kinder habe seine Mutter geboren, zwei seien als Säuglinge gestorben. »Damals gab es noch kein Fernsehen für die Abendstunden«, sagt er schmunzelnd, »jetzt sind alle tot bis auf mich. Aber wenn ich diesen Jungen, der ich bin, in der Familienversammlung von Toten ansehe, dann komme ich mir längst und ebenso verstorben vor. Ich sehe mich als Toten, obschon ich doch lebendig neben Ihnen sitze, Herr Strör. Ich bin doch am Leben. Ist das nun schauerlich?«

Ob diese Eltern auch bei den Zeugungen solche Schwerarbeitermienen hatten? fragt sich Strör, aber mehr noch (ach Schätzchen, wir sehen dir ohne Anstrengung in deinen Kopf rein), wie befremdlich es sein muß, in einer so fernen Zeit geboren und dann in dieser anderen sterben zu müssen.

Abscheuliche Heimatlosigkeit! Richtig, Strör, richtig, das sind so die Überraschungen.

Briza hat sich rangeschlichen, ihn haben die Fotos angelockt. Frau Pulsatilla ist zu unergiebig: »Fotos! Fotos! Was sagen die schon! Mein Schwager war drüben in Amerika Baseball-Coach. Dann Top-Manager. Als er ins Gefängnis mußte, weil er die Bilanzen frisiert hatte, sah er in den Zeitungen aus, der Gauner, als hätte man ihm zu seinem tiefen Schmerz den einzigen Sohn und Trost seines ehrwürdigen Alters entführt.«

Die obskuren Familienfiguren Felberichs interessieren ihn nicht, er grinst verständig Strörs Ehemalige an und macht anerkennend: »HöHö!« Das stachelt den verhinderten Motorradfahrer gewaltig auf. Tadem, tadem, bröööööh. Das ist ihm Balsam und frische Meeresluft: »Nettes Mädel. Ich weiß bloß nicht, wie ich sie loswerden soll. Es gibt da jetzt eine andere, da gibt's keine nebenbei.«

Briza mustert Strör neugierig, aus vollem Herzen neugierig. Verbeißt er sich ein Grinsen? Dann senkt er den Schwerenöterkopf zu dem von Strör:

»Darf ich dienen mit einem todsicheren Tip, auch als Politiker und Profi? Wirkt Wunder, macht die Verflossene nicht hysterisch, sondern mutlos. Also angenehm stumm. Sie müssen ihr, Herr Strör, passen Sie jetzt gut auf, einfach ganz selbstverständlich, einfach als wäre nichts, zutraulich wie einer Schwester erzählen, daß Sie tief verwundet, völlig aufgewühlt vor Verliebtheit in diese andere Frau sind. Ja, bitten Sie sie um weiblich verschwörerischen Rat! Sie, Strör, in Ihrer möglichst natürlich wirkenden Unschuld, unbedingt merken, davon hängt alles ab! kommen gar nicht auf den Gedanken, die kleine Kameradin könnte sich da noch irgendwelche erotischen Chancen ausrechnen. Flausen, haha, Flusen einer netten Vergangenheit. Das muß sich unbedingt vermitteln, dann entwaffnet es die Dinger, dann geben sie kampflos auf. Es sei denn, Strör, sie bringt Sie um.« Briza hält, gut gelaunt nach seiner privaten Büttenrede, die Hand auf.

In diesem Moment stößt sich Sascha mit erbostem Schnaufer von seinem Stuhl weg in die Höhe. Er baut sich vor den Businsassen auf, ein durchtrainierter, großer Mann: »Jetzt muß ich den Kerl wahrhaftig holen gehen. Herrgott, was seid ihr für ein Reservistentrupp.«

Wiesenfeld springt auf, so flink er es noch schafft, und bietet dringend seine Hilfe an. Er tut es mit einem seltsamen Ausdruck. Wir wollen nicht darüber rätseln. Bittet Sascha, ihm seine Hilfe anbieten zu dürfen, sieht beinahe verzweifelt aus, als der Fahrer es ablehnt: »Hiergeblieben!« Die Traurigkeit im Gesicht des alten Pianisten wandelt sich, wenn wir das richtig lesen, nach der unverschämten Absage in Angst, doch, wir müssen annehmen, es handelt sich nicht um Besorgnis, sondern um Angst. Sascha verläßt, behaglich vor sich hinfluchend, das Fahrzeug und schließt die Tür ab. Strör, Eibisch, Felberich, Frau Hartriegel und Helene Kohl, sie alle verfolgen, wie er im hohen Raps untertaucht.

»Ein Wildschwein«, sagt Wiesenfeld. »Besoffenes Wildschwein«, sagt Briza. »Wildschwein in der Brausezeit, ich glaube, Rauschzeit« verbessert Wurz, der ein Weilchen fest geschlafen hatte und nun wieder mit dem Zittern loslegt. Wiesenfeld, nicht mehr ganz so furchtsam, freut sich erkennbar, daß Wurz das Wort eingefallen ist.

»Warum lassen wir das bloß mit uns machen?« erkundigt sich Strör bei sich selbst. »Was sollen wir tun?« antwortet Felberich. »Wir kosten zuviel.« Da platzt unserm Sven noch einmal der Kragen, wenn jetzt auch ohne Geräusch. Dem Elektriker brennt diesmal ganz lautlos die Sicherung durch, nicht wahr? Er kann sie alle nicht mehr ertragen, er starrt die Schlaganfallgelähmten an, die im großen und ganzen wenigstens stillhalten, nur manchmal brummen oder knatternde Laute ausstoßen und doch die Allerschlimmsten sind mit ihren sturen Grimassen, die alles Lebendige verhöhnen, am furchtbarsten, wenn sie in Erregung geraten. Das tun sie jetzt. Die haben anscheinend aufmerksam zugehört, und da erwachen die Scheintoten zum erschreckenden Leben, bewegen in ihren Gesichtern alles, was nicht niet- und nagelfest ist, man weiß nicht, nach welchem System.

Unter Umständen, Strör, wollen sie aber, wenn sie so dasitzen mit den verzerrten Mienen, nur protestieren gegen die Gleichmacherei des Alters, wollen mit dem, was du Fratze nennst, etwas Eigentümliches darstellen, auch wenn wieder gar nichts Individuelles dabei rauskommen kann? Als er sich einmal umwendet, bemerkt er, daß sich Eibisch und Helene Kohl an den Händen halten. Noch immer entgeht ihm jedoch die Anspannung, mit der alle, bis auf den schlafenden Trespe, warten, seit Sascha sie verlassen und eingeschlossen hat.

»Labt sich die liebe Sonne nicht / der Mond sich nicht im See, im Meer, im Meer, im Meer, natürlich? / Kehrt wellenathmend ihr Gesicht / Nicht doppelt schöner her?«

Nein, auch die Hartriegel mit ihrem Singsang, der ihn umschmeicheln und beschwichtigen soll, kann er nicht mehr aushalten. Alles hier drückt ihm sachte die Brust ein. Ihm bricht so gewaltsam der Schweiß aus, daß er sich das Zeug vom Leib reißen will, als es ihn in plötzlicher Willkür zu frieren beginnt, und er auf seinen nackten Armen die Gänsehaut sieht. Richtig dürftig wirken sie dadurch, innerhalb von Sekunden vergreist, die schönen Arme.

Auch die anderen hat offensichtlich ein Schauder ergriffen. Strör kennt das bisher nur vom dumpf-nostalgischen Anhören gewisser Schlager, nicht wahr, Sven? Hier ist es was anderes, und alle sehen dorthin und halten den Atem an. Noch eine andere Gelegenheit, Strör, erinnere dich! Damals, als dein

Vater gestorben war und man dir ein Foto von ihm schickte, wo er dich geradewegs ansah. Da hast du manches Überfällige zu ihm hingeflüstert, aber dann erfuhrst du, daß man die Augen des Fotografierten künstlich geöffnet hatte, mit dem Computer, extra für dich. Tagelang, wenn du die vermeintlichen Augen sahst, hat es dich am ganzen Körper eisig überlaufen. Fällt es dir wieder ein?

Ihr alle seid also aufgeschreckt worden durch den Raps? Nicht durch das blendende Rapsgold an sich, vielmehr durch seine plötzliche Unruhe an einer entfernten Stelle, nachdem das Feld doch so lange, länger noch als der Gang von Rumex, in vollkommenem Frieden dagelegen hat, als wäre der sanft gewellte Boden mit einem dicken giftigen Gelee bestrichen, der allerdings süß riecht und hochsommerlich summt?

Alle habt ihr die Wirbel gesehen. Der Raps fing an dem einen bestimmten Fleck an zu kochen und seine unter der Düsternis des Himmels wie wahnsinnig strahlenden Massen wild gegeneinander zu verschieben. Mehr ist nicht zu erkennen, nichts Verdächtiges, nur die in Aufruhr, in widerliche Lebhaftigkeit versetzte Rapsblüte. Keiner sagt etwas, bis draußen Ruhe eintritt. Sogar als Sascha sich reckend allein aus dem Feld kommt, sagt immer noch keiner etwas. Ihr wartet, bis er den Bus aufschließt und vor euch steht.

»Wie der sich aufpflanzt!« sagt Felberich durch die nicht ohne Grund makellosen Zähne. »Wie ein Weltenrichter, der Schwachkopf.« Er lächelt aber nicht dazu. Niemand im Bus lächelt. Niemand, bis auf den dummen Elektriker, sieht jetzt überhaupt noch gespannt aus. Nur Strör ist neugierig, die anderen wissen Bescheid. Sven Strör, ja, da kuckst du von einem zum anderen, und niemand zwinkert dir zu, nichts als Niedergeschlagenheit ringsum.

»Wunderbar! Weiter, Weiter!« Eva Fingerhut ist gerade hellwach.

»Rumex ist tot. Ist im Rapsfeld gestorben. Nicht schlecht,

was? Stirbt mir unter freiem Himmel, der heilige Mann. Hingeschlagen und tot. Tippe auf Herzkasper. Den kann keiner da raustragen. Ich hab's versucht. Ansonsten keine Sorge, Leutchen, habe alles telefonisch geregelt da draußen. Rumex wird abgeholt. Die sind bestimmt schon unterwegs. Ist alles unbürokratisch eingespielt.«

Nur die Frauen haben kummervoll »Oh!« gemacht, ein seufzendes: »O Gott!«. Was für muskulöse Arme dieser Sascha besitzt!

Strör, spürst du allmählich was? Eine Flechte, die geruhsam über dich hinwuchert und schon beträchtlich vorangekrochen ist auf diesem Weg? Das sind nur Grillen, die kommen vom langen Stillstehen neben dem Rapsfeld. Der Raps ist doch bloß Rumex zum Verhängnis geworden, niemandem sonst. Und schon geht es weiter mit Sascha am Steuer. Wundere dich lieber über die vielen Busse, die euch begegnen und überholen. Was die Leute an den Fenstern alle für helle Köpfe haben, nicht wahr, Strör? So viel Grau und Weiß, beinahe unnatürlich. Denk nicht weiter über Rumex nach. Sascha ist doch auch fröhlich, pfeift sich ein Liedchen.

»Ich weiß nicht, warum es mir einfällt«, sagt Eibisch, »als kleines Kind habe ich zufällig gesehen, wie der Reichsstatthalter von Österreich den Führer in Wien begrüßt hat. Unter dem Gürtel, 1938, stand ihm die Uniform, besonders die Hose, so sehr nach hinten ab. Hitler trug einen Mantel. Die Wienerinnen waren außer sich. Sie wollten alle dem Führer Blumensträuße überreichen, auch die kleinen Kinder mit den Milchzahnlücken. Ich habe die große Wehrmachtparade gesehen mit den vielen langen Hakenkreuzfahnen, an denen die Panzer vorüberfuhren. Tausende von Männern mit Hüten auf dem Kopf rissen die Arme hoch zum Gruß. In Wien damals, es war ein gewaltiges Dröhnen und Jubeln und Donnern.«

»Wir koschten zu viel.« Das sagt diesmal Frau Hartriegel. Ist ihr Zahn in der kurzen Zeit noch schiefer geworden?

»Wer will diese Dinge von uns wissen? Manchmal trifft man junge Leute, die uns zuhören, die Verständnis für uns haben. Das ist ... faszinierend, ist ganz großartig«, fährt Eibisch fort. Und du, Strör, denkst: Das ist nicht großartig. Eure Demut aber, die ist zum Kotzen!

Felberich: »In der Jugend hat selbst der Tod rote Backen. Im Alter ist selbst die Liebe fahl.«

Eibisch: »Am einsamsten macht die heimtückische Verjüngung der Welt.«

Frau Kohl: »Jung und alt, das sind die stärksten Gegensätze. Nur die von Leben und Tod sind noch schlimmer.«

Eibisch: »Das Wissen, daß einem jederzeit alle Gemüts- und Geisteskräfte genommen werden können, das ist das Schlimmste.«

Wurz: »Wer kann schon verstehen, was es bedeutet, in hohem Alter seinen einzigen Bruder zu verlieren oder sein Pferd.«

Eva Fingerhut: »Wunderbar!«

Felberich: »Eine Geschlechtsumwandlung findet statt. Die Jugend, die Jugend ist das andere Geschlecht geworden.«

Helene Kohl: »Ab fünfzig werden die Menschen nervös. Beharren plötzlich auf den kleinsten Altersunterschieden, und wenn es bloß Wochen sind.«

Briza: »Mein Frisör altert jetzt vierzehntägig, ruckweise, galoppierend.«

Elfriede Hartriegel: »Denken Sie an den Anfang der ›Bremer Stadtmusikanten‹. Das Verschstoschen, Verzeihung, Verstoßen der Tiere.«

Die kleine Holt-Ogastl: »Gemeinschaft der Lebenden und der Toten und der Heiligen.«

Sascha: »Der Eiligen! Hahaha, hohohho. Gemeinschaft der heiligen Eiligen. Volltreffer. Bingo.«

Ruth Bärlapp: »Morgens gehe ich in einen kleinen Park, bin ich immer gegangen, in der Nachbarschaft, so schön angelegt alles. Aber niemand säubert ihn. Sie werfen Flaschen und Papier in die Büsche. Sie kümmern sich um nichts. Ich alte Frau ging morgens hin und reinigte alles, sammelte alles auf aus Liebhaberei. Dazu bin ich noch nutze gewesen und habe es gern getan.«

Helene Kohl: »Wenn ich alte Ehepaare gesehen habe, dachte ich, ich konnte nicht anders: Wie lange noch zu zweit? Kein Ehepaar kam an mir vorbei, ohne daß ich dachte: Ein Jahr? Drei Jahre? Sind sie vielleicht nur noch sechs Monate zusammen?«

Ruth Bärlapp: »Abends sah ich in die Dunkelheit, echte, alte Dunkelheit war es noch. Wie schön, wenn nachts, im Frühling, wieder die warme Feuchtigkeit durchs offene Fenster kam. Man hörte die Käuzchen rufen. Dann hat man die Idee geändert. In den Zeitungen schrieb man: ›Der Fortschritt muß sein, die Bauwirtschaft will es.‹ Sie haben den Park umgesägt und alles ausgerottet, die ganze Fläche bebaut. Es wird nie mehr dunkel, von abends bis morgens brennen Laternen und Scheinwerfer.«

Paul Briza: »Seien wir ehrlich. Das Scheußlichste ist, wenn man nicht mehr stricken kann, höhöhö!«

Beim Wort ›stricken‹ sehen alle Strör an. Er schämt sich zu seiner Wut. »Ficken! O Gott, ficken!« knirscht er ganz leise. Wir aber hören es, wir allein. Wir hören sogar, wie sehnsüchtig es klingt. War's was aus fernen Jugendtagen, Strör? Gab's da mal eine Franziska und viele und viel frühere Strickstunden?

Wiesenfeld: »Wenn die Finger steif werden, gibt es keine Tasten-Treffsicherheit mehr. Das Gedächtnis läßt uns im Stich. Fatum est.«

Briza: »Das ist das Fiasko: Die Finger werden steif, unsere Stricknadel wird schlaff. Voilà!«

Eibisch rät, ganz vornehmer Herr: »Frau Hartriegel macht es richtig. Auswendiglernen trainiert das Gehirn, wie diese Olympiakämpfer ihre Muskeln trainieren.«

Elfriede Hartriegel. »Das Wasser rauscht, das Wasser schwoll / Ein Fischer saß am Strand.«

Wiesenfeld: »Am schrecklichsten ist der Blick unserer lieben Kinder. Man spürt, daß sie denken, man stürbe bald. Sie sehen unser Fleisch so zärtlich, so erbittert an, als fiele es schon unaufhaltsam von den Knochen für alle Ewigkeit. Geierblicke, wenn auch in Liebe.«

Felberich. »Jaja, jaja. Man sieht, wie sie sich unser Bild noch ein letztes Mal einprägen wollen.«

Trespe ist aufgewacht und beginnt wieder damit, Strör so merkwürdig zu beäugen. Die Pulsatilla hat sich in einer von Sascha übermütig genommenen Kurve gegen den steifen Hals ihres Vordermanns fallenlassen. Er könnte sich jetzt mit einem roten Lippenabdruck auf dem Kragen brüsten, der bei euch doch fast so viel wert ist wie ein Knutschfleck. Sie macht Briza, der es beobachtet hat, ein Zeichen, er solle den Mund halten gegenüber Günsel. Der nämlich würde das Scherzchen gar nicht goutieren. Alter Marineschwadroneur Günsel, warum so erzschweigsam heute?

Die Pulsatilla: »Irgendwann ist man so alt, daß es niemanden gibt, der uns beweint, keiner vergießt eine Träne über unseren Tod, und wenn wir hundert Kinder und Enkel besäßen. Zu spät. Wir hätten es uns früher überlegen müssen.« Alle wenden sich ihr zu. Aber schon ist ihr Gesicht wie vorher hochmütig versteinert.

Wiesenfeld: »Noch eben gab es Frau Vicia in meiner Nachbarschaft. Hoch in den Achtzigern. Sie fuhr immer zum Golfspielen mit ihrem feuerroten Golf, dann nur noch mit Taxi. Hatte nichts im Sinn als das Golfspielen. Ich sah den Rauch so lebhaft aus ihrem Schornstein wehen und stellte mir vor, daß sie unten in der Küche genauso eifrig kochte. Erst als sie tot war, erfuhr ich von ihrer Frömmigkeit. Kein Golfspielen. Sie ist immer zur Kirche mit dem Taxi gefahren, weil sie nicht mehr laufen konnte, um den Altar zu schmücken, so gut es noch ging.

Nicht Golf, sondern der Blumenschmuck am Altar war ihr ein und alles geworden. Als sie längst im Grab lag, tanzte der Rauch wie eh und je aus dem Schornstein, und die tote Frau schien noch immer unten im Haus tüchtig zu kochen.«

Briza: »Was soll das hier?«

Wiesenfeld: »Ich meine nur: Jetzt bin ich selbst vierundneunzig. Wie schnell ich das geworden bin. Und wer weiß, wer seinerseits mich schon des längeren so beobachtet wie ich eben noch die Frau Vicia, der die weißen Haare senkrecht vom Kopf hochstanden wie ein frischer Distelkranz.«

Strör: »Ein Trick meiner alten Mutter: Wenn ihr was nicht einfällt, sagt sie ein Wort, das gar nicht dahinpaßt. Statt Schublade: Kastanien, statt Medizin: Brotkorb, statt Ampel: Pizzi. Sie hat dann gelacht, als wollte sie mich extra zum Narren halten. Man weiß nie: Macht sie Witze, oder weiß sie nicht weiter? Da war sie nicht mal so alt wie Sie, Herr Wiesenfeld.«

Wurz: »Russische Dörfer niedergebrannt, alle Erwachsenen, auch die Kinder erschossen. Soldaten ohne Gesichter. Die hatten nur noch randlose Löcher zum Sehen und Essen. Die Oder weiß von Leichen. Pausenlos rollten Lastwagen vorüber, hoch aufgeschichtet die toten Soldaten. Arme und Beine baumelten nach allen Seiten, die Köpfe mit und ohne Gesichter schleiften über die Straßen.«

Strör? Wie konnte das passieren, um Himmels willen. Wie konntest du ganz gegen Absicht und Vorsatz da eben so mitmischen, dich derart in das Gefasel der Insassen reinziehen lassen! Und was unseren Sven am meisten entgeistert: Keiner hat sich gewundert über ihn, Strör, die haben es für selbstverständlich gehalten, als wäre er einer von ihnen! Was macht er jetzt für ein Geräusch? Eine Art Ächzen und auch Knurren, eigentlich keine menschliche Äußerung, ein keuchendes Schreien, das die anderen noch nicht spitzgekriegt haben. Er hält es noch so eben zurück. Aber seht nur, wie er zuckt mit den Beinen und die Hände versteckt.

»Meinetwegen«, ruft da plötzlich der Mann mit dem steifen Hals und den Lippenstiftflecken der Pulsatilla, während sich Strör fast vergeblich um Contenance bemüht, »meinetwegen wurde der Lazarettzug angehalten. Minensuchflottille, acht Boote, finnischer Meerbusen.« Sieh an, Emil Günsel bricht sein Schweigen, nun wird's für eine Weile kein Halten geben: »›Wenn es gefährlich wird, mein Junge, klopfe ich dir auf die Schulter‹, hat mein Vater gesagt, bevor es in den Krieg ging. Und was sage ich? Ich stehe auf Deck bei der Kanone, da klopft mir jemand auf die Schulter und sagt: ›Wo ist dein Käppi?‹ Tatsächlich, sonst hatte ich es immer auf, diesmal nicht. Also geh' ich runter, mein Käppi holen. Kaum bin ich unten bei der Leiter, kommt der Angriff, die vier Mann an der Kanone sind tot, genau da gestorben, wo ich eben noch stand. Mein Vater hat Wort gehalten, hat mich gewarnt.«

Jetzt redet Emil Günsel aus dem ff, läßt keinen mehr dazwischen: »›Wie kommt der zu dem steifen Hals?‹ fragt sich jeder. Ich will es euch sagen: Jaha, das war eine Bombe, die nicht auf Deck explodierte, sondern auf dem Wasser. Die Splitter der Granaten sitzen mir seitdem im Gesicht und im Hals. Bei mir im Kopf lief der berühmte Film ab, von der Kindheit an, so weit ich zurückdenken konnte. Jetzt bin ich tot, dachte ich. War es dann doch nicht. Lebte ja noch, lebte unter zwei Leichen. Die habe ich mir vom Brustkorb geschleudert und meine Schwimmweste aufgerissen, um atmen zu können. Und was sagen die Idioten im Lazarett? ›Wir können keine Feindeinwirkung feststellen.‹ Die haben mich nicht mal operiert, keine Rente, keine Entschädigung, lebenslang Splitter im Hals. Nur weil sie meinten, jemand, der in der Schreibstube angestellt ist, kann auf Deck keine Splitter abkriegen. ›Leckt mich am Arsch‹, habe ich gesagt. Was aber schön war, das sollt ihr genauso wissen: Viele Jahre später spricht mich jemand im Supermarkt an: ›Mensch, Kamerad, kennst du mich nicht mehr? Ich hab' dich damals nach dem Angriff, als du hochgekommen bist, aufgefangen, sonst wärst du ins ausgelaufene Heizöl gekippt.‹«

Günsel wird jetzt nach Fotos suchen, Fotos von sich mit Matrosenkragen, mit Schwimmweste, mit dem Seemannschor. Da setzt Strör zu seinem zweiten Tobsuchtsanfall an: »Alte Ärsche, haltet die Fresse. Ich ersticke. Laßt mich raus, winselnde Mumien!«

Wir wenden uns ab.

Die alten Herrschaften horchen auf sein Gurgeln, sehen ihn gegen die Polster hämmern, gegen seinen Helm treten, gegen den schönen, funkelnden, noch ganz ungebrauchten Helm von Aldi, den ihm Frau Hartriegel wegnehmen möchte, so daß Eibisch eine Balgerei verhindern muß. Nichts Originelles, nichts Überraschendes. Wann wird Sascha, der seelenruhig weiterfährt, an Raps, Kirchen und Gehöften vorbei, vor allem an vielen Bussen, endlich eingreifen, damit Schluß ist mit Strörs elender Zähnefletscherei?

**5.** Der Land- und Stadtstreicher Trespe, der mit der vielleicht immer noch nicht geleerten Hose, den man nach hinten verbannt hat wegen seines üblen Geruchs, kommt schwankend herbei, beachtet nicht den Warnruf der uralten Fernsehansagerin Fingerhut: »So eine Scheiße« und stellt sich vor Strör hin. Der blickt auf zu ihm, sieht das welke, abgezehrte Gesicht, den eingefallenen Mund. Es fehlen zu viele Zähne darin.

Strör wird still. Er bemerkt schwache Spuren von Vertrautem, von nicht ganz Fremdem an Trespe, der ihn noch schärfer studiert. Die anderen starren und stieren und spüren, daß irgendwas bevorsteht, als Trespe brummelt: »Strör! Erkennst du mich nicht, deinen alten Kumpel erkennst du nicht? Du bist mal vom Apfelbaum gefallen, lange her, und ich habe dich mit meinen Armen aufgefangen, und war nicht größer und nicht älter als du.«

»Was? Was redet der? Lauter!« rufen Wurz von vorn und Briza von hinten.

Strör strafft sich, Strör sackt zusammen mit offenstehendem Maul, sehr bleich: »Das geht doch nicht. Kann nicht wahr sein.«

»Aber sicher, alter Halunke, alter Freund Strör. So spielt das Leben. Was schockt dich so«, nuschelt Trespe zurück. »Dieter Schwarn, ganz recht. Ich nenne mich schon ein Weilchen lieber anders. Hat Vorteile für mich, habe Gründe dafür. Aber ich bin's, nach wie vor. Willst deinen Schulfreund nicht erkennen? Mensch, Strör! Erst war ich nicht sicher, jetzt bin ich's. Du bist es. Komm, umarme mich. Mitgefangen, mitgehangen.«

Das ist deine letzte Hoffnung, Strör, haben wir recht?: daß die anderen Trespe nicht glauben können, wenn sie euch beide vergleichen. Nicht wegen des Gestanks, sondern wegen der Generation, nicht wahr? Jedoch, Freund Strör, sie wundern sich nicht im geringsten! Nichts verblüfft sie, sie sind einer Meinung mit Holger Trespe oder besser: mit Dieter Schwarn. Du gehörst in denselben Karton, paßgenau in seine Schul- und Altersklasse, auch wenn du viel mehr Zähne im Mund hast. Die lassen sich keinen Sand in die Augen streuen, diesbezüglich nicht. Jetzt heißt es, den Schrecken verbergen. Kämpf Tatterich und Tränen runter, sei ein Mann! Jetzt heißt es, den stinkenden Kameraden umarmen mit natürlicher Herzlichkeit, armer Kerl Strör!

»Warum haben Sie sich nicht entschiedener gewehrt? Warum sind Sie denn den ganzen Weg mit uns gefahren, wenn Sie meinen, nicht hierherzugehören?« spottet Felberich nicht ohne Strenge.

Strör schlägt dem Landstreicher kurz und gut auf die Schultern, und der küßt ihn tatsächlich auf die Wangen. Das Todesurteil, Strör? Ist jetzt nicht alles einerlei, etwas Geruch und Verfallenheit mehr oder weniger, was macht es schon? Schwarn verzieht sich, will gar nichts weiter, hat seine Mission erfüllt. Strör dagegen? Wie vom Herz- oder Hirnschlag gefällt.

»Ach! Wüschtescht du, wie's Fischlein ist, wüßtest du/So wohlig auf dem Grund, /Du kämst herunter wie du bist/Und würdest erst gesund.« Wie zartfühlend Elfriede Hartriegel von hinten zu trösten versucht, obschon er ihr noch eben den Schutzhelm aus den Händen geschlagen hat! Vielleicht freut es sie, ihn auf diese unverdächtige Weise duzen zu dürfen.

»Man muß wissen«, gibt Felberich, wieder ganz sanftmütig, zu bedenken, »daß Goethe, als er das schrieb, noch keine Dreißig war. Es klingt wie schon ewig vorhanden.«

Ja, Strör, zum ersten Mal horchst du auf die brüchige, hohe Stimme der grünäugigen, zumindest einstmals grünäugigen Chefsekretärin, die dir neben unserer entzückenden Frau Holt-Ogastl von Anfang an inständig zugetan war. Und nun, als du Felberich, um Kräfte zu sammeln, erst nach einiger Zeit antwortest, entdeckst du zum ersten Mal, daß deine eigene Stimme ebenfalls viel höher klingt, als du von heute morgen in Erinnerung hattest.

»Es war Neugierde, es war Unglauben, daß so etwas möglich ist, daß man einfach gekidnappt wird, mitgeschleppt gegen seinen Willen am hellichten Tag«, stotterst du im Fistelton. Keiner, was für ein Schicksalsschlag, ist darüber verdutzt, kein einziger. Nicht mal die dir geneigten und also neckischen Damen Hartriegel und Holt-Ogastl.

»Die Getreidesilos schenken wir uns, jetzt geht's zur Inselhauptstadt. Auf zur Henkersmahlzeit«, schreit Sascha lachend in den Spiegel. »Das Getreide wird bis nach Rußland befördert«, meldet sich Briza pünktlich und unbeeindruckt von Saschas letztem Wort. Bei einigen anderen ist das anders. Darum möchten wir aber auch bitten! ›Henkersmahlzeit‹! Ist ein Ausbund an strotzender Jugend, dieser Fahrer. Ob ihm auch mal was zustoßen wird? Die gewissen ›einigen anderen‹ strengen sich sehr an, nichts von ihrer Bedrückung zu zeigen. Wir aber, wir sehen ihnen in die betrübten Herzen.

»Russische Dörfer niedergebrannt. Alle Erwachsenen und

Kinder erschossen«, sagt Wurz. »Wer fragt dabei nach den Tieren?« sagt die Toilettenfrau Bärlapp. Das wundert uns nicht. Sie hat ja Tränen in den Augen! »Vom Russen sind die Granatsplitter nicht. Das waren die Alliierten.« Günsel, klar!

»Wohin man sieht, nichts als Fortschritt. Sogar die eigenen Kinder werden einem fremd, in gewisser Weise sogar feindlich«, bekümmert sich Felberich, der gelbblütige Felberich, Lupenfelberich aus dem ICE, zu Eibisch hin, aber auch Strör, Frau Hartriegel und die Fernsehansagerin Kohl hören es mit, »überall Abriß und Neuerung. Meine Tochter ist Geschäftsfrau. Sie hat überhaupt keine schöne Verschwiegenheit, immer offen und ungeniert. Ihr einziges Geheimnis ist der stete ökonomische Hintergedanke bei allem und jedem, bei der kleinsten Handlung und Äußerung. Mein Sohn ist Schriftsteller. Er hat neuerdings Erfolg. Seine Karriere betreibt er, indem er Frauen und Männer, die er für nützlich hält, durch schmeichlerische Seelenanalyse bei ihren schwachen Stellen packt. Geschmeidig wie ein Höfling, aber immer mit dem Habi..., mit der Pose euph..., emphatischer Zuwendung. Wie komme ich da jetzt drauf? Was wollte ich sagen?«

»Auf zur Henkersmahlzeit!« trompetet Sascha, als hätten die Leute das schon wieder vergessen.

Meine Tochter? Was war denn mit meiner Tochter und Elvira, meiner Frau? Mit meiner einstmals kleinen Tochter Franziska, nein, Inge? fragt sich zwischendurch sehr beklommen unser Strör. Was war das für ein Blitz oder Schmerz, der da gerade über sein Gesicht fuhr? fragen wir uns.

Sie sehen nicht die Gärten, an denen sie doch jetzt vorbeifahren, dieses schmale Hoffen auf Familienseligkeit, eng nebeneinander, Gärten, wie Heringe gedrängt, wie Blütenkelche, nur rechteckig aufgesperrt, damit das Glück sie bestäuben möge. Unsere Lieblinge achten kaum darauf, daß sie in die Stadt Burg eingefahren sind. Wer weiß, was ihre alten Augen davon überhaupt noch erkennen.

»Meine Enkelin hat wie ich mit dem Fernsehen zu tun, eine junge Frau mit spitzer Nase. So, sehen Sie, so spitz! Ist Managerin dort. Sie kauft Sender auf, glaube ich, sie reduziert, nein, restrukturiert, sagt sie und hat ein kahles, eigentlich möchte ich sagen ratzekahles und splitternacktes Gesicht. Nie duldet sie das Überflüssige, obschon sie doch meine Enkelin ist. Ich habe ein paar Sätze von ihr auswendig gelernt, wie Prof. Dr. Eibisch uns zum Gedächtnistraining empfiehlt.«

Das tröstet und versöhnt sie, die Helene Kohl, bei der das Mittagslicht nun stärker die Erschlaffung durch die Jahre verrät, daß sie parlierend auf ihren Neurochirurgen hinweisen kann.

Helene Kohl, jetzt höchst konzentriert: »»Es handelt sich um ein börsennotiertes Unternehmen, das sich streng an verfahrensrechtliche Disziplinen hält. Weil aber der Druck der Mitarbeiter und der Werbekunden immer größer wurde, habe ich in London und New York interveniert und deutlich gemacht: Die Mitarbeiter, aber auch unsere Partner in der Werbeindustrie müssen jetzt wissen, wohin es geht. Das Unternehmen leidet wirtschaftlich Schaden, wenn wir nicht handeln. Wir müssen unseren Kunden ja auch die Marketing-Kooperation der vier Sender erklären und den Werbezeitenverkauf.«‹

Man klatscht so heftig, daß Elfriede Hartriegel, schnell eifersüchtig, das liegt an den grünen Augen, »Das Wasser rauscht, das Wasser ...« sagt. Eibisch erteilt seiner Helene mit Blicken eine Eins für die, wir schließen uns an, höchst erstaunliche Merkleistung. Jetzt zittern ihr von der Anstrengung auch die Hände, die daraufhin von ihm zur Beruhigung sehr gedrückt und an die Lippen geführt werden müssen.

Sascha hat den Bus geparkt. Alle Türen springen auf, man macht sich ans Aussteigen. Aber nun hört euch das an! Wurz ist in die Nähe der Pulsatilla geraten und sagt zu ihr: »Ah, die Hure Babylon.« Hat der Kerl nicht neben seinem Santos und Parkinson auch noch Alzheimer? Die Pulsatilla verzieht keine

Miene, stößt ihn aber, barmherzig sacht, gegen die Brust: »Warst in deinem früheren Leben mal bei mir, du Fürzchen?« »Bin auf dir geritten!« kräht Wurz und überschlägt sich beinahe auf der Bustreppe.

Inzwischen haben alle, selbst die leicht Schlaganfallgeschädigten, auf ihre lockere oder mühsame Weise den Bus verlassen. Sascha packt energisch mit an. Strör sitzt noch auf seinem Platz, sitzt ganz erschlagen da und rührt sich nicht. »Nun kommen Sie schon!« ruft Felberich scharf von der Tür aus. Strör zuckt bloß zusammen. Ein Nervenbündel ist aus ihm geworden. Nur die Pulsatilla sieht zu ihm zurück, während die anderen wankend oder aufrecht über den Kopfsteinpflasterplatz mit den Bäumen drumrum und den kleinen griechischen, italienischen, chinesischen Restaurants wandern. Ob es hier auch Tattoo Piercing gibt? Am Rand begutachten ein paar Jugendliche ein Motorrad. Sie wartet noch einen Augenblick, dann geht sie langsam auf ihn zu.

Das Verblüffende ist Saschas Geduld.

Sie trägt jetzt eine große, getönte Brille wie Sofia Loren, seit sie in die Jahre gekommen ist, aber ihr Mund ist viel voller und nicht bemüht, Gefallen zu erregen. Plötzlich hat unser Sven ihr Gesicht direkt vor sich. Eben wäre er noch davor zurückgefahren, jetzt betrachtet er geistesabwesend die Gesichtszüge der Frau, die ihn mit herzlicher Geringschätzung anlächelt. Gerade hatte er noch gedacht, daß er aus der Vertikalen gekippt ist in die Waagerechte, ja, das war sein Gefühl. Man hat ihm den Turm, an dem er doch von Kindheit, mal träumerisch, mal ehrgeizig gebaut hat, den Turm Sven Strör, umgeworfen und die Etageninhalte seines Lebenslaufs in horizontalen Fächern verstaut. Er ist es gar nicht mehr, nur sein Name steht an den Einteilungen, und sein Leben hängt dran, wenn man die Abteilungen addiert.

Ist die Pulsatilla nicht die Altfrauenspinne aus der Einöde? »Als ich geboren wurde, ging es meinen Eltern noch gut. Mein

Vater war Konditor, meine Mutter war Mutter«, sagt Strör stockend zu ihr. »Sie sahen sicher so ähnlich aus wie die von Felberich, war es Felberich? auf dem Foto, nur heller, lustiger. Mein Vater nahm Pfennige aus dem ledernen Tabaksbeutel und setzte sie als Preis beim Würfelspiel ein. Seine herrlichen Torten, höher und höher. Man konnte sie gar nicht mehr transportieren. Trotzdem hat er sie noch höher gebaut. Bis er bankrott machte und unter die Erde, in den Bergbau mußte. Ich habe schon früh technisches Geschick gezeigt, war gefürchtet, weil ich als Kind vieles auseinandergenommen, auch zerstört habe. So später meine Ehe mit der Tochter.«

Die kleine Hand, die auf den Tisch schlug und in dein Gesicht patschte, um es zu streicheln, Strör? Das Blinzeln zwischen den Stäben des Kinderbetts, zahnlos und verschmitzt, als wäre die Kleine eine alte Frau? Das Jauchzen, herzzerreißend, unverdient schön?

»Ich habe die beiden fast aus den Augen verloren.«

Sie hat es ruhig angehört und bietet ihm jetzt ihre Hilfe beim Aussteigen an. Paßt auf! Die bietet ihm ihren Arm an! Und wirklich gehen beide ein bißchen wankend über das unebene Pflaster hinter den anderen her. »Man soll sich seiner Zeit nicht entziehen und kann es nicht. Aber ich wollte, sie wäre vorbei«, sagt sie gerade, mehr für sich selbst. Wurz und Briza sehen sich nach den zweien um und beginnen vor Neid laut zu lachen, was niemanden stört. Die meisten sind darauf konzentriert, ohne Unfall in dem Restaurant anzukommen, das Sascha ihnen zeigt, den leeren, von einem lokalen Zwischenregen noch nassen Platz zu bewältigen. Sven wird damit zu tun haben, die tiefe, unter uns: versoffene Stimme der Pulsatilla zu verkraften

Sie sei nach und nach aus eigener Energie eine wohlhabende Frau geworden, aber es habe ihr immer viel mehr Vergnügen gemacht, sich auszurechnen, was sie durch die Vermeidung von teuren Sachen gespart habe. Für wen? Nie für einen Mann, lange Zeit für eine Enkelin, eine vom ersten Lebensmoment geliebte Enkelin. »Heiß geliebt, Herr Strör, wahre, wechselseitige Leidenschaft. Ich war nur glücklich in ihrer Gegenwart. Der großartige Eigensinn, die plötzlich aufstrahlenden Augen, um die man immer werben mußte! Wir haben den Vollmond angesungen und Schwäne gefüttert, sie in dem roten Kapuzenmantel. Irgendwann verlor sie das Interesse an mir, hat mich vielleicht sogar verachtet. Seitdem liegt mir nicht viel am Leben. Männer hatte ich immer genug, überreichlich hatte ich die und bin sie satt. Sehr lange schon. Übrigens habe ich immer wenig von Männern gehalten, die, kaum hatten sie ihren kleinen Seitensprung absolviert, sich der kleinkarierten Psychologie ihrer Ehefrauen unterwarfen, ich meine, was die Beurteilung anderer Frauen betrifft. Die Selbständigkeit, sich dagegen zu stemmen, trifft man bei verheirateten Männern äußerst selten an. Ich spüre das noch heute auf Anhieb. Auch diesen alten Männern sehe ich es an. Ich könnte sie alle danach einteilen.«

Sie beobachtet Strör lächelnd. Schadenfroh und voll Nachsicht gleichzeitig? Uns kommt es beinahe so vor. Für einen Moment nimmt sie sogar die Sonnenbrille ab, sagt aber nichts.

»Die Kleine hat mich vollständig aus den Augen verloren, Herr Strör. Zu meinem achtzigsten Geburtstag drückte mir die junge Frau im Vorübergehen eine Tafel Ritter-Sport-Schokolade in die Hand. Haben Sie Enkelkinder?«

Großvater Sven? Opa Sven? Mann, Frau, Großmutter, Kind, alle hintereinander, Familien, die zähe Fäden ziehen in grauen Sonntagen an den Hecken entlang?

»Sie wissen es gar nicht?« Frau Pulsatilla stützt sich nun schwer auf ihren Schirm, hält aber mit dem zweiten Arm tapfer den unsicheren Strör, bis sie in dem großen Restaurantraum eintreffen, wo es außer den Businsassen keine Gäste gibt. Man sitzt an langen, bereits gedeckten Holztischen wie in Wallfahrtsorten die Pilger. Strör vermeidet sorgfältig, in einen der Spiegel zu sehen.

»Wollte die Sie verführen auf ihre späten Tage? Ihnen den

letzten Heller aus der Tasche ziehen für ein Techtelmechtel?«
scherzt Briza verbissen. Wurz lallt bloß »Geritten, geritten!«
Strör spürt, wie Felberich ihn streng beobachtet. Sascha ruft
durchs Lokal: »Es ist schon bestellt und bezahlt für alle. Für
alle gibt es einen Pott Kaffee ohne Coffein und eine Waffel mit
heißer Sauce. Herr Strör springt beim Verzehr für Herrn
Rumex, Gott hab ihn selig, ein.«

»Rumex? Rumex?« sagt die entzückende Holt-Ogastl. Ach,
sie weiß gar nicht, oder es ist ihr längst entfallen, daß der Geistliche verstorben ist im Raps, man weiß nicht, woran.

Herr Eibisch versucht, seine Wehmut vor Helene Kohl zu
verbergen. Er spöttelt ein wenig vor sich hin. Sie hört nicht
genau zu, sieht ihn nur an. »Wir werden verwöhnt wie im
Schlaraffenland, wie im Paradies«, sagt er, dreht den Kopf von
ihr weg und wischt sich den Augenwinkel trocken.

Strör kriegt nicht mit, ob die leicht Schlaganfallgeschädigten
fasten müssen oder von Sascha gefüttert werden. Er will lieber
nicht hinsehen. Ihm gefällt aber, sieh an, Strör, werden die
Lebensgeister etwa wieder wach?, ihm gefällt sehr gut das Mädchen, das Kaffee und Waffeln serviert, so ein hellhäutiges Landmädchengesicht mit Schatten von der letzten Disconacht unter
den Augen. Ja, das leuchtet unserem Sven noch einmal tüchtig
ein und bringt seine Muskeln, meint er, zum Schwellen. Er
sieht in ihre Richtung, läßt sie nicht los mit den Blicken. Bald
wird sie sich darunter drehen und winden. Du kennst den Typ.
Immer, immer hat das funktioniert. Ob frech oder verlegen:
Reagieren muß sie in jedem Fall.

Nein, Sven Strör, diesmal nicht, ehemals tüchtiger Fahrstuhlwächter, diesmal geht die Rechnung nicht auf. Sie bemerkt
deinen siedenden Teufelsblick überhaupt nicht, hält ihn für
Altersstarrsinn oder einfach nicht für möglich. Aus einer solchen Gestalt wie der deinen herausfunkelnd: nie und nimmer!
Dafür stößt sie so oft wie möglich mit Sascha zusammen. Die
beiden kennen sich offenbar, die sind ein Team, in der Versor-

gung der Leute und auch sonst, was? Und wenn nicht, dann kommt hier eben blitzschnell Jugend zu Jugend zusammen. Heute vormittag, der Zwischenfall, die Panne, sagen wir ruhig, das Debakel, am Zebrastreifen, erinnerst du dich? Das hätte dich warnen müssen. Sascha darf bei dem Mädchen ordentlich zugreifen. Ihm ist schnuppe, was die Alten beobachten, und wir hier oben, wir zählen für den nicht, der weiß nichts von uns, glaubt gar nicht, daß es uns wirklich gibt.

Strör sitzt etwas abseits. Briza kommt zu ihm und sagt: »Vitalität bei dem flirtenden Pärchen, nicht wahr? Machen wir uns nichts vor, mein Lieber, wir können das nur noch anstaunen. Unbegreiflich. Sich so volle Pulle des Lebens zu freuen! Für uns ist's aus.« Rache für die Plauderei mit der Pulsatilla?

Er geht, aber schon hockt Wiesenfeld, der Pianist und Amerikareisende, an seinem Tisch: »Ihnen kann ich das sagen, Herr Strör. Wir sitzen im selben Boot. Bei jedem Jungen drängt sich mir schon sein Älterwerden, bei jedem Blühen und Bauen das Welken, die Verwitterung auf. Furchtbar. Wenn ich aus dem Fenster sehe, tragen mich die Vögel in alle Richtungen davon, haben mit den kleinen Schnäbeln Stücke von mir gepackt, als Töne, ab in alle Richtungen, auf und davon. Erosion bei lebendigem Leibe. Ist das der beginnende Tod? So bin ich früher schon mal, im Gedächtnis meines alten Vaters, in lauter Bruchstücke meiner Person zerstoben. Ich sah es ihm an bei den Begrüßungen. Das war der Anfang vom Ende, Herr Strör. Jetzt sind wir weiter. Jetzt sind wir fast am Ziel.« Wie? Verrückt geworden, der gute Greis?

Frau Hartriegel setzt sich dazu: »Die Welt da draußen wird für uns, nicht wahr, Herr Strör, bei Ihnen ist es nicht anders, immer lauter und auch greller, ach, Herr Strör, und feindlicher. Wir zucken vor ihr zurück und sie vor uns.«

Briza kehrt um: »Und dann, Strör, dieses dauernde Beobachten der Uhr! Alles muß pünktlich vor sich gehen. Immer die

Angst, die Uhrzeit könnte wegbrechen. Dann hält uns nichts mehr. Dann verlieren wir uns.«

Emil Günsel: »Alles, was für uns zählt, hat mit der Vergangenheit zu tun. Früher hoffte ich auf die Abenteuer auf See, bei der Marine. Das wirklich Schöne hat heute immer mit unserer Kindheit zu tun.«

Prof. Dr. Eibisch: »Richtig, Herr Günsel. Jeder Augenblick muß auf den tiefen Boden der Vergangenheit sinken, um Schwere zu bekommen, um nicht weggestäubt zu werden, als gäbe es ihn gar nicht. Früher war die Vergangenheit nur für uns da als Sockel für die Gegenwart. Stimmt's, Herr Strör?«

Günsel: »Wie? Wie? Ja, richtig! So ist es bei uns allen.«

Wurz: »Bruder, Schwester, Vater, Mutter, Tochter, Sohn und Tante? Es werden ein, zwei Personen daraus. Sie sind zusammengeschmolzen. Mehr paßt nicht in den Kopf.«

Felberich: »So ist es auch mit den Meisterwerken der Literatur, der Musik, der Malerei. Auch sie entschwinden mir bis auf wenige.« Nein, Strör, diese Sorge kennst du allerdings nicht. Nie hast du zu denen gehört, die sich aalten zwischen den stets griffbereiten Juwelen ihres Wissens. Hattest ja gar keine.

Eva Fingerhut: »Wunderbar!«

Frau Holt-Ogastl?: winkt. Ach, unser Liebling, unser verrunzeltes Amorettchen! Kaum zu verstehen, dafür ständig mit den federleichten Gliedmaßen rudernd.

Trespe/Schwarn: »Du bist vom Apfelbaum runtergefallen, und ich habe dich mit meinen schwachen Armen aufgefangen. Das genügt und muß genügen, Strör, Alter. Das ist das Fazit. Das war damals. Ab jetzt fängt dich keiner mehr auf.«

Ruth Bärlapp: »Ich denke immer schon ans Nächste. Was kommt als Nächstes? denke ich, bei jeder Tages- und Jahreszeit. Das ist typisch für uns Alte.«

Helene Kohl: »Immer im Laufschritt, je langsamer die Beine werden. Im Kopf wird man von einem Termin zum nächsten gehetzt, plant das Nächste und Übernächste, die Punkte des

Tages. Man weiß nicht, warum, man kann nicht anders. Nur im Schlaf ruht man aus. Wir ruhen nicht etwa, wenn wir uns äußerlich nicht bewegen, wir sind ständig auf Trab.«

Elfriede Hartriegel: »Die schönen Augenblicke, auch die Ansichten von Städten und Landschaften. Sie sind da und schon weggesaugt, sind schon Vergangenheit. Es steht nicht still, aber es wird still und stiller.«

Briza: »Ich habe immer die Schreckensnachrichten in den Zeitungen gelesen, immer lieber machte ich das, versäumte sie nie im Fernsehen, um nicht zu vergessen, was es alles gibt. Vorkommnisse und Möglichkeiten, von denen die Welt doch voll ist. Aber wer nicht aufpaßt, verliert das aus den Augen.«

Ruth Bärlapp: »Sie fällen blitzschnell die alten Bäume und pfeifen fröhlich dabei. Sie pflastern Flächen an einem Tag, wo so lange ein Gestrüpp mit Tierverstecken war und ein Wäldchen. Wenn nur nicht die große Traurigkeit darüber in uns wäre!«

Frau Fingerhut: »Wunderbar! Wien, Wien!«

Prof. Dr. Eibisch: »Man reiste so gern, man tat es lange Zeit. Aber mehr und mehr schien es immer dieselbe Stadt zu sein, in die man kam.

Felberich: »Die Lebensgewißheit, der feste Boden, auf dem früher alles geschehen ist, gibt für uns nach, wir versinken, Sie, Herr Strör, ich und wir alle und mit uns natürlich unsere Erlebnisse.«

Trespe/Schwarn: »Du bist vom Apfelbaum gefallen ...«

Felberich: »Ich scheue mich zu unterschreiben. Ich habe das Zutrauen zu meiner Unterschrift verloren.«

Elfriede Hartriegel: »Wo haben Sie denn Ihren schönen Sturzhelm gelassen?«

Strör ist am Tisch zusammengesunken. Seine Haare berühren die Vanillesauce auf dem Teller. Wir haben es dir ja angedeutet, schon heute morgen, gewissermaßen prophezeit, Sven Strör!

Frau Holt-Ogastl: »Tot?«

Da löst sich Sascha von der Serviererin und tippt Strör zartfühlend auf den Hinterkopf: »Kommen Sie! Die haben Sie fix und fertiggemacht. Kommen Sie mit mir. Ich bringe Sie mit dem Bus an einen schönen Strand. Dort erholen Sie sich in der Meeresluft. Frauke hütet mir die Alten solange.« Seht euch das an, wie er mit Felberich Blicke tauscht! Ob wir die richtig interpretieren? Er packt Strör unter dem Arm und stößt bei ihm auf keinerlei Widerstand. Kein Protest bei der Busmannschaft.

Frau Pulsatilla öffnet auch jetzt den üppigen Mund durchaus nicht. Sie lächelt hochmütig wie eh und je, die Augen, wenn nicht auf Günsels steifen Hals, dann auf die abwaschbaren Topfblumen der Fensterbank gerichtet.

Unsere Chefsekretärin, die ehemals grünäugige, aber singt: »Sie sang zu ihm und sprach zu ihm:/Was lockscht du meine Brut, lockscht, lockst/Mit Menschenwitz und Menschenlist/Hinauf in Todes Glut?«

Eva Fingerhut breitete ihre Arme weit aus, weiter als jemals vorher, hebt den Kopf mit dem spärlichen Haar darauf und bleibt diesmal stumm, aus Ergriffenheit, genauer: Vergeßlichkeit.

Unsere reizende, unsere entzückende Holt-Ogastl, was meint ihr, was die macht, zum Abschied, heftig, als würde Strör nicht gleich wieder zurückgebracht? Sie winkt, sie lacht wie außer sich. Noch als die beiden verschwunden sind, winkt sie mit wunderlich abstehenden Fingern und herrlichem Aufstrahlen der Augen. Die müßten Strör an seine kleine Tochter erinnern, mehr noch Frau Pulsatilla an ihr früheres Enkelkind.

**6.** Strör sitzt vorn beim Fahrer. Eine Weile sagen beide kein Wort. Dieser Elektriker: Was für ein mittlerweile bleicher, ja weißer Mann in schwarzem Zeug! Schließlich macht Sascha, ziemlich gutmütig: »Na?« »Danke!« murmelt Strör. Das ist alles, wieder für eine Weile. Strörs Kopf baumelt willenlos in jeder Kurve mit.

Sascha hält sein bekanntes Fläschchen hoch: »Na?« Es macht Strör beinahe hellwach: »Auf keinen Fall die Schnick-Schnack-Säure. Eher lasse ich mich umbringen.« Sascha lacht, ein herzliches Lachen, in das Strör, verlegen über sich selbst, mit einstimmt. Symptomatisch, wie der arme Kerl alle Reste seiner Widerstandkraft auf das Fläschchen mit seiner kleinen Flüssigkeit konzentriert, als wär's der Abendtrank und Stillstellungstrunk eines Pflegeheims. »Wir fahren jetzt nach Osten, an den immer etwas mystischen Oststrand. Da wird es Ihnen bald besser gehen. Weit ist es nicht bis dahin, sonst würde ich sagen: Auf in die Ferne! Was wird aus der Honda sevenfifty? Weiß man, wo die Ferne eigentlich steckt? Kennen Sie eine Dame, die so heißt?«

Ja, Strör, die dunklen Wolken, in denen wir wohnen oder sagen wir besser: uns zeitweise aufhalten, um in eurer im Grunde meist spaßigen Nähe zu sein, bis wir uns in die höheren, lichteren Gefilde, in unsere, um es ein wenig scherzhaft zu sagen, ewig leuchtenden Rapsfelder zurückziehen, während die hier unten ja auch schon ganz infernalisch glühen, diese stimmungs- und farbsteigernden Wolkenballungen lösen sich langsam auf in eine überall anwesende Gräue. Gefährlich für die Augen, solche Diesigkeit, besonders an der See, die den Effekt verdoppelt. Sascha ist verrückt, auf den vom Regen aufgeweichten Wegen verbotenerweise mit dem großen Bus zu fahren. Es bringt, Strör, deinen Kopf, vielleicht tut Sascha es deshalb, immer schlimmer ins Pendeln, deinen gesamten Oberkörper, und jetzt stoppt er so heftig, daß du gegen die Scheibe prallst. Aussteigen also. Das Meer, das Meer! Erst mal siehst du nur die buckligen Wiesen, darinnen noch blühende Narzissen, dann geht es den Küstenhang runter, aber schon vorher erscheint das Wasser, sehr schön hinter niedrigem Gebüsch und hellrot vertrocknetem Gestrüpp. Schilf, irgend so ein Kraut, nicht wahr,

Strör, steht da direkt vor dem zartgrauen Meer und darüber noch ein bißchen zarter der Himmel. Keine Menschenseele, kein Piercing Tattoo. Ein bißchen dornig und glatt geht es runter zum Strand, der beinahe so ein allerfeinstes rosiges Braun hat wie die Halme oben. Gott, was hat dir Sascha für deine waidwunde Seele eine Umgebung ausgesucht! Sollte der gar nicht so böse sein? Nun läßt er dich ohne Geschwafel zurück, sagt nur, daß er dich später abholen kommt und daß man hier Versteinerungen finden kann. Weg ist er.

Du aber erledigst erst mal, was du lange aufgeschoben hast, in Frieden und Freiheit. In Freiheit und Frieden die Hose auf! Dein Kopf wackelt nicht mehr. Du atmest tief und schwenkst ihn mit Absicht nach rechts und links, um die Küste rauf und runter zu studieren, bis zu den jeweils dunstigen Endvorsprüngen der Bucht. Etwas Tang am Spülsaum, sehr sanft und selten ein Wellenschlag. »... lindes Wellenschlagen« würden Felberich und Eibisch vermutlich unisono zitieren. So, jetzt fühlst du dich leichter. Hose zu! Nicht vergessen!

Genau betrachtet, gestehst du dir ein, warst du mit Dreißig besonders alt und das Leben ein zäher Kloß, aus dem du schon damals mit einem Motorrad ausbrechen wolltest, daß es spritzte. Wenn du da an die jungen Augen von Frau Holt-Ogastl und an die kindliche Eva Fingerhut denkst!

Auffällig bunt sind die Steine hier, schön gerundet, Jahrmillionen alt? Nach Versteinerungen wirst du nicht forschen. Das ist dir zu mühsam, das Suchen wie das Bücken. Du fühlst dich schließlich, als wärst du mit deiner Honda aus der Kurve geflogen. Verunglückt oder nicht: einfach nur so ein Stück die Küste rauf- und runterwandern, nicht wahr, Strör, und dich an dem plötzlichen Gleißen, extra für dich, auf der Wasserfläche freuen, wie heute schon einmal, als ihr über die Brücke gefahren seid, vor langer Zeit, wenn die Sonne sekundenweise durchkommt.

Denn, Strör, du erinnerst dich vage an etwas tief, gewaltig tief in der Kindheit Verstecktes. Überraschend wie ein Osterei im Gras ist es wieder aufgetaucht, das Spiel, das du dir ausgedacht hattest, mit Dieter, ganz recht, sieh an, mit dem alten Schwarn-Trespe, wenn wir nicht falsch informiert wurden, als Mittel gegen die Langeweile. Ihr mußtet mit Einbruch der Nacht sterben, und alles, was ihr erlebtet, geschah unwiderruflich zum letzten Mal. Nasepuntzen wie Frikadellenverdrücken, Füttern des Hundes wie das Entwenden kleiner Gegenstände im Warenhaus. Am Ende der dreckige Händedruck zwischen euch, der war dann das Beste. Aber auch alles andere tat seinen Dienst. Gelang es, die Idee über einen Nachmittag eisern durchzuhalten, zeigte sich das Indianertum der normalen Welt. Jeder Brotkrumen nahm feierlich Abschied von euch, bevor ihr in mörderische, nicht weiter auszuführende Schlachten zogt. Was in der Art? Ja, Strör?

Gelegentlich überfiel es dich auch, ohne Vorsatz, wenn du nur für dich warst. Das Lachen deiner besorgten Mutter, wenn dein Vater, der Konditor, ihr Einfälle für neue Torten beschrieb, Geruch der Stallkaninchen, die Sperrholzsäge in deiner Hand, gerade erst günstig getauschte, dreieckige Briefmarken, treue Lichtritze unter der Tür, die du von deinem Bett aus sehen konntest. Alles zum letzten Mal, alles auf spiegelnder Eisfläche. Prächtig und schrecklich, der Tod mußte bald bei dir eintreffen.

Das dicke Leben ist nun aber vorbei, deine gespielt spiegelnde Eisfläche der Todesnähe auch? Die hat sich jetzt ganz von allein eingestellt. Na siehst du! Alles berechenbar, alles absehbar geworden und im voraus gewußt? So, Strör? Tatsächlich? Na bitte, du weißt es besser!

Dein weinerlicher Protest, eben, gegen die Schnick-Schnack-Säure, der widert dich inzwischen selbst an, das ist ein gutes Zeichen. Du bist doch einmal höchst empfindlich gegen schrille Stimmlagen gewesen, erinnerst du dich? Franziska? Die noch gar nicht offiziell entlassene Wiebke? Im Gegenteil. Wir meinen die Stimme deiner Frau Elvira, leider deiner Frau. Sie hat dich dermaßen gepeinigt mit ihrem überdrehten Dauerton, daß du letzten Endes nur deshalb stiften gegangen bist. Die heisere Frau Pulsatilla aber, ja, die hätte dir zum richtigen Zeitpunkt sehr, sehr gefallen können, was? Und doch ein einziges Mal noch die andere, frühere Stimme überprüfen, dieses Zetern der Drossel Elvira im Spätwinter, das gar nicht so gemeint war von ihr, das dich damals verfolgte auf Schritt und Tritt, aber dann nie mehr von dir gehört wurde? Jetzt noch ein einziges Mal die Stimme der verschollenen Ehefrau, serviert auf der gewissen, festlichen Eisfläche?

Du verstehst unser Gewisper hier, am schattigen Oststrand, ganz gut, nicht wahr? Hier teilen wir dich mit niemandem, hier haben wir dich für uns. Übrigens, achte auf die feuchten Steine, besonders auf die größeren, man rutscht leicht darauf aus. Dann ist das Hochkommen schwierig für deinesgleichen. Man benötigt immer einen Halt, Strör. Wolltest du nicht, wenn du ehrlich bist, gar nicht eine lebendige Umgebung, sondern viel lieber unverrückbar zuverlässige Objekte, einen komplett möblierten Horizont mit guten Eltern und mal einer deftigen, mal einer eher ätherischen Motorradmuse, mit amtlich beglaubigten Freunden für den Marsch durch dick und dünn, mit den fernen Alten und den nahen Jungen? Bloß nichts ins Gleiten kommen lassen, Sven Strör?

Und hier sollst du, wenn es nach Sascha ginge, vor den versteinerten Schnecken zu deinen Füßen strammstehen? Einstmals Lebendiges, in verschiedenen Zuständen beinahe für die Ewigkeit festgehalten. Organisches wie du, versteinert, vom Schlag getroffen mitten in der Grimasse und allseitig gelähmt. Absichtslos hältst du nun doch nach ihnen Ausschau, als wären sie was von früher, vielleicht vierblättrige Kleeblätter.

Hahaha, lohnt sich das denn noch?

Er hört ein Knirschen und dreht sich um. Ein Paar, das eben den Abgang heruntergekommen sein muß, stapft wortlos und stumpf an ihm vorüber. Er sieht hinter sich einen unbekannten, wie heimlich ausgewechselten Strand, ganz anders als der vor ihm, keine dicht und düster, in gedämpften Farben bestückte Kiesellandschaft. Es ist ein rosiger Sandstrand, in dem nur sehr vereinzelt helle Steinbrocken liegen. Wo ist er hingeraten, kann man sich denn hier verirren? Ach ja, da fällt es ihm ein, das hat er ja vorhin schon gesehen, hatte es nur vergessen. Es ist etwas, das ihm öfter und öfter passiert, geradezu widerfährt: Er weiß nicht recht, ob etwas war oder nicht war, besitzt es nicht als unumstößliches Bild, auch Gesichter nicht. Wie sieht Herr Felberich aus, wie die Pulsatilla? Begrifflich sind sie vorhanden, das schon, aber eher durchsichtig, skizziert nur, ganze Nachmittage, das Überqueren einer Straße läßt sich nur dadurch für ihn selbst beweisen, daß er auf der anderen Seite steht. Was für Überraschungen für unseren Elektriker in großer Fülle.

›Wunderbar!‹

Zu wem gehörte das noch, Strör?

Hattest du für heute nicht einen Plan gefaßt, gab es nicht ein bestimmtes, heiß ersehntes geschäftliches Vorhaben?

Er wendet sich wieder den Steinen zu, sieht das Paar unumschlungen, mit bekümmert geneigten Köpfen im Dunkel eines nah am Wasser stehenden Baumes verschwinden und wieder daraus auftauchen, sieht es ohne Interesse, betrachtet genauer die mächtigen Steine, die im Wasser liegen, ab und zu auch kleine, buhnenähnliche Zungen bilden, Steine mit scharfen Graten und Abstürzen. Sie ruhen im Meer wie Denkmäler oder monumentale Tierteile, Überreste von Tieren, auch wie solche, die sich totstellen und dabei doch alles ringsum aufmerksam verfolgen, auch ihn, Strör. Er ist nicht sicher, ob er wirklich vor ihnen Respekt hat, ob es unsinnigerweise sogar Andacht ist, vieles spricht dafür. Aber auch Sympathie, allermindestens Sympathie, wenn nicht viel, viel mehr, sagt sich Strör. Er wundert sich nicht besonders, daß ihm, sicher nur aus reiner Schwäche, Tränen in die Augen treten, die ihm guttun, als er die Spiegelung der Steinwände im Wasser flackern sieht. Das Schönste ist jedoch, findet Strör, der grelle Algenbewuchs, von der Sonne unabhängig leuchtend wie der aufsässige Raps, die grüne Verwunschenheit auf den zutraulichen, uralten Schädeln, um die herum das Wasser unaufhörlich zittert. Das alles im Vordergrund der immer leiser und endgültiger verschwimmenden Ferne, bleicher Wasserhimmel, silbriges Himmelswasser.

Sascha? Wie lange ist Strör schon hier, wie weit weg vom Ausgangspunkt? Er hat sich nichts eingeprägt. Wann wird der kräftige, ja mächtige Fahrer ihn abholen kommen, weg von den Steinen, und wo wird er ihn dann abliefern? Ist das schrumplige Laub der Bäume in Ufernähe, die es hier gibt, eigentlich neu oder vom letzten Jahr? Wird er jemals den Reitlehrer Briza wiedersehen, der ihm Frau Pulsatilla nicht gönnt? Reitlehrer? Pianist? Schiffskoch? »Frau Tarantella«, witzelt Strör, obwohl er sich das wirklich nicht leisten kann.

Als er sich diesmal umdreht, erkennt er den rosig getönten Sandstrand sogleich wieder. An der Stelle, wo vorhin, wie lange her, Strör? wie oft zwischendurch stehengeblieben? das lustlose Paar auftauchte, stehen jetzt zwei Männer mit dem Rücken zu ihm, um ihre Füße wachsen im Gras vermutlich Narzissen. Klar, kennt er doch! Narzissen heißen die. Einer sieht in den Himmel, einer zu Boden. Dieser zweite, kleinere, trägt einen Rucksack. Er steht ganz gerade da. Bei ihm sticht am meisten die blaue Hose ins Auge, bei dem längeren Mann hinten der Kopf, wo die Haare kaum noch die Haut verdecken. Seine Gestalt ist aber jugendlich lässig, fast geschlängelt. Strör könnte sie um Hilfe bitten, könnte ihnen erzählen, daß man seine Jugend nicht anerkennt, daß man seine Gelenke betäubt hat und sie ihn bitte erretten sollen.

Er sieht sie lieber da so angewurzelt stehen, sieht die Steine an und unternimmt nichts.

Jetzt bemerkt er auch das Mädchen. Es gehört offenbar nicht zu den Männern. Unter dem Baum mit dem sonderbar dürren Laub wachsen weitere, noch unverwelkte Narzissen. Es steht etwas höher als die Männer, still, bewegungslos für sich mit leicht gesenktem Kopf. Das Gesicht ist von den sehr hellen Haaren verdeckt. Sie zeigt nichts von sich als diese Haare und den schwarzen Mantel, der bis ins Gras hinunterreicht und ihre Figur vollständig verbirgt. Alle diese Gestalten rühren sich nicht, wie Verwandte der Steine, könnten auch schon immer da gestanden haben, nur, um die Landschaft mit Personen zu beleben. Strör wundert sich. Er spürt nicht das geringste Bedürfnis, mit dem Mädchen zu sprechen, sie soll ihn nicht ansehen, er aber freut sich an ihr. Daß es so ist, erschreckt ihn, wenn auch nur flüchtig.

Hinten am Horizont ist ein Schiff aufgetaucht, wenn er sich nicht täuscht, seine Augen sind heute nicht besonders leistungsfähig. Er entdeckt an der kleinen Steilküste Unterhöhlungen, zerborstene Baumstämme und nun wahrhaftig einen versteinerten Seeigel. Lange bleibt er in der Hocke, dann, nach mühsamem Aufrichten, trägt er ihn mit sich weiter als seltenen Fund und wirft ihn wieder weg. Was für eine heitere, flutende und flügelnde Gräue hier am Meer! Ihm kommt der Gedanke, man müßte sich mit diesem grau Schwebenden, mit diesem Zustand vereinigen. Es könnte vielleicht nur die zu besiegende Todesangst sein, die ihn davon trennt, man müßte das Ufer zurücklassen. Sascha soll ihn nicht einfangen, ihn keinesfalls abtransportieren und zu den grauenhaften Holztischen bringen mit den traurigen alten Kindern daran.

»Nicht zu den Gästen an den Holztischen, niemals wieder dorthin«, sagt Strör laut und würde gern zur Bekräftigung aufstampfen, rutscht aber sofort von den Kieseln in die Lücken mit nassem Sand und stürzt beinahe. Trotzdem: Nicht zurück zu den falben Ausflüglern!

Man müßte aufbrechen in die Frische, in die Jugendlichkeit dieses grauen Lichts, so wie er es sich früher, törichterweise mit der Honda, für die Nationalparks der USA ausgemalt hat. Wenn das möglich wäre!

Haha, wir sehen dir ins Herz, Sven Strör. Laß deiner Seele freien Lauf und spintisiere du ruhig ein wenig gegen den der Dinge an! Die Melancholie dieser schmerzlichen oder auch nur schattigen Küste verursacht solche Grillen, das wissen wir, dafür ist sie geschaffen. Achtet genau auf ihn, was für ein Schauspiel, unser Sven! Weiß nicht, ob er sich jung oder alt fühlen soll.

Er war sich nicht sicher, aber tatsächlich ist es ein Segelboot, das langsam herangeweht kommt, falls es nicht abdreht. Kaum hebt es sich von der allgemeinen Helligkeit ab. Es macht ihn wider Erwarten und richtiggehend überraschend neugierig, aber weder auf die Besatzung noch auf das eigentliche Schiff, keine Ahnung, auf was, eventuell fesselt ihn die Gesamterscheinung? So ein Gefühl mit all seiner Munterkeit paßt doch gar nicht hierher! Er setzt sich umständlich auf einen Stein.

Was murmelt er? »Das rosa Seidenkleid! Wie es glänzte durch die schwarze Spitze hindurch. Mutters wunderschönes Brautkleid. Ich wurde doch erst drei Jahre später geboren, schon auf dem Foto aber war sie meine Mutter, war immer schon meine Mutter, unveränderbar.« Wie gelassen die Steine mit ihren Mulden ringsum ruhen, mit Auswaschungen von Jahrhunderten und länger im Wasser dösen! Er hört schon eine Weile, daß sie atmen. Unser Elektriker!

Er keucht schwer an der Last ungewohnten Denkens oder vielmehr Fühlens. Jeder Baum mit seinem Laub, jeder Stein mit seinen Algen, jeder Augenblick: Muß er, um seinen Schimmer zu erhalten, nicht aus der Vergangenheit hervorgeholt werden wie ein Liedchen, von seiner Mutter, von deiner Mutter, Sven, ehemals vorgesummt? Einverstanden, Strör?

Die beiden Männer und das Mädchen stehen noch immer oder wieder an ihrem Platz, dahingezaubert als regungslose Statuen. Strör erkennt, daß es der strotzende Sascha und der vergilbte Felberich sind, und das Mädchen wurde wohl durch die Pulsatilla ausgewechselt.

Ach, sie sind da, sind schon gekommen!

Er spürt es mit träger Sorge, obschon sich das Aussehen der drei Gestalten nicht geändert hat, wie es scheint. Was könnte sie zu einer verräterischen Bewegung veranlassen? Das Segelboot, erstaunlicherweise. Das blaß im Blassen sich nähernde Schiff bringt sie dazu, ihre Köpfe dorthin zu wenden. Alle sehen nun gebannt in diese eine Richtung, die drei Wärter, die sich in hypnotisierender Langsamkeit voranschieben, Strör angewurzelt an seiner Stelle.

Er beachtet sie nicht zu sehr. Er denkt etwas Anstrengendes, kann es nicht in vernünftige Sätze übertragen, ihm birst ja fast der Kopf darüber auseinander. Es lautet, wenn wir helfen dürfen, etwa so: Das tröstliche Erkennen der allzeit anwesenden Ewigkeit der Welt wird unter Schrecken und Schmerz erkauft durch das irreversible Erkennen ihrer, der Welt, allzeit anwesenden Zerbrechlichkeit.

Mit dem Rundlichen des Lebens nämlich ist es dann für immer aus. Das ist die Tücke dabei.

Nun nähert sich ihm sichtbar und stetig das Segelschiff. Auch Sascha, Felberich und die Pulsatilla kommen weiterhin auf ihn zu, fast noch unmerklich, wie um seine Nerven zu schonen, vielleicht auch um ihn in Sicherheit zu wiegen. Er aber, wenn wir ihn richtig verstehen, stellt gerade fest, daß er nicht wie bisher aus dem Leben heraus den Tod als finsteres Universum fürchtet. Er sieht das Leben als funkelnden Sonderfall aus der Übermacht des Schattens herausgepreßt, das erstmals vollkommen erscheinende Leben. Auch glühende Farbspiele von Sonnenauf- oder -untergängen und die herbstlicher Laubbäume, befreit von jedem Hinweis auf Alterung: ein einziges Brennen.

Das, guter Sven, ist für uns nichts Flüchtiges. Es ist unser ewiges Element.

»Das Unternehmen leidet wirtschaftlich Schaden, wenn wir nicht handeln.« Hat sie, die Frau Pulsatilla, das nicht heute schon einmal gesagt? War sie das? Warum wiederholt sie es jetzt, heiser, mit spöttischem Lächeln wie gewohnt?

»Wie gekonnt man die Kiesel ausgestreut und die großen Steine verteilt hat, mal hier, mal dort einzeln angesiedelt«, sagt er laut. Ein kindischer Satz, einfältiger Quark. Du enttäuscht uns, Fahrstuhlvirtuose a.D., wir hätten dir in letzter Stunde, fern von Baumärkten, Dancing, Autosalons, was Gescheiteres zugetraut. Es ist natürlich eine Äußerung, die vermuten läßt, daß du in Wirklichkeit heimlich verfolgst, wie man von zwei Seiten um dich wirbt. Als einziges Mittel dagegen fällt dir vorgetäuschte Arglosigkeit ein. Falsches Medikament, wird dir nichts bringen, arg versponnener Strör. Es ist wohl besser, deine angedeuteten Gedanken zu lesen:

Noch einmal erkennst und erlebst du, in viel frühere Zeiten einsinkend, die Kindheitsnacht, den Übergang der Wesen in der stummen Dunkelheit. Wo das Reich der Pferde und Papageien, der Buchenwälder, wo Wüsten und Felsen, wo Dasein und Nichtsein in der warmen Finsternis immer näher zueinanderrückten, wo du hinüberflossest in die Strömung ihrer Existenz und sie in dich, das geheimnisvolle Nichtsein als allgemeiner, übermächtiger Urzustand. Jeden Morgen dann die große Verwunderung, die Gegenstände, die Erscheinungen vom Vortag tatsächlich wiederzufinden, einzeln vor dem Hintergrund der Nacht als neu geschaffene. So ungefähr, Sven Strör?

Diesmal ist es nicht die entzückende Frau Holt-Ogastl, die winkt und dich fast verliebt mit ihren Augen anstrahlt, du erinnerst dich an sie, Holt-Ogastl, die fuhrwerkende Kleine, die niemandem ihren Beruf verrät?

Diesmal sind es die drei Automaten, die Kidnapper, die dir auf diese Art unterschiedliche Zeichen, Signale des Herbei- und Wegwinkens geben. Nur sind deine Augen zu schlecht, um das noch sicher auseinanderzuhalten. Egal, was sie dir sagen wollen, ist es nicht insgesamt ein Drohen, von dem du dich lieber wegwendest, dem dunstigen Wasser zu, dem hellen Dunst, in den das Meer, schon bald nach den grünen Steinbrocken, in weichem Materiewechsel abdriftet? Und auf ihm, unglaubwürdig bei der Windstille, schaukelt das Segelboot, ganz nah, herbeigeflogen aus eigener Kraft. Man hörte ja die ganze Zeit über kein Motorengeräusch. Oder bist du nun wirklich ertaubt, zusätzlich zu deiner Verworrenheit? Man winkt dir auch von dort, du spürst es mehr, als daß du es beweisen könntest, eine gastliche Einladung, eine Ermutigung, an Bord zu kommen, die Sascha konstatiert, ohne Verärgerung übrigens. Er bleibt sogar mit den anderen stehen. Aha, o weh. Strör, du sollst dich entscheiden!

Und da, welche Meldung erstatten dir deine Ohren? Ein Tuten? Hupen? Einen Hornruf? Ob die anderen Jäger im Bus hinter den Gebüschen oben warten, ob sie lauern?

Das Schiff also, nicht die Honda, war von Anfang an gemeint und vorgesehen. Deshalb ist mehr Mut gefragt als heute morgen, beim fröhlichen Aufbruch zum Motorradhändler, später im Jahr dann eventuell zu den amerikanischen Nationalparks. Das heißt: Falls du deinem sehr morschen Körper das Waten durchs Wasser zumuten willst, hin zu dem lockenden Boot. Und sieh nur, Sascha scheint es egal zu sein, was du wählst, aber wählen mußt du, da gibt's nichts, das bekundet er, breitbeinig im rosigen Sand stehend, grinsend die Arme umeinandergeschlagen, während Felberich an seiner Brille rumreibt und die Pulsatilla sich eine Zigarette anzündet, wobei sie einen ziemlich nervösen Eindruck macht, auch spricht, aber wir verstehen sie nicht, denn wir verfolgen atemlos, Strör, wie du tatsächlich in die Knie gehst und nun auf allen Vieren mit großer Umsicht ins Wasser kriechst, da dich die Nässe offenbar nicht schreckt. Du nimmst sie wohl gar nicht wahr in deiner Motorradhose, bist auch schon bei den feurig grünen Steinen angelangt, die du ja sowieso gern tätscheln wolltest, die vertrauenswürdigen Dickschädel.

Tu's nur, hier findest du zum letzten Mal festen Halt, danach wird es schwierig werden, weil du dich ab jetzt, im tieferen Wasser, aufrichten mußt, und du, Strör, mit den altersschwachen Beinen, wirst straucheln, wirst todsicher stolpern. Schwimmen schaffst du aufgrund deiner idiotischen Ausrüstung, vor allem aber wegen deiner Gebrechlichkeit kaum. Bleib nicht zu lange sitzen, die drei weichen und wanken nicht, und Sascha sieht auf die Uhr. Weiter also!

Noch nie gesehene Fische, flammende Wimpernschläge über versunkenen Städten?

Im Segelboot, phantastisch gezeichnet vor dem untergegangenen Horizont, ist das möglich? neigt man sich über Bord, dir entgegen, um dir mit ausgestreckten Armen beizustehen. Felberich jedoch hört nicht auf, unsinnig an seiner Brille zu reiben. Auf uns (unter uns) wirkt dieser Tick des vergilbten Orientalisten wie ein nicht mehr zu beendendes Raufen der Haare und reuiges An-die-Brust-Schlagen. Wir wollen die Gründe für seinen neuen Spleen gar nicht erfahren.

Adieu, Sven Strör, bravo bravissimo, alter Kerl, wir übergeben dich hier, am Oststrand der Insel, in neue, auch uns ehrlich gesagt unbekannte Obhut. Du hast dir heute insgesamt und mühsam genug eine andere, noch bessere als unsere, verdient.

Adieu. Wir aber, waren wir nicht die reinsten Götter?

Und nun zu euch, Zurückgebliebene, zu euch, ihr am Pauschalgedeck, am entgifteten Kaffee mit Zimtwaffel Gestärkten, wartend aufgereiht vor Brizas jährlich nachwachsender Ressource, dem Treibstofflieferanten, dem millionenfach glimmenden Raps!

*Ziemlich zu Anfang* hatte Jobst ein paar Schüsse gehört, bedenklich nah, aber das mochte ein Echo sein. Es beunruhigte ihn nicht sonderlich. Die Jäger würden schon wissen, was sie taten, und kannten sich hier aus, obschon die Witze über sie eine makabre Gesinnung bei diesem Berufsstand vermuten ließen. Dann hatte er das vergessen, las zügig voran, kaute an einem

Brötchen, rauchte entschlossen, und nur am Schluß verdroß es ihn ein bißchen, daß er sich erstens doch die längste Geschichte nicht zuerst vorgenommen und zweitens wieder keinen Tippfehler gefunden hatte. War das Korrekturlesen, das sogenannte, etwa nur ein Vorwand gewesen, um ihn zu zwingen, von einem bösen Wolfsen und einem blöden Sascha zu erfahren?

Ärgerlich blieb, daß der Mann zwischendurch wieder mit seinem automatischen Schürfen vorbeigekommen war, offenbar auf dem Rückweg von der hoch gelegenen Hütte am Ende des Tals, denn seine stolze Haltung, der wortlose Hohn, mit dem er auf Jobst herabsah, der sich lediglich vom Boden weg ein bißchen höher auf einen Felsbrocken gesetzt hatte, gestattete keinen Zweifel über den Erfolg seiner Wanderung. Dieser Mann tat nichts Halbes auf dem Gebiet des Motorischen. Er lächelte Jobst, der ihn wieder kaum kommen gehört hatte, verkniffen an. Beide waren sie ja verdutzt über die erneute Begegnung, und diesmal zeigte der Mann unverhüllt, daß er indigniert war, peinlich berührt über Jobsts Hartnäckigkeit, ihn wieder und wieder zu treffen, dabei hatte er, Jobst, doch bloß auf seinem Platz ausgehalten. Wenn schon. Das waren so Kleinigkeiten, Bagatellen am Rande des Tages, und der Fremde hob dann ja doch, trotz der Stummheit, zum Schluß einen der Stöcke in die Höhe. Was sollte das anderes als ein Gruß sein?

Zu diesem Zeitpunkt hatte Jobst noch etwa ein Drittel der Lektüre vor sich gehabt. Er sah dem Mann ein Weilchen nach, um die Ecke seiner Steinlehne herum und spürte plötzlich, daß ihm sehr kalt war. Er hätte sich am Kiosk ein Fläschchen Whisky kaufen oder jetzt wenigstens nach Hause gehen sollen. Aber nein, er blieb, auch ohne die Kontrolle seines Dichters – meines Auftraggebers! scherzte er vor sich hin –, in seine Tagesaufteilung verbissen, fragte sich aber, bevor er die Lektüre wieder aufnahm, ob der Mann, so allein in der Hütte da oben, wohl seine Lippen beim Ausschauhalten wieder gestreichelt, wenn nicht befriedigt haben mochte.

Später, als er mit dem Manuskript durch war, »Erledigt!« sagte er laut, noch stärker fröstelnd, sprang er auf und lief, solange es möglich war, an der anderen Talseite aufwärts, obwohl es ja im Grunde nun abwärts ging, bis zu der katastrophalen Furche. Gerade da fiel ihm ein, daß er Ellen eines Tages, als sie sehr betrunken gewesen war, aus Wut auf die Sache mit den kleinen Fingern hingewiesen und sie sogar zum ersten Mal geohrfeigt hatte. Ellen war daraufhin vollständig zusammengebrochen. Er hatte an einen Eisbären denken müssen, den ein Zoodirektor in seiner Wohnung großgezogen und so lange in seinen Privaträumen wie ein Adoptivkind behalten hatte, bis das fast ausgewachsene Tier aus Eifersucht einen Gast bedrohte. Der Direktor drückte daraufhin dem Bären mit der flachen Hand die Nase nach unten, worauf das unglückliche Tier, offenbar zutiefst beschämt, ganz ineinandergesunken war. Er habe, so der Direktor betrübt, den Bären dann für immer in eins der Zoogehege stecken müssen wegen des Risikos. Er, der Direktor, sei nie mehr in die Nähe des Ausgestoßenen gekommen, um eine Rebellion zu vermeiden. Der Eisbär aber habe das alles kaum verkraftet.

Damals erzählte Ellen ihm ohne Gegenwehr, auch sie selbst finde den Tick scheußlich, sie ahme damit gegen ihren Willen eine alte Feindin nach, denn was einen störe, dem müsse man erst recht verfallen. »Hilf mir, es zu ändern!« hatte Ellen geschluchzt und sich dabei, weil ihr die Nase lief, den Schleim abgewischt, natürlich mit abgespreiztem kleinem Finger. Ein großes Heftpflaster war aus irgendeinem Grund um das Fingerende geklebt und immer schmutziger geworden. Das gefiel ihm sogar, denn, hätte sie sich den aufreizenden Fingerspleen tatsächlich abgewöhnt, wäre ihm die Entscheidung für Natalja doch nur viel schwerer gefallen. Schon aus Anstand mußte es sein wie es war.

Natürlich! Eben, die Ehefrau Strörs, Elvira: Daher kamen die Gedanken!

Währenddessen ging er vorsichtig und eilig den großen Bogen durchs drohende Geröll. Vielleicht hatte er, vermutete er selbst mit leichtem Kopfschütteln, nur an Ellen gedacht, um sich von diesem zwiespältigen Gang abzulenken. Als dann bald schon der Schauplatz der kleineren Steinlawine kam, pfiff er unbekümmert vor sich hin, überlegte nichts, sah bloß frei in der Gegend umher. Er hörte allerdings in seinem Kopf: »Sechster September!« und zuckte zusammen, ohne zu wissen, warum. Dann wußte er es doch noch: Ellens Geburtstag. Ach so. Jobst staunte, wie das in ihm drinsaß. Das heutige Datum war ihm entfallen.

Schon tauchte der kegelförmige Berg vor ihm auf, der, nach Auskunft des Schriftstellers, ›Schießhorn‹ heißen mußte, natürlich, denn wie frisch aus dem Boden geschossen stand er da in seiner spitz aufgetürmten Masse. Und da, zum Schluß, sein lästiges Schicksal des heutigen Tages, wieder der Mann, auf einem Baumstumpf hockend und ihm, Jobst, entgegensehend, als hätte er mit sich gewettet, daß es so kommen würde, wenn er nur lange genug wartete. Jetzt sprang er, mit einem ironischen Zwinkern im Gesicht, wort- und grußlos weg, schlug sich wie am Vortag in die Büsche, spurlos verschwunden. »Gott sei Dank«, seufzte Jobst, »nun bleib da, wo der Pfeffer wächst.« Er seufzte es um so ehrlicher, weil er sicher war, daß der andere umgekehrt ebenso dachte. Dann entließ ihn der Taleinschnitt.

In der Nähe des Bahnhofs traf er auf die Putzfrau, eingehängt bei einem Mann, alt, uralt, wie aus der von Jobst eben gelesenen Geschichte entlaufen. Ein Freier? Sie drückte sich zärtlich an ihn. Wollte sie ihre generelle Zugänglichkeit andeuten? Vielleicht war der »Kellner« gestern abend so mürrisch gewesen, weil sie ihm vorher von dem durch die Lappen gegangenen Geschäft Bericht erstattet hatte, wobei er natürlich im Grunde nicht wissen konnte, daß sein Gast zufällig auch der für sie ins Auge gefaßte Kunde gewesen war. Sie schmiegte sich an den weißhaarigen Mann, dessen Kopf oben ganz kahl war, und rief Jobst mit strahlendem Lächeln zu: »Alles in Ordnung!« Er wußte nicht, ob das als Frage gemeint war und sie vielleicht die hier angebrachte Betonung nicht beherrsche. Aber selbst dann wäre der Sinn nicht zu begreifen. Was nämlich ging ihn die leichtfertige Lebensweise dieser jungen Person samt überreifer Kundschaft an? Was sollte in dieser oder jener Richtung in Ordnung sein? Er, Jobst, reflektierte ja nun ganz gewiß nicht auf sie.

Die Kroatin aber ließ ihn nicht einfach so passieren, sie wollte offenbar dem Freier, der, wie man sah, in Erwartung großer, für sein Alter keineswegs selbstverständlicher Freuden vor sich hinschmunzelte, den Gast aus dem Haus »Seewiese« zeigen, stolz, jemandem wie Jobst zu kennen. »Mein Mann!« sagte sie. Ihr rundes Gesicht schien noch weicher dabei zu werden und das des Mannes noch seliger. Ihr Ehemann? Jobst murmelte in seiner Verblüffung: »Wolfsen«. Hatte er seitens des alten Gatten richtig »Zwingli« verstanden? Wirklich? Dann wäre die Kroatin ja eine Frau Zwingli! Schon war sie vorüber am Arm ihres Mannes, drehte sich aber noch einmal um und rief wieder: »Alles in Ordnung!« War ihr Gesicht strahlend gewesen, wirklich strahlend? Falsch. Jobst wußte plötzlich, daß er so eine Überflutung grober Gesichtszüge, eine solche Verwandlung durch Glück viele Jahre nicht mehr gesehen hatte.

In der Küche stand ein großer Blumenstrauß. Jemand mußte seinen ganzen Garten geplündert haben. Er kannte ja die Namen nicht, aber viele dieser Blumen waren seit seiner Kindheit, so kam es ihm vor, aus seinem Blickfeld geraten. »Margeriten, die kenne ich, bestimmt Margeriten«, sagte er laut. Diese Frau meinte es also wirklich gut mit ihm, wenn ihm auch die Vorstellung, daß sie wie ein Zimmermädchen in dieser Wohnung auftauchte, nicht recht war. »Löwenmäulchen?« Im Kühlschrank lag heute das Bier für ihn bereit. Doch, doch, eine nette Frau!

Als er aber ins Bad ging, um seine heiße Dusche zu nehmen, bemerkte er die grüne Pappe. Da setzte er sich auf den Klodeckel und betrachtete sie fast reumütig. Nur der Mann der Kroatin konnte das provisorische Verdecken des Lochs unter dem Waschbecken zustande gebracht haben. Er hatte eine starke Pappe sorgfältig mit einem Spalt, der auf den Kreis für das Rohr zuführte, zurechtgeschnitten und sie in der Farbe der Badezimmerkacheln angestrichen. Sie fiel allein dem Eingeweihten auf, aber man roch es noch ein bißchen. So also hatte das Paar hier für ihn gewirkt! Von diesem Augenblick an war er zutiefst von der Rechtschaffenheit der beiden überzeugt und freute sich, daß der alte Mann durch eine so lebendige, sicher erst vor kurzem geheiratete Person für eine Weile vor dem Schlimmsten gerettet wurde.

Er stand noch nackt und naß da, als das Telefon läutete. Unsinnigerweise rannte er hin, so wie er war, ohne nachzudenken, aus blindem Gehorsam. »Du rufst nicht an«, sagte Natalja mit gespieltem Schnauben. Er kannte das und mochte es. »Aber ich habe an dich gedacht, sogar daran, daß ich dir diesmal zum Wochenende keinen Ingwer schenken konnte.« Natalja hielt nun, anstatt wieder kokett zu schnauben, offenbar die Luft an, dann kam ruhig: »Dein Schriftsteller hat mir Ingwer gebracht, eine tolle neue Sorte.« Jobst fror, die Hitze des Duschbads verflog mit jeder Sekunde, deshalb antwortete er rasch: »Dann ist ja alles gut, alles Gute bis übermorgen.« Danach wußte er nicht, wer das Gespräch beendet hatte, es ließ sich nachträglich einfach nicht feststellen, schien aber doch irgendeine Wichtigkeit zu besitzen. Noch einmal würde er hier nicht mehr ans Telefon gehen, es tat ihm nicht gut. Wo blieben denn dann Heilwirkung und Sinn dieser Reise?

Diesmal wählte er das Restaurant mit mehr Glück. Beim Wein wechselte er nicht, da er zu den besseren Sorten später, zuhause, beim treu sorgenden Dichter greifen wollte. Der Raum war angenehm besetzt, und er aß froh gestimmt eine

Gerstelsuppe, angeblich eine Spezialität der heimischen Küche, danach eine Bündner Platte, fühlte sich erfrischt und gestrafft, und erst als er auf die Rechnung wartete und die Augen ein bißchen schweifen ließ, fielen ihm die zahlreichen grau- und weißhaarigen Menschen auf. Eigentlich ein Komplott, dachte er belustigt, auch etwas irritiert: Er war der einzige offenbar noch nicht Fünfzig-, Sechzigjährige, vom Kellner, den er nicht nach seiner wahrscheinlich südosteuropäischen Nationalität fragte, abgesehen. Merkwürdig, die Jagdsaison stellte sich zusätzlich als die Saison der alten Leute heraus. »Alles schön aufessen!« sagte gerade der Kellner zu den Gästen eines Vierertisches. Zwei lachten, zwei sahen zornig, jedenfalls gekränkt auf ihre Teller. Der Kellner stützte sich nun mit beiden Händen auf die Stuhllehne hinter einer der Frauen, es wirkte, als würde er sie unbeweisbar hinterhältig schaukeln: »Seit zehn Jahren bin ich mit einer Thailänderin verheiratet, glücklich verheiratet. Sie ahnen nicht, wie glücklich. Verliebt wie am ersten Tag.«

Eine demütigende Unterstellung gegenüber den zwei älteren Paaren, die doch auch nicht unbedingt aller Liebe entrückt waren! Sie würden es aber als Nötigung akzeptieren. Für dieses private, wenn auch unerwünschte Geständnis, das er ihnen, wie einem rheumatischen Hund den Braten, zu hoch zum Zuschnappen über den Kopf hielt, mußten sie das Trinkgeld erhöhen. »Junge, Junge!« sagte einer von ihnen. Jobst, der gar nicht dumme Geschäftsmann, durchschaute das alles.

Dann allerdings fingen sie ein Gespräch über die wunderbaren Teleskopwanderstöcke an. Jobst bestellte rasch noch ein Mineralwasser und trank nur ganz leise, damit ihm kein Wort entginge. Diese Stöcke, erfuhr er, seien nicht nur eine gelenkschonende Maßnahme beim Abwärtsgehen in einer Gegend mit solchen Herausforderungen wie diese sie biete. Das Gehen mit ihnen versetze den Wandernden in einen Rhythmus und Rausch, der auf den gesamten Organismus übergreife. Man sei nicht nur viel schneller und müheloser beim Vorankommen bergauf und bergab, sondern gerate, auf ebenen Strecken, in einen Zustand des ... Fließens? Jajaja, riefen die anderen drei nach kurzer Bedenkzeit, denn sie merkten, daß er, Jobst, ihnen lauschte, des Fließens, des Fließens, des Fließens. Bei der Vorstellung, daß sie schon morgen wieder alle vier mit diesen Teleskopdingern in ihren stürmischen Wanderwahn geraten würden, war die angedeutete Beleidigung seitens des Kellners rasch vergessen. Im Handumdrehen durch sich selbst getröstet wie kleine Kinder durchs Daumenlutschen, sagte sich Jobst lächelnd, erinnerte sich dann aber seiner eigenen Rolle beim Restaurantbesuch des Vorabends.

Im Haus des Schriftstellers, der Natalja Ingwer fürs Wochenende geschenkt hatte, vielleicht sogar eine kleine Puppe, überfiel ihn Müdigkeit. Beim nächsten Mal wäre er, Jobst, ja dann wieder an der Reihe und würde für seine Russin tief in die Tasche greifen. Hier suchte er vorerst nach dem besten Rotwein, den er in der »Seewiese« auftreiben konnte, um sich in aller Gemütlichkeit ein bißchen am Dichter für dessen freches Vorpreschen bei Natalja zu rächen und nahm die Flasche mit ans Bett. Schon nach dem ersten Glas war er eingeschlafen, hatte vorher aber noch einmal in der Küche den schönen Strauß der Putzfrau angesehen. Erst jetzt entdeckte er, daß deren Blumenmusterkleid ja auch mit Ellen zu tun hatte, wie die Waldwege.

Am nächsten Morgen aß er die restlichen Brötchen vom Vortage auf und glaubte, angesichts des festlichen Wetters da draußen, diesmal mit einer Flasche Leitungswasser ohne Bedauern auszukommen, kaufte aber, hier und da einige orthodoxe Juden erspähend, diese ehrwürdig schwarzen, leicht beunruhigenden Wesen, die ihn beschämten, obschon er keinem von ihnen je was getan hatte, noch drei verschiedene Nußhörnchen. Sie stachen ihm gar zu verlockend in die Augen. Er war früh aufgebrochen. Heute mußte er zwar nur noch die weitaus kürzeste Geschichte *Der Mann mit den Mundwinkeln* durchlesen, aber der Marsch sollte ja bis hoch zur Hütte am Ende des Tals gehen, durch den Korridor der Berge, die vor allem für die Dummköpfe hundert Möglichkeiten boten, tausend Angebote, auf den Schiefen abzustürzen oder gleich von hoch oben die Grate hinunter ab in die Ewigkeit.

Ihn, Jobst dagegen, interessierte etwas anderes mehr und mehr, nämlich der Umstand, daß es sich um eine landschaftliche Laune handelte, die dem Schriftsteller offenbar überaus am Herzen lag. Nur das nämlich machte das Binoz-Tal für Jobst geheimnisvoll. Er wandelte auf den Spuren einer Liebe, vielleicht sogar Leidenschaft seines wie auch immer dichtenden Gastgebers, insofern eigentlich auch hier in seinem freundlichst zur Verfügung gestellten Eigentum. Ein Kuraufenthalt, über dessen Heilwirkung er noch nicht grübeln wollte. Nur konnte es gut sein, daß bei dem Autor eine Verliebtheit in Natalja dahintersteckte. Ihm, Jobst, drückte er das Tal in die Hand, um selber im Tausch ungestört die Pfote an die kleine, allseits herzliche Russin zu legen? Bei dieser Überlegung wollte Jobst gern eifersüchtig werden, dachte aber zu seinem Zorn zwingender an die kummervoll entgleisende Ellen. Ausgerechnet und angeblich zehn Jahre war der Kellner von gestern abend mit seiner Thailänderin verheiratet und nach wie vor glücklich? Wer konnte das nachprüfen? Eine Extra-Bosheit gegen ihn, Jobst!

Er wollte sich ja gern etwas zerknirscht fühlen, aber auch das gelang nicht. Jobst mußte sich etwas eingestehen, als er so mühelos, ohne Seufzen, ohne Verschnaufpausen den Waldwurzelweg mit den sommerkleidähnlichen Sonnenstreifen ein Stück über dem Talgrund entlangmarschierte und auf der anderen Seite den Wasserfall begrüßte. Insgeheim nämlich lauerte er auf den Fremden von gestern, auf den Mann mit den kurzen Hosen und den Stöcken. Hoffentlich tauchte der nicht wieder auf! Es wäre sicher bloß ein peinlicher Zufall, wenn ihm der wieder in die Quere käme, aber nicht unmöglich. Der Kerl wanderte sonst ja auch auf anderen Strecken, beispielsweise zu Sonderangeboten über die Berge, und heute war wieder Werktag.

Nein, nein, seine Eile hing nicht damit zusammen. Er wollte keinen Vorsprung gewinnen, wartete andererseits auch nicht auf die skurrile Automatenfigur.

Alles hinge natürlich davon ab, wie sie einander ansehen würden. Es muß ganz beiläufig geschehen, falls es dazu kommt, sagte sich Jobst, dann würden sie hier nicht in die Falle geraten, so sehr das Tal unter dem immer blaueren Himmel das unübersichtliche Maul aufsperrte.

Warum sollte er also, nachdem er in solcher Geschwindigkeit auf dem gewohnten Pfad gewandert, beinahe schon gerannt war, mit dem nun doch heftig klopfenden Herzen nicht eine erste Pause einlegen, nur für eine Zigarette und einen Schluck Wasser? Die Hauptsache, man bliebe unverkrampft, egal was passierte. So deutlich mit jedem Strauch, Stein und dem jeweiligen Schatten war ihm die Gegend noch nie erschienen. »Was für eine Schärfe bei diesem Wetter!« sagte er laut in die Einsamkeit.

»Föhn«, antwortete jemand hinter ihm im Dialekt, »sehen Sie nur die Wolkenfische am Himmel!« Jobst fuhr herum, aber es war nicht Derjenige, nicht der Gewisse. Er sah in ein seltsames Gesicht, ein Gesicht in zwei Schichten. Ein oberes, winziges, mit riesigen, wie schreckgeweiteten Augen schwamm auf einem trägen Fleischsockel, der von einem Teigkragen gehalten wurde. Das war nun ein ganz anderer Mensch als die unsichtbar umherschleichenden Jäger, die man gar nicht mehr hörte. Vielleicht waren sie auch weitergezogen, weil sie hier schon alles ausgeräumt hatten. Der Mann nämlich trug auf einem hölzernen Tablett an zwei Schulterstricken ein krankes oder altes, bequem dort eingerolltes Hündchen vor sich her, damit es auf seine Art und späten Tage doch noch mitwandern konnte in diesem Tal.

Jobsts eigener kleiner Hund, der jetzt bei Ellen lebte, war so zierlich wie der hier, und manchmal hätte er ihm fast den Hals umdrehen können, nur wegen der Zartheit, wenn er ihn zwischen seinen Händen hielt. Ob dieser Mann auch solche Anwandlungen kannte? Bei ihm schienen die entsetzten Augen eine Angewohnheit zu sein, der Ausdruck änderte sich nicht, obwohl er ganz ruhig sprach und jetzt auch wieder nach Hause ging.

Nach einigen Schritten kehrte der keinesfalls mehr junge Mann mit dem nun eher kauernden und sich als überaus gefleckt erweisenden Hündchen aber um und trat noch einmal auf Jobst zu, der gerade seine Zigarette in einem angefressenen Fliegenpilz ausdrückte. »Wollen Sie bis zur Hütte? Hinauf auf die Alp Binoz?« Seine Augen glotzten ihn jetzt in ihrer Dauerangst ganz aus der Nähe an: »Föhnwetter! Man sollte besser nie allein auf die Alp«, verstand Jobst. »Mancher ging hin mit klarem Kopf. Dann haben sie ihn dort oben verwirrt. Verrückt kommt er zurück. Und was wird dann?«

Er hatte sich schon ein Stück entfernt, als Jobst ihn noch immer mit dem Tierchen reden hörte. Nach Auskunft des Schriftstellers waren hier in erster Linie Ärzte und Juristen unterwegs, vielfach aus Zürich, oft auch von der aus der Geistes- und Exilgeschichte berühmten Technischen Hochschule dort. Egal, er machte sich gestärkt und in dem schon vorher angeschlagenen Tempo auf den Weg, passierte ruhigen Blutes die beiden Steinschlagstellen, obschon er sich bei der größeren kurz ausmalte, der Gewisse würde ihm dort begegnen und sie müßten sich nun wohl oder übel einigen, wie sie aneinander vorbeikämen. Diese Einbuchtung wirkte wie das Nadelöhr des ganzen, ihm bisher bekannten Weges. Dann schnell über die Brücke unten im Talboden, und schon war der große Stein erreicht, der Rast- und Leseplatz vom Vortag, wo man weder den Anfang noch das Ende des Schlauches sehen konnte und in die Einöde, die in rauhem Glänzen dalag, vollständig eingeschlossen war.

Er wollte erst oben bei der Hütte lesen, widerstand aber nicht der Versuchung, sich hier einmal kurz und kindisch auf den

Rücken zu werfen, zwischen den Felswänden mit den Schotterbahnen, um in den Föhnhimmel, ein Himmel plötzlich wie seit einem fernen Anbeginn, zwischen den langgezogenen Felsgraten ohne Einschränkung hochzusehen, sich zu vertiefen in ihn, als triebe er, der Himmel oder Jobst, in einen Raum aus schneidendem Licht, in eine leuchtende, maßlose Räumlichkeit. Weit oben würde das Blau in die Schwärze des Weltalls übergehen. Trennte sich nicht gerade jetzt überraschend ohne Laut das Irdische vom Nicht-Irdischen?

Er spürte, wie er, auf dem Boden ausgestreckt, bis an die steinernen Grenzen des riesenhaften Bettes reichte und darin wogte, in dieser prangenden Gruft, über der sich der Sargdeckel gehoben hatte, vielleicht nur für einen Augenblick. Aber da verlosch alles bisher Erlebte, und nun sah er fassungslos, wie das Blau über ihm sich donnernd aufbäumte, ein Brüllen ohne Geräusch, und sich im Hochbranden überschlug. Etwas durchraste seinen Körper, ein Fauchen. Eine Passage übermäßigen Glücks?

Es räumt mir die Eingeweide aus! Das ... Unendliche? Es ist ja durchsichtig, gläsern. Verrückt, verrückt, wenn mir nur einer sagte, was ich handgreiflich sehe! Wenn jemand es für mich aussprächen!

Wie im heftigsten Moment körperlichen Vergnügens stieß er, wenn auch nur nach innen, einen anschwellenden Ton aus, um diesen höchsten Punkt, diesen Endpunkt einer Zertrümmerung ertragen zu können.

Das Summen zwischen den Zähnen mischte sich mit einem Vogelzwitschern, zwitschernd wie Nataljas Stimme, von weitem. Etwas riet ihm, sich aufzurichten. Da erkannte er die leise quietschende Mechanik, die ihn geäfft hatte. Er versuchte, sich schnell aufzurappeln, das eben Geschehene, wer weiß, nur halb Geträumte, Betäubende abzuschütteln, denn jetzt war das Duell eröffnet, war beschlossene Sache, noch bevor der Wanderer mit seinen Stöcken bei ihm auftauchte. Die Berge machten unbewegte Miene zum bösen Spiel, und Jobst wäre noch gern rechtzeitig auf die Füße gesprungen, doch der Gewisse stand schon als schlüpfriges Grinsen vor ihm und schielte also wieder, wie gestern an dieser Stelle, auf ihn herab. Sie begrüßten einander resigniert in geheimer Übereinstimmung, beobachteten dabei aber die Grimassen des anderen jeweils genau. Beide vollführten die gleiche Geste des Unvermeidlichen, ein mattes Hochziehen der Schultern, ein Aufblasen des Brustkorbs mit Öffnen der Arme zu einer Art Umarmung des unentrinnbaren Geschicks. Man konnte das als Verdeutlichen einer Zumutung auslegen. Wer das für wen war, blieb vorerst in der Schwebe.

Der Mann, wieder in kurzen Hosen über immer brauneren Beinen, lächelte nach unten hin. Jobsts Anwesenheit hatte ihn aus seiner Gehtrance gerissen, da konnte er auch gleich stehenbleiben. Er hielt nun beide Stöcke in einer Hand und strich sich mit dem Zeigefinger der freien senkrecht über die Lippen. Jobst sah nicht mehr den Föhnhimmel, er sah bloß noch das.

»Nur ein Tal weiter wird dann die Hölle los sein«, sagte der Mann ohne Einleitung. »Sie wollen im Paradies die Hölle einrichten. Sie werden es schaffen.« Er zeigte gegen die Felsbarriere, hinter der er das Inferno in Gestalt einer Riesenbaustelle erwartete.

»Es gibt kein ruhiges Bestehen, das darf nirgendwo mehr sein. Immer wird sofort von Wachstum gebrüllt. So schreien die Hoteliers, die Boutiquenbesitzer, so kreischen die Betreiber der Bergbahnen. Am schlimmsten natürlich die Bauwirtschaft und ihre Lobby.« Der Mann sprach immer stärker im Rhythmus, die Stöcke stieß er dazu auf den Boden, das eigene Klopfen riß ihn hin:

»Ausgebootet. Mit allen Tricks / werden sie, die Naturschützer, ausgebootet, / ausgebootet, verunglimpft. / Entscheidungen tückisch verschleppt. / Man klopft die Bevölkerung weich, / die dämliche, mit ihrem Stimmrecht. Und der, / Sie verstehen, unbestechliche,/der, höhö, Gemeinderat, tut das Seine./Freie Natur!/Ihre Eigentümer/sind Idioten, Verbrecher.«

Jobst blieb ganz still. Der Mann sprach wie geistesabwesend, mehr dem Tal als Jobst sein Herz ausschüttend, dabei den Ort zukünftiger Untaten durch die Berge hindurch fixierend: »Wachstum klingt gut./Was sie meinen, ist ganz dreckig: Profit./Das tritt zutage, wenn es zu spät ist./Da liegen die Berge, unverrückbar,/aber das Unsichtbare, die Teufelsbeschlüsse,/verrücken die Berge schließlich doch.« Das Lippenstreicheln gab der Mann dabei nicht auf, nach jedem Satzende gönnte er sich das.

»Berge verrücken?« fragte Jobst, zugleich höflich und empört über solche Übertreibungen, auch darüber, daß der Mensch nicht weiterging.

»Überbauung durch deutsche Investoren, mit sämtlichen juristischen Finten abgesichert. Denen passiert nichts, wenn was schiefgeht. Hotelürme, ein ganzes Hoteldorf mit Zubehör für Wohlhabende mittleren Alters, die hierher kommen sollen zur Körperpflege, zum Koitus mit Komfort und ganz besonders zum Geldrauswerfen. Wenn die Gemeinde könnte, würde sie für jeden Samenerguß dieser Goldesel Steuern verlangen. Golfplätze in den Bergwiesen genügen denen nicht. Die Medien sind natürlich in diesem Land immer auf seiten der Wirtschaft. Erst wenn die Verwüstung dasteht, festgefügt in Beton ihre fatalen Schatten wirft, dann wird anstandshalber ein bißchen heuchlerisch geklagt und geplärrt.«

Vielleicht geht er nur mit zwei Stöcken, um wenigstens beim Wandern vor seiner Lippenmanie sicher zu sein, überlegte Jobst, denn er wollte sich nicht, nicht in den drei Tagen hier, interessieren für das, was der Mann von sich gab.

Der Andere sah in die Ferne, kam von dort langsam zurück und wandte sich Jobst mit zornigem Blick zu, als würde er ihn für eine Sekunde mit den Übeltätern verwechseln »Spüren Sie nicht die unsichtbare Macht, die uns würgt? Eine Macht, die hier allenthalben anwesend ist, zwischen Bergwald und Felsen, jedes Murmeltier zählt mit, jede Alpendohle, überall, wo der Boden ein bißchen schief ist, so daß man bei Schnee, falls er sich an die Abmachung hält, runterfahren kann? Riechen Sie nicht den Gestank? Und was können Sie hier von jedem Kellner, jedem Droschken- und Taxifahrer hören? ›Wir brauchen neue Hotels, damit die Leute im Ort Geld lassen, in die Restaurants gehen und nicht nur zweimal im Jahr in ihren verdammten Ferienwohnungen sitzen und selber was kochen.‹ Die Dummköpfe merken nicht, wem sie auf den Leim gegangen sind. Ich kenne die Akten, in denen steht, daß auch die Hoteltürme notfalls wieder Ferienwohnungen werden.«

Es könnte aber sein, dachte sich Jobst etwas scherzhaft aus, daß gerade dieser Gekränkte von der Gemeinde angestellt war, um, wie die letzten Alpenkühe mit ihren Glocken das Bäuerliche, den folkloristischen Wüterich für Gutgläubige zu geben. Ob er jodeln konnte?

Der Unmensch ließ jetzt seine Lippen in Ruhe und hatte die Hand frei für die scheußlich reibende Fingerbewegung des Geldhinzählens. »Räumungsverkauf«, sagte er noch, und seine Augen funkelten gehässig auf Jobst herab, vielleicht auch nur im Schmerz gegen sich selbst. »Hier im engen Tal wenigstens nicht so leicht, hier kriegen sie Schwierigkeiten mit den Lawinen, vorerst. Sehr, sehr unsicheres Gelände.«

Die Lawinen also waren sein Trost und seine letzte Hoffnung. Dann machte er sich grußlos auf den Weg, nun als Anführer, der sich sogleich beruhigte im Gehen, im gleichmäßigen Voranwandern, eingehängt als Organismus zwischen die maschinellen Stöcke. Er hatte seine Last und Kümmernis bei Jobst, der auch nur ein Tourist, ein Schmutz und Störenfried war, dem also recht geschah, hinterlegt.

»Tatsächlich, er fließt. Es muß am Gehen mit diesen Stöcken liegen«, sagte Jobst, »er fließt ohne Mühe bergauf.« Das Tal war von nun an ein sich dehnendes und zusammenziehendes

Gummiband zwischen ihnen beiden. Keiner würde nachgeben bei ihrer Wanderung, die der Andere aus Bosheit oder Gewohnheitsrecht, nicht so wie Jobst, für den es Pflicht und Versprechen war, unsinnigerweise heute schon wieder angetreten hatte. Bevor er um die nächste Kurve bog, stand der Gewisse plötzlich still und hob beide Stöcke bedrohlich gegen den Himmel. Ohne sich umzuwenden, klagte er dem Blau. Dann setzte die Mechanik unverändert ein, und er verschwand. Wohl oder übel mußte Jobst ihm einigen Vorsprung lassen. Es konnte ja sein, daß der Mann wenigstens den Anstand besaß, ohne Pause einer zweiten Begegnung auf dem Hinweg vorzubeugen.

Er zählte so etwa bis hundert und ging los, viel gemächlicher nun als der Andere. Es bekam ihm auch besser zwischen den heiß glänzenden Steinströmen auf beiden Seiten. Sie stießen mittlerweile kaum noch auf Bewuchs, den sie hätten verschütten können. Jobst, kurzfristig von oben auf sich selbst hinabsehend, befand sich lerchenklein in der gewaltigen Furche eines mit Geröll bedeckten Ackers von unvorstellbaren Ausmaßen, obschon es, wie er wußte, anders war. Der Schotterweg lief auf und ab, manchmal so hoch hinauf an der Flanke, daß Jobst etwas schwindelte, wenn er einen Blick nach unten warf. Er wurde auch gefoppt und dadurch zu ständiger Aufmerksamkeit gezwungen, die ihn am Denken und Phantasieren hinderte. Denn der schmale Pfad, den der Fremde, immer unmittelbar vor ihm, hinter sich gebracht hatte und dessen Spuren er notgedrungen ohne Ausweichmöglichkeit folgen mußte, dieses schmale Band in der Steintrümmerflanke verhielt sich sehr unzuverlässig. War es eben noch angenehm zur Talseite hin angehoben, so daß keine Rutschgefahr bestand, senkte es sich kurz darauf ohne Vorwarnung abwärts wie ein letzter, nichtsnutziger Absatz vor dem unvermeidlichen Hinabgleiten ohne Halt.

Er konnte sich kaum noch vorstellen, wie er eben, unten auf dem Talboden, in den Himmel gesehen hatte, wollte es auch gar nicht. Statt dessen tat er etwas, das er ebenfalls nicht wollte, ohne die Kraft, es zu lassen. Er hielt Ausschau nach dem Gewissen, der ja, um ihn zu ärgern, vielleicht schon hinter der nächsten, jeder nächsten Kurve auftauchen, sogar lauern konnte. Genau das hatte Jobst befürchtet. Nun war es eingetroffen, das läppische, das kindische Verstecken oder Erwischen! Die Landschaft war nicht verschwunden, machte ihm sogar ordentlich und immer mehr zu schaffen mit ihren Steigungen. Das andere jedoch drängte sich vor, und Jobst wurde, ohne es zu bemerken, schneller und schneller, obschon es ihm schwerfiel in der Hitze, als müßte er den anderen unbedingt einholen, um ihn zu deklassieren. Dabei blieb er einige Male mit den Schuhspitzen gefährlich an den über den Schotter kriechenden Pflanzen hängen, an diesen Fußangeln, die ihn leicht zu Fall bringen konnten. Das passierte gerade wieder, und im Hochsehen danach entdeckte er Denjenigen.

Er saß oben am Scheitelpunkt des überschaubaren Wegstücks und beobachtete ihn. Es half nichts, Jobst mußte sich zu ihm und seinem Hohn hinaufarbeiten. Der Mann hatte beide Stöcke in geringem Abstand über den Weg gelegt und nahm sie nicht fort, wohl ahnend, daß Jobst nicht wagen würde, seine Schuhe auf sie zu setzen. Sie lagen ausgeklügelt so, daß Jobst nicht schaffte, sie mit einem einzigen Schritt zu überwinden. Das ließ sich abschätzen. Er mußte einen albernen Trippelschritt dazwischen einlegen, verkniff sich aber natürlich nicht, leicht gegen den zweiten Stock zu treten, so daß er sich ein bißchen bewegte und geschrammt wurde. Das schien es dem Anderen wert zu sein. Denn nun war der Fall klar. Sie hatten ihre Abneigung gegeneinander stumm bekundet, und es mußte als Bekräftigung gelten, daß der Gewisse mit einem Gähnen sagte, er wisse noch nicht, ob er heute unter diesen Umständen bis nach oben wolle. Mal sehen. Sonst fiel kein Wort.

Jobst mußte möglichst schnell außer Sichtweite gelangen und in jedem Fall vermeiden, ausgerechnet jetzt zu stolpern.

Glücklicherweise folgte schon bald eine neue Steigung, hinter der er wegtauchen würde, falls der Kerl nicht gleich hinter ihm herrannte. Er, Jobst, beschloß, unter keinen Umständen eine weitere Pause einzulegen, weit durfte es ja nun nicht mehr sein, schließlich stieg er beinah ständig, auch wenn das Talende sich noch immer nicht zeigte. Hinter jedem Buckel konnte die Hütte auftauchen. Sie tat es aber nicht. Der Schweiß lief ihm über Gesicht und Oberkörper, trat neuerdings auch bei den Kniekehlen aus. Hätte er jetzt nur den gelben Wanderstock aus der »Seewiese« bei sich! Am liebsten wäre er, ein Weilchen schnaufend, jeweils alle zehn Meter stehen geblieben, wie sie es im Himalaja in der Todeszone machten.

Der Andere mochte recht haben mit seinem Wüten gegen die Bau- und Wachstumswut in den Bergen. Warum konnten sie beide sich nicht friedlich, auch wenn ihn, Jobst, ausgerechnet dieser Gesprächsstoff nicht interessierte, darüber unterhalten? Wegen einer Antipathie, die sich in diesem Tal, einfach aus landschaftlichen Gegebenheiten, zuspitzte? Einmal riskierte er einen unauffälligen Blick zurück. Die Flanken schachtelten sich unter ihm auf einen mysteriösen Fluchtpunkt zu, es war der, aus dem er hergewandert war seit heute früh. Vom Anderen kein Anzeichen. Ob es sein konnte, daß der ihm tatsächlich nicht folgte? Dann wäre er, Jobst, ja allerdings vollkommen verschollen in Einöde und Geröll. »Verschollen!« sagte er laut und schüttelte lächelnd den Kopf über sich. Jobst dachte plötzlich an das strudelnde Wasser, wenn man den Stopfen aus dem Abflußbecken zieht. Das passierte hier in der Waagerechten. Er war eben schon sehr lange nicht mehr allein gewandert.

Wie viele Gefühle es gab und wie wenige er davon in der letzten Zeit erlebt hatte! Darüber wollte er nun jedoch durchaus nicht nachdenken. Verboten. Er sagte deshalb laut und keuchte dabei schwer: »Natalja will mich auf Teufel komm raus eifersüchtig machen.« Aber er, Jobst, durchschaute das doch, fand es rührend und auch ... nett. Außerdem: Natürlich war er eifersüchtig auf den Schriftsteller, der Tag und Nacht mit freier Zeit zu Diensten stand und nun sicher bei ihr viele Stifte und Briefumschläge kaufte. Darunter aber spürte er, als viel tiefere Empfindung, auf einmal Gleichgültigkeit. Das kommt, beschwichtigte sich Jobst mit leichtem Erschrecken, sicher nur daher, daß ich zu sehr mit diesem zwielichtigen Fremden beschäftigt bin, mit dem ich mich hier allein in der Einsamkeit aufhalte und der mich nicht aus den Augen läßt.

Jobst wußte das aber nicht genau. Es konnte ja sein, daß der Mann ihn im Stich ließ. Wäre er wirklich ohne den Verfolger gewesen, hätte er nicht übel Lust gehabt, sofort an Ort und Stelle auf dem zwei Hände breiten Schotterweg einen Imbiß zu nehmen und dann mit dem Lesen, damit auch das geschafft wäre, zu beginnen. Er war ja nun fast ans Ende seiner Kräfte gelangt und sehr durstig. Um sich abzulenken, zündete er im Gehen eine Zigarette an. Einmal schob er mit dem Fuß einen dicken Stolperstein vom Rand in die Mitte. Man mußte doch Spuren hinterlassen und Zeichen geben!

Das Talende vor und über ihm schien durch schwarze Felsbrocken, zwischen denen sich der Bach erstaunlich kräftig herausstürzte, versperrt zu sein. Jobst kam aber seitlich daran vorbei und kletterte schließlich über die letzte Höhe. Ein Trugschluß leider, die nun folgenden Wiesen, verblüffend feucht, zwangen ihn, weiter zu steigen. Im Hochsehen blickte er in ein monumentales Gesicht.

Es befand sich direkt über ihm auf der Bodenwelle, hing und dräute über ihm, nichts weiter als das Gesicht. Dann riß er sich zusammen und merkte, daß der erschreckende und schöne Kopf zu einer Kuh gehörte. Was, erkannte er denn schon ein simples Rindvieh nicht mehr? Die Kuh wich keinen Millimeter zurück, er mußte ihren starken Atem ertragen, bis er auf einer Höhe mit ihr war. Wie ihm das Tier gesonnen war, ließ sich nicht mit Sicherheit sagen. Zu freuen schien es sich nicht über ihn. Es wartete ab, und kauend erwog es etwas. Gleichzeitig wurde seitlich ein nach allen Seiten wegen der Lawinen frei stehendes Steinhaus mit geschlossenen Schlagläden sichtbar.

Jobst fixierte jetzt nur noch dieses Haus. Dahin wollte er, tappend und fluchend, immer in Gefahr, zwischen den Kuhfladen auszugleiten. Bei jedem Schritt, den er noch tun mußte, murmelte er: »Ich stehe ja vor der Scheidung! Vor der Scheidung von Ellen!« Er wußte nicht, weshalb er das machte. Später, bei der Hütte, vermutete er: um die Proportionen zu wahren! »Ich stehe, um Gottes Willen, vor der endgültigen Trennung, stehe nach zehn Jahren vor der gütlichen Scheidung, Scheidung in gegenseitigem Einverständnis.«

Es gab einen kleinen See, der ihn anblickte wie das Auge eines Kälbchens. Überhaupt bemerkte er nun, im ebenen Gehen, vor dem allerletzten Anstieg, daß die Landschaft in ihrer kühlen Nässe hier oben noch gar nicht fertig entwickelt und entschieden war. Nur unwillig setzte sie sich in dieser Vorstufe dem Tageslicht aus, eine Scheu, die Jobst beinahe zu Herzen ging. Heute hatte sicher noch kein Eindringling vor ihm das hier angesehen, es schien noch in die glitschige Geburtshaut eingewickelt zu sein, noch gar nicht richtig auf der Welt. Die Luft war gefüllt mit der Feuchtigkeit dieser merkwürdigen Niederkunft. Doch, sagte sich Jobst, etwas schlammig Embryonales, nicht fertig Ausgestaltetes, eben erst, wenn nicht in Schnee und Frost, so doch in sich selbst versunken und eingekrümmt zum Vorschein gekommen. Das hätte ich nicht gedacht.

Und das also war die Alp Binoz! Wer sollte hier sein, um Einzelwanderer zu verwirren? »Sie«? So ähnlich hatte der Mann mit dem Hündchen sich ausgedrückt. Wen meinte er damit? Jobst langte, nach Überwindung einer letzten Stufe, bei der Hütte an, warf sich auf die Bank davor, trank die halbe Flasche leer und seufzte einige Minuten vor Erschöpfung. Wenn der Andere ihn nicht getrieben hätte, wäre es sicher ratsam gewesen, zwischendurch die Hand- und Fußgelenke in den kalten Bach zu halten. Hier oben aber, in der Kühle und Übersicht, erholte er sich rasch. Er saß nun mitten in den Dimensionen eines gewaltigen, von groben Händen gebauten Raumes, der trotz seiner machtvollen Ausdehnung zu einer Kammer geschlossen war. Daher mochte der Eindruck der Dichte, der auftrumpfenden Last der Materie rühren, des allseitigen, nun nicht mehr felsgrauen, sondern wiesengrünen Heranrückens der Zimmerwände auf ihn, Jobst, in der Mitte, zu. Darauf wollte er sich gar nicht erst einlassen, aß zwei Hörnchen mit widersetzlichem Behagen dieser großspurigen Landschaft gegenüber und sah einem Falken, der sich ins Tal hinunterstürzte, zum ersten Mal in seinem Leben von oben auf sein rötlich braunes Gefieder.

Als er nach den Manuskriptblättern griff, hörte er ein Geräusch wie emsiges Stricken oder das stumpfsinnige Essen eines Rüpels mit Messer und Gabel. Der Andere war ihm die ganze Zeit auf den Fersen geblieben, nun fragte sich Jobst, wo der Kerl sich hinsetzen würde. Jobst beäugte ihn unter den Wimpern her. Zunächst jedoch blieb der Mann stehen, hob ungeniert die Stöcke, als gäbe es Jobst Böhme überhaupt nicht, und rief, vielmehr jauchzte, das jedoch in Hochdeutsch, während er für sich selbst gewiß im landesüblichen Dialekt gesprochen hätte: »Der riesige Gott, der riesige, riesige Gott!«

Ich sehe allenfalls eine göttliche Riesenlandschaft, sagte sich Jobst, ärgerte sich dann aber, daß der Andere durch sein Juchhe das gesamte Areal zu seinem Herrschaftsbereich erklärte, sprang auf und brüllte, bevor er sich durch einen besonnenen Gedanken stoppen konnte: »Glaubt der Bursche mit seinem Ingwer, ich würde ihm die kleine Russin einfach überlassen und mich selbst mit Schnaps und Tränen meiner armen Ellen begnügen? Und wer würde ihr vorher rechts und links die kleinen Finger abhacken?«

Nach diesem Aufschrei fühlte er sich äußerst zufrieden, denn er hatte zweierlei Vorteile, den der eigenen Erleichterung und den der Verblüffung des Anderen. Nun gab es für den Kerl was zu kauen! Offiziell taten sie beide so, das war offensichtlich die wortlos vereinbarte Spielregel zwischen ihren Körpern, als wäre der jeweils andere gar nicht wahrnehmbar. Auf diese Weise besaß jeder von ihnen eine unumschränkte Einsamkeit. Und da Jobst sich für eine längere Zeit des Lesens einrichtete, ging er irrtümlich davon aus, daß der Gewisse, wie ja gestern zweifellos auch schon, den Aufenthalt hier oben nur für eine Stärkung nutzen und sich dann an den Rückweg machen würde, vielleicht sogar ohne ihm später noch einmal aufzulauern. In die Hütte wollte keiner von ihnen wegen der selbst in dieser Höhe einigermaßen milden Temperatur, ein unter der Sonne dennoch angreifendes Wetter.

Jobst umkreiste für alle Fälle einmal rasch das Haus. Die Situation, in einem so dunklen und bestimmt klobigen Verhau waffenlos den anderen im Hinterhalt zu haben, schreckte ihn ab. »Mausefalle« sagte er und lachte dann extra laut, um das Wort abzuschütteln.

Dann legte er sich endgültig, dem anderen den Rücken zukehrend, seine Blätter zurecht. *Der Mann mit den Mundwinkeln* las er und wußte es ja längst und sah noch einmal auf. Da mußte er leider feststellen, daß der Fremde seinen Platz gewechselt und sich ihm, auf einige Distanz, genau gegenübergesetzt hatte und ihn anstarrte. Sollte er die Provokation annehmen? Nein, er, Jobst, hatte keine Zeit für solche Spielchen, sondern zu arbeiten, hatte eine allerdings mittlerweile lästige Pflicht zu erfüllen, auch wenn der Andere ihn durch sein idiotisches Lippenreiben zu reizen versuchte. Nicht hinsehen, ignorieren!, nahm Jobst sich fest vor und begann mit dem schon zweimal bewiesenen, treuen oder auch törichten Durchhaltevermögen die letzte und kürzeste der drei Geschichten zu lesen:

*Der Mann mit den Mundwinkeln*

Unter der Überschrift entdeckte er nun jedoch, offenbar noch schnell mit Bleistift für ihn hingeschrieben, eine Notiz des Autors, die er vor der Lektüre zu berücksichtigen hätte:

*Weibliche Erzählperspektive, Risiko für mich als Mann, klar! Erzählerin versucht, um sich das Drama vom Hals zu schaffen, die Hauptszenen ihrer sogenannten Liebesgeschichte in die Reliefs einer Chorschranke einzufrieren.*

Jobst wunderte sich. Jetzt kam ihm der hoffentlich noch nicht an sein Ziel gelangte Verführer der sicher nicht allzu unzugänglichen Natascha, nein, Natalja, auch noch mit so einem Dreh! So war's recht: Natalja kriegte Ingwer und er, Jobst, Manuskripte. Bei einem Tausch würde er die Süßigkeiten gewissenhaft wegnaschen, Natascha dagegen die Blätter nur ansehen und auf Kontrollfragen fröhlich lügen, allenfalls sich in ihrer neckischen Art auf den Mund schlagen beim Verplappern.

*Ihre einzige Möglichkeit, mit der Katastrophe fertigzuwerden: Sie stellt sich am Ort des Unglücks vor, als Fremdenführerin im Dom einer Touristengruppe in Stein gemeißelte Momente aus dem Leben einer anderen, einer gewissen Heiligen namens Petronia zu erläutern.*

Der unangenehme Patron, der die Stöcke neben sich in den Boden gerammt hatte, dieser abstruse Luzifer, stierte ihn über circa fünfzehn Meter hinweg unentwegt an und griente dabei. Kein direktes Delikt, man konnte es ihm nicht verbieten. Da faßte Jobst den Entschluß, als seine Zigarette angezündet war, da er nicht schaffen würde, zu dem Mann ruhig ›Laß sein, Kamerad!‹ zu sagen, die Geschichte ohne Unterbrechung, ohne aufzublicken, von Anfang bis Ende durchzustehen.

## Der Mann mit den Mundwinkeln

Um nicht den Verstand zu verlieren, bilde ich mir etwas ein, eine Menschengruppe am besten, ein willenloses Touristenrudel, das mir zuhören muß, dem ich einen Bären aufbinde, wo es mir paßt. Da habe ich Übung. »Sehen Sie«, möchte ich sagen, zum Trost in dieser ... unsinnigen ... etwa ›Bangigkeit‹?, in dieser widerlichen Gräue, die an mir nagt und schlürft, vielmehr schürft, nicht nur an mir, auch am Himmel, hinten am Wasser, im Rücken am Granit und an der Straße natürlich, ich darf gar nicht hinsehen. »Sehen Sie«, sage ich tatsächlich leise vor mich hin und stelle mir dabei ein nicht zu zahlreiches, leicht frierendes Publikum vor. Warum sollen die es besser haben als ich, gesellige und geduldige, nämlich schon ein wenig schiefe Menschen, denen der Imbiß in einem Gasthof mit lokaler Küche nach meiner Ansprache erst so richtig schmecken wird. Es müßte eine nicht zu große, schwach fröstelnde Reisegruppe sein in einem dämmrigen Dom, von mir zusammengetrieben an der Rückseite der Chorschranke. Schon jetzt würden sich diese Kunstfreunde, noch im Geruch von verlöschenden Kerzen und muffigem Mauerwerk von mir festgehalten, auf nichts so sehr wie aufs Essen freuen. Das aber will verdient sein, das garantiere ich euch, ihr Lächler mit den Gevattergesäßen!

Still, um Gottes willen, ich bin ja still!

»Sehen Sie«, könnte ich ihnen erklären, »wie stark die Verwitterung den einstmals so vollkommenen Reliefs zugesetzt hat? Sehen Sie, daß Sie auf Anhieb beinahe gar nichts mehr sehen? Sie sind trotzdem nicht vergeblich hier, denn Sie haben ja mich, und Sie werden deren wunderbare Plastizität und Inbrunst, fast möchte ich sagen: am eigenen Leibe spüren. Solche Zerstörung durch die grausamen Angriffe der Zeit kennen Sie alle aus Ihrem eigenen Gedächtnis, in dem manches versunken ist auf Nimmerwiedersehen, nicht wahr? Jaja, die Kindheit, die Kindheit!«

Wie sie da alle nicken, ich wußte es ja.

»Auch die differenziert gearbeiteten Figuren der umlaufenden Nischen haben die Jahrhunderte einer naturgemäß respektlosen Erosion ans Messer geliefert.«

Mein Gott, wie das beruhigt, so unverschämt aufzudrehen! Und der lahme Trupp schluckt es wie nichts.

»Sie müssen mir schon auf Gedeih und Verderb, wenn ich scherzen darf, vertrauen, um den Glanz dieses Werks zu erleben. Stellen Sie zwischendurch bitte keine Fragen. Sie könnten mich aufschrecken, wenn ich versuche, aus diesen Verstümmelungen und kaum merklichen Erhebungen das Ursprüngliche für Sie erstehen zu lassen.«

So ein bißchen konspiratives Abrakadabra haben die Leute gern.

»Fangen wir an, gleich hier, bei der karottenartigen Ausstülpung im ersten Relief. Ich nehme deshalb besonders Anteil, weil man öfter behauptet, die Dame hätte – nun ja, schließlich stamme ich über viele Generationen aus dieser Region – verblüffende Ähnlichkeit mit mir.«

Das stimmt natürlich nicht, aber es wirkt. Jetzt habe ich sie am Haken. Wie sie die Hälse recken zwischen dem gesichtslos möhrenartigen Zapfen und mir und sogar zu nicken beginnen!

»Wer von Ihnen sehr scharfe Augen besitzt, wird ihren rechten Ringfinger und daran den Ehering erkennen!«

So ist es recht. Der Blick von allen geht auf meine Hand, auf meine Hand aus Fleisch und Blut. Die interessiert sie jetzt als die weitaus zuverlässigere Garantie: Angesichts der steinernen Wurzel und ihrer fragwürdigen Auswüchse geben sie sich geschlagen, bei mir jedoch konstatieren sie lächelnd den Trauring. Ich lächle zwinkernd zurück. Nun ist doch wirklich, Ihr Lämmer, alles bewiesen.

»Wie erklären Sie sich aber die gegen das Oberteil versetzte Unterpartie? Richtig, die Frau sitzt offenbar, dabei hat sie die

Beine übereinandergeschlagen, sitzt auf einem Schalensofa aus Plastik, das sich, wie die Chorschranke um den Altar, um ein Tischchen schmiegt mit einem Becher darauf, ebenfalls aus Kunststoff. Mittlerweile haben sich Ihre Augen hoffentlich so eingewöhnt, daß Sie den zweiten Wulst als einen stehenden, von der Frau durch den Tisch getrennten Mann identifizieren. Wichtig! Spüren Sie nun den merkwürdigen Magnetismus zwischen den beiden?«

Zwischen den beiden? Begannen die Nerven zu lauschen und schon zu antworten auf die Wärmewellen seines Körpers, während ich mich doch korrekt gegen die drohende Erregung zu wappnen suchte, verkrampfte und allerdings reckte im Wunsch, etwas lange Vergessenes, nämlich blasser und pompöser in Erinnerung Behaltenes mit unbewegter Miene zu kosten und mir vorzustellen, daß er es, ohne eine Gemütsbewegung zu verraten, beobachtete, so daß wir beide, als kennten wir uns sehr wohl von früher, ganz ruhig aushielten, in einer leichten oder sogar schweren Benommenheit? Oder starrte ich nicht vielmehr auf die sacht vibrierende Oberfläche meines Kaffees und dann geistesabwesend in die Ferne auf eine gebräunte Glatze, erfreut, mir die geschweiften Hügellinien der Insel, der das Schiff entgegenfuhr, mühelos ins Gedächtnis rufen zu können, klopfenden Herzens die herrlichen Hügel, und mit dem Rücken zu ihnen, statt sie tatsächlich durch die Fenster des Passagierraums im Vorübergleiten zu verfolgen? Und war ich dann nicht verärgert über die plötzliche Störung gewesen?

»Wir können nicht hundertprozentig rekonstruieren, ob ihre Pupillen exakt aufeinander ausgerichtet sind. Desto offenkundiger aber ist die Hochspannung zwischen der Frau und dem Mann.«

Die Damen und Herren rücken jetzt wirklich gegen die ruinösen, völlig nichtssagenden Steinzylinder vor, als ließe sich das Fluidum erschnuppern. Sie wittern, sie rätseln. Man muß ihnen Zeit lassen. Schließlich bestätigt einer von ihnen: »Es knistert!«

– Dämlack! Dabei bin ich ihm dankbar für seine folgsame Phantasie.

»Wenden wir uns ausführlicher der männlichen Person zu. Dem subtilen Beobachter wird nicht entgehen, daß er, der Mann es ist, der über die erheblichere physische Wucht verfügt und die Frau damit geradezu attackiert, ob sie es wahrhaben will oder nicht. Besonders die sehr markant gebogene Nase wird Ihnen auffallen, ich vermute auch: gefallen. Sie deutet Charakter und Intelligenz an, das ist klar, das erkennt jeder. Ein bleicher, ernster Mann in alten Turnschuhen also, insgesamt sehr jugendlich gekleidet. Er selbst hat das vielleicht gar nicht mitgekriegt, und durch seine Größe wirkt es erstaunlicherweise nicht anbiedernd. Individualisiert durch extreme Verlängerung, könnte man sagen. Zufällig, zerstreut, in Eile zusammengesucht, plötzlicher Entschluß, plötzlicher Aufbruch. Denn irgend etwas Fatales wird vor einiger Zeit mit ihm geschehen sein, das verraten die Mundwinkel. Sie sind so tief gekränkt, beinahe schon irreparabel gramvoll nach unten gebogen, daß man es kaum je wieder vergessen kann, wenn man es nur ein einziges Mal angesehen hat, nein, wohl nie wieder vergessen wird. Natürlich muß man wissen, um die Szene zu begreifen, daß die Frau den Mann schon einmal wahrgenommen hat, vor einer knappen Stunde ungefähr. Vor der Ankunft des Fährschiffes, als sie, da sie mit ihren alten Tanten lange vor der Abfahrtszeit eingetroffen war und trotz der Hitze aus Trägheit im Auto auf die Verladung wartete, in der Nachbarschaft des Fahrzeugs zunächst ein junges Paar und sein feuerrotes Motorrad beobachtete, weil das Mädchen an seinem Helm, den es in der Hand hielt, aufgeklebte Tigerohren trug. Ganz ohne Absicht hatte die Frau die vorgewölbte, etwas vulgäre Mundpartie und die das Ganze dann jedoch ins naiv Weibliche biegende, leichte Himmelfahrtsnase registriert. Die Brüste wurden durch keinerlei Stütze betont, ja ausdrücklich von einer engen Weste an den Körper gepreßt und schreiend geleugnet aus lauter Selbstbewußtsein: Seht her, ich habe Liebhaber, die das Abweichende zu schätzen wissen – und wie! Eine Person, durch nichts, auch durch keine Grobheit unterzukriegen. Die Frau im Auto mit den alten Tanten nahm außerdem einen weiteren, einzelnen Motorradfahrer wahr. Er hatte sein Fahrzeug direkt, als wollte er mit dem Pärchen ins Gespräch kommen, neben ihm geparkt. Sie sah hin, vermutlich ziemlich lange. Sie hatte mit den Tanten schon während der vielen Stunden der Fahrt geredet, jetzt genoß sie, einfach den Blick schweifen zu lassen, zumal es nicht bemerkt wurde von den, sagen wir: Objekten ihres Interesses, nein Interesses durchaus nicht, sie gestattete Augen und Phantasie nur Auslauf nach der Konzentration auf die Straße. Der einsame, vielmehr einzelne Mann hob sich deutlich von den anderen beiden Motorradfahrern ab. Seine Maschine war nicht kleiner, aber unauffälliger, er trug keine Stiefel – war es nicht leichtsinnig, in so schlampigen Turnschuhen loszubrausen? –, hielt nur den Helm in seinem Arm. Die Mundwinkel bog ein tiefer Kummer, der noch nicht Gewohnheit sein konnte, nach unten. Nein, er spürte ihre Blicke nicht, da er sich, von ihr abgewandt, nur ruhelos ohne Pause um das Motorrad herumbewegte.«

Unschlüssig, als würde er jetzt schon bereuen, die Fahrt gemacht zu haben, fast als wollte er im nächsten Augenblick gegen die Maschine treten aus Verzweiflung über einen falschen Entschluß, nämlich den, vor etwas zu fliehen, dem er zur Zeit nicht entkommen konnte, nirgendwo, erst recht nicht hier, neben dem in unbarmherziger Biologie gurrenden Pärchen.

»Offenbar hatte sie sich aber getäuscht, wie sich nämlich im klimatisierten Passagierraum, im kühlen, wie hier im Dom so kalten Passagierraum, an dem runden Tischchen zeigte. Dem Mann war ihr Starren ja keineswegs entgangen. Er hatte nur darauf gewartet, daß sie ihm die Chance gab, sie ohne den Tantenhintergrund anzusprechen. Er war gekommen, prompt und pünktlich, als die alten Schwestern sich auf dem Oberdeck sonnten. Beine wie zwei Wehrtürme, an ihnen konnte der Blick hochwandern, lange Zeit, bis sich die Mundwinkel endlich dem Blick entgegenkrümmten. Entschuldigung, nur ein Einfall, ein Einfall bloß. Er stand da ohne das geringste Lächeln, baute sich dicht vor ihr auf, ein Verhängnis, eine Gebirgswand, in tiefer, verbitterter Trauer, sah ihr direkt in die Augen, bot sich an von Kopf bis Fuß und forderte von ihr, was sie ihm versprochen hatte. Irrtümlich versprochen, ich meine: wie er in seinem Irrtum glaubte.«

Er hätte es nicht so ohne alle Umschweife machen dürfen, nicht so, daß es einem als unverschämt trockener Anspruch derart in die Glieder fuhr, so ... durchschlagend. Man war doch nicht auf eine Stahlplatte montiert. Herrgott, was sollte ich, bitte, verheiratet, zwei kleine Kinder, meine ganze Familie, diese drei Menschen, mir anvertraut, denn jetzt mit dem und seiner Entschlossenheit! Kein Gedanke daran. Ich werde niemals gern überrumpelt, und das hier war ein Mißverständnis von vorn bis hinten. Keine Verlockung, keine Gefahr. Eine rücksichtslose Absurdität und Schluß!

»Kein ohne Einschränkung schöner Mann, aber, Sie werden mir zustimmen, ein höchst eindrucksvoller. Bedenken Sie, die Frau, Petronia, hatte ihre Familie aus bestimmten Gründen zuhause lassen müssen und zwei Wochen in voller Freiheit vor sich, bei den blumenliebenden Tanten zwischen Meer und Gebirge. Ihr fiel jetzt auch ein, wie sie vor Jahren an einem Augustmorgen in einem dünnen Kleid mitten durch eine Gruppe von Motorradfahrern gegangen war, die neben ihren Riesenmaschinen auf irgend etwas warteten. Wie verdoppelt wirkten die Männer, die ihr beim Gehen zusahen, in ihrem tiefschwarzen Lederzeug, wie hinschwindend, wie leicht erschauernd auf nackter Haut ihr helles Sommerfähnchen.«

Ich besaß nicht den Mut, einen zweiten Blickwechsel zu riskieren, o nein, keinesfalls, kramte statt dessen voll Eifer in meiner Tasche, schnitt dabei, einer zusätzlichen Konfrontation vorbeugend, ein mürrisches Gesicht, hob den Kopf keinmal für einen Kontakt, schielte erschrocken in die Höhe seiner Schultern, bis er sich, und ich war sicher, im Zorn, entfernte.

»Kurzum, es handelt sich um die Versuchung der heiligen Petunia oder auch Petronia, einer ehrbaren Ehefrau. Hier also die Szene der ersten Abweisung des Verführers. Wie Sie alle wissen: keine Märtyrerin, aber eine von Zerstörungslust Gemarterte.«

Jetzt weichen sie zurück. Vorsicht! Die halten dich gleich für verrückt und wollen deinen Führerausweis sehen. Notfalls lasse ich meine Gemeinde ruckzuck dahin verschwinden, wo ich sie hergeholt habe. Aber, natürlich, die Bangigkeit, die Beklommenheit, das drohende Grauen! Noch benötige ich meine brave Herde als Gegenmittel und Milch der Sanftmut. Hätte ich einen Besitz, ich möchte ihn in diesem Moment rückhaltlos und kopflos verschenken an Bedürftige, verschwenden an die Ärmsten, damit das Gute in mir quillt und aus mir herausströmt und mich wärmt. Ich muß sie jetzt wenigstens rasch besänftigen:

»Wie aber war es während der Hochsaison zu dem langen Warten auf das Fährschiff gekommen, wodurch alles Folgende ausgelöst wurde? Der Fromme sagt lächelnd: Fügung. Die andere Begründung hängt mit der Geschichte der Insel zusammen. Darf ich, meine Damen und Herren, stichwortartig ausholen?«

Wollt ihr beschwichtigende Fakten, meine lieben Schützlinge und Fiktionen, die ich so schnell nicht aus den Klauen lasse?

»Seit der Antike Erzbergbau, nie zum Nutzen der Bevölkerung, immer zu dem der herrschenden Mächte. Piratenüberfälle, Massaker, Verschleppung. Bis in die Gegenwart Benachteiligung der Inselbewohner, Fischer, Weinbauern und Fabrikarbeiter, durch das Mutterland. Vor hundert Jahren baute man Hochöfen in der Hauptstadt der Insel, zwanzig Jahre später Aufruhr in der Stahlindustrie, nach dem Zweiten Weltkrieg gibt man die Stahlwerke auf wegen Unwirtschaftlichkeit. Langsames, dann immer geschwinderes Voranschreiten des Tourismus. Verfall der Weinberge. Umwandlung in Baustellen und Parkplätze. Galoppierende Preise für Grundstücke. Die Bauern werfen ihre Demut ab, werden schlaue Vermieter und gewitzte Immobilienhändler, schicken ihre Kinder auf Universitäten, zünden im Sommer die Wälder an, um im Winter bei der Wiederaufforstung Geld für eine moderne Küche zu verdienen, auch aus Erbitterung über Bevormundung durch Baubehörden, durch Denkmal- und Naturschutz des Festlands. Die Insel floriert. Ihre wilde und milde Schönheit wird im In- und Ausland als Kapital und Rohstoff entdeckt. Kleine Kolonialwarenhändlerinnen in Gebirgsdörfern lernen Geschäftstüchtigkeit und Fremdsprachen. Außerhalb der Saison machen sie in Bussen Europareisen. Männer, die noch vor kurzem ihre verwunschenen Buchten mit Dynamit leerfischten, erobern sich die touristischen Höhepunkte der europäischen Metropolen. Auf allen Gebieten, von Liegestuhl, ausbaufähigem Ziegenstall, Maurer und Putzfrau bis zum Restaurant, steigen die Preise, schneller als in Mailand und Rom. Die Fährschiffe sind im Sommer ständig ausgebucht, immer mehr Schiffe werden eingesetzt, immer größere. Bis sich die Unternehmen, in Verbindung mit der europäischen Rezession, durch Konkurrenz umzubringen drohen. Nach dem Boom Überkapazitäten. Plötzlich kriegen sie nicht genug Autos für die riesigen Laderäume zusammen. Überfahrten rentieren sich nur in größeren Abständen. Es wird für Reisende wieder unbequem, sie müssen nicht wegen Platzmangel warten, sondern, und zwar länger, wegen Leere.«

Ist das ein Nicken ringsum! Deutet also das verhängnisvolle Warten wie ihr wollt, als Angelegenheit Gottes oder des Kapitalismus, ihr ruchlosen Schafe und gutgläubigen Schakale. Was? Nein! Ich nehm's sofort zurück. Bleibt bloß noch bei mir, ihr herzensguten Zuhörer! Ihr Allerbesten, laßt mich doch schwadronieren, laßt mich jetzt nicht im Stich!

»Das nächste Relief stellt das Meer dar. Sie sehen den etwas ungelenken Versuch, das Schema der Wellenreihung zu durchbrechen. Daß es in etwa gelingt, hängt wohl mehr mit der Zerstörungsarbeit der Zeit zusammen als mit dem Einfallsreichtum der Darstellung. Wir wissen es nicht genau, werden aber im Laufe unseres Rundgangs bemerken, daß nach jeder figurativen Arbeit innerhalb der Reliefserie so ein Meeresausschnitt folgt. Von den insgesamt dreizehn halbkreisförmig angeordneten Werken sind die Seestücke immer die mit der geraden Zahl. Sie wiederholen sich, als wären es Fertigteile oder Refrains, die Variation kommt, wie gesagt, nur durch die Erosion. Unser Auge soll wie auf einem Pilgergang zwischen den Stationen eine Strecke zurücklegen, um die Geschehnisse in ihrer Besonderheit und hier ja wohl Heiligkeit voneinander zu trennen.«

Heiligkeit! Das hören sie gern, das hören sie halb gläubig und halb aufgeklärt an, und es behagt ihnen, wie gut das zusammengeht. Die Brandungswellen mit Schrunden, Furchen, Wirbeln, alles da. Vor dem Überschlag sieht man durch sie hindurch eine gummiartige Verknautschung der dicken Steine des Untergrundes. Dann tritt plötzlich Schaum aus ihnen, ein neuer Stoff, der schnell und trocken an der gläsernen Wand der Wogen herunterkriecht. Alte Frauen gegenüber der Brandungswoge, die über dem gerade erst entstandenen, gleißenden Spiegelbild unter ihrem eigenen Kamm zusammenbricht. Unglaublich, rührend, daß es andererseits Jura und Geschichtswissenschaft gibt.

»Schon haben wir das ornamentale Meer absolviert. Nächstes Relief! Konzentrieren Sie sich bitte auf die drei eng zusammengerückten Erhöhungen. Es sind die Köpfe der drei Frauen. Petronia sitzt nun wieder am Steuer auf der Fahrt vom Inselhafen zum Haus der Tanten Hella und Hilde, zwischen Meer und Gebirge. Sie leben dort viele Monate des Jahres, die beiden grauhaarigen Damen mit dem Herrenschnitt, es tut ihren Knochen und ihrer Seele gut. Die lange Fahrt aber schaffen sie nicht mehr allein. Ohne Begleitung und Beförderung durch Petronia, ›Troni‹ sagt eine der Tanten, hätten sie gar nicht herkommen können. Wie schnell die beiden atmen und schwätzen in ihrer Vorfreude, wie sehr jede der Schwestern die Nähe der anderen schätzt, nachdem sie ein Leben voller Aversionen gegeneinander verbracht haben! Von diesen Gereiztheiten sind sie im Alter endlich wunderbar befreit.«

Obschon jemand, der sich besser mit ihnen auskennt, nur mit großer Willenskraft den Wunsch nach ein bißchen stichelndem Erinnern an hitzigere Zeiten und dem Auffüllen ihrer Gedächtnislücken unterdrücken kann und das auf Dauer auch nicht schaffen wird, da sie nun so gar nichts mehr davon wissen wollen in ihrer betagten Harmonie, vielmehr ärgerlichen Notharmonie der Betagten.

»Sie alle, liebe Kunstfreunde, werden, scharfäugig wie Sie sind, o doch, inzwischen festgestellt haben, daß die steinerne Troni nur mit einer Hand steuert, obschon sich das Auto in einer gefährlichen Kurve befindet. Mit der anderen preßt sie ein Taschentuch gegen den Mund. Was für ein offensichtlicher, sprechend mysteriöser Augenblick! Sie bemüht sich, eine akustische Reaktion, ein Stöhnen zu unterdrücken, sagen wir ruhig: die Äußerung eines Schmerzes durch Schluchzen mit äußerster Anstrengung gewaltsam zu ersticken, um die Tanten in ihrer arglosen Ankunftsbegeisterung nicht zu erschrecken, nicht einmal zu betrüben.«

Arglos!

»›Tunia‹, hatte diejenige der Schwestern gesagt, deren Gesicht trotz der strengen Entsagungsfrisur deutliche Spuren einstmaliger Lebenslust zeigt, ›Tunia‹, sagte sie also, denn sie nennt die Nichte, als Überrest aus der Zeit, wo sie sich von der etwas zopfigen Schwester jederzeit zornig absetzte, nach deren anderem Namen, Petunia. ›Tunia, Liebes, erinnerst du dich an die Tochter des Barbesitzers unten am Strand? Hast du sie einmal gesehen, erzählten wir schon von ihr? Hat sich im letzten Jahr scheiden lassen. Alte, über den ganzen Westen der Insel verzweigte Familie, viele Grundstücke, Finger in allen wichtigen Geschäften, Verwandte überall in den Gemeindeämtern. Wir haben das Mädchen erlebt, vom ersten Flirten an, als die Familie noch bescheidener existierte. Die Strandbar war ein Schuppen mit Klo. Sie hat einen hübschen, etwas farblosen Dorfpolizisten mit guter Figur geheiratet. Was konnte der mit seinem Oberkörper strunzen! Blendender Tänzer, aber auf Dauer wohl nicht treu genug. Zunächst, sehr tugendhaft, nach zehn Monaten nämlich, circa fünfzehn Jahre vor der Scheidung, waren Zwillinge da, schon bald am Strand stolz allen Feriengästen zur Schau gestellt, weiß vermummte Räupchen, vom Großvater und dessen beschränktem Sohn, dem frauenlosen Kellner, vergöttert. Wir sahen von Jahr zu Jahr die Fortschritte. Das kleine Mädchen wurde ansehnlich, rasante Schlankheit. Dem Jungen stand währenddessen sanft blöde der Mund offen. Wie eine Schere klaffte der Unterschied auf, mit jedem Sommer grausamer. Das schöne Mädchen, ach, es gefällt mir, wie wird es mit ihm weitergehen? Bis in die Fingerspitzen eine Großstadtschönheit, fabelhafte Figur und Haltung, sage ich dir, weltgewandt von Geburt an. Der Bruder mit dicker Brille, Hörapparat und Kopfbewegungen wie ein balzender Leguan. Bellendes Sprechen wie Seehund oder Robbe. Auf kleinen Tanzturnieren fingen sie an, als Geschwisterpaar die ersten Preise zu holen. Das kann nicht verdecken, daß der Junge endgültig zurückgeblieben ist. Immer das Allerneueste führt diese einheimische Familie den Touristen und Städtern vor, die durchtrainierte Mutter, die halbwüchsigen Kinder, jetzt ohne Vater. Du wirst sie sehen, Tunia, und staunen. Durch die leichte Debilität des Jungen wird die Großartigkeit des Mädchens noch gesteigert.‹ Die alte Tante, die im Auto mit Blick auf die geschwungene Küstenlinie so dahinplauderte, dachte sich wohl nichts Böses dabei. Damit Sie ermessen, was die Tante der heiligen Petronia in diesem

Augenblick antat, werde ich Ihnen einen tragischen Vorfall aus dem Leben unserer Heiligen erzählen, den großen Schmerz ihres Daseins.«

Müssen sie das wirklich wissen? Sicher! Leider! Aber ob ich diesen Teil der Legende so hinkriege, daß es die Mottenseelen hier durchbohrt? Wäre nur nicht die Bangigkeit. ›Bangigkeit‹? Ja, Bangigkeit. Wäre nur nicht der feuchte Dunst über allem wie damals, als wir im Haus der Tanten ankamen!

»Petronia oder Petunia, verheiratet, wie Sie wissen, widerfuhr ihr Unglück bei der Geburt ihres ersten Kindes, einer Tochter, durch einen Fehler, Unterbrechung der Sauerstoffversorgung, zu spät begonnener Kaiserschnitt. Die Schädigung des Gehirns zeigte sich bald in motorischer und geistiger Hinsicht. Trotz des Entsetzens über ihr verunstaltetes, von Lähmungen gezeichnetes Kind, weinte Petronia zwar viele Tage und Nächte lang, verklagte aber weder Klinik noch Arzt, nahm alles auf sich, in Kummer und Geduld, ertrug klaglos die Trennung von ihrem Mann, der sich abwandte von seiner Familie.«

Besser hätte ich die anwesenden Mütter nicht packen können. Die Männer machen plötzlich ein tapferes Gesicht. Stumme Beteuerung: Sie alle hätten ausgeharrt. Gewiß! Ich ertrug erschreckend gut, besser als der Mann, Leiden und Hilflosigkeit des Säuglings. Gedachte des Flüchtlings in Zorn und Verachtung, blieb apathisch gegenüber einer solidarischen, nicht mit mir solidarischen Front des Schweigens in der Klinik. Nur flüsternd, nächtlich, flößte man mir das Gift des Mißtrauens ein. Vielleicht erhielt mir genau das die halb puppenhafte, halb madonnenähnliche Lieblichkeit des Gesichts. Sobald ich mein Kind behütet wußte, habe ich die Gelegenheit ergriffen, um nicht unterzugehen, halbtags in meinem alten Beruf zu arbeiten, hochqualifiziert und erfolgreich, das darf ich mir ja wohl ruhig eingestehen, Touristikbranche, wo man aus den neuzeitlichen Hauptbegierden der Urlaubsmenschen, ich weiß wohl, Sexualität, kitzelnder Kulissenwechsel, harmlose Animalität durch Nacktheit zuzüglich sportiver Verhätschelung, eine paradiesische Hölle zusammenhext. Was kann ich dazu?

»Mit Liebe, mit geradezu überirdischer Langmut half sie ihrer verunstalteten Tochter, winzige, schwache Fortschritte zu machen, bereitete ihr ein stabiles Zuhause, indem sie noch einmal eine Ehe einging, schenkte ihr einen neuen, zuverlässigeren Vater und bald schon einen Bruder, sieh an, ein Brüderchen, reizend und gesund. Der stechende Schmerz also, der Petronia durchfuhr, rührte her von der Erzählung der Tante, die sich über die Parallelen der Schicksale keine Gedanken gemacht, sie vielleicht auch vergessen hatte wegen des Alters oder in ihrer Freude auf das Sommerhaus. Schonen wollte Petronia die Tanten, ließ die Seufzer nicht aus sich heraus, sperrte sie heroisch in sich ein durch das Taschentuch, wollte ihnen Beschämung und Betroffenheit wegen des kränkenden Klatsches ersparen, auch keinen Zwist säen zwischen den beiden, was hier leicht durch Vorwürfe der einen gegenüber der anderen, unbedachten, möglich gewesen wäre nach der so glücklichen Versöhnung in ihren späten, noch immer reizbaren Tagen.«

Ob meine gutgläubige Schar das heilig genug findet? Dann für alle Fälle dies noch flink ersonnen nachgelegt:

»Das Lebensmotto der frommen Frau lautete, wenn ich mich, verzeihen Sie, richtig erinnere: ›Versacke nie im kummervollen Menschentum. Das wäre Dummheit. Versuche nie, Gott von oberhalb zu sehen. Das wäre lächerlich.‹«

Nicht der Schmerz war eingesperrt in die Frau am Steuer, ach was, sondern die Frau am Steuer ins Auto zu den Tanten! Während der gesamten einstündigen Inselfahrt haben sie Familiendinge beredet, Familienklatsch, Familienschwaden, die mir die Kehle würgten, mit jeder Kurve ärger. Ich ahnte ja selbst noch nicht, warum das diesmal so bedrückend, ja geradewegs hassenswert für mich war. ›Die Warmluftheizung‹, hatte die stillere Tante Hella gesagt, die, wenn man sie früher etwas fragte, das meiste resonanzlos in den dunklen Schlund ihres Inneren fallen ließ und durch eine unbewegte Miene ihr Gegenüber zu immer verzweifelterem Sprechen veranlaßte, dann mit überschwenglichen Geschenken allerdings für ihr mürrisches Wesen entschädigte, ›die Warmluftheizung in der Wohnung unserer Eltern, weißt du noch, wie wir nachts ängstlich das wilde Streiten anhörten? Durch die Schächte drang jedes Geräusch in unser Zimmer. Man wußte ja nicht, für wen man Partei ergreifen sollte. Wenn sie Besuch hatten, horchte ich, ob die Gäste bei den Witzen unseres Vaters genug lachten, damit unsere Mutter ihn weiter liebte. Bestand er nämlich in der Gesellschaft der Krachschläger? Ach, und dann ist er eines Tages tot vornüber in seine Rosenstöcke gestürzt.‹ ›Ja, unsere Mutter‹, fiel der anderen Tante, der lebenslustigen Hilde, ein, bei der aber alles stets im gläsernen Inneren in tausend spöttische Verzerrungen zerklirrt war (und ich habe es von ihr geerbt), ›weißt du noch, wie sie die Manschettenknöpfe unseres Vaters hundertmal auf den Boden warf, damit sie zersprangen, weil sie dachte, es wäre das Geschenk einer heimlichen Geliebten und nicht, wie von ihm behauptet, eins der Kollegen? Sie hatte auf den Fotos in ihrer Jugend immer Tau auf der Haut, ein Gesicht für höchste Ansprüche. Als wir zur Welt kamen, muß sich dieser Anspruch nach innen verkrümelt haben. Nur die schönen, festen Beine warf sie noch so lange es eben ging hochmütig mit Schwung übereinander. Früher liebte sie so sehr die französischen Parfums. In den letzten Jahren konnte sie überhaupt nichts mehr riechen. Früher war sie die Eloquenz in Person. Zum Schluß hat sie nur noch unverständlich gestammelt. Früher trug sie hohe Pfennigabsätze. Gestorben ist sie im Rollstuhl. Streiche des Schicksals! Warum haben wir ihr zuletzt keine Blumen in Tropenhäusern, keine Vögel in Volieren zeigen können, nur Straßenarbeiten und gefällte Bäume? Obschon, ihr gefiel auch das.‹ Und immer so weiter. Am Ende waren sie bei Beerdigungen angelangt, wo ›in milder Verdutztheit alternde Nachfahren‹ (so, nicht ganz schlecht, die weltzugewandte Tante) am Grab der von stärkeren Gefühlen heimgesuchten Toten einer Vorgeneration standen. Das alles im Durchfahren der Fels- und Meereslandschaft. Ich habe, in aufsteigender Wut, zwischen Atemmangel und dem Bedürfnis, in höchster Not gegen eine Steinwand zu rasen, ach mein Gott!, in ein Papiertaschentuch mit Pfefferminzaroma gebissen. Als wir schließlich ankamen, lag die Gegend in feuchtem Dunst. Sie wirkte wie eine Verwechselung von schwacher Erinnerung und Wirklichkeit. Die Erinnerung befand sich draußen, die scharfe Wirklichkeit in meinem Gedächtnis. Trübung der Atmosphäre durch Aufquellen der Aerosolpartikel. Ja, und nicht anders fühlte ich mich selbst plötzlich, aufgeschwemmt vom Austausch der blitzschnell hin- und herfliegenden Energieteilchen zwischen dem Mann auf dem Schiff und mir, der mir doch nur lästig, eine Zumutung gewesen war in seinem aufdringlichen Dastehen und Aufgepflanztsein. Ein Wunder, daß ich, so angeschwollen, überhaupt aus dem Auto gekommen bin, um den jauchzenden Tanten zu helfen. Wären seine Mundwinkel, fragte ich mich währenddessen, wohl ein erkennbares Bißchen höher gestiegen durch Erwidern seines beinahe schon strafend und strafbar sich auf mich stürzenden Blicks?

»Wieder erscheint das Meer, obschon es ständiger Hintergrund ist, hier als Zwischenphase. Es ist bereits das vierte Relief. Ich weise hin auf den nicht unwichtigen, auf den sehr fromm gedachten Umstand, daß es lediglich sieben erzählende Stationen gibt, wie die sieben Spektralfarben im Regenbogen, statt vierzehn wie beim Kreuzweg. Es handelt sich hier ja nur um eine Heilige, außerdem um eine recht bürgerliche, nicht, wie gesagt, den Märtyrertod erleidende. Rechnet man die sechs Meeresphasen hinzu, kommt man wieder nicht auf insgesamt vierzehn Darstellungen. Das alles aus Pietät.«

Vogelgezwitscher und Meer am Morgen, als plauderte eine fröhliche Frau in einem warmen Männerarm. Unvorstellbar, daß die Landschaft am Vorabend so grau gewesen war. Sie trat jetzt ein ins Gefunkel des südlichen Sommers, rausgeschnitten aus dem Zeitablauf. Die Zeugen dieses Ereignisses, Meer, Felsgrate, die unsichtbaren Sterne des Tageshimmels registrierten es ihrem Temperament entsprechend. Die Brandungsgeste: eine unermüdlich zurückgenommene Attacke, die sich in der Pose genügte und nie über die wütend ernste Gebärde hinausgelangte, das Meer also bei seinen athletischen Übungen, die es stets zuverlässig in Kraft und Glanz verrichtet. Für einen Moment wird dann das Weiß der stürzenden Wellen zu schreiendem Blau, zum Äußersten getrieben vor der in den Horizont sinkenden Sonne. Schwarze Wellen, aus denen der Wind, jeweils auf dem Kamm, Zinnen aus feurig geschmolzenem Glas reißt. Der Schatten der Möwe, die am Abhang entlangschwebt: in seiner festumrissenen Substanzlosigkeit erregender als der Vogel selbst. Schein eines Körpers, der nichts mit dem, der sich davor frei regt, zu schaffen hat. Ohne materielle Verbindung zu ihm, nur zwillingshaft mit ihm zusammen bewegt.

»Sehen wir uns jetzt das fünfte Relief an, das dritte figurative! Erkennen Sie Petronia mit zerrauftem Haar? Bemerken Sie, daß sie im Nachthemd einen steilen Weg hochhastet, während es ein Stück oberhalb brennt und aussieht, als liefe sie direkt in die Flammen hinein? Ist das Hemd nicht seitlich aufgerissen und gibt den nackten Körper darunter bis zur Hüfte frei? Petronia aber kümmert es nicht in ihrem Eifer, dem Feuer entgegenzurennen, Müdigkeit und Furcht vergessend, um die schlafenden Bewohner, Wildfremde für sie, eines höher liegenden Hauses zu wecken. Dabei fliegen schon erste, aufleuchtende Rußteilchen durch die heiße Luft. Und beachten Sie bitte auch den Mond, wie er gelangweilt über der Katastrophe steht.«

Hat gewirkt! Bei dem Wort ›nackt‹ fahren sie entzückt zusammen und rücken wieder näher ans Bild ran. Sie werden an der steinernen Ausstülpung indiskrete Details entdecken.

»Die Heilige schont nicht ihr Leben, achtet nicht auf die eigene Sicherheit, um Unbekannte in der Nacht vor der drohenden Feuersbrunst zu retten. Der Legende nach hat die Stimme eines Engels sie aus dem Schlaf gerufen und ihr die glühende Wolke am Himmel gezeigt, die sie erst für ein Wunder hielt, dann als den Widerschein der brennenden Macchia erkannte. Gehorsam nahm sie sogleich, ohne Zögern, ohne sich zu schonen, den Befehl entgegen, die alten Tanten zu warnen und dann die noch ahnungslosen Nachbarn in der Dunkelheit unterhalb der durch ein gewaltiges Wehen vom Gebirge von Baum zu Baum springenden Feuer. Von der Höhe stürmte, manchmal noch zaudernd, mit dem einschläfernden Geräusch eines Regens in ausgetrockneter Landschaft, im Knistern eine lückenhafte Feuerwand aufs Meer zu. An eine Flucht über die Hügel, auf die sie zulief, war für niemanden mehr zu denken. Den Künstler hat offensichtlich gereizt, hier eine formale Übereinstimmung zwischen Flammen, fliegendem Haar und flatterndem Nachthemd herzustellen, alles durchbraust vom Heiligen Geist sozusagen.«

Da habe ich den Heidschnucken was Hübsches im Unsichtbaren zu suchen gegeben! Wäre nicht diese Ängstlichkeit, das Furchtbare ringsum, brächte es mich, so vor mich hin, zum Lachen. Der glotzende Mond war das Ärgerlichste gewesen, schadenfroh zwischen den Wolken grimassierend, der Idiot, als hätte er das Ganze angestellt: dem Brandstifter den Kopf verdreht. Schlimmer war dieser friedliche Fettmond als das Prasseln und Explodieren der brennenden Bäume. Der Geruch allerdings, ich weiß nicht, hat er mich nicht euphorisiert, der unverkennbare, schreckliche Brandgeruch, das gewisse Etwas des Unheilgestanks? Trotz Erschöpfung nach der langen Reise mit den Tanten hatte ich nicht schlafen können im noch nicht wieder richtig durchgelüfteten Zimmer, in das auch allerlei harmloses Getier eingedrungen war. Daran lag es aber nicht, nicht an Mücken, Tausendfüßlern, Geckos, nicht am anfänglichen Brandungslärm, nicht am leisen, vorahnenden Vibrieren der Atmosphäre. Kennen Sie, würde ich meine träge Truppe, und zwar die weiblichen Mitglieder meines sowohl krachbunten wie nebelkrähengrauen Besichtigungstrupps gern fragen (wenn damit nicht mein einziges Mittel gegen die Beklommenheit zerstört wäre, deshalb traue ich mich nicht), kennt ihr frömmlerischen und lahmen Enten das Gefühl, erinnert ihr euch an eine ganz gewisse Erregung, die sich irgendwann verflüchtigt im Leben? Man merkt es nicht oder horcht dem Verebben nach, egal, und plötzlich, falls man sehr großes Glück hat, ist sie wieder da? Ich habe wachgelegen in dieser ersten Nacht, die Tränen liefen mir aus unbekanntem Grund übers Gesicht, und ich sagte mir, daß es nicht richtig sei, meine hilfsbedürftige Familie für zwei Wochen alleinzulassen, ihre Sterblichkeit, o Gott, ihre Sterblichkeit!, sie einfach auszustreichen, statt nach Ablieferung der Tanten schnurstracks heimzufahren. Sagte es mir nicht nur, fühlte es mit echtem Schmerz, aber mir fiel gleichzeitig die erwähnte Erregung ein, kam mir vielmehr in die Quere, man weiß nicht, sind es Brisen unter der Haut oder Hammerschläge aufs Haupt? Nicht zu glauben, nicht zu glauben, daß es wieder auftaucht! Und es war ja tatsächlich da und wirkte! Wirkte wie vor langer, leichtlebiger Zeit, wirkte mit bitter herabgezogenen Mundwinkeln so stark, daß es die Umgebung anzündete, noch kein Lodern, aber ein Glimmen. Mehr um Gotteswillen sollte nicht sein, aber warum nicht das kleine Zündeln und ohne Einwände Mitverbrennen ein paar Momente lang? Ich lag ja bloß wach, rührte mich nicht von der Stelle, und niemanden kränkten meine Gedanken. Gedanken vielleicht nicht direkt, das wohl nicht, nicht mal gedachte Untreue also, nur die Auferstehung eines sehr frühen Gefühls. Kennen Sie, allerliebste Kirchenbesucherinnen, müßte ich sie also fragen, erinnern Sie sich an die späte Kindheit, an den heißen, bissigen Sog, an das erste Morsen der erotischen Teufelei, etwa in dem Moment, als Ihre eben noch unschuldigen Augen (und das Herz begann mit einem bisher unbekannten Summen) in einem nicht für Sie bestimmten Buch von jungen Brüsten und ›thymianfarbenen‹ Brustwarzen unter dem Oberkörper eines Fünfzehnjährigen lasen? Statt des schönen blauen Schutzmantels der Madonna plötzlich der sehr kurze Leopardenrock einer Frau, die sich durch Urwaldbäume schwang. Etwas, nicht wahr, klopfte an die Wände, nur für Sie bestimmt, und Sie stellten, nicht lange zaudernd, die Ohren auf, wußten sogleich, daß es besser war, es insgeheim zu tun, auf Zehenspitzen an die Tür zu schleichen, um besser horchen zu können. Und siehe da: ein zunächst unverständlich weit zurückgeworfener Frauenkopf, aus der Hüfte herausgebogen zwischen Männerarmen. Da ging die Tür, nicht wahr, einen Spalt auf, ihr inzwischen vertrottelten Lämmer? Ein Ticken wurde jetzt hörbar, zischend flog die Tür auf. Man spürte es mit leichtem Gruseln, honigsüßem Frösteln, Himbeergeschmack, die eigenen, von Himbeerbrause seltsam geröteten Kinderlippen, nach außen gestülpt? Das alles hatte vage mit der grundsätzlichen Existenz des noch fast unsichtbar Männlichen an sich zu tun. Es genügte als eine Art befremdender Geruch. Nur dadurch kam dieses ab jetzt unentbehrliche Fieberpochen, Ziehen und Zirpen in die eigenen, noch gar nicht vorhandenen Brüste, in die eigenen Lippen. Mehr von ihm wurde nicht benötigt. Stimmt's, vergeßliche Kirchenmäuse? Dann, einige Jahre später, die Gänge in der Stadt, das Winken noch unvorstellbarer Erregungen, leicht abwärts die Straße, ein erster schmachtender Frühlingsabend. Wie mich die Blicke der Männer trafen, meine geschminkten Lippen und erstmals gelackten Fingernägel, wie sie einander meinen Körper mit Blicken zuwarfen! Wie ich die Belästigung verabscheute und suchte! Kennt ihr andererseits die nirgendwo inventarisierte Empfindung, in einem Abteil zu sitzen und drei junge Männer äußern sich darüber, daß sie rote Haare hassen? Sie sagen es ganz freundlich, obschon man selbst welche hat. Es ist keinesfalls böse von den Bürschchen gemeint. O nein, das nicht. Man zählt bloß nicht mehr für die. Die kommen gar nicht auf den Gedanken, man würde noch irgendwie zählen. Ich dachte ja wirklich, es würde regnen, torkelte, erfreut über einen Anlaß, das Bett zu verlassen, ohne Licht ins Freie. Keine Tropfen! Suchte am Himmel, entdeckte die rote Wolke, lief ums Haus und sah das Feuer oben am Hügelrand mit dem Mond. Das Wichtigste haben dann natürlich die schnell geweckten, routinierten Tanten in überraschender Behendigkeit erledigt. Nur die Nähe des Brandes und die nächtliche Zeit beunruhigten sie. Sie waren es, die mich losschickten zu den nicht telefonisch erreichbaren Nachbarn oberhalb. Aaah, loszurennen, den Widerstand des steilen Weges hoch, auf den grinsenden Mond zu über den Feuern, die der Wind mir entgegenjagte, die Leute durch alarmierendes Hämmern aus ihren Schlafstätten zu trommeln mit der Schreckensnachricht und dem Befehl, sogleich ins Auto zu springen und die Serpentinen hoch zur Uferstraße zu fahren, damit die Flammen sie nicht ins Meer trieben! Ich sorgte für Schrecken und Tumult, überall war inzwischen Licht in den Häusern, man hörte das Anspringen der Motoren in der eben noch schlafenden, finsteren Bucht. Grandioser Umsturz, wohin man blickte. Kein Grübeln, keine Verstandestätigkeit mehr, sich überschlagende Augenblicke. Das kam mir entgegen, kam mir wunderbar entgegen und entsprach mir so sehr, daß ich mich gar nicht von meinem Nachthemd zum Zeichen der Katastrophe trennen konnte, einfach im wehenden Hemd, sinnloses Zickzack, entsetzt und begeistert zwischen den Leuten und ihren Wagen, ohne daß man in der Verbrüderung Anstoß nahm. Alles, was in dieser Nacht passierte, war besser, als wenn sie normal verlaufen wäre. Gunst des Schicksals, Ausdruckswillen, Erlösung. Daß man so ohnmächtig der Zerstörung zusehen mußte? Das wohl nicht, aber daß die Nacht auf den Kopf gestellt wurde, daß öffentliche Turbulenzen unter dem schmunzelnd gleitenden Mond herrschten! Brandstiftung? Niemand zweifelte daran, als die Leute neben ihren Autos von der Küstenstraße aus die Entwicklung beobachteten, und doch beklagte sich niemand direkt, keine Empörung, erst recht wurden keine möglichen Täter laut erwogen. Man zahlt hier stillschweigend Tribut, hofft, er würde nicht zu hoch sein, ist zu abhängig von den Einheimischen das Jahr über, wenn die Häuser monatelang leer stehen, sehr anfällig gegenüber Steinwürfen und schlimmeren Demolierungen und konnte jetzt nur auf eine tatkräftige, nicht kapitulierende Feuerwehr und mehr noch auf das Drehen des Windes hoffen. Sie rückte spät an, als er bereits, gnädig alle Häuser schonend, umgesprungen war. In den höher gelegenen Wäldern, erfuhren wir später, waren währenddessen zwei junge Paare, bevor man ihnen helfen konnte, zwischen zwei Feuerwänden in ihrem Auto verbrannt. Plötzlich, in der flackernden, von roten und blauen Unheilslichtern zum gefleckten Tag gemachten Nacht, in den jetzt glasigen Mond geritzt, nahm ich den Mann mit den Mundwinkeln im Profil wahr. Das abgetauchte Bild erschien wie ein Münzendruck eingestempelt in den hellen Halbkreis. Einen weiß Gott eindrucksvollen Hintergrund hatte sich das Gehirn ausgesucht, es passierte ohne mein Zutun, mich traf keine Schuld. Das Gehirn? Gehirn, oben, im Kopf? Am nächsten Morgen sah ich das Profil auf dem Bettlaken, klein auf dem Frühstücksei, groß auf der gekälkten Hauswand. So übertrieben scharfe Gesichtszüge konnte es übrigens gar nicht geben in der Wirklichkeit, so wild in Bausch und Bogen nach hinten geklatschtes Haar, in derselben exaltierten Abwärtsbewegung wie die Augenbrauen und der Mund und auf ihre Weise die Nase ja auch, heroische Schnabelbiegung, lächerlich in anachronistischem Pathos, aber stilsicher, stilsicher eingeschnitten. Von der Natur? Vom Leben? Was wußte ich! Wieviel kann ein Mensch dazu, wenn er so aussieht? Vor Nervosität habe ich geschnattert wie eine Gans, eine dumme Gans und gekichert: Der Mann im Mond! Was mich erbitterte, sofort am Frontalgesicht auf dem Schiff erbittert hatte, war der unverschämte Anspruch. Eben noch Bettler, in der nächsten Sekunde schon Kaiser. Wo soll so etwas enden?

»Kennen Sie, liebe Verehrer unserer heiligen Petronia oder auch Petunia, folgenden, ihr zugeschriebenen und wahrlich zu Herzen gehenden Ausspruch: ›Das Vergehen eines geliebten Gesichts und die Unfähigkeit, einen Augenblick ganz und gar auszuschöpfen, machen uns so trostlos, daß den Wesen nichts übrigbleibt, wenn sie nicht bei lebendigem Leibe unendlicher Traurigkeit verfallen wollen, als das Vertrauen in eine ewige Aufbewahrung‹? So sind die frommen, die heiligen Menschen! Aber auch wir: Wenn wir die Dinge nicht mehr wie als Kind für ewig halten können, dann müßten wir als Ausweg das Ewige eigentlich woanders, darunter oder darüber suchen. Wären wir bloß nicht so zerstreut! Die Heiligen sind es nicht, sind gesammelt, wo sie gehen und stehen. Entschuldigen Sie die Abschweifung. Das Vergehen von Dingen und Zeit, esels-, nein, engelsgeduldige Zuhörer, pardon, hat der Künstler eindrucksvoll im nun wieder dazwischengeschobenen Meer dargestellt.«

Die wackligen Steine, die von einem zum anderen Tag die solide Lage tückisch aufgeben, die plötzlich losschlagenden Brandungswellen, ohne Wind, aus vollkommener Stille heraus. Blick von oben aufs Meer, da liegt es, gelassen, wie für alle Zeit. Am Strand das Gegenteil davon, anekdotische Zeitlichkeit, wenn man so sagen dürfte. Eine monströs Dicke, mit Beinen und Gesäß Gleichgewicht haltend, bei jedem Schritt sturzgefährdet. Die Aufregung wegen einer Meduse, und sämtliche älteren Frauen, Großmutterfrauen, holen aus ihrem Gepäck Geheimsalben, auf Kommando beim ersten alarmierenden Schrei, als hätten sie all die Tage auf den Einsatz von Cortison gelauert.

»Scheinen nicht die zuckenden Linien der Flammen, der Haare und des Hemdes von Petronia in den gezipfelten Wellen zugleich aufgenommen zu sein und unterzugehen? Untergang, Auflösung als Seligkeit und Grauen. Was rede ich? Andersherum natürlich, das Hoffnungsvolle zum Schluß natürlich. Denn sehen Sie nur …«, rückt näher, ihr Alpakas in Anoraks, arthritische Springmäuse in Steppwesten, ...

»... sehen Sie bitte, wie er, der anonyme Schöpfer dieses sehr alten Kunstwerks, mit bewundernswertem Raffinement Elemente der Meereszeichnung, einzelne Wellen am Rand nur, in die dann folgende Szene aus dem Heiligenleben aufnimmt! Wenn ich rekapitulieren darf: Wir hatten zuerst die Tugend der Keuschheit, dann der Selbstverleugnung, der Nächstenliebe und nun, viertens, die besonders schöne der Tierliebe. Auch sie, die uns Deutschen beinahe vorwurfsvoll nachgesagt wird, als wäre sie ein Hinweis auf unterentwickelte Menschlichkeit, dabei sind wir doch unverdächtig starke Fleischverzehrer, nicht wahr, große und gierige Liebhaber üppiger Tellergerichte, jaja, Sie wissen, wie ich's und wen ich meine, auch sie, die Tierliebe, ist wie die anderen Tugenden, die erwähnten und die noch kommenden, keineswegs selbstverständlich. Erst kürzlich hat eine Mutter vor den Augen ihrer Kinder eine Katze, um sie für einen Kratzer zu bestrafen, in die Waschmaschine geworfen, als wäre es Kochwäsche und hat sie dort zehn Minuten sterben lassen. Ob darauf Hölle steht? Immerhin hat der Ehemann seine Hausbestie angezeigt.«

Jetzt fragen sie sich, welche Folgen der sicher unvergeßliche Anblick für die Kinder haben wird. Ich soll ihnen von der Heiligen erzählen, zu meiner eigenen Beruhigung in der echten Bangigkeit, hier, zwischen Hügeln und Meer in der herankriechenden Dämmerung. Sonst würde ich ihnen noch auftischen, o doch, ich muß einfach loswerden,

»... was einen Tag später in Amerika passiert ist, wo eine Frau ihre drei kleinen Kinder, also nicht die vor der Waschmaschine, am Hafenpier von San Francisco nackt ausgezogen und nacheinander ins Wasser, in die starken Strömungen dort geworfen und ertränkt hat. Ohne Reue berichtete sie der Polizei, sie sei einer Eingebung gefolgt, habe einer nächtlich befehlenden Stimme gehorcht. Dreiundzwanzig Jahre ist sie alt, die

Kinder ein Jahr, drei Jahre und sechs Jahre, eins nach dem anderen ohne Mißbildungen zur Welt gekommen. Offenbar hatten sie durch nichts den Zorn der Mutter erregt, die völlig ausdruckslos nach getaner Tat die vergeblichen Rettungsversuche ansah.«

Sie habe, gab die Rabenmutter später zu Protokoll, einige Monate vorher ihre Schizophrenietabletten abgesetzt, einfach keine Lust mehr verspürt, die blöden Dinger zu schlucken. Warum sollte ich das meinen kirchlich Anvertrauten aber mitteilen? Sie sind ohne die Tablettennachricht für einen Augenblick viel aufgewühlter und denken: So ist der Mensch, Bestie Mensch!

»Hier aber, auf dem mittlerweile schon vierten Bild der Heiligen, dem siebten Relief insgesamt, sehen Sie Petronia zwischen Meer und den Felsbrocken der kleinen Steilküste. Diesmal müssen Sie sehr nah zu ihr heran: Sie streckt die Arme aus. Aber wohin? Wir erkennen zunächst nur die Richtung, dann, mit gutem Willen, das Tier. Es soll eine junge, noch dunkel gefärbte Möwe sein, ein im Norden so genannter Kujapper, der, von einer zu kräftigen Woge an Land gespült und ganz vom Salzwasser überschüttet, regungslos, wie betäubt auf einem Granitstück steht, häßlich triefend vor Nässe, ungeschützt, von aller Welt verlassen, gefährdet in der Abendkühle. Jede menschliche Annäherung versetzt das Tier in Verzweiflung, da es noch nicht fliegen und kaum laufen kann. Wie es sich zwischen die Steine drückt! Schon heben in der Ferne große Hunde interessiert ihr Köpfe. Entdecken Sie in dem steinernen Rudiment ahnungsweise das Bild herzzerreißender animalischer Ratlosigkeit, kurz vor dem lebensgefährlichen Einbruch der Nacht? Petronia jedenfalls verschließt sich ihm nicht, flüstert besänftigend ein auf die preisgegebene Kreatur. Beachten Sie nur ihre Haltung! Da sich das scheue Tier in seinem unverborgenen Unglück von keinem Menschen helfen läßt, befiehlt die Heilige endlich aus dem Himmel eine große, schneeweiße Möwe herbei, die sich des verlorenen Jungvogels, des zitternd zerzausten, mütterlich erbarmen soll.«

Ja natürlich, die Tiergeschichtchen! Davon werden sie gern ein Weilchen gefesselt, wenn schon die heilige Tunia, Trulla Trulifolia weder ihr Nachthemd flattern lassen noch ein Wunder wirken will. Ach ja, die Tiergeschichtelchen, die entschädigen meine Getreuen für das Warten auf Filetspitzen und Geschnetzeltes.

»Und siehe, die große Möwe schwebt herbei, dem Kleinen Schutz und Mut spendend wie ein Heiliger Geist der ängstlichen Seele.«

Da lächeln sie alle, als wären sie sehr kleine Kinder beim Krippenspiel. Gut, dann soll ihr Glück noch ein wenig andauern:

»Ist es nicht entsetzlich, daß die Tiere sterben, ohne die Miene zu verziehen? Von Petronia stammt die Legende über die Todesangst. Der Angstschweiß, hat die Heilige geschrieben, wird von den Engeln in Krügen eingesammelt. Die Absonderung der Menschen aber muß von derjenigen der Tiere strengstens getrennt bleiben. Ein geistesabwesender Engel vermischte eines Tages die beiden Flüssigkeiten. Es gab ein solches Geschrei über den schuldigen Diener des Herrn und seinen Frevel, daß Gott selbst erschien. Er erschien in seiner leuchtenden Masse, lauschte, immer stärker leuchtend, dem großen Klagen, nahm schließlich den Untröstlichen mitsamt dem vollen Krug in sich auf. Und der noch kindliche oder auch schon greise Engel verschwebte, verglühte in der Masse Gottes, verschwand.«

Ach nein, leider nein. Die alten Tanten und ich auf unseren Handtüchern nach dem Abendbad, wir erkannten den Vogel zuerst nicht einmal. Er wurde an Land geworfen wie ein zerknickter grauer Regenschirm, der es auch nach einer Weile nicht schaffte, sich gehörig aufzuspannen. Wir beobachteten, unsicher, ob wir uns ihm nähern sollten, daß er immerhin mit jeder Welle, die ihn zuerst noch halbwegs überschwemmte, ein Stück weg vom Wasser hüpfte. Es erleichterte uns, aber seine Fortschritte gingen uns nicht schnell genug, um an die Überlebenschancen dieses nassen, verschreckten Fiaskos glauben zu können. Wie still er stand, vor den Augen ratloser Müßiggänger sein Schicksal ohne Gegenwehr erwartend! Durfte man sich einmischen? Wir beschäftigten uns mit anderem, um uns abzulenken. Als ihn aber eine erwachsene, längst weißgefiederte Möwe in beträchtlicher Höhe überflog, brach das Wesen in gellende Schreie aus bei steil aufwärts gerecktem Hals. Was für eine Aufatmen! Alles würde gut ausgehen, denn das große Tier landete ja, nach einigen Renommierkreisen hoch oben, in der Nähe des jungen, hungrig gestreckten Schlangenhalses. Die Mutter also, die Mutter zweifellos! Flog dann aber weg, weg mit steinernem Herzen von den bettelnden Schreien. Wir warfen, um das Jungtier zu trösten und sein Vertrauen zu erwekken, Brotstücke flach über den Boden in seine Richtung. Der unselige Kleine flüchtete sofort auf das Wasser zu, allerdings mit ersten Flattersprüngen über die Wellen weg, zog sich dann grau auf einen grauen Stein zurück und fixierte voll Sehnsucht, stumm und inbrünstig sein Land der Verheißung: Himmel und Meer. Löste sich nur schreiend aus seiner Starre, sobald sich die Rabenmutter oder eine andere Möwe (wir erkannten nicht den Unterschied, erkannte er ihn?) in der Ferne zeigte, machte seine möglichen Retter aus in der winzigsten Andeutung, keiner anderen Tröstung zugänglich. Manchmal landeten sie, beäugten den Unglücksvogel und schwangen sich ohne Mitgefühl davon. In der Dämmerung ließen auch wir ihn im Stich. Gott befohlen, kleiner Kerl! Es war schändlich. Auf einem Stein saß eine junge Frau, selbst eine ungeheure Fleischwoge, die in ihrem himbeerfarbenen Badeanzug die gewaltigen abendlichen Meereswellen bestarrte. Sie hatte sicher noch vor wenigen Stunden einen Mann mit beiden Händen zu einem gewissen Prozentsatz in sich reingestopft, saß auf einem der Granitbrokken, in die ein dilettantischer Steinmetz einen Fischkopf, eine Schildkröte, eine Nixe gemeißelt hatte, von Sonne, Meer, Wind geschliffen, so daß ein Vorüberkommender das, was er sah, für Schöpfungen seiner eigenen Phantasie hielt oder für antike Reste. Genau wie meine Guten, meine phantasierten Zuhörer, die unentbehrlichen in der Bangnis hier, vor dem erodierten Bilderfries. Haha! Ach Gott! Und ich, ich dachte nicht nur an mein zurückgelassenes Unglückskind, sondern, idiotisch und viel beunruhigender im Augenblick, an den ungetrösteten Mann mit seinen Mundwinkeln und dem Vorwurf an mich. Aber was tun? Was sollten wir drei anderes machen, als nach Hause zu tapern, schon fast in der Dunkelheit mit dem wie angewurzelten Einsamen darinnen, über dem Kopf die schweifenden Himmelskörper mit den Fledermäusen, den lautlosen Geheimagenten, mit dem Wetterleuchten, dem Blinken der Flugzeuge, der Sternschnuppen und den zum Verwechseln ähnlich aufblitzenden Insekten? In der Nacht stand das Bild, sobald ich wach wurde, anklagend vor mir: der in seinen feuchten Federn frierende Vogel, die Mundwinkel hoffnungslos gesenkt. Dabei lächeln diese Tiere doch immer, können gar nicht anders, lächeln von der Seite noch in größter Not, nein, die Möwen vielleicht nicht, die Enten aber jedenfalls. Am Morgen fiel er mir ein, als ich, noch liegend, daran dachte, wie an tausend italienischen Stränden die Badeschuhe der Leute bei den Verrenkungen des Ausziehens in ihren Hosen hängenbleiben. Ob die geschiedene Mutter der Zwillinge, kaffeebraun wie die Frau'n aus Kingston Town, im rosa bestickten Bikini schon wieder auf Jagd war, auf Männerfang? Welchen Anlaß gäbe es, uns mit unseren flüchtigen Gefühlen und Zufälligkeiten so ernst zu nehmen, daß man uns meißelte in die Steinblöcke? Es war mir, als müßte ich die Strandmenschen richten, sie unerbittlich in gute und schlechte aufteilen, damit ein feuriger Wind in uns alle führe, zwischen die einzelnen Liegestühle, die der finster grinsende Bruder der Geschiedenen zu immer höherem Preis vermietet und herbeischleppt, unter dem maßlosen Anspruch des Himmels. Ich wußte ja, es war Samstag. Der Vogel hätte die Nacht überlebt oder nicht, nun kam das Volksspektakel. Kinder mit grasgrünen Flossen und zitronengelben Gummifischen, athletische Männer mit Goldkettchen auf den Brusthaaren, gezähmt von einem weißen Kindchen auf ihrem Arm, Frauen mit großzügigen Brüsten und trägen Schenkeln, weiche Gebirge bis kurz vor Sonnenuntergang unter Schirmen, die ihre ruhelosen Männer mit zusammengesuchten Steinen verankert hatten. Manchmal käme ihnen eine weißhäutige Frau entgegen, am ganzen Körper errötet, als wäre sie noch jungfräulich, als widerführe ihr die Verfärbung von Kopf bis Zeh in diesem Moment, gerade dieses einen Mannes wegen, als wäre sie noch nackter geworden und unterhalb ihrer Haut entblößt. Dabei hatte sie nur ihr allererstes, etwas zu intensives Sonnenbad genommen. Dazwischen irgendwo ein Verzweifelter.

»Und wieder ein Meeresrelief, ein unveränderlicher Refrain aus Stein. Auf und Ab der Wellenlinien, wie wir es hier schon öfter sahen, richtig, zum vierten Mal jetzt, wie es die Strandgäste mit ihrem Telefonino am Ohr vor Augen haben, manchmal überrascht allerdings von einer meteorologischen Unverfrorenheit, nämlich einem plötzlich aufgetauchten Riesenpudding am Horizont, einer bei klarem Wetter sich mit Häusern und Straßen zeigenden Insel, die bald wieder versinkt. Ein womöglich in Serie hergestellter Meeresausschnitt also, zwischengeschoben, um unsere Aufmerksamkeit für die nächste Station, das neunte Bild, die fünfte Prüfung, diesmal wieder die erotische Standhaftigkeit betreffend, unserer Heiligen zu stärken.«

Davor jedoch den ganzen Tag der reizende, dämliche Zirkus um gewechselte Bikinis und fadenscheinige Badeanzüge, die Quetschungen des Fleisches, die Verzerrungen und intimen Einblicke. Wozu das alles? Desavouierendes Balancieren herrischer Männer auf Steinen, die sich ihrem Tritt mit glitschigen Rundungen widersetzen. Wozu das Ganze? Dafür die kostbare

Zeit verschwenden? Man mußte dem Affentheater einmal entkommen, für ein paar Stunden wenigstens. Wofür aber, wofür denn die Zeit nutzen? Andare in montagna? Si, certo! Wurde ich nicht wach, als der Wecker sehr früh für den Aufbruch in der Morgenkühle klingelte, mit dem Satz: »Ora tocca a te, non c'è rimedio!« Habe ich das, die Serpentinenschwünge hoch aus der noch schlafenden Bucht fahrend, mit jeder Kehre euphorischer, nicht immer vor mich hingesagt, bis mir in der Kurve der düstere Bruder der Geschiedenen auf dem Weg zu seiner Bar, genauso überrascht wie ich, lebensgefährlich entgegenschoß? Ora tocca a me! Tok tok! D'accordo, si si!

»Es gibt, meine getreu lauschenden Feldhasen, pardon, feldjägergrauen Einbildungen, in den westlichen Bergen, in hochgelegener Abgeschiedenheit außerhalb eines Dorfes, dessen Einwohner sich noch vor einem Vierteljahrhundert durch Weinbau, Schaf- und Ziegenherden ernährten, eines der ältesten christlichen Heiligtümer der Insel. Die ursprüngliche Anlage stammt aus dem 12. Jahrhundert: ›Maria vom Berge‹. Die Bevölkerung im tiefer gelegenen Dorf arbeitet inzwischen in der Tourismus-, Bau-, Immobilienbranche, jedenfalls im Sommer. Und im Winter? Wer weiß das schon. Vermutlich beschäftigt man sich mit kleinen, in der Saison aufgeschobenen Reparaturen, sofern man im Lande bleibt. Das von den landesüblichen Bäumen schon fast allzu klassisch umgebene Heiligtum aber, zu dem auch eine Eremitage gehört, in der jetzt ein ziemlich stummer Wächter wohnt, dem die Wildheit aus Ohren und Nasenlöchern wächst, dieses Heiligtum ruht, wie vorgeschichtliche Funde nahelegen, auf den Überresten einer heidnischen Kultstätte.«

Da nicken meine durchweg ältlichen, aber noch immer reisegestählten Strohmänner und Strohweiblein was das Zeug hält! Das kennen sie, das ist fast immer so, das hat man ihnen zigmal auf ihren Studienfahrten an allen denkbaren Plätzen vorgeschwafelt. Trotzdem hören und haben sie es immer wieder gern, diese Öffnung in die Tiefe des historischen Raums, die das Erlebnis erst solide rundet. Gut und schön, sollt ihr kriegen, vor allem ist es in diesem Fall tatsächlich die Wahrheit, wenn man den Forschern und, mehr noch, den eigenen Ahnungen an dieser erwählten Stelle traut.

»Wie in alter Zeit finden nach wie vor Wallfahrten aus verschiedenen Richtungen über steile Maultierpfade mit den schweren Granitblöcken als Trittstein und Befestigung zur Gebirgsmadonna statt, denn sie empfängt den Pilger hier an einem nicht nur frommen, sondern auch grün-goldenen, von allen möglichen guten, ja himmlischen Geistern umfächelten Ort. Der Weg von der Straße zur Kirche, den die Heilige am frühen Morgen allein durch das anfangs noch waldige Gebiet gegangen ist, wird auf dem letzten, schweißtreibenden Abschnitt, der allerdings mit jedem Schritt wunderbarere Ausblicke auf Buchten und Golfe bietet, von teils verwitterten Wegestationen gegliedert. Gemauerte Höhlungen, in den frisch nachgemalte und ausgebleichte Szenen etwas durcheinandergeworfen aus dem Kreuzweg Jesu dargestellt sind, mit den schönsten, aus den kleinen Wölbungen hinaus in die ungeheure Weite der Landschaft donnernden Bibelworten versehen, gemischt mit esoterischen Appellen, auch staubigen Plastikblumen. Auf der anderen Seite des Weges Schilder, die vor Bränden warnen und darum bitten, nicht zu rauchen, jede Art von Abfällen, die Brennglaswirkung erzielen können, zu vermeiden. Im Sommer liegt immer diese explosive Stimmung über der Landschaft. Kein Mensch weit und breit. Petronia war es recht. Tiefes Aufatmen in dieser Einsamkeit. Was dagegen müssen wir auf dem Relief mit ansehen?«

Als rätseltet ihr nicht schon die ganze Zeit daran herum, ihr trotz allem ein wenig schlüpfrig gestimmten Unglaubwürdigen und allmählich die Geduld Verlierenden!

»Sie sind ja längst gut eingewöhnt in das Lesen der Rudimente und werden auch ohne meine Hilfe, ohne interpretierende Assistenz dahintergekommen sein, daß es sich bei der Szene zwischen Kirchenportal und wasserspeiendem Faunskopf um eine versuchte Vergewaltigung, bei dem Opfer aber um Petronia, beim Angreifer um den verbitterten Motorradfahrer vom Schiff handelt, was denn sonst.«

Nur die Bänglichkeit, da ist sie wieder, Schwaden von lauter Beklommenheit, unlauterer Bänglichkeit. Ob Singen helfen würde? Ein bißchen Summen? War ich nicht schließlich an dem urtümlichen Olivenbaum vorbeigekommen, aus dem überall schmarotzende Sprößlinge hervorwachsen, bei jenem Gebäude, in dem Napoleon wohnte, als er eine, wie der Volksmund faselt, romantische Affäre, 600 Meter über dem Meeresspiegel, unter dem gewaltig erstrahlenden Sternbild des großen Wagens mit seiner auf einem Maulesel herbeigereisten polnischen Maria, Gräfin Walewska, als offizielle Geheimsache vermutlich herzhaft zu genießen wußte? Um so mehr, da er in der freien Gehirnhälfte bereits den Plan für eine neue Attacke auf die Weltherrschaft ausgearbeitet hatte. Das in ihn installierte katastrophale Programm war einfach noch nicht vollständig abgewickelt. Sein Geschmack für die Umstände verliebter Treffen jedenfalls ist unumschränkt zu loben. Wer käme hier nicht in ein alles Touristische übersteigendes Träumen! Erst recht meine insgeheim liebesdurstigen Kirchenmäuse.

»Noch bevor man, vom Anstieg erschöpft, zum Kircheneingang gelangt, Napoleon einmal beiseite, wird man von einem granitgrauen, teils zerstörten und von Moosen und Flechten überzogenen Grottenbogen aufgenommen, der Kirchentür direkt gegenüber. Dieser kleine Hof, Petunia war verdutzt, ist von einer Frische wie direkt dem Jenseits entsprungen, unter feurig durchbrausten Kastanien. Drei unterschiedlich erhaltene Satyrköpfe lassen aus dem geöffneten Mund ein kaltes, ob pietätvoll oder vulgär schwitzende Wanderer regenerierendes Wasser in den Halbkreis einer Rinne sprudeln. Petronia sah sich plötzlich von einem antiken Naturheiligtum umschlossen, das in merkwürdiger Nachbarschaft und nicht entschiedener, verführerischer Konkurrenz zur wartenden, von Weihrauch und Kerzen christlich aromatisierten, durch die halb offene Kirchentür dringenden Dunkelheit stand.«

Na, wie habe ich das hingekriegt? Wieviel Schritte in den fromm muffigen Kirchenraum mußte man machen, auf die flakkernden Lichter in der Schwärze zu, um das Höchstmaß des Geheimnisses, ach was, der Ausdünstungen dieser beiden Welten gleichzeitig in sich einzusaugen? Durch die Türöffnung sah man aus dem Dämmern beim Umwenden in grüne Blitze um den spitzohrig höhnenden Faunskopf herum, unmittelbar gegenüber der kaum vom Hintergrund gelösten Altarmadonna in der Ferne. Schwalben, viele Schwalben: schreiende Boten, die zwischen der aufgemalten Gottesbraut und dem ebenfalls von der Zeit mitgenommenen, plastischen Halbgott hin- und herschossen.

»Wobei, langmütige, am Ende hoffentlich spendierfreudige Zuhörer, anzumerken ist, daß dieses Elysium nicht aus den Konfusionen der Historie, vielmehr von einem Gläubigen stammt und erst im 17. Jahrhundert errichtet wurde. Jetzt sind Sie enttäuscht. Aber sollte ich es verhehlen?«

Noch etwas um den Brei herumreden? Meine chimärischen Zuhörer und Ansprechpartner gegen das Grauen, die folgen mir auf alle Abschweifungen, ohne mit den Füßen zu scharren. Wenn doch, schaffe ich sie ab.

»Junge Mädchen, wenn sie bei der Maria namens ›Unsere Liebe Frau von der Versuchung‹, pardon, ›Madonna vom Berge‹ drinnen gebetet haben, kraulen dem Faun, häßlich wie Sokrates, nicht wahr?, gern den wassertriefenden Bart und lassen sich dabei fotografieren. Oberhalb der Anlage übrigens, können Sie es tatsächlich auf dem Relief ausmachen?, ein großes Gebiet mit verbranntem Strauchwald, jaja, ein düsteres Menetekel, wie gesagt, fast immer Brandstiftung. Man weiß nicht mal, ob sich die Täter selbst über ihre Motive klar sind. Es übermannt diese Leute wie einflüsternde Witterungen. Aber, wie gesagt, den angreifenden Mann erkennen sie am ungewöhnlichen Profil? Ein Profil wie ein Kommando, eine feindselige Losung, alles im scharfen Abwärtsschwung, hier allerdings, ein Kunststück im Grunde, trotzdem lachend. Kein gutwilliges Lachen natürlich, die Mundwinkel bleiben unten dabei. Die Hände in den Haaren und im Blusenausschnitt der Heiligen, wenn Sie sich etwas Mühe geben. Mit dem vorgestellten Bein versucht er, sie zum Stolpern zu bringen. Es ist ja in dieser Einöde sonst keine Menschenseele, nur das muntere Wasser, die Schwalben, der Faun, die Madonna.«

Mit zwanzig wäre ich vom bloßen Anblick dieses Profils hingeschmolzen. Ein Profil, kein Zweifel, wie ein Befehl. Welchen Inhalts? Unbekannt, es genügte auch so. Hingeschmolzen, jawohl. Schon damals hätte ich wissen können, was ich heute weiß: Ekstase ist die einzige Möglichkeit phantasiebegabter Feiglinge, mutig zu sein.

»Vorausgegangen aber ist eine Wanderung Petronias auf einem der schönsten Wege der Erde, lange dem einzigen, der die westlichen Dörfer vor dem Bau der Küstenstraße miteinander verband, hoch über der Restwelt. Zunächst nämlich war die Heilige ganz unbehelligt, nach einer kurzen Rast im Kirchendämmern und am Brunnen bei den blauen Hortensienbüschen, an den westlichen Berghängen entlangmarschiert, mal durch Dickicht, mal weit gegen die freie Luft ausschwingend, in einer stachligen und dazwischen unvermutet gartenhaft gemütvollen Region, kleine Privatgrundstücke der Natur zwischen ungeheuerlichen Blöcken, die von den verschiedenen Erosionsformen zu Unterweltgestalten modelliert waren und da, wo sie in der Waagerechten Mulden aufwiesen, kleine Wasserpfützen trugen. Wie verblüffend in der großen Hitze auf einer schattenlosen Hochebene! Jede Biegung brachte eine Überraschung, alle Landschaften komprimiert, um Petronia Abwechslung zu bieten. Vor ihren Schritten stäubten Schmetterlinge auf, blaue, erdfarbene. Ein Steinmarder lief ihr rotzfrech entgegen. Als sie von einem Felssporn aus fünf Inseln am Horizont gleichzeitig sehen konnte, bemerkte sie, daß sie ihre Familie auf dem gesamten Weg vergessen hatte. Jetzt fiel sie ihr ein, Mann und Kinder fielen ihr ein, kurz gedachte sie ihrer sehr freundlich, rief sich auch die alten Tanten ins Gedächtnis, diese fünf Leute, und nahm, in den Schatten eines mächtigen Steins gedrückt, eine kleine Mittagsmahlzeit zu sich, Sie, meine Guten, werden das eventuell kennen, meine Besten, meine Schutzengel, im Insektengebrumm und eigentümlich aufstachelnden Krautduft der Wildnis.«

Ich schlief dort ein bißchen, aber wohin mit der Aufstachelung? Nach langer Zeit umstand mich die Wirklichkeit einmal wieder dicklich, undurchsichtig bis auf ein schwach pulsierendes Lauern unterhalb. Danach streckte ich mich etwas, umrundete, um mir die Füße zu vertreten, Gesteinsriesen in der Nähe. Da entdeckte ich den halb in den Boden gegrabenen Benzinkanister. Ich setzte mich vor Schreck daneben. Er war ja wohl bis oben gefüllt! Ich schraubte ihn zur Vergewisserung auf und roch daran. Jemand hatte ihn, abseits vom Weg, unter einem markanten Granitbrocken versteckt. Er lag aber inzwischen größtenteils in der Sonne. Vielleicht dort nur als gewünschte Versuchung für leicht Verführbare plaziert? Ende der Seligkeit, Schluß mit der Schwärmerei. Die Bedeutung war so oder so eine schlechte, ob Schlamperei von Arbeitern oder, was zu vermuten war, böse Absicht. Kriminelle Vorsorge für günstige Windverhältnisse, sobald ein Sturm, einer der schaurigen, heißen Sommerstürme, feuerbeflügelnd die Bergrücken runterfegte. Es gab jetzt natürlich kein Halten mehr da oben. Die ganze Gegend war auf einmal schändlich verdorben, nicht mehr, wie eben noch, eine zwinkernd und blinzelnd vertraulich verhexte. Gerannt bin ich wegen der komplizierten Wegeverhältnisse nicht, aber schnell ausgeschritten, als käme es nun auf Minuten an, und nur bei jeder Kehre gönnte ich mir einen bedauernden Rückwärtsblick, entlang den rasanten Biegungen und Schwüngen. Ansonsten sah ich gar nichts mehr an, sah nur auf den braun-rosigen Staub vor mir und die zu beiden Seiten vergilbten Gräser, wohl weil man, um den Pfad nach den Frühjahrswucherungen zu verbreitern, die Pflanzen weggeschnitten hatte. Hier endlich gestand ich mir meine Beunruhigung ein, auf niemanden zu treffen in dieser Einsamkeit, die doch eine Wirkung auf diesen oder, na ja, jenen Menschen haben mußte. Manchmal führte der Weg geradewegs in den leeren Himmel, wenn ich mich umdrehte. Es zeigten sich dort weder Rauch- noch rächende Gewitterwolken. Schon erkannte ich ja aber die wulstige Säule des Olivenbaums vor der Eremitage, schräg über die Schlucht weg, so daß die Kirche mit dem zum Schein heidnischen Vorhof im Winkel zwischen uns lag. Da allerdings lehnte ohne jede Regung oder saß eigentlich mit einem gestreckten und einem angewinkelten Bein eine Gestalt, grau gekleidet, so daß sie sich beinahe gar nicht abhob von der gefleckten Rinde wie die gepunktete Scholle sich zu ihrer Tarnung nicht von den Kieseln des Meeresgrundes unterscheidet. Das Gesprenkel rührte von dem Laub her, der Mann wurde mit gesprenkelt. O nein, ich dachte mir nichts dabei, ich dachte mir doch im Grunde kaum etwas dabei? Mein Herz schlug nur so vom raschen Wandern und von der Aufregung, den Kanister betreffend. Egal, wer er sein mochte, ihm würde ich es sofort und als erstem erzählen und die Verantwortung wäre von mir genommen. Ich wollte mich nur schnell beim Faunskopf notdürftig erfrischen, bog also ein in das nicht einsehbare sogenannte Heiligtum und setzte mich, ein bißchen nach Atem ringend, für einen Augenblick nur, doch nur für zwei Minuten gedacht, gedankenlos sonst? Setzte mich in der Abgeschiedenheit auf das umlaufende Mäuerchen.

»Wir wissen nicht, wie die Attacke des Mannes genau erfolgte, auch müssen wir akzeptieren, daß der Künstler nach dramaturgischen Erwägungen die Gestik von Opfer und Täter gestaltet. Wenn wir uns an die im Relief erscheinende Darstellung halten, hat der Mann, den wir eindeutig identifizieren, die offenbar nichtsahnende Heilige von hinten angegriffen, ihren Kopf, da sie nicht willig auf sein Ansinnen eingegangen ist, an den Haaren nach hinten gerissen, so daß sich ihr Oberkörper stark weiblich vorwölbt, was der Künstler, wie meinen Sie, nicht gerade verbirgt, nein, das behaupte niemand! Der Mann, gereizt durch die unwillkürliche Hervorhebung der Brüste, greift, möglicherweise auch zu Überredungszwecken, mit der freien Hand, wie erwähnt, Sie können es verfolgen, tief in den Ausschnitt, und diesen rücksichtslos vergrößernd, womöglich aufreißend, von Petronias Bluse. Bitte würdigen Sie die dramatische Schräge des Zweikampfs! Etwas ist eigenartig an unserer Heiligen, die vielleicht, ihre Legende überliefert es nicht, den Mann schon vorher erfolglos im Gespräch zurückgewiesen hat. Spüren Sie etwa nicht das Zwiespältige in ihrer, wenn auch nicht, nein, keineswegs heuchlerischen Fluchthaltung? Könnte man nicht sagen: das Verräterische? Zumindest suggeriert der Künstler es durch eine momentane Nachgiebigkeit, durch fast knochenlose Weichheit ihres sich wegstemmenden Körpers, nicht wahr? Sie sehen es wie ich? Im Grunde sinkt sie dem Atem, den Händen, dem Geschlecht des Mannes, der sie zu Boden reißen will, widerstandslos entgegen. Eindeutig eigentlich. Um so heroischer die heftige, wenn auch mißlingende Gegenwehr des Kopfes, den er mit verbissen lachender Gewalt zu sich zwingt. Wäre es abwegig zu vermuten, daß Petronia, Heilige, Ehefrau, Mutter, sich durch den Schmerz an ihren Haarwurzeln, den sie im Fliehen ausdrücklich verstärkt, zur Besinnung bringen will? Das Großartige, meine herzensguten Lämmer und Wölfe im Schafspelz, pardon, liegt ja nicht darin, daß sie von vornherein gegen jede Anfechtung gewappnet ist, sondern ihr in der schmeichlerischen, verführerischen Einsamkeit nicht erliegt. Und so ist der Himmel mit ihr und schreckt, da sie ihren Willen zur Tugend klar bewiesen hat, rechtzeitig durch das Flöten des herbeikommenden Wächters, der die Hortensien wässern wird, den traurigen Mann mit den Mundwinkeln, der nicht, wer weiß, ihren Geist, aber doch ihre Physis, wer weiß, hätte besiegen können, von seinem Vorhaben ab. Wir können natürlich nicht hundertprozentig bestimmen, ob es sich mehr um eine Leistung Petronias oder des interpretierenden Künstlers handelt. Ich sehe, Sie nicken und nicken und nicken. Dann ist es ja gut, billig und recht.«

Ach was, der verbohrte Kerl mußte mich schon wieder falsch verstanden haben! Ich konnte ihn ja überhaupt nicht erkennen, als er sich da an den Baum gepreßt hatte oder, wie auch immer und in welcher Absicht, mit ihm schon beinahe verwuchs. Ich kam schließlich aus der unentwegten, stundenlangen Helligkeit des oberen Weges und hielt ihn, warum denn nicht, vielleicht für den Wächter, der Luft schöpfen wollte im Halbschatten. Er schlenderte, kaum, daß ich einen Schluck Heiden- oder Marienwasser getrunken hatte und nun neben dem Faunskopf saß, um die Kirchenecke, kam langsam und unaufhörlich heran, eben mit diesem lächelnden Spott, ohne die Mundwinkel zu heben, in offensichtlicher Selbstgefälligkeit, verkniffen triumphierend über den waltenden ›Zufall‹, und als hätte ich mich extra in diese Verborgenheit und Falle begeben, die für ein ungestörtes Rendezvous geeignet sein mochte. Die spaltgroße Veränderung in seinem gramvollen Gesicht riß mich hin, warum soll ich es mir nicht eingestehen, obwohl er sich ja täuschte in mir, denn ich war gleichzeitig abgeneigt und erbittert über seine Unterstellung ohnehin, und bemühte mich um eine Miene, die das ablesbar machte. Dann ließ sich seine genießerische Annäherung, Schritt für Schritt direkt auf mich zu, nicht länger aushalten. Ich sah das Gesicht frontal, und doch empfand ich es gleichzeitig im Profil, das ich jederzeit in Staub, Schnee, auf Papier hätte zeichnen können. Voll edlem Desinteresse an dem unglücklichen Mann? Ausnahmslose, gespannte Abwärtsbewegung aller Linien! Ich sprang auf, ging ihm eilig und voller Zorn in der Stille, ich erinnere mich präzise: voller Zorn im Geschrei der Schwalben entgegen, wie das Abschütteln einer lästigen Hand sollte es sein, wollte ihn loswerden, ihn kommentarlos um circa einen Meter verfehlen und schnell über den Stationenweg bergab ins Dorf zum Auto rennen. Na schön, wenn ich es wünschte, könnte ich es Feigheit vor der Aggression nennen. Er selbst, finster, in einer Art von Unversöhnlichkeit lächelnd, verstand meine Flucht augenscheinlich als Entgegenkommen, als hätte ich unsere Berührung nicht mehr abwarten können. Aber da war ich an ihm vorbei, und er hielt es für einen Scherz, der ihn ärgerte. Vielleicht wollte er danach nur körperlich etwas klarstellen, nichts weiter. Mit letzter Widerstandskraft haßte ich das einzigartige Gefühl, unter einer solchen Einwirkung ins Wanken zu geraten und nun, während ich seinen Biß im Nacken spürte, zu Boden geschleudert zu werden. Der nahende Wächter rettete mich, ohne es zu ahnen. Ich lief los, niemand hielt mich fest, schon damals in dieser Bangigkeit eines unverantwortlichen Losreißens aus der bösartigen Umarmung des Mannes mit den Mundwinkeln. Wer hatte ihn denn so tief gekränkt, ich doch wirklich nicht! Ich lief meiner Feigheit, ich meine: Freiheit wegen und hatte, o ja, eine Familie, die mich benötigte! Erst bei der untersten Station kam mir der Gedanke, daß vielleicht er derjenige war, der den von mir vergessenen Kanister, um den ich mich auch später nicht mehr kümmerte, versteckt hatte. Was wußte ich von ihm? Kein Wort war zwischen uns gefallen. Welche Anklage brachte er eigentlich immerzu vor?

»Zum vorletzten Mal das Meer, verehrte Zuhörer. Ist es nicht ein Vergnügen, eine Land- oder Seelandschaft anzusehen, die schon vor dem Erscheinen der Menschen auf der Erde im Prinzip dasselbe Aussehen hatte wie jetzt? Nein? Na gut! Dann das Meer also in gewohnter Sturheit, sturheil die Wellen von rechts nach links, von vorn bis zum Horizont, damit wir wieder hungrig werden aufs nächste Bild. Ausgedörrt sollen wir sein nach

Szene, Handlung und heiliger Bewährung. Das Flüssige muß sich verfestigen, nicht nur im Stein, auch in einer Art sprechender Ewigkeit, nicht wahr? Die Augenblicke als Sterne in der Leere der Zeit. Immer sternenreicher wird das Leben Petronias. Ihr ganzes Dasein auf Erden strömt ein in solche Legendenmomente und Monumente, wie unsere Erinnerungen in einen rekapitulierten Satz, ein Gefühl in eine Gedichtzeile, Sie verstehen mich doch? Sie bleiben mir doch noch ein wenig treu? Ich brauche Sie noch wegen des Wabernden und Vagen, wegen der Stimmung und Gräue, wegen der großen, durch jede Enge schwänzelnden und sich über die Hügel breit wälzenden, rauchigen Bangigkeit. Sie ist auch in der Luft, unter den Schwingen der Möwen sogar, bis zu den Wolken hoch, am schlimmsten aber drüben, auf der Straße bei der Kurve natürlich.«

Selbstverständlich rief ich jeden Tag im Norden an, sprach doch aufrichtig zärtlich und nicht ohne maßvolle Sehnsucht mit Mann und Kindern. Wie meine arme Tochter fast schnaubend meine Sätze Silbe für Silbe in sich aufnahm! Es gibt aber eine Unberechenbarkeit, wann die Freude wirklich auftritt. Man hat es nicht in der Hand. Wird etwa willkürlich bestimmt, wann wir glücklich sind, unabhängig von den vereinbarten Ursachen? Eine geringfügige Nackenwunde? Abend für Abend trugen die beiden Tanten in ihrer späten Eintracht zwei Abfallbeutel zum Container bei der Bar. Sie führten sie aus, diese Plastiktaschen, ein Vorwand für den Spaziergang, wie kleine Hunde, nur daß sie sie nicht wieder nach Hause brachten. Grüßten die stiernakkige, ein wenig krummbeinige Mutter der Zwillinge, ihren gefurchten Bruder, der die Betonblöcke für die Sonnenschirme auf einen Wagen lud und in eine Baracke transportierte, den alten Vater der beiden Geschwister, der galant nickte, mit neuen Zähnen, wie die Tanten sagten, und im wettergegerbten Gesicht plötzlich eine Lesebrille, die dem Provinzmafioso ein durch nichts gerechtfertigtes intellektuelles Flair glaubwürdig verlieh.

Er war stets im Hintergrund anwesend, die Hose schwarz und tadellos gebügelt, das weiße Hemd ohne Flecken. Er betrachtete uns aus dem Dunkel der Barveranda heraus. Manchmal war sein Blick übermächtig. Dann empfanden wir das Strandleben nicht als unseres, sondern als eins, das er durch seine Beobachtung ins Leben rief. Wir sahen auf uns selbst zurück wie ein sehr alter Mensch. Er durchschaute unsere Existenz mit einem Ruck, er hatte ja auch alle Jahreszeiten so oft erlebt, daß er die Lebensvorgänge als Scheinheiligkeit des Todes erkannte. Wir fühlten das in seiner Nähe durch unsere nackte Haut hindurch. Wir interessierten ihn daher nicht besonders. Was er liebte, waren die kleinen Kinder: Warum lachten, warum weinten sie? Sie bildeten, diesmal für ihn selbst, Sichtbarrieren gegen den überall vor ihm aufragenden Tod. Was aber heißt hier ›wir‹? Ich wußte nicht, was die anderen dachten. Ich studierte sie und wartete insgeheim wie früher mit klopfendem Herzen und begierig auf eine glückliche Steigerung von allem, ich war dessen gewiß, und sie durfte mir nicht entgehen. Gibt es nicht eine Sorte von Männern, und ich habe es stets gewußt, deren Forderung man sich ohne Ausreden klipp und klar stellen muß? Sie haben nach dem Willen des Naturgesetzes Recht und Anspruch darauf. Ein Ärgernis, stimmt! Aber so ist es, man spürt es in der ersten Sekunde, ob man will oder nicht. Man will ja mit dem Verstand zunächst vielleicht gar nicht. Jeden Abend wanderten ein kleiner Junge und seine noch jüngere Freundin oder Schwester in eine separate Steinbucht. Sie sahen sich mit Forscherernst, wenn niemand mehr dort war, die Steine und Ritzen an, vertieft dabei in ein leises Gespräch. Eine grauhaarige Frau, einsam, dünn, scheußlich heikel, darauf hätte man gewettet, tauchte ebenso regelmäßig kurz nach Sonnenuntergang auf. Sie stellte sich aber heraus als die Großmutter, die scharfäugig die Enkel sogleich erspähte und mit rauher Stimme nach ihnen rief, dabei zweimal in die Hände klatschte. Sie nahm die feierlichen Kinder und packte sie bis zum nächsten Abend behutsam in eine Schachtel. Wie wichtig es mir war, jeden Tag mit meiner Familie zu sprechen, o doch! Ich konnte mich hier aber noch nicht losreißen. Niemand mahnte mich. So oft wie möglich hielt ich mich am Strand auf. Die Tanten nahmen es gutmütig zur Kenntnis. Die lebenslustige sagte eines Tages, ich sähe ›lieblich‹ aus, gar nicht wie eine Mutter, gar nicht wie eine verheiratete Frau. Wollte sie mir eine Freude machen?

»Sie, meine Säulen der Beständigkeit, bevor Sie bald, sehr bald schon, rechnen Sie es sich aus, von mir entlassen werden, haben nun auch die vorletzte Reliefszene im Visier. Bitte nah herankommen! Was Sie erkennen können, jedenfalls sollten, ist eine betonierte Hafeneinfahrt, nur für Fischerboote geeignet, versteht sich, und einen Mann, Sie wissen schon, welcher es sein muß. Petronia, zu seinen Füßen, scheint durch das Wasser zu fliegen, vielleicht hochgeschleudert, aber von wem? Zwischen Mann und Frau eine gewaltig gegen die Mauer klatschende Woge. Der Künstler greift, es wird Ihnen nicht entgangen sein, auf die flattrigen Ziselierungen der Feuerszene zurück.«

›Volavolavolavolavola!‹, rief eine hysterische Mutter, eine rabenschlechte gewiß, die hier im Hellen, in der Öffentlichkeit, sich brüsten wollte als das Gegenteil, in immer kürzeren Intervallen und kreischend ihrer kleinen Tochter zu, die längst keine Lust mehr hatte und sowieso ungläubige Miene zum affigen Spiel schnitt, sich in die Arme der Exaltierten mit dem Madonnengetue zu stürzen. Da macht man mir doch nichts vor! Die Frau mit dem riesigen Unterleib aber, die gefiel mir, an der freute ich mich. Wie die beäugt wurde! Die einen wunderten sich über ihr ein wenig wahlloses, wissendes Lächeln und entdeckten daraufhin im Suchen nach einem Grund ihre, komme was wolle, mordsmäßige Beckenschüssel, einen toleranten, ebenfalls schmunzelnden Schoß, der sich rundlich rundum darbot. Nur wegen ihres Gesichtsschmunzelns bemerkten sie die untere Eigenheit der Frau. Die anderen starrten entgeistert diesen Bauch, diese ungeheuerlichen Hüften an, wurden sich dessen bewußt und nahmen daraufhin erleichtert ihr durchschauendes, ein schon im voraus alles verzeihendes Lächeln wahr. So wechselte es sich, so lenkte es mich ab, täuschte mich darüber hinweg, daß ich Ausschau hielt. Aber allenthalben nichts als blödsinnige Fröhlichkeit. Am sehr frühen Morgen wurde die gesamte, noch menschenleere Bucht durch das Eintreffen einer einzigen Sonnenbadenden gekippt, die sich ungeniert mit häßlichem blankem Busen und gelber Sonnenmilchflasche auf einem Felsstück in der Mitte räkelte. Auf dem Hinweg war ich durch eine Wildnis im springenden Licht mit Schilf und Rosmarinblüten gegangen. Wenige Stunden später zerstörte sie ein maskierter Mann mit seinem rotierenden Schneideapparat. Wie am Anfang mit Weinanbau in noch so hochgelegenen Südseitenplätzen, holen sie jetzt durch Roden, Planieren, Wegeverbreiterung das Letzte aus der Landschaft heraus. In seiner Vermummung ließ sich der Mann nicht identifizieren. Wer verbarg sich wohl darunter? Der Mond weichte das unpersönliche, steinerne Himmelsgewölbe von Nacht zu Nacht auf. Die Sterne steckten auf grauer, wehender Fahnenseide. Aber am Tage, in der entblößten, grellen Öffentlichkeit ahnte man, wie gerade die schmächtigen Männer bei den müßiggängerischen, gutbürgerlichen Frauen leichtes Spiel hatten, indem sie ihnen sehr bald kleine Intimitäten, Unanständigkeiten ins Ohr flüsterten, solche, die erotische Kennerschaft suggerierten. Wie sie ihnen am plötzlich sehr weiblich gestimmten Ohr entlangraunten und spürten, daß die Frauen, auch wenn sie sich taub stellten, die Antennen auf diese Musik ausrichteten, Musik, die manche so dreist zum ersten Mal hörten. Ich beobachtete am Vormittag jemanden, der zweifellos animiert, auch ich tat es ja, der Begattung zweier voluminöser Wolkenleiber ungeduldig entgegensah. Alle anderen merkten nichts von dem üppigen Schauspiel über ihnen. Im letzten Moment aber zerflatterte der männliche Teil, die feminine Mulde füllte sich von allein. Beide waren wie nie gewesen und wir die Düpierten: Meine letzte Erinnerung vor der Welle.

»Sie sind tatsächlich noch immer da, treue und brav kulturelle Zuhörer, damit die Fritte hinterher um so besser mundet? Ach, ihr Guten, was sehen wir demnach? Petronia, die wegen der Tanten von Ehemann und Kindern zur Zeit getrennte, schwimmt mit dem ihr eigenen Gottvertrauen im ziemlich bewegten Meer. Das ist für die Szene unbedingt notwendig, aber möglicherweise wollte der Bildhauer außerdem ihre innere Unruhe verdeutlichen. Vielleicht, vergessen wir nicht, daß die Heilige im Bikini auch nur eine Frau ist, hat die erzwungene Umarmung im Gebirge eine irritierende Nachwirkung in Petronias Nerven hinterlassen. Das ›mare mosso mosso‹ ist hier deshalb nicht ungefährlich, weil im Seichten, also in Strandnähe, überall Felsbrocken liegen, die außerdem ständig ihre Lage durch die Kraft des Wassers, das sich an ihnen bricht und sie überstürzt, verändern. Es gibt dann keine sichere Furt. Man wird umgerissen und auf die Steine geschmettert. Aus diesem Grund sieht man bei solchem Wetter kaum Schwimmer. Die Bucht liegt verlassen da, und Petronia hat nur die Möglichkeit, mit einiger Umsicht das Meer über die kleine Hafenleiter zu verlassen. Sie nähert sich dem Ausstieg, den Rhythmus der nicht leicht berechenbaren Wellen beobachtend und nutzend. Plötzlich entdeckt sie oben auf dem Betonklotz, zu dem sie auf der kleinen Metalleiter hochklettern müßte, den verbitterten, nichtsdestoweniger verschlagenen Mann mit den Mundwinkeln. Beide sind überrascht. Der Mann macht einen Schritt auf sie zu, verstellt ihr, könnte man sagen, mit seinem Körper vorsorglich den Ausgang. Petronia wird, naß und leichtbekleidet, notgedrungen in seinen Fängen landen. Eine wuchtige Welle trägt sie überdies unausweichlich dem Mann entgegen.«

Ach, meine räudigen Schafe, käme euch jetzt nicht in Wahrheit besser zupaß, die Heilige wäre nicht länger Heilige, vielleicht nur eine zart sündig Selige, leicht ehebrecherisch Selige, und würde als glitschige Nixe – und also untenrum vor dem Schlimmsten gefeit – die bewußte Person mit dem Sturzhelm unterm Arm tröstend umringeln?

»Zweifelt sie etwa an ihrer Kraft zum weiteren Widerstand? Verlassen wir uns auf die Legende: Da sie unsicher ist, ob sie, angesichts des betrübten Mannes, sei es aus Mitleid, sei es, weil sie die Anziehungskraft seiner gramvollen Verlassenheit allzu sehr fühlt, den maskulinen Fallstricken des Bösen wird noch länger entschlüpfen können, wirft sie sich, so weit sie kann, mit einem Aufbäumen ihrer ganzen Gestalt wieder zurück ins hochbrausende Meer. Und wenn es sie ertränken sollte! Es ist die dritte Abweisung der Versuchung unserer Heiligen, vom Künstler diesmal – in Korrespondenz zur ersten auf dem Schiff, wo ja ebenfalls der stehende Mann die sitzende Frau weit überragt, und zur zweiten im Gebirge, wo wir die gemeinsame, alles glaubwürdige Sträuben bändigende Schräge der Gestalten bewunderten – wie endgültig bilanzierend als starkes Auseinanderstreben der Protagonisten gelöst: die ins Wasser zurückflüchtende Frau, der sich hohnlachend zurückbeugende Mann.«

Einverstanden, Grauköpfe? Nicken, nicken, nicken? Lächeln, lächeln, lächeln? Ich erinnere mich außer an das Wolkenbild noch an ein Geständnis am Morgen dieses Tages. Die lebenslustige Tante flüsterte nämlich, als ihre trübere Schwester gerade Kaffee aus der Küche auf die Terrasse holte: ›Ich habe die Männer immer nach ihrem Geruch ausgewählt, sozusagen mit geschlossenen Augen. Ist das verwerflich? Andere Frauen tun es auch, merken es bloß nicht, reden sich was Besseres ein. Es ist mir zum ersten Mal in einer kleinen deutschen Stadt klargeworden. Sie hieß nicht Rom und nicht Paris, sondern Wicklesgreuth.‹ Ob mir die Wolkenleiber nur wegen dieser Sätze aufgefallen sind? Und auch der Mann mit den Mundwinkeln nur deshalb aus großer Entfernung über das Gewoge hinweg? Worauf ich ihm, mein Gott, getroffen von einem Freudenblitz, ganz durchschossen davon, so schnell ich konnte und ohne mich zu besinnen, alles auf eine Karte setzend, entgegenschwamm, ihm beinahe vor Glück zugewinkt hätte, bezaubert und bedenkenlos und endlich vollständig kapitulierend, Zug um Zug und wasserschluckend, vor ihm und dem Wunder einer dreimaligen Fügung, nicht mich vergessend, aber alles andere? Mir war die Gestalt in voller Länge sichtbar, ich konnte ihn rascher erkennen als er umgekehrt mich mit meiner Wasserbrille. Doch da hatte er mich entdeckt und richtete das tief bekümmerte Gesicht nach mir aus und wandte es, ohne die Miene anläßlich des dreifachen Hinweises zu verziehen und die fatale Linie der Mundwinkel bedrohlich verstärkt – aber ich wußte, es kam ihm in diesem Fall nur darauf an, ein Lächeln gewaltsam zu unterdrücken –, wandte es nicht mehr ab von mir und den dunklen Gläsern, trat statt dessen an den äußersten Rand des Sockels, während ich ihm, zu seinen Füßen mit den alten Turnschuhen daran, so geschwind ich konnte, wie in höchster Not entgegeneilte. Zufällig dachte ich noch, von der gewaltigen Welle vorantransportiert: ›Es hat in der Zwischenzeit da oben ja doch nicht gebrannt‹, als ich auf einmal, dem Aufklatschen des Wassers gegen die Betonmauer geschickt ausgewichen, vom Sog der zurückflutenden Woge mit aller Macht wieder ins Offene, sogar in die Luft gerissen wurde. Gleichzeitig begriff ich, daß diese Bewegung wie eine dritte Flucht wirken mußte, ein Ausweichen selbst in dieser nicht unprekären Landesituation. Ich wollte etwas rufen, wußte doch aber seinen Namen nicht, schrie also nur, als ich, gegen meinen Willen weit draußen, nun wirklich verzweifelt sah, wie er seine Zigarette abfällig ins Hafenbecken warf, eine Handbewegung, die mich endgültig deklassierte, ein »Nein!« und »Non!« und »No!« Er mußte gerade diesen Beschwörungsversuch mißverstehen. Sofort nämlich drehte er sich weg, ließ mir keinen Zweifel. Diesmal zählte die dreifache Ablehnung endgültig. Ach, endgültig und auf Nimmerwiedersehen. Ich hatte mich abscheulich bewährt. Er zuckte mit den Schultern, zündete sich im Weggehen eine neue Zigarette an und stolperte beinahe bei seinen ersten Schritten über die Schnürsenkel. Wie verloren der Mann, wie verloren ich selbst! Ich kämpfte darum, das mächtig auf- und niederschaukelnde Wasser zu verlassen, wurde immer wieder von den Wellen daran gehindert, die Leiter zu packen, als er schon, ohne den Helm aufzusetzen, auf seinem Motorrad die asphaltierte Verbindung zur Küstenstraße hochbrauste, extra verächtlich übers Meer hin hörbar hochdonnerte, ohne sich umzusehen. Auch der Gedanke an meine unglückliche kleine, mir jederzeit sichere Tochter, wenn sie täglich sehnsüchtig schnaubend auf meine Stimme horchte, tröstete mich nicht, nein, leider nicht. Obschon ich dort unverzüglich meine Zuflucht suchen wollte. ›Unter deinen Schutz und Schirm fliehen wir ...‹, so die Großeltern zu ihrer Jungfrau Maria. Ahnte ich, was noch folgen würde? Hätte ich mir als eindeutiges Zeichen über Raum und Zeit hinweg das Oberteil von den Brüsten reißen sollen? Es ist mir nicht eingefallen, als es darauf ankam. Statt dessen jedoch, ganz im Gegenteil, ihr sanften, ihr kirchenmörtelgrauen Ältlinge, ihr verständnisvollen Überguten und einzig Getreuen in meiner tatsächlichen Notlage, die ihr so gehorsam existiert, wenn ich euch brauche und verschwindet, wenn ich in mich gekehrt sein will, ihr gläubigen oder auch abergläubischen Chimären, bekriecht mich die Beklommenheit, das bange Grauen von der Straßenkurve her, von den Bergen im Rauchgeruch, alles grau und benommen, das Meer in schamloser Wehmut, die Landschaft mit tief eingekerbten, herabgepreßten Mundwinkeln in, was weiß denn ich, unrettbarer Traurigkeit. Unrettbar? Wohl doch rettbar, das ist der Vorwurf ringsum, rettbar aus der Düsternis einen verpaßten Augenblick lang.

»Ein letztes Mal ein Meeresintervall, meine von den Jahren gezausten Lieblinge und kirchenräumliche Zuhörerschaft, einmal noch das stupide Wellengekritzel, dessen wir alle, Sie wie ich, überdrüssig sind, und fast ist der Halbkreis der Chorschranke ja auch von uns abgeschritten, und schon winkt mit ihrem Bratenaroma verhalten die Außenwelt. Auch für den Bildhauer war es bloß noch schiere Pflichterfüllung. Er hatte es satt wie wir, hatte sein allerdings unverzichtbares Meer bis oben, das Meer, dem der Himmel nicht erlaubte, Petronia zu verschlingen.«

Ich werde morgen abreisen. Gestern abend, in der schwarzen Nacht bei Kerzenlicht, schwarz, weil der abnehmende Mond erst weit in der zweiten Nachthälfte über die Berge steigt, umgaben mich die Tanten mit ihren vielen italienischen Freundinnen zum Ersticken und zu meinem geheimen Schutz. Ich selbst wurde stolz als Ehefrau und gute Mutter von zwei kleinen Kindern vorgestellt. Nur eine Luisa oder Lucia, eine sehr ernste Architektin und offenbar argusäugige Denkmalschützerin (»Sonst bricht hier das Chaos aus«) war jünger als ich und geschieden. Sonst alles lachlustige, spitzzüngige Frauen, die von April bis Oktober in ihren Häusern auf der Insel wohnen. Eine mit geerbtem Schlößchen in der Nähe von Rom, der Busen noch immer hoch blühend. Auf ›Ivana‹ taufte man sie, weil der Vater in Wirklichkeit, so die Tochter, in eine Russin verliebt war. Eine andere, die einen viel, viel älteren Mann geheiratet hat, mit wunderschönen Füßen, silbern lackierten Nägeln und einer garstigen Herrenfrisur wie die Tanten. Beinahe die einzige, die in dieser Runde noch über einen Mann verfügt. Man mag sich dessen Alter gar nicht ausrechnen. Eine war aus Turin. Man ahnt noch die ehemalige blonde Schönheit, ohne Kinder. Alle glaubten bisher, ihr Mann, Ingenieur und Erfinder, sei früh gestorben. Anläßlich einer Worterklärung gestand sie plötzlich, er habe bis zu seinem späten Tod als Casanova gewildert, sie habe viel gelitten in ihrer Ehe, sei aber zu verliebt gewesen, um ihn zu verlassen. Ob sie nach jedem entlarvten Seitensprung einen ihrer zahlreichen Brillantringe bekam? Sie malt jetzt (»Erst so spät hat man mein Talent entdeckt«) tagaus tagein unter Verwendung von Blattgold. Eine Frau mit mir nicht verständlichem Namen war die rabiateste, die erfolgreichste Immobilienhändlerin des Inselwestens. Jedes Objekt in dieser Region sei ihr vertraut samt Familienverhältnissen der Bewohner und deren potentieller Veräußerungswilligkeit. Ihre Tatkraft ist mit den Jahren, heißt es, brenzlig angeschwollen. »Ich stamme aus Montenegro«, sagte sie, »dort gehen die Frauen, wenn sie sexuell unausgefüllt sind, die Wände hoch, fangen an zu schreien wie Katzen. Und was habe ich Idiotin gemacht? Einen Deutschen, einen Friesen genommen!« Eine frühere österreichische Fernsehjournalistin hat zu ihrer eigenen Verblüffung den letzten Köhler der Insel geheiratet und ein Buch über ihn geschrieben, über zweifach Aussterbendes: seinen Charakter und sein Handwerk. In die Schilderung von Bau und Inbetriebnahme des Meilers habe sie das erste Aufglimmen ihrer Liebe verwoben. Alle ihre Freunde hätten sie für wahnsinnig erklärt. »Thalassale Regression, Gottfried Benn«, sagte sie zu mir über den Tisch weg, aber dieser eifersüchtige, klobige Mann sei genau der Richtige für sie. Sie lebe ganzjährig auf der Insel, in einem Haus mit phantastischem Ausblick und nur zwei Zimmern, Tisch und Bett, man verstehe schon. Oh ja, und ob! Sie sei für ihren Mann das A und O. Unerhört begehrenswert, nämlich schön und reich. Offenbar hatte sie nach einem allzu blutarmen Medienjob Zuflucht in einem herrlich tapsigen Geschlechtsleben gesucht. Er sei ein einziges Mal in Wien mit ihr gewesen, bei ihrer Familie. Er verachte seitdem die Österreicher, weil sie nicht für jede Speise einen einzelnen Teller benutzen. Gelächter rundum: Ach die Männer, ach die Italiener besonders, ach, hätten wir Witwen, wie wir ihn hatten, doch auch noch einen dieser Verrückten! Dieses Lärmen tat mir sehr wohl, es erstickte mich mit Familiärem und beschützte mich. Es erinnerte mich an die austreibenden Blattspänchen im Vorfrühling aus den zottligen Zweigen alter Trauerweiden. In der Mitte aber, sanft beschienen von den Kerzenflammen und gerötet vom Eifer des Hausfraulichen, die Tanten, die sich gegenseitig vor den anderen zärtlich zur

Ordnung riefen, wenn sie allzu orthodox auf den eigenen Marmeladenrezepten beharrten. Eigentlich ein Ehepaar, die beiden, ein Bild endlich geglückter Lebensreife in ihrem Alter, in ihrer Zweisamkeit mit Parallelfrisur, nur daß Tante Hella abends lange allein mit den Blumen sprach.

»Letzte Szene, meine sehr geehrten Erfindungen, nutzlos, nutzlos. Das Verzagen, Brände oben in den Bergen, die auf- und niederschwappende Bänglichkeit, Bangnis, die habt ihr eben doch nicht vertreiben können, diese meine Klemme, in der ich stecke, die Klammnis und Bedrängnis, nein, die nicht. Dreizehntes Relief insgesamt, eine Unglückszahl, siebtes Personenbild, eine Glückszahl. Betrachten Sie das, wie Sie wollen. Sie sehen die Küstenstraße, genauer, eine ziemlich teuflische Kurve zwischen nacktem Fels und dem mit Leitplanken markierten Abhang zum Meer. Sie sehen ein Motorrad seitlich auf der Straße liegen, doch, doch, es soll ein Motorrad sein, auch wenn man es kaum noch als das erkennt. Der Künstler hat alles übrige weggelassen, bis auf den Fahrer und Petronia. Nur auf die beiden kommt es ja an.«

Wenn ich an dieser Stelle aufhören könnte! »Unsere Mutter«, sagte die eine Tante gestern abend, als alles noch nicht so fürchterlich war wie jetzt, und hielt Likör in einem Gläschen gegen die Kerzenflammen, blickte träumerisch in das Glühen des Selbstgemachten, »trug bis zum Schluß, sozusagen mit letzter Kraft, ihre verwegenen Hüte, saß dabei sehr aufrecht in ihrem Rollstuhl. Sie wollte uns ein Beispiel sein und daß wir den roten, nein, goldenen Faden ihres Lebens erkennen würden, nie vergäßen und ihn hochhielten. Als sie nichts mehr zum Verlieben fand, lange nach dem Tod unseres Vaters, flirtete sie immer noch mit den Ärzten, den Obdachlosen, den Kellnern, nur, um der Prosa des Lebens zu entgehen.« Da lächelten sie tief von innen heraus, Esther und Ivana, Beatrice, die Österreicherin und die Frau aus Montenegro. Nur Luisa, die Denkmalschützerin, rollte sich, ohne aufzublicken, eine Zigarette. Sie und die Frau aus Montenegro mußten wohl Feindinnen sein, schon allein aus beruflichen Gründen. Es hilft mir aber nicht viel, an all das von gestern abend zu denken, als ich so unruhig wegen der Welle war und doch viel friedlicher als jetzt. Ich habe vergessen, heute zuhause anzurufen. Auch das noch! »Meine Schwester mit ihrem schüchternen Naturell«, sagte die lebenslustige Tante, »hat durch das ständige Niederschlagen der Augen überall sofort eine erotische Stimmung erzeugt, das kleine unschuldige Luderchen.« »Und du, Hella, was sagst du umgekehrt zu deiner Schwester Hilde?« riefen die Frauen immer ausgelassener dazwischen. »Sie stand von klein auf im Zentrum und hat es genossen«, antwortete die Tante mit einem ganz fernen Grollen in Stimme und Erinnerung. »Deshalb konnte sie natürlich auch nie den Schock erleben, wenn man als junges Mädchen plötzlich triumphierend erkennt, welche Macht man über die Welt besitzt, bloß weil man jung und weiblich ist. Hilde, die war von Kindesbeinen an daran gewöhnt, wie unten am Strand die schöne Zwillingsschwester dieses armen Teufels. Sie weiß gar nicht, was sie versäumt hat. Ich habe immer gehofft, jemand würde einmal nicht ihre Schönheit bemerken. Vergeblich, die ist niemandem entgangen.« Im trotzigen Sprechen verwurstelte sie ein bißchen ihre Finger. Erst da sah ich die Gichtknoten. Früher hätten sich die beiden anschließend zerfetzt. Als sich alle verabschiedet hatten, sagte sie mir leise, das Schmerzlichste sei, daß ihr der Einzige gestorben sei, der in ihrem Gesicht nicht das einer alten Frau, sondern auf dessen Grund unverändert ihre wahre Jugend erblickt habe. »Erblickt«, sagte sie. Die ledig gebliebene Hilde mit den vielen Liebhabern verriet den anderen, ihre Schwester stöhne immer auf wie eine Verletzte, wenn man ihr auf den Kopf zusage, sie sei reich. Das sei sie aber nun mal durch ihre Heirat geworden, reich! Sie, Hilde hingegen, sei lediglich ein einziges Mal verlobt gewesen. Dieser Verlobte aber habe mehrfach beim Anblick der französischen Kathedralen, speziell und besonders verblendet in Chartres auf einer vorweggenommenen Hochzeitsreise, gemeint, es sei in gewisser Weise wichtiger, gelebt zu haben, sein Leben absolviert zu haben, als zu leben. Wichtiger, gelebt zu haben, als zu leben! Höchste Zeit, sich von dem zu verabschieden! Man wird doch nicht automatisch zu einer grandiosen Kathedrale, wenn man gestorben ist. Und selbst wenn! Das sähen hier sicherlich alle anwesenden Frauen mit ihr ein. Wir taten es auf der Stelle. Und doch fragte ich mich in diesem Moment, natürlich ohne den Mund aufzutun, ob man nicht in Wirklichkeit alles nur erlebt, um es sich hinterher kraftvoller, auch schrecklicher vorzustellen. Aber, fuhr sofort die lebenslustige Tante fort, sie habe so viele lachhafte Provinzstädtchen vorübergehend aus vollem Herzen bezaubernd gefunden, weil sie gerade einen ihrer Bewohner leidenschaftlich geliebt habe, besonders in Wicklesgreuth. Keine der Italienerinnen schaffte es, das Wort nachzusprechen. Mit dem Mann aus Wicklesgreuth habe sie im Tessin die Piotta-Schlucht angesehen und das Grauen Gottes sei ihr direkt ins Gebein gefahren, mehr als der Mann neben ihr. Nun, als alte Frau, habe sie zur Entschädigung herrliche Träume von der Liebe mit jungen Männern. Sie selbst sei träumend alterslos. Die italienischen Freundinnen hörten ihr zu, keine schien peinlich berührt, denn die Tante lachte dazu so herzlich ins Kerzengeflacker. Wenn sie sich aber etwas wünschen dürfe, dann, so die Tante beim Hinausbegleiten der Frauen, die vielleicht nicht mit so viel deutscher Seele gerechnet hatten zu so später Stunde, dann einen Besuch der Irisgärten in Paris, in Vincennes und im Bois de Boulogne, im Mai. Im Parc de Bagatelle gebe es eine Iris namens Lulac Marguerite, eine bleiche, fad-farbige Blüte. Sie sehe genauso aus wie sie dufte, wie das Bangen vor dem Tod. Verdünnte, sie wisse nicht recht, übertünchende Süße. Andere trügen Farben, raffiniert und geschmacklos bis zum Erbrechen, wie goldbraune Barockaltäre und schwere Regenwolken. Vor dem Haus stand der aussterbende Köhler. Er wartete wohl schon lange, ganz steif und stumm. Im Mondlicht warf er einen Klumpen Schatten.

»Petronia sehen Sie kniend auf der Fahrbahn, den Mann ganz verrenkt, wie mehrfach unter Hemd und Hose durchgebrochen auf dem Boden liegen, ein Stück weg vom Motorrad, mit dem er, eine Sekunde vielleicht zwischen Wand und Abgrund wählend, gegen den Felsen gefahren ist. Die Heilige beugt sich tief über den Mann mit den Mundwinkeln. Als das bleibt er undeutlich, aber wer sollte es sonst sein? Sie hat seinen Kopf in ihren Schoß gebettet. Achten Sie auf sein unnachahmliches Profil. Es ist, wie der gesamte Mann es von Anfang an war, grausam erodiert, aber nun von dem Unfall, an den Petronia nicht glauben wird, während sie sanftmütig und voller Mitgefühl das zerschundene Gesicht des Versuchers, dessen Trauer und Feindseligkeit der gewaltsame Tod zerstört hat, mit ihren Händen umschließt. Bestimmt betet diese seltsame Trullia, unsere Heilige, für den aus freien Stücken Verunglückten. Für Erste Hilfe ist es sowieso zu spät. Das Vergeben fällt ihr nicht schwer, denn vielleicht hat ohnehin das Mitleid, das sie in ihrer Familie jahrelang üben mußte, ihre sexuellen Kräfte zersetzt. Deshalb also müssen wir sie durchaus nicht heilig sprechen. Warum aber dann? Schluchzt sie, weint sie etwa? Warten Sie noch! Es läuft Ihnen doch nichts davon, nicht einmal die Zeit. Hockt sie da nicht wie eine Sünderin mit dem wehenden Haar und dem bis zum Schritt hochgerutschten Rock und den Brüsten, die ihr fast aus dem Kleid springen, weil der Kopf des Mannes den Ausschnitt verzieht? Was hätte ich aber tun sollen? Der offensichtlich schon länger, warum bloß, geplante Unfall, für den Selbstmörder, den tieftraurigen Motorradfahrer wohl nur eine Frage des Zeitpunkts, hinterläßt mir nichts als die blödsinnige Bangigkeit, aus der jetzt, einige Stunden später, alles hier besteht. Man hat ihn längst abtransportiert, und es wird immer schlimmer, das graue, widerlich warme Wanken der Landschaft nimmt nicht ab. Noch immer habe ich vergessen, zuhause anzurufen. Warum nur diese Zumutung, diese hoffnungslosen, mit Kraft und Bosheit nach unten gepreßten, nun gänzlich ausgelöschten Mundwinkel von Anfang an? Sie aber, meine Richter und ritterlichen Retter, liebe Seelen, treuherzige Glaubensburschen, sehen Sie um Gotteswillen das kaum ahnbare, nur dem Frömmsten sich zeigende Lächeln Petronias! Vielleicht ist es ein wenig bigott, ein bißchen rechthaberisch ins Blaue hinein. Jedenfalls aber, erkennen Sie das bitte an dem rudimentären Zapfen im Sinne einer Generalabsolution, ich flehe Sie an, bevor es morgen früh mit mir nach Hause in den vernachlässigten Schoß der Familie geht, jedenfalls ist es, letzten Endes, ein verzeihendes?«

Ein uns beide, uns alle beide in den schnell heranziehenden Rauchschwaden, in Gräue und schwerster Beklommenheit ... lossprechendes?


**»Nicht Paris«, murmelte** Jobst, »nein, nicht unbedingt Paris will ich vor meinem sicher fernen Tod noch einmal ansehen, sicherlich sehr fernen Tod. Statt dessen Brüssel, das immerhin eine Iris als Wappen oder Wahrzeichen hat. In Brüssel, da war ich ja mit Ellen, in eisiger Sonne, ausgezeichnete Beleuchtung wegen der scharfen Schatten, im neugotischen, kaum zerstörten Viertel, der Name fällt mir nicht mehr ein. ›Brutstätten für gespenstische Ereignisse‹, fand Ellen, ganz poetisch gestimmt, kein Wunder, vor den roten Fassaden, war ja ganz unersättlich davor. Kein Mensch ließ sich im hellen Tageslicht auf den Straßen blicken. Sie verschwanden immer in Krümmungen. Die Reise ist wohl zehn Jahre her, ja natürlich, unsere Hochzeitsreise! Ellen in romantischer Verfassung, nein, kein Wunder.«

Aber dann schaffte er es nicht mehr, nach so langer Enthaltsamkeit, nicht doch endlich zu dem Gewissen hinüberzuspähen.

Der saß da wie vor sicherlich einer Stunde schon bei seinen Stöcken und bestarrte ihn geradewegs mit seinem vermaledeiten Grinsen.

Immerhin, sagte sich Jobst, wenn diese komische Heilige ihren Mann und vor allem die Kinder zeitweilig vergißt, dann kann ich wohl das Telefonieren versäumen. Ich habe ja auch, selbst wenn ich wollte, den Apparat nicht mitgenommen, eine Dummheit. Elend verlassen ist man hier. Es lag aber andererseits ja überhaupt nichts Besonderes an. Vielleicht stand er gar nicht so sehr vor der Heirat, nicht mal vor der Trennung, wie er dachte?

Der Mann, offenbar erfreut, daß sich Jobst nicht mehr verbissen auf die Papiere konzentrierte, schüttelte sich in ostentativem Gelächter. Jobst sollte es gekränkt auf sich beziehen, das war klar. In einigem Abstand zur Hütte stiegen ringsum die Wiesen mit den weißen Steinbrocken zügig an, man konnte die Raumverhältnisse nicht abschätzen, hier und da standen Kühe auf den ungeheuerlichen Schrägen. Jobst nahm den Rucksack und stapfte hinter der Hütte etwa zehn Minuten aufwärts, nur, um ein Gefühl für die Größenordnung zu kriegen. Die verschiedenen, von der Herde gebildeten Schwerpunkte ließen sich so besser überblicken. Eine besonders schmächtige, eher graziöse Kuh, oder nannten die es hier Rind?, stand hoch und einzeln. Das Tier betrachtete ihn eine Weile aus schönem Auge, dann brüllte es ihn markerschütternd mit einem einzigen Ton an. Ob aus Entsetzen oder Freude, man wußte es nicht. Noch nie in seinem ganzen Leben, vielleicht allerdings bei einem Zaunkönig, hatte Jobst aus so zartem Körper einen so donnernden Ruf gehört. Denn wo, wenn nicht aus dem Tier, sollte er sonst herkommen? »Wolfsen«, sagte er und verneigte sich vor dem Rind. Schon konnte er der kleiner gewordenen Hütte, wie dem Falken auf die Flügel, aufs Dach sehen, der Hütte, zu der er doch vorhin so sehnlich aufgeschaut hatte. Sie gefiel ihm nicht, die befremdliche Abrückung, und er beeilte sich, wieder hinunterzukommen. Ellen hatte einmal wegen der Schönheit der Kuhaugen geweint. Jobst sah die damals von ihm beobachteten Tränen auf ihren Wangen wieder vor sich.

Weg! Der Mann war verschwunden, der Halunke hatte sich aus dem Staube gemacht und nahm damit Jobst die Regie aus der Hand. Er wußte nicht recht, ob es das war, was er in Wirklichkeit mit seinem kleinen zusätzlichen Aufstieg bezweckt hatte. Jedenfalls fühlte er sich plötzlich hier, auf der Binoz-Alp, im wärmenden Licht, das er eher als etwas Schattenhaftes, Klammes spürte, schauerlich verlassen. Der Andere, falls er Jobst nicht aufgab in der Vermutung, dieser wolle jetzt noch über den Berg ins Haupttal klettern, war nun jedenfalls am Zuge und mußte seine Absichten enthüllen. Jobst konnte an jeder Wegbiegung mit ihm rechnen. Als er sich noch einmal umwandte, sah er oben am Grat zwei Wanderer, die zur Hütte, in der sie vielleicht übernachten würden, mit beschwingten Schritten abstiegen. Sie hatten ja den viel schwierigeren Aufstieg an der vermutlich felsigen Gegenseite hinter sich gebracht und riefen einander oder sogar ihm, Jobst, etwas zu. Er konnte aber nicht auf sie warten.

Das Tal lag mit seinem letzten und steilsten Abschnitt übersichtlich unter ihm. Jetzt also ging es wieder zurück ins Nacheinander, weg aus dem Gesamtpanorama zu den auf eine mäandernde Schnur gezogenen Einzelheiten.

»Die Schüsse der Jäger hört man nirgendwo mehr, trotzdem ist die Jagd eröffnet«, sagte Jobst und schüttelte dabei den Kopf über seine Albernheiten, setzte aber noch nach: »Auf, auf zum fröhlichen Jagen!« und versuchte sogar, das Liedchen zu singen wie in alten Zeiten, als er ein Jahr lang Pfadfinder gewesen war. Ob man, ganz grundsätzlich betrachtet, solche Dinge wie die zwischen ihm und Ellen rückgängig machen konnte? Um die kleine, in allen Lebenslagen schlaue Natalja mußte er sich nicht sorgen. Die hatte, in ihrer schlanken Speckigkeit, während sie gewissenhaft ihre Arbeit im Geschäft erledigte, der Schriftsteller, dieser Frauenkenner, der sich so gut in die weibliche Seele zu versenken wußte, längst unter seine Fittiche genommen. An diesem dritten und letzten Tag würden die beiden rapide zur Sache kommen. Die hatten ja den Zeitplan lückenlos vorliegen.

Eifersüchtig? fragte sich Jobst. Doch doch, er bat nur noch um ein wenig Aufschub dafür. Im Augenblick drehte sich naturgemäß alles um die vom Lästigen bestimmte Gegenwart. Danach würde er das andere schon erledigen und fühlen. Aber diese eine Frage, bevor er sich an den Rückweg machte, galt es noch zu beantworten: Hatte Ellen sich wirklich ›zurückgezogen‹, wie er es immer bei sich nannte? Nein, ehrlich gesagt, nicht. Er gestand es sich ein. Arme, verzweifelte Ellen, es war ermatteter Kampfeswille gewesen. Gute, arme Ellen, Ellen mit dem Kaplansgemüt, jedenfalls im Grunde ihres Herzens. Dann rannte er los, flink wie die beiden Wanderer von oben, stürmte die vorhin mühsam erklommenen Aufwölbungen des Geländes hinunter.

Ja, er kam im Sturmschritt voran, jagte, war's nicht versehentlich?, jedenfalls rein instinktiv dem Anderen hinterher. So schleunigst er aber um die Schutthänge herumkurvte, der Gewisse zeigte sich nicht. Als der Pfad wieder schmaler und schräger wurde, mußte er sich ohnehin zur Vorsicht zwingen. Es war ja bestimmt eine neue Tücke des Gegners, sich so rar zu machen in der Gewißheit, daß Jobst ihn nach jeder Biegung erwartete. Das Tal lag wohlig im rotgoldenen Nachmittagslicht, das sogar die Schotterflanken überkupferte. Er jedoch, Jobst, schritt nur, das Gefühl einer Enttäuschung dabei so gut wie möglich niederhaltend, so rasch er konnte aus, erbittert über die Erzgemeinheit seines Feindes, ihre beiderseits stumm vereinbarten Spielregeln zu mißachten.

Er indessen, er ließ sich durch solche Tricks, durch solche Schuftigkeit nicht einschläfern. Der verrückte Kerl lauerte irgendwo, observierte ihn, als der mit dem Gelände besser Vertraute, von Zwischenhöhen aus, kicherte womöglich gottverlassen töricht vor sich hin, wenn er im letzten Moment, bevor er hätte sichtbar werden können, in einer Mulde verschwand. Auch Jobst kicherte, um sich zu entlasten, in seiner Anspannung. Hätte es eine feste Verabredung gegeben, wo sie sich wieder treffen würden, wäre alles gut gewesen, aber so wie es jetzt war, stellte sich jede Umrundung der Felsvorsprünge, jede Überwindung einer Anhöhe als Niete heraus.

Er versuchte, sich zur Ablenkung auf seine Eifersucht zu konzentrieren, und malte sich aus, wie der Schriftsteller, der so viel über die Nervenenden und das Gemütszittern der Frauen zu wissen glaubte, auch über deren suspekte Vermischung von deftigem Triebleben und einem bei Verhinderung überraschend einspringenden Hang zum Religiösen, wie dieser Dichter, der ihn, Jobst, um ungehindert erotisch voranzukommen bei der quicklebendigen Russin, in die Gebirgswüste geschickt hatte, jetzt vielleicht schon eine Flasche Wein mittlerer, nämlich für die Kleine noch irgendwie nachvollziehbarer Qualität entkorkte zur Endverführung. Gut und schön, aber da war ja bereits die Brücke zur anderen Talseite und auch die, ach tatsächlich, ohne eine gewisse Menschenseele.

Genau in diesem Augenblick wußte Jobst, wo der Andere herumlungern würde. Er wußte es so sicher, daß eine große Ruhe über ihn kam. Jetzt konnte er den Kauz warten lassen. Gemächlich überquerte er den Talboden, sagte zu dem winzigen Blütenzeug auf den Bachinseln: »Sieh an!« und stieg gelassen auf der anderen Seite, kaum heftiger atmend, wieder hoch, zu den nun schon aus dem kriechenden Dasein sich aufrichtenden Kiefern, die mit gleißenden Nadeln prunkten, während ihre Stämme immer röter glühten, auf dem Pfad, der zum Bergsturz führte.

Der Weg schwang an dieser Stelle stark gegen das Tal hin aus, so daß man zunächst keinen Einblick hatte in die Tiefe der dann folgenden Innenbiegung. Jobsts Blick, ganz für die Konfrontation mit dem Gewissen gewappnet, traf voller Wucht und Gier am gegenüberliegenden Bogenbeginn auf. Leer, ohne den geringsten Laut, bot das Wegstück sich dar. Er lächelte fast gleichzeitig mit seinem ersten Schrecken darüber: Es war doch gerade diese Geräuschlosigkeit, die ihm verriet, daß in der Mitte der Krümmung jemand die Luft anhielt.

Und natürlich und richtig! Er hatte es vorausgesehen. Der führt Jobst Böhme nicht hinters Licht, sagte sich Jobst, der doch nicht! Exakt auf der Hälfte des Weges, in der tief gegen den Felsen und die abgestürzten, lose aufliegenden Brocken gebogenen Mitte, stand der sehr Lästige, hielt seine Stöcke in der Linken und fuhr sich, Jobst entgegensehend, mit dem Zeigefinger der Rechten senkrecht über die Lippen, um ihn vor vornherein durch diese Anspielung, die Jobst aber nicht begriff, aufs Äußerste zu reizen. Von seinem Platz aus konnte Jobst gut feststellen, wie sorgfältig man den Weg in dieser Einbuchtung von unten mit Holzwerk gestützt hatte und wie notwendig solche Vorsicht und auch Umsicht hier wohl sein mußte, damit kein Menschenleben in Gefahr geriete. Auch war ihm, als er sich nun in Bewegung setzte, eines klar: Es würde viel eher eine geistige als eine körperliche Übung auf ihn zukommen.

Denn der Mann versperrte ihm in voller Absicht den ohnehin schmalen Steg, feixte wieder, während er seinen eigenen Mund streichelte, diesmal vermutlich in Vorfreude auf das erhoffte Schauspiel. Wie nämlich würde sich Jobst aus der Affäre ziehen? Hatte er den Mut, sich ihm, dem Gewissen, in dessen ausgeklügelt verzwickter Position überhaupt zu nähern? Jobst ging mit unaufhaltsam energischem Schritt voran. Er war neugierig, nichts weiter, schön, eine Ader, ein Nerv eventuell, im Auge zuckte ein bißchen, das kannte er aus Verhandlungen mit schwierigen Kunden. Obschon die Sonne die gesamte Passage beleuchtete, spürte er eine unnatürliche Kühle, wie oben auf der Alp, deren Kühe, fiel ihm jetzt gerade ein, aus dem Tal hinter der Stirnseite, also aus einer vollkommen anderen, ihm gar nicht vorstellbaren Gegend kamen wie aus dem Nichts und dorthin, wenn es Zeit war, wieder hinabstiegen. Wie hätten sie auch diesen seinen Weg beschreiten sollen?

Dann war er angelangt und stand also vor dem Gewissen, vor dessen Grinsen und der widerlich vage signalisierenden Fingerbewegung. Sie starrten sich einige Sekunden stumm in die Augen, beide wie gleichmütig, als wären sie beide Steine, wie das Geröll über und unter ihnen, standen da mitten im zur Zeit reglosen Strom der ineinander verkeilten Felsbrocken auf einer Terrasse, auf der zwei Männer nebeneinander keinen Platz hatten. »He Alter!« sagte schließlich der Gewisse, ohne einen Zentimeter zu weichen. »Na, Freundchen!« antwortete Jobst. Wieder starrten und schwiegen sie beide, traten sogar ganz dicht aufeinander zu. Alle Gedanken setzten in einer wohligen Betäubung aus.

Auf einmal streckte Jobst seinen linken, dem Mann zugewandten Arm und drückte den Gewissen kraftvoll überrumpelnd ein Stück den Abhang hoch, bog ihn genaugenommen so, daß der andere seine Füße dort lassen konnte, wo er sie hingesetzt hatte und also sein Gesicht notdürftig wahrte, aber mit seinem Körper den Weg desto lächerlicher freigab. Als der Mann, schon halb auf dem Rücken liegend und, um nicht ins Rutschen zu geraten und sie dann beide abwärts zu reißen, sich mit einer Hand am Hang abstützte, war es Jobst möglich, über die Schuhe, die den Weg blockierten, hinwegzusteigen.

Man kann nicht sagen, er hätte sich damit beeilt. Er empfand sich durchaus als Sieger in ihrem Zweikampf und ließ den Mann bei der Prozedur nicht im mindesten aus dem Blick, weniger, weil er Furcht gehabt hätte, der Andere würde sich plötzlich in die Senkrechte aufrichten und ihn durch die Gewalt des Hochschnellens in die Tiefe drängen oder gar stoßen, wozu er allerdings, nüchtern betrachtet, gute Gelegenheit gehabt hätte, so wie Jobst für einen Tritt gegen die Stöcke. Nein, Jobst genoß einen bescheidenen Triumph. Er hatte zweifellos nachgegeben, aber der Andere in seiner albernen Kauerhaltung deutlich mehr. Er, Jobst, hatte eine fast versöhnlich beschwichtigende Geste gemacht, damit jedoch die Initiative des Klügeren ergriffen, der sich der andere notgedrungen fügen mußte, falls er die Angelegenheit nicht aus der verkniffenen, von selbst entstandenen Feindseligkeit in offenen Haß ausarten lassen wollte. Auf die Spitze getrieben hatten sie das Lächerliche alle beide sowieso. Warum eigentlich? Jobst sah sich nicht in der Lage, die Frage zu beantworten, und es kümmerte ihn kaum.

Es war vom Himmel gefallen.

Allerdings gelang es ihm nicht, als er die Wanderschuhe überquert hatte, ein aufstachelndes »Siehst du, Freundchen!« zu unterdrücken. Er schüttelte damit einen unverständlichen Moment bei ihrem sehr engen Gegeneinanderstehen ab, noch vor Jobsts Armbewegung, als er das Atemschöpfen des Mannes gehört hatte, beinahe, so kam es ihm vor, seinen Herzschlag, aber nicht das gefürchtete Schürfgeräusch der Oberflächen. Er hatte den fremden Keksgeruch wahrgenommen, die geradezu dürre Ausdünstung seines luftgetrockneten Körpers, und mit der Stirn, wenigstens mit den Haaren, die des Anderen berührt. Das mußte umgekehrt für diesen Mann genauso gewesen sein. Daran gab es ja wohl keinen Zweifel bei der großen Nähe. Und krähte der Gauner ihm jetzt nicht ein »Saubruder!« hinterher, und wenn er, Jobst, sich nicht täuschte, wurde seine linke Wade von einem Stein, nein, wohl eher Steinchen gestreift. »Schweinskollege«, sagte er gemütlich vor sich hin.

Er marschierte zunächst ein Stück weiter, gedankenlos beschwingt. Dann verebbte der kleine Siegesrausch. Nun lag alles bei ihm, falls der Andere sich nicht an eine rasende Verfolgung machte. Er hörte aber nichts dergleichen, kein Knacken der Maschinerie. Schon hatte Jobst die Stelle mit dem geringfügigeren Steinschlag hinter sich. Nein, sie würden sich nicht noch einmal treffen. Es gab keine Veranlassung, längst kam am Gegenhang der Wasserfall in Sicht, an diesem letzten Tag noch einmal eine Rast einzulegen, die er ja doch nicht in schöner, abschiednehmender Sentimentalität verbringen konnte mit diesem nicht ungefährlichen Narren auf den Fersen, der wahrscheinlich, gemessen an der Widerstandskraft seines Verstandes, etwas zu oft die Alp besuchte.

Was hatten ihm nun die drei Ausflüge ins Tal und die drei Geschichten genutzt? Auch das wußte er nicht und scherte sich nicht darum. Immerhin fühlte er sich nicht unglücklich in dieser enormen Entfernung von allem außerhalb des sich in Jobsts Marschrichtung nun stetig absenkenden, in voller Länge pendelnden Binoz-Tales.

Um so erstaunlicher, daß er sich etwas später auf einem felsigen Vorsprung befand, still, ohne sich zu rühren.

Er stand da, starrte hinunter auf den Bach, der zwischen den Schotterflächen nur hin und wieder erkennbar wurde, und sah ein anderes Wasser, einen Fluß vor sich, einen Strom, der durchs Hochwasser alle seine Treibeisschollen auf die Uferwiesen transportiert und sich dann zurückgezogen hatte, inzwischen wieder flüssig, an einem eisigen, sonnigen Wintertag, das Wetter genau wie damals, als er mit Ellen in Brüssel auf der Hochzeitsreise die verwinkelten Häuserfronten fotografiert hatte, diesmal aber nicht mit ihr, sondern mit Natalja, die seit einigen Wochen in seinem Geschäft arbeitete und ihn liebte, ihn wer weiß wie liebte. Das jedenfalls flüsterte und schnalzte und schnurrte sie ihm hinter dem Rücken der Kunden vor.

Es war ein Sonntagvormittag in einem beißend frostigen Licht gewesen, und er ging stolz mit seiner kleinen Russin, zum ersten Mal in offenem Bekenntnis zu ihr, am Fluß entlang. Kurz darauf, wenige Minuten nachdem sie das Feuerwehrauto gesehen hatten, war, auch das zum ersten Mal, er begriff es erst in dieser Geistesversunkenheit hoch über dem Boden des Binoz-Tals, das Kartongefühl, der Pappkameradenekel eingetreten.

Neben ihrem auffälligen roten Wagen auf dem Uferweg standen Feuerwehrleute und Polizisten. Unten, am Ende der mit Steinen bedeckten Böschung, unmittelbar am Wasserrand, gab es noch zwei Uniformierte neben einer größeren Eisscholle. »Da ist was passiert!« hatte er gemurmelt, wohl mehr für sich, als die Männer eine Bahre abluden, während eine Frau in einem fuchsroten Pelzmantel, den Natalja noch eben sehr bewundert und kritisiert hatte, ihrem Hündchen aus einem mitgebrachten Napf Futter reichte. Das Tier jedoch wollte nicht fressen.

Es beobachtete, wie die Männer, deren Uniformen glücklicherweise etwas Ordnung in die fragwürdige Situation brachten, die Bahre zunächst hochkant auf den Steinen jonglierend zu der großen Eisscholle transportierten, dabei außerdem eine schwarze Plastikfolie entfalteten, die ihnen dann aber im Wind knatternd um die Ohren schlug. Einer der Männer unten lachte gut vernehmbar auf. Die Eisscholle war also in Wirklichkeit ein Toter, den man provisorisch mit einem weißen Lappen bedeckt hatte. Womöglich war er von diesem kleinen Hund aufgespürt worden. Natalja hatte sich stärker an Jobst geklammert, er spürte ihre noch ungläubige Erregung, als die Männer, nach einigen vergeblichen Bemühungen, es taktvoller zu machen, den offenbar steif gefrorenen, tief nach unten hängenden Ertrunkenen an Armen und Beinen packten und auf die Bahre legten. Man sah jetzt vom Ufer aus das Menschliche, die dunkel bekleideten Gliedmaßen. Dann folgte das Unmenschliche: »Huch«, etwas Ähnliches wie »Huch« hatte Natalja, in Jobsts Ärmel verkrallt, gerufen und sich dann, die Schultern einziehend, wie er es kannte und als schulmädchenhaft schätzte, auf den Mund geschlagen.

Die Männer verstanden ihr Handwerk. Im Handumdrehen war der Tote, mit ziemlicher Gewißheit ein Selbstmörder, zu einem akzeptabel verpackten und unter der Folie verschwundenen, solide angeschnallten Gegenstand geworden. »Ach, bei dem kalten Wetter ins Wasser gegangen!« sagte Natalja. Sie trat frierend von einem Fuß auf den anderen. Ein wenig (während er, Jobst, schwerfällig dastand und überlegte, wie lange der

Mensch wohl gebraucht hatte, bis er so weit war, und wie man ihn nun zum Schutz der Überlebenden, als wäre es etwas Ansteckendes, so eilig aus dem Licht der Öffentlichkeit schaffte), ein wenig begann sie mit feucht flirtenden Blicken zu den Feuerwehrleuten hin. Die aber wirkten plötzlich nicht sehr geneigt, vielmehr bestürzt und verwundert darüber, an diesem prächtigen strengen Tag um den wehrlosen Leichnam zwischen ihren in schweren Stiefeln steckenden Füßen zu stehen, so daß eine ungeplante Totenwache daraus wurde um den von aller Welt und ihren guten Geistern Verlassenen.

Das Schreckliche war aber etwas ganz anderes, nämlich, so kam es Jobst damals vor und nun auf seinem Felsvorsprung erst recht, daß der Ertrunkene nur noch einer Behauptung nach, einem Ritual entsprechend, den früheren Status zu besitzen schien, dieses mit dem vorgeschriebenen Anstand behandelte Wesen, das man als Objekt, aber nie mehr als Menschen berühren konnte in der nun eingetretenen Dinglichkeit, dieser Tote, der jeder von ihnen sein konnte, der Kunde, der gestern eine Druckerpatrone bei ihm gekauft hatte oder Nataljas, von ihr wegen Jobst in die Wüste geschickter Key Account Manager. Es hätte beinahe Ellen sein können und es fehlte nur eine kleine Verschiebung im Glück und Lebensvertrauen, dann waren es diese Uniformierten, die mit rot angelaufenen Gesichtern um den tadellos verschnürten Ertrunkenen warteten, offenbar bisher ohne weitere Anweisung.

Jobst hörte, wie der Tag samt seiner winterlichen Glorie schreiend zersprang. Natalja aber, und das war sein persönliches Unglück, Natalja spürte nichts davon.

Er konnte es ihr nicht vorwerfen. Sie war zu jung, keifend jung, sie beharrte auf ihrem Recht, erschrocken und dann schnell wieder unbesorgt zu sein. Es betraf sie alles nicht im geringsten, verdarb eine Viertelstunde ihres Lebens. Nicht mehr. Abweisung des Todes als Fremdobjekt und Kuriosum, keine Aufhebung der Immunität, kein Nachhall in einer Herzensecke. Und er, Jobst, bemühte sich, da er sie zu lieben glaubte, noch einmal mitzuziehen und von ihrer Unbekümmertheit tagaus tagein entzückt zu sein, als könnte er mit in ihr von der Sterblichkeit unbelecktes Fell schlüpfen. Dagegen die Treibeisschollen überall auf den Uferwiesen, nichts als Splitter und Scherben, daneben der unschuldig agile Fluß! Waghalsig in seiner Verlassenheit, am Arm die von ihrer Parissehnsucht plaudernde Natalja, balancierte er auf dem Rückweg an dem kalten, scharfkantigen Schauspiel entlang.

Erst jetzt aber erkannte er es in aller Deutlichkeit. Wäre er nicht siebzehn, sondern vielleicht dreißig Jahre älter als sie, jemand also, der beherzigte, daß man so weichen Gesichtchen nicht mit den Scharten des eigenen Lebens kommen durfte, dann hätte ihn das ihr zustehende Unverständnis dem Tod gegenüber vielleicht dauerhaft als Rettungsanker bezaubert und nicht als Unfähigkeit auf seiner Seite so schwer getroffen. Das lebendige Hündchen, das dann sein Fressen nicht länger verschmähte, war ihr wichtiger als der gestern noch verzweifelte Fremde und heute unversehens, sprunghaft zu einem toten Gegenstand durch seine eigene Tat herabgewürdigte, um den Schein zu wahren Mensch genannte, ehemalige Mensch.

Hatte aber nicht er, Jobst, ohne es zu ahnen, jedoch gleichzeitig gegen sein besseres Wissen, o doch, das war möglich, sich die ganze Zeit, von Februar bis Spätsommer, bis heute, über Ellens Geburtstag hinaus vor sich selbst verstellt? Und dachte er danach bloß: Weiter jetzt, ab zur »Seewiese«, Koffer packen?

Oder ließ ihn das sehr leise, elektrisierende Zischen in seinem Rücken herumfahren? Hochgeschnellt, zu einer aufblitzenden Spitze verlängert jetzt direkt vor ihm, im Schutz der Jobstschen Absence herbeigeschlichen, stand der Gewisse.

Er holte, in geradezu turnerischer Exaltation, einseitig nach hinten gebogen, zum Schlag mit einem seiner Stöcke aus. Jobst sah die Augen des Mannes und seine durch die Waffe vergrößerte Zickzackfigur ungerüstet vor sich. Vorwegnehmend spürte er, taumelnd bereits, unfähig zur Gegenwehr, Schock und Benommenheit durch den Aufprall des Stocks, der Stirn oder Schläfe treffen mußte, zu seinem, Jobsts, endgültigem Untergang, sah seinen eigenen Fall den hier besonders steilen Abhang hinab zwischen das wüste Geröll einer fortwährenden Erosion.

Der Andere aber erstarrte durch Jobsts unerwartete Drehung mitten in der Attacke.

So standen sie. Jobst, ohne Warnung aus einer Geistesabwesenheit aufgeschreckt, innerlich zu seinem schläfrigen Entsetzen bereits stürzend, hinabstürzend in entsetzlicher Träumerei. Seine Widerstandskräfte nach der kürzlich erfolgten Begegnung waren zur Ruhe gegangen. Hilflos konstatierte er die Haßverzerrung in den Zügen seines Feindes und Freundchens von eben noch. Zwar hoffte er mit einer letzten sehnsuchtsvollen Wallung, es würden sich seine Überlebenskräfte doch noch stürmisch aufrüttelnd nach vorn drängen. Die Zeit jedoch, bevor der Stock auf ihn hinsauste, konnte aus physikalischen Gründen gar nicht mehr reichen dafür.

Denn war das nicht wieder die rohe Freude der Mordlüsternheit in den Augen des anderen? Aber wie, hatte den jetzt, in dieser letzten Sekunde von Jobsts Leben, eine eiserne Faust im Genick gepackt, die ihn wie knochenlos einfallen ließ? Der noch eben Tobende sackte plötzlich meckernd in sich zusammen, und Jobst, bevor er glauben konnte, was er sah, blähte sich, als hätte jemand die vom Anderen ausgestoßene Luft in ihn eingepumpt, unwillkürlich, aber in großer Schnelligkeit, gewissermaßen auf Kosten des Feindes, auf. Er gewann den Boden unter seinen Füßen zurück und stand auf ihm. Der Mann knickte bei seinem Gekecker immer weiter ein, fauchte, sich krümmend, ineinander geknüllt: »Mistkerl, Lump«, und schielte ihn von unten währenddessen fortgesetzt an.

Jobst sollte das Ganze auf einmal für einen Scherz halten, da der Anschlag nicht geklappt hatte! Die Augen des Anderen allerdings, die verrieten ihm die Bosheit, die sich in der neuen Lage tarnen wollte als halbspaßige Drohung, als eine Art Bergwitz. Endlich trat Jobst, der seine Blässe bis in Magen und Lenden spürte, zornig einen Schritt vor. Er nahm den nicht unangenehmen, noch konzentrierteren Keksgeruch des Mannes wahr.

Mit einem Satz sprang der Gewisse zurück, schnitt eine Fratze, die sein Gesicht in ein einziges Zwinkern und Abfeuern zweideutiger Signale verwandelte, ein Zucken, das auf seinen Körper übergriff, ja eigentlich sogar auf die Stöcke, deren Spitzen er gegen Jobst richtete, wie um sich, während des Rückzugs Schritt für Schritt, den hier in Wahrheit einzig gefährlichen Aggressor vom Leib zu halten. Beim Erreichen des normalen Wanderwegs drehte er sich hastig um und hetzte wiehernd über die Wurzeln im rötlichen Licht mit beschwingten Luftsprüngen, vielmehr, als wäre er selbst leicht wie Luft, davon.

Jobst folgte ihm mit zunächst wankenden Schritten. Es sah ja niemand. Wäre er nicht beinahe eben für allezeit gestorben? Kein Zeuge konnte ihn verspotten. Sobald der Weg schmaler wurde, hielt er sich in kindischer Ängstlichkeit an den Baumstämmen der ansteigenden Wegseite fest, ganz schwach von der Wut, die er auf sich versammelt und in sich angesammelt hatte. Aus seinem Geschäftsleben waren ihm Betrügerinnen und Ladendiebe, Hysterikerinnen und Senile bekannt, nicht der Umgang mit Totschlägern. »Umbringen!«, sagte er laut, ob als Vorwurf oder als Plan war für ihn selbst ungewiß.

Er suchte etwas in seinen Taschen. Andererseits! Man mußte das hier wegschieben. War es denn wirklich passiert, da es jetzt schon wieder vollkommen vorbei war? Andererseits nämlich endete das Tal doch nun, sein dritter Tag tat es beinahe auch, alles war zuende und leidlich ausgegangen. Rauchend und sogleich etwas ruhiger beugte er sich vor, um ein letztes Mal, jetzt Abschied nehmend, in Richtung Binoz-Alp zu sehen, die natürlich unsichtbar blieb. Nur ganz hinten tauchten die beiden

Wanderer auf, die also doch lieber nicht in der Hütte übernachten wollten.

Richtig, es galt, einfach an andere Dinge zu denken. Dieser Autor übrigens, ein merkwürdiger, undurchschaubarer Kerl! Eigentlich mußte ihm doch daran liegen, daß man jede seiner Erzählungen möglichst lange in sich nachklingen ließe und nicht die eine mit der anderen totgeschlagen würde. Oder wollte er ihn, Jobst, dem dichten Hagel seiner Einfälle aussetzen, ihn ohne Unterlaß bombardieren, damit nichts anderes für eine Weile zu ihm durchdränge und er ihn also vollständig in diesen drei Tagen besäße, getrennt von der Welt? Abgesehen natürlich von dem anderen Vorteil: Freie Bahn für die Eroberung Nataljas! Ach ja.

Schon beim Aufschließen der Tür heulte das Telefon. Egal, wer der Anrufer wäre, Jobst hätte ihn sofort und dann ungezügelt, gar nicht mehr einzudämmen, mit seinem Abenteuer überfallen müssen. Das jedoch wollte er auf keinen Fall. Er achtete sonst nicht übertrieben auf die Meldungen seines Instinkts, diesmal dagegen doch, und die innere Stimme sagte unmißverständlich: Nein, noch nicht! Er sah unter dem Blumenstrauß einen Zettel der Putzfrau. Sie war demnach schon wieder in der Wohnung gewesen, gab wahrscheinlich täglich eine Bestandsaufnahme zum Schriftsteller durch. Die wußten über ihn Bescheid, was sollte er sich da selbst melden? Er bemühte sich, noch in den Wanderschuhen, redlich und vergeblich, die Botschaft der jungen Ehefrau des glücklichen alten Mannes zu lesen. Die beiden, ja, die mochten den rechten Abstand an Jahren haben. Es hätte auch ein verlaufenes Kyrillisch sein können oder ein vor seinen Augen verschwimmendes Silbenrätsel. Am Ende standen drei Ausrufezeichen, die das Ganze äußerst wichtig machen sollten. Vermutlich hatte sie einen dringenden Anruf für ihn entgegengenommen. Alarmstufe eins. Oder drei?

Er ließ sich trotzdem nicht erweichen, hatte genug mit dem

gemeingefährlichen Fremden und jetzt mit seinem heißen Duschbad zu tun, konnte daher unmöglich an den lärmenden Apparat. Ellen würde es kaum sein, ihre beiden kleinen Finger sähe er ja übrigens beim Telefonieren nicht. Vielleicht spreizte sie die dabei gar nicht ab? Und wenn schon! Hatte sie nicht mit der Geduld einer, wenn auch leicht alkoholisierten, Heiligen viele Monate seine Untreue ertragen? Ellen ahnte aber nicht mal, wo er sich momentan aufhielt, und keiner würde es ihr verraten, weil alle glaubten, zu ihm halten zu müssen, zu Jobst. Keiner hielt zu Ellen.

Den Zettel mit irgendeinem aufgedruckten Firmennamen steckte er ein. Er wollte beim Essen daran herumrätseln. Um das wenige zu packen, wäre noch morgen früh genug Zeit.

Ohne sein Zutun landete er im Restaurant vom Vortag. Noch mehr ältere Leute als gestern saßen an den Tischen. Der Kellner, kaum wiederzuerkennen, hatte sich verkleidet. Er wollte heute, hier im Hochgebirge, offenbar als Kosak gelten in einer überwiegend roten Tracht oder gar Uniform. Jobst würde das Essen von gestern zu sich nehmen, das stand fest, deshalb war er hier, mußte aber wegen Hochbetrieb noch ein Weilchen auf die Bedienung warten. Er studierte zum Zeitvertreib die geheimnisvollen Schriftzüge der Putzfrau, die es sicher gut mit ihm meinte, obschon ihn die besorgniserregenden Ausrufezeichen verdrossen, allerdings auch rührten. Was mochte ihr dabei durch den Kopf gefahren sein? Ob einer der Anwesenden sich leichter mit dem Entziffern täte?

Er kannte niemanden hier, doch, in diesem Augenblick schon. Der Mann mit dem Hündchen auf dem Holzbrett, jetzt ohne das kleine Tier, trat in den Raum und ging, ohne auf die Leute zu achten, sofort zum Büfett. Mitten im Servieren nickte ihm der Kosakenkellner zu, und sobald er seine Teller mit einem Scherzchen abgeliefert hatte, trat er zu ihm, klopfte ihm auf die Schulter und holte unter der Theke ein silbernes Päckchen hervor, das er dem Mann in die Hand drückte, der auch jetzt, angesichts der Freundlichkeit des Kostümierten, seinen panischen Blick nicht ablegte. Der Hundeträger verbeugte sich ohne Erstaunen, aber überschwenglich und ging schnell mit konstant erschrockenen Augen wieder nach draußen. Natürlich, der Kellner hatte ihm die in Alufolie gewickelten Fleischreste für sein altersschwaches Hündchen reserviert.

Die Gäste aßen vorzugsweise frisch erlegtes Wild mit Pilzen, Jobst nicht, er verlangte seine Suppe und seine Bündner Platte. Basta. Der Kosak, der ihn ohne Zögern erkannte, sagte: »Sehen Sie, Sie konnten nicht widerstehen. Unser Preis-Leistungsverhältnis stimmt eben!« Dabei tippte er auf die Speisekarte, wo eben dieser letzte Satz unter einem ausgedachten Wappen zu lesen war. Erst jetzt wurde Jobst klar, daß er sich im Restaurant Baselli befand. Und noch etwas anderes fiel ihm wie Schuppen von den Augen. Eben diesen Satz hatte seine Putzfee auf den Zettel mit dem Namen Baselli geschrieben. Es war plötzlich nicht mehr plausibel, warum er die Zeilen nicht hatte verstehen können.

Die Gute wollte nichts weiter, als ihm für seinen letzten Abend ein angenehmes Lokal empfehlen und zwar mit dem höchsten Lob, das sie zu vergeben hatte und das obendrein, beweiskräftig, ein Selbstlob des Restaurants war. Woher sollte sie wissen, daß er dort bereits als Kunde verkehrte? Aber ganz selbstverständlich hatte er ihr blind gehorcht, als hätte ein Schlauerer als er den Satz für ihn gelesen und ihn hierher geleitet. Darüber hinaus war heute ein besonderer Abend, ein folkloristischer mit Programm, bescheidener immerhin als während der Skisaison, erfuhr er. Jetzt herrschte ja nur Senioren-Sommer.

Rein theoretisch, sagte sich Jobst, und außerdem war er erst eben zusammengezuckt, als eine vage Annäherung an ein bestimmtes Finger-Lippenreiben, gewissermaßen losgelöst von Urheber oder Urheberin, hier im Gaststättenraum sichtbar wurde, rein theoretisch müßte das Lokal dann auch den Mann mit den Stöcken anziehen. Wenn der sogar wegen eines Migros-Sonderangebots nach Davos marschierte, ohne den Verschleiß der Schuhe in Rechnung zu stellen, dann mußte das hiesige Preis-Leistungsverhältnis für ihn ein unentrinnbarer Köder sein. Nur würde der Andere sich nach dem Anschlag heute nicht mehr unter Menschen trauen, da konnte man Gift drauf nehmen.

Eine Blondine, die mit zwei Männern in Jobsts Nähe saß, wandte sich ihm zu. Hatte er in Gedanken so sehr auf ihren gutmütigen Busen gestarrt, wie in der letzten Geschichte die Frau auf den Motorradfahrer? Diese Mütterlichkeit in Person hob einladend den Arm: »So allein, junger Mann? Warum setzen Sie sich nicht zu uns!« Es fehlte nur noch, daß sie hinzugefügt hätte: »Wir beißen nicht!« Jobst, dem die dicke Jurorin aus dem Zug, von der er geträumt hatte, einfiel, gelang trotzdem eine galante Geste, ein verneinendes Danken, auslegbar als nicht vollständiges Verstehen des Dialekts. Er hob sein Glas, die drei grüßten zufrieden zurück. Wenigstens das hatte er richtig gemacht, so durfte er sein Erlebnis noch eine Weile unangefochten für sich behalten.

Schon trat ein Kosakenmädchen zu ihm an den Tisch. Er sah zunächst nur bis zu ihren Brüsten hoch. Sie waren kleiner als die der Blondine, der Ausschnitt ihrer Bluse fiel andererseits wesentlich tiefer aus. »Noch Wünsche, Herr Wolfsen?« fragte die Kosakin mit vertrauter Stimme.

Aber das war ja die Putzfrau Zwingli! Die Kroatin! Wie sie ihn anstrahlte in ihrem Stolz, daß er ihrem Tip gefolgt war! Hier also arbeitete sie außerdem, wenigstens gelegentlich. So hängt das hier zusammen, sagte sich Jobst. Sicher kannte sie dann den Mann mit dem Hündchen. Den Gewissen etwa auch? Nein, an diesen prekären Komplex wollte Jobst lieber nicht rühren. Er bestellte den Wein vom Vorabend, und als sie ihn brachte, bemerkte sie, wobei sie sich zu ihm niederbeugte, was ihren vermutlich hier vorgeschriebenen Trachtenausschnitt zusätzlich vergrößerte, er solle, so verstand er es jedenfalls ungefähr, morgen alles stehen und liegen lassen, sie und ihr Mann würden dann kommen und aufräumen.

So? Was gab es denn da aufzuräumen? Unklar war, ob sie den Namen Wolfsen, der zu ihm ja gerade ganz und gar nicht paßte, in aller Unschuld auch dem sicher sehr amüsierten Besitzer der Wohnung gegenüber erwähnen würde. Das konnte Jobst aber letzten Endes egal sein. Vielleicht wußte sie auch von vornherein seinen richtigen Namen und beließ es, als schöne Seele, aus Höflichkeit bei dem von ihm gewählten Künstlernamen. Aber, mein Gott, wie reizend diese Frau, dieses Mädchen lächeln und leuchten konnte! Lag das nun an ihm, Jobst, oder am schon recht reifen Ehemann? Wie alt mochte eigentlich der Schriftsteller sein, wollte er sich noch fragen, da vergaß er es schon wieder.

Man hatte ja nicht nur die Bedienung ausgewechselt, auch die Lichter wurden ins Gemütliche gedämpft. In einem Kamin glommen auf einen Schlag künstliche Brikettstücke oder Holzscheite, jetzt, nachdem die Gäste ihre Hauptmahlzeit erfahrungsgemäß abgeschlossen hatten. Der Kosakenkellner setzte sich neben den Ofen und begann auf einer Mundharmonika Alpenweisen zu spielen. Er sagte zwischendurch, es sei gratis, aber es könne nicht schaden, wenn man hinterher ein Trinkgeld in die Schale dahinten werfe. Dann wurde es noch dämmriger. Zum flackernden Licht der Tischkerzen begann der Kosak, wobei er seine rote Weste zum Zeichen des Behaglichen aufknöpfte, aus dem Sagenschatz der Gegend zu erzählen. Jetzt noch Reißaus zu nehmen wäre eine Taktlosigkeit und vor allem Beleidigung der glücklichen Putzfrau gewesen.

Es gebe, im Gegensatz zur großen Schönheit der heimischen Landschaft, hier viele Geschichten über böse Kräfte, zum Beispiel die auf der Alp und über die Tobelgeister. Er könne nur dazu raten, sich vor ihnen in acht zu nehmen. »Auch vor den hübschen Sennerinnen?« rief ein Mann. Krachendes

Lachen brach los, der Kellner verzog keine Miene: »Wenn Sie mir eine einzige finden, untersuche ich den Fall für Sie.« Donnernd dankbarer Beifall. Er werde heute von den mächtigsten Geistern, die hier ihr Unwesen trieben, von der Totenschar, reden.

Wie ein nachgelieferter Blitz fuhr das Wort in die Seniorengemeinde.

Man nenne sie auch seit urdenklichen Zeiten ›Totenvolk‹, ›Nachtvolk‹, ›Der Nachtzug‹. Der Kosak lauschte auf die Stille, die er erzeugt hatte. Es schien ihm schwer zu werden, sie zu beenden, so lange ließ er seine an ihrer Schwachstelle berührten Zuhörer warten. »Es sind«, fuhr er endlich fort, »die Toten einer Umgebung, tagsüber bleiben sie unsichtbar. Nachts werden sie für manche sichtbar, dann gehören auch die dazu, die bald sterben werden. Unter Umständen sieht man sich demnach selbst, nämlich beim nah bevorstehenden Todesfall der eignen Person.« Das sei natürlich besonders erschreckend. Auch sonst sei es sehr unangenehm, Zeuge des Ziehens und Tobens zu werden. Das Totenvolk brause, wenn seine Zeit gekommen sei, durch Täler und Tobel, über die Alp und durchs Dorf. Wer sich ihnen in den Weg stelle, der müsse mit dem Geschwader ziehen, selbst wenn er noch Jahre weiterlebe. Müsse dann jede Nacht mit ihnen bergauf und bergunter sausen. Es gebe solche Fälle. Das schade selbstverständlich den Bergbauern, wenn es sie träfe, bei der harten Tagesarbeit. Des Kosaken Rat an die Anwesenden: Falls man ihnen begegne, solle man sich mit ausgebreiteten Armen hinwerfen und sie über sich wegstürmen lassen, dann gehe alles gut. Das sei erwiesen. Sollte es aber nachts an die Haustür klopfen, auch bei Hotelzimmern, Miet- und Ferienwohnungen, sogar Camping, dann dürfe man nicht antworten, nie den eigenen Namen verraten!

Nur auf Zehenspitzen bewegte sich währenddessen die Kroatin, deren Mieder im Kerzenlicht rot aufglühte, von Tisch zu

Tisch und brachte auf Zeichen hin Gewünschtes. Zwischendurch nickte sie beteuernd zu dem, was der Kosak erzählte, schüttelte aber auch wie zur Abwechslung den Kopf, beides ganz regelmäßig, als würde sie gar nicht zuhören, sondern nur mitzählen. Jobst hätte ihr zu gern ins Ohr geflüstert: »Fast wäre ich jetzt tot.«

Natürlich sei das Aussehen der nächtlichen Meute sonderbar. In einem Bericht heiße es, einige trügen ihr eigenes Haupt unterm Arm, anderen steckten Kochlöffel im Hinterteil. Sie könnten lange und sehr schnell auf den Händen laufen. Auch hätten Leute nicht nur ihr ausgelassenes Geheul, sondern auch ein wunderbares Flöten und Pfeifen von ihnen gehört. Im allgemeinen sei es jedoch eher tödlich, ihnen zu begegnen, vielleicht stürben manche Menschen dann auch bereits vor Entsetzen, bevor sie noch vom Totenvolk berührt worden seien. Man könne, schloß der Kellner und betrachtete aus der Ferne wohlwollend die Trinkgeldschale, von drei Strafen bei einem Treffen mit ihnen ausgehen: Entweder man stürbe oder man müsse fortan Nacht für Nacht mit ihnen ziehen oder man sehe in die Zukunft, also sich selbst unter ihnen, hier noch lebend, dort schon gestorben. Er machte eine nicht zu lange Pause, er wußte genau, bis zu welchem Punkt die Spannung reichte, und setzte dann, im besten Moment, mit starrer Miene den Zuhörern die Pistole auf die Brust: »Wählen Sie!«

Aus den Leuten, als sie begriffen, daß es die Schlußpointe war, platzte das Gelächter und vertrieb die bösen Geister. Sie bestellten bereits im Klatschen, wieder ins elektrisch helle Dasein entlassen, alle was zum Trinken. Jetzt erst recht, sie atmeten, sie lebten ja noch! Wenn sie der Putzfrau etwas zusteckten, trug sie sofort, Jobst beobachtete es zweimal, das Geld zur Schale des Kellners. Sie wurde jetzt, in ihrer schimmernden Frische, wie eine Majestät der Jugend gefeiert. Das kam bestimmt durch die Sagen.

Legte jemand seinen Obolus in die Schale, spielte der Kellner zum Dank ein paar Takte auf der Mundharmonika. Es fiel sofort auf, wenn jemand den Saal verließ ohne Musikbegleitung. »Einen guten Heimweg!« rief er ihm dann scharf hinterher. Als Jobst schließlich aufbrach, nachdem er den Preis für die Leistung erstattet hatte, war die Kroatin schnell an seiner Seite und sagte, abgehackt im Bemühen um Deutlichkeit: »Gute Nacht, Herr Wolfsen. Wir werden uns ja nie wiedersehen.« Fast reizte dieser allzu akkurat gesprochene Satz Jobst zum Widerspruch. Er nickte aber nur nachdenklich und erntete vom Kellner besonders schwungvolle Musik.

Man hatte ihr wohl die Gebräuchlichkeiten von ›nicht‹ und ›nie‹ noch nicht beigebracht. Vielleicht war es doch ein Fehler, nicht versucht zu haben, sie über den hier eventuell notorischen Gemeingefährlichen auszufragen? Jobst drehte sich auf seinem Nachhauseweg zu oft um. Es kam über ihn wie eine neue Bösartigkeit des Anderen, der über die merkwürdigen Gefühle in seinem Rücken bestimmte. Zu tief saß offensichtlich der Schock nach dem lebensbedrohlichen Angriff. Man wußte natürlich nicht genau, ob es nicht doch nur ein riskanter Streich gewesen war. Ellen würde das alles sicher erfahren wollen. Er schritt nach vorn aus, horchte aber nach hinten, auf ein sich näherndes Taktak oder eine verdächtige Lautlosigkeit.

Diesmal, obschon er sich inzwischen viel besser auskannte, hatte er Mühe, sich in der Dunkelheit zurechtzufinden, auch das Schlüsselloch in der Haustür zu treffen. Die Tür aber konnte man von innen verriegeln, und in der Garderobe lehnte der gelbe Wanderknüppel. Er nahm ihn in die Hand und ging damit einige Meter im Haus herum, zur Probe. Der grob geschnitzte Knauf lag gut in der Hand, das mußte man sagen. Das war ein Stock, der Kraft besaß. Wie der singend durch die Luft säbeln würde!

Er hatte heute abend mehr als sonst getrunken und fiel gleich ins Bett. Der Schriftsteller würde spätestens jetzt Natalja in seiner kargen Wohnung neben dem bei ihm, Böhme, gekauften

PC vernaschen. Natalja fände die Computernähe sicher anheimelnd.

Erst im Liegen in der Schwärze durchfuhr ihn endlich der Haß, phantastischer Haß, der durch ihn hindurchrollte, niederwalzend, versengend durch das gesamte Tal: eine Landschaft unmittelbar vor oder nach einem Verbrechen, die Bäume, die Felsen, innerlich rasende Mitwisser einer Untat von Anfang an, vor Zufriedenheit zitternd, so haßerfüllt.

Das war sie, die Pracht und Herrlichkeit der entsetzlichen Berg- und Mordwelt! Das Tal wand sich, warf sich hin und her, war zwischendurch ein heller Tunnel mit einer finsteren Figur im Gegenlicht. Er erkannte nicht, ob sie auf ihn zukam oder ihm vorausging, ihn floh oder ihn erwartete. In jeder möglichen Version hatte sie mit ihm, Jobst Böhme, ein für alle Mal zu tun. Das ließ sich nicht abschütteln. Das durchglühte alle Zellen und tränkte sie mit einem wunderbaren Elixier. Der Haß brauste in ihm, in Jobst. Brauste vom Talanfang bis hoch zur Alp, bis hoch zum Kamm, wo die Wanderer hergekommen waren, reckte und zerrte ihn zurecht. »In der Nacht gilt alles nicht«, lallte er mühsam zwischendurch, »in der Nacht gilt alles nicht.«

Sollte er vor einem Einfall davonlaufen?

Das hämische Grinsen des Gewissen will mich zum Exzeß zwingen! Wenn er, Jobst, ihn erschlagen würde, dann allerdings hätte er für immer die Tat getan. Das war zu bedenken. Sein ganzes Leben könnte er einmal aufs Spiel setzen, wenn er sich das Duell gönnen würde, gut, gut, danach wieder ein guter Mensch sein, aber einmal, ein einziges Mal das hier auskosten bis zum Rand. Je nachdem, was der Augenblick ergäbe, das Mienenspiel, diese heiklen Momente in ihrer beider Pupillen. Den Stock auf dessen Schädel niedersausen lassen mit äußerst böser Absicht, daß es spritzte, ja und ja, daß es spritzte! Schon beim Auftreffen wäre der Rausch zuende, aber davor herrschte das einzigartige Aufjaulen der Luft bei seinem mörderischen Streich, der ihn mit zerrisse.

Er brannte darauf, den Mann noch einmal zu sehen und mit Haut oder Waffe zu berühren. Nichts anderes war so wichtig wie das, alles andere später, später Ellen, und dann um so besser. Es ging nicht darum, Klarheit zu schaffen oder sich zu rächen. Es ging, in der aufreizenden Luft des Gebirgskorridors, um das Ausstoßen eines überfälligen Schreis. Und wenn er ihm die Eingeweide zerfetzte und das Tal davon platzen würde. Wie gut es tat, sich bei vollem Bewußtsein dermaßen im Überschätzen aufzupumpen und nach etwas zu gieren!

In die Finsternis, der man erzählen darf, was man will, sagte er: »Wenn man stirbt, bleibt nicht nur der Körper zurück. Das ist der Irrtum. Man hinterläßt eine beinahe steinerne, wenn auch unsichtbare Figur. Ich will ein bißchen meißeln daran. Denn gibt es nicht die Berge? Gibt es nicht, was ich ganz vergessen hatte, die helle Höhe und die schwarze Tiefe? Wenn ich ihn morgen in die große Geröllmulde einbiegen sehe, werden wir uns dann, mit schiefem Lächeln, versteht sich, gegenüberstehen von Angesicht zu Angesicht und schließlich, wenn wir genug mit den Zähnen geknirscht haben, herzhaft die Hände schütteln und auf die Schultern schlagen? Werden wir einander doch lieber im Wutgeschrei erledigen? Soll mich aber dieser Bruder Lustig allein mit seiner widerwärtigen Fingerbewegung zum Angriff dirigieren können, mit einer solchen Kleinigkeit? Treffen muß ich den Spaßvogel oder auch Idioten ums Verrecken, auf Biegen und Brechen und unter allen Umständen! Es ist eine Einladung, eine Verabredung, eine, jawohl, geheime, streng geheime Verordnung.« Er lachte wütend, biß sich in den Daumen, nagte eine Weile daran: »Eine Kinderei, großartige Kinderei, und niemand weiß davon!«

Plötzlich ängstigte er sich sehr und sprang aus dem Bett. Einen Moment lang wußte er nicht mehr, daß er im Gebirge war, in diesem Haus mit dem vergnügten Namen. Wie lautete der noch? Die Angst, die Angst! Als käme sie trübe aus Drüsen von innen getröpfelt und aus Wasserhähnen von außen hereingeschossen. Man mußte das widerliche Gefühl oder Sekret abduschen. Er setzte sich aber nur aufs Klo, klammerte sich an die Brille und starrte die Pappe an. Sie war ja verrutscht! Hoffentlich fiel sie nicht ganz herunter und gab dann, um Gotteswillen, den filzgrauen Raum dahinter frei. Oder langweilte er sich nur, schwitzte heftig vor Langeweile, weil er nicht arbeitete wie sonst tagaus tagein, keine Pflichten erfüllte gegenüber dem Laden und der ihn erwartenden Elvira, beziehungsweise Ellen, dieser althergebrachten, so lange sie irgend konnte gutmütigen Ehefrau? Ellen, ja Ellen, wie verzeihlich war doch ihre kleine Affigkeit. Wie notwendig sogar, bei ihrem harmlosen Gemüt, so ein winziger Spleen, ein Spleen wie ein Silberblick. Nur: Waren denn Langeweile und Angst überhaupt zu vereinbaren miteinander? Ein Grauen wankte keuchend durch die Zimmer. Man mußte sich dicht an die Wand pressen, damit es einen nicht berührte. Aber danach war es dann vorüber, war einfach wie ein Schwindelanfall, wie ein Rückfall vorbei und tat nachträglich sogar als Erleichterung wohl. Er hatte das nun hinter sich und brauchte sich morgen, wenn es darauf ankam, vor nichts mehr fürchten.

Die Architektur des Tales stellte sich als eine Pendelfalle heraus. Die zwei Opfer darinnen mußten sich aufschaukeln zu einem Gefühlssturm, bis sie aufeinanderkrachten, eine heranrollende und eine zurückflutende Welle mit voller Wucht. Egal aus welchen Gründen, egal, wer die eine und wer die andere Woge war. Sie würden aufschäumen in rasender, infantiler Tätlichkeit und einander, glänzend zur Jagdsaison passend, die Brust aufreißen. Ob das Amt für Touristik davon wußte und ob solche Höhepunkte, zeugenlos in der Einöde genossen, mit in die Kurtaxe eingeschlossen waren?

Aus dem Tal, das jetzt im dunklen Zimmer vor ihm lag, schien ein beißender Qualm hervorzuquellen. Am nächsten Morgen war das anders. Da wartete es wieder als gläserner Flur, als Nervenstrang und Zündschnur. ›Zündschnur‹ gefiel ihm,

›Zündschnur‹ war prima, und, Jobst lachte im Spiegel sein gesundes Gebiß an, er erkannte auch jetzt den Geruch: Der Qualm in der Nacht war der von verbranntem Keks gewesen.

An diesem nächsten Morgen, den gelben Stock fest in der Hand, brach er auf wie zur Abfahrt nach Hause, nur ohne Gepäck. Da würde diese Frau Zwingli, jetzt wieder im Geblümten zur Endreinigung, gewaltig über Herrn Wolfsen staunen! In allen Eingeweiden fühlbar durchströmt von etwas, das er bei sich ›Ah, die kühle Morgenluft‹ nannte, nahm er beinahe furchtlos und fast federleichten Sinnes im Vorübergehen zur Kenntnis, daß sich eine schwarze Schar von Urlaubern aus Antwerpen, alle mit Schläfenlocken unter den ernsten Hüten, am Bahnhof versammelte. Immer fielen sie sofort auf in ihrer biblischen Schutzkleidung, dieser Tracht einer tragischen, aber auch wunderlichen Würde, selbst bei den ganz jungen Männern schon. Wie es wohl in ihren sorgfältig verborgenen Brusträumen zwischen der vorderen und der hinteren Tuchwand aussehen mochte? Bestimmt hatten sie alle heute morgen gemäß ihrer Pflicht schon uralte Gebete, Worte aus Abrahams Zeiten gemurmelt. Und doch waren sie wie er aus Fleisch und Blut!

Sie warteten, so bedeutsam ausstaffiert, auf den Zug, in dem auch er, Jobst, wäre es weiter nach Plan gegangen, zu bedrängenden Häuslichkeiten, ja sicher, zu gewohnten Geschäften von äußerster Dringlichkeit, hätte heimreisen müssen.

Klett-Cotta
www.klett-cotta.de
© J. G. Cotta'sche Buchhandlung Nachfolger GmbH, gegr. 1659,
Stuttgart 2007
Alle Rechte vorbehalten
Fotomechanische Wiedergabe nur mit Genehmigung des Verlags
Printed in Germany
Schutzumschlag: Philippa Walz, Stuttgart
Bildmotiv: Heiner Altmeppen, Bretonische Küste, 1987, Privatbesitz
© VG Bild-Kunst, Bonn 2007
Gesetzt aus der Janson von Typomedia GmbH, Ostfildern
Auf säure- und holzfreiem Werkdruckpapier gedruckt und gebunden
von Clausen & Bosse, Leck
ISBN 978-3-608-93730-5

## Brigitte Kronauer bei Klett-Cotta

»Brigitte Kronauer hat uns dorthin heimgeleuchtet, wo Kunst zu Hause ist, in der Genauigkeit nämlich und in der Emphase.«
*Die Zeit*

*Eine Auswahl:*

### Teufelsbrück
Roman
507 Seiten, Leinen, Lesebändchen, ISBN 978-3-608-93070-2

»Teufelsbrück« ist der Roman eines Liebesabenteuers, einer Verzauberung und ihr Ende. Ein reiches, auch märchenhaftes Buch, das in die Tradition der deutschen Literatur und in aktuellste Gegenwart tief eingelassen ist.

»Dieses wild und hell blühende Buch, tief verträumt, verschwärmt und doch topwach, immer geistesgegenwärtig...
Dieser Roman wird Literaturgeschichte machen.«
*Reinhard Baumgart / Die Zeit*


### Die Frau in den Kissen
Roman
431 Seiten, Leinen, ISBN 978-3-608-95669-6

Der Roman eines Großstadt-Tages. Er beginnt mit einem Mosaik, mit einer Flucht durch die unzähligen Momente des Alltags. Eine Liebesgeschichte folgt; dann ein Gang durch die Tiergehege in ihrer Pracht. Wie eine Reise durch die Nacht schließlich die Begegnung zweier Frauen; sie mündet in einen Monolog der Erzählerin über den Dächern der Stadt.
Ein erotischer Roman, der seinen Materialreichtum zu leuchtenden, ekstatischen Anblicken verdichtet. An seinem Ende hat er den Erdkreis durchlaufen.

Klett-Cotta

**Brigitte Kronauer bei Klett-Cotta:**

Eine Auswahl:

**Berittener Bogenschütze**
Roman
417 Seiten, gebunden, ISBN 978-3-608-95420-3
Der Literaturwissenschaftler Matthias Roth ist Junggeselle und führt in einer Universitätsstadt in der Provinz ein beschauliches Leben. Er beschäftigt sich mit Joseph Conrads Theorie, dass nicht Liebe, sondern Leere das Eigentliche im Leben ausmache, und bleibt doch immer auf der Suche. Im Umgang mit Frauen wie Gisela, der Frau seines Freundes, die zum Objekt seiner heimlichen Leidenschaften wird, Marianne, der realistischen Studentin und Frau Bartels, seiner Vermieterin, versucht Roth, Wurzeln im Alltag zu finden.

»Eine Person, die man nicht leicht vergisst, weder als Zeitgenossen noch als Kunstfigur.«
*Leonore Schwartz / Tagesspiegel*


**Hin- und herbrausende Züge**
Erzählungen
134 Seiten, gebunden, ISBN 978-3-608-93286-7
»In ihrer Präzision und Differenziertheit, nicht zuletzt in dem Wortreichtum, der ihnen zur Entfaltung verhilft, sind diese Zustandsbeschreibungen Kunstwerke von hohem Rang.«
*Der Tagesspiegel*


**Das Taschentuch**
Roman
268 Seiten, gebunden, ISBN 978-3-608-93220-1
»Die Galerie kunstvoll-lebensnaher erzählter Porträts aus der bürgerlich-mittelständischen westdeutschen Gesellschaft jedenfalls, die diese Schriftstellerin sich und ihren Lesern einrichtet, ist um ein packendes Beispiel reicher.«
*Heinrich Vormweg / Süddeutsche Zeitung*

Klett-Cotta